李昉等編

太平廣記

第十册　卷第四五〇至卷第五〇〇

中華書局

太平廣記卷第四百五十　狐四

王苞

唐吳郡王苞者。少事道士葉靜能。中罷爲太學生。數歲在學。有婦人寓宿。苞與結驩。情好甚篤。靜能在京。苞往省之。靜能謂曰。汝身何得有野狐氣。固答云無。能曰。有也。苞因言得婦始末。能曰。正是此老野狐。臨別。書一符與苞。令含。誡之曰。至舍可吐其口。當自來此。爲汝遣之。無憂也。苞還至舍。如靜能言。婦人得符。變爲老狐。銜符而走。至靜能所拜謝。靜能云。放汝一生命。不宜更至于王家。自此遂絕。出廣異記

唐參軍

唐洛陽思恭里。有唐參軍者立性修整。簡于接對。有趙門福及康三者投刺謁。唐未出見之。問其來意。門福曰。止求點心飯耳。唐使門人辭。云不在。二人徑入至堂所。門福曰。唐都官何以云不在。

惜一餐耳。唐辭以門者不報。引出外廳。令家人供食。私誡奴。令寘劍盤中。至則刺之。奴至。唐引劍刺門福。不中。次擊康三。中之。猶躍入庭前池中。門福罵云。彼我雖是狐。我已千年。千年之狐。姓趙姓張。五百年狐。姓白姓康。奈何無道。殺我康三。必當修報于汝。終不令康氏子徒死也。唐氏深謝之。令召康三。門福至池所。呼康三。輒應曰。唯。然求之不可得。但餘鼻存。門福既去。唐氏以桃湯沃洒門戶。及懸符禁。自爾不至。謂其施行有驗。久之。園中櫻桃熟。唐氏夫妻暇日檢行。忽見門福在櫻桃樹上。採櫻桃食之。唐氏驚曰。趙門福。汝復敢來耶。門福笑曰。君以桃物見欺。今聊復採食。君亦食之否。乃頻擲數四以授唐。唐氏愈恐。乃廣召僧。結壇持呪。門福遂逾日不至。其僧持誦甚切。冀其有効。以爲己功。後一日。晚齋之後。僧坐檻前。忽見五色雲自西來。逕至唐氏堂前。中有一佛。容色端嚴。謂僧曰。汝爲唐氏却野狐耶。僧稽首。唐氏長幼虔禮甚至。喜見眞佛。拜請降止。久之方下。坐其壇上。奉事甚勤。佛謂僧曰。汝是修道。請（明鈔本請作謂）。通達。亦何須久蔬食。而爲法能食肉乎。但問心能堅持否。肉雖食之。可復無累。乃令唐氏市肉。佛自設食。次以授僧及家人。悉食。食畢。忽見壇上是趙門福。舉家歎恨。爲其所誤。門福笑曰。無勞厭我。我不來矣。自爾不至也。出廣異記

田氏子

唐牛肅有從舅常過澠池。因至西北三十里謁田氏子。去田氏莊十餘里。經峽險。多櫟林。傳云中有魅

狐。往來經之者。皆結侶乃敢過。舅既至。田氏子命老豎往澠池市酒饌。天未明。豎行。日暮不至。田氏子怪之。及至。豎一足又跛。問何故。豎曰。適至櫟林。爲一魅狐所絆。因蹷而仆。故傷焉。問何以見魅。豎曰。適下坡時。狐變爲婦人。遽來追我。我驚且走。狐又疾行。遂爲所及。因倒且損。吾恐魅之爲怪。强起擊之。婦人口但哀祈。反謂我（我原作殺。據明鈔本改。）爲狐。屢云。叩頭野狐。叩頭野狐。吾以其不自（自原作是。據明鈔本改。）知。因與痛手。故免其禍。田氏子曰。汝無擊人。妄謂狐耶。豎曰。吾雖苦擊之。終不改婦人狀耳。田氏子曰。汝必誤損他人。且入戶。日入。見婦人體傷蓬首。過門而求飲。謂田氏子曰。吾適櫟林。逢一老狐變爲人。吾不知是狐。前趨爲伴。同過櫟林。不知老狐却傷我如此。賴老狐去。餘命得全。妾北村人也。渴故求飲。田氏子恐其見蒼頭也。與之飲而遣之。

出紀聞

徐安

徐安者。下邳人也。好以漁獵爲事。安妻王氏貌甚美。人頗知之。開元五年秋。安遊海州。王氏獨居下邳。忽一日。有一少年狀甚偉。顧王氏曰。可惜芳艷。虛過一生。王氏聞而悅之。遂與之結好。而來去無憚。安既還。妻見之。恩義殊隔。安頗訝之。其妻至日將夕。卽飾粧靜處。至二更。乃失所在。迨曉方回。亦不見其出入之處。他日。安潛伺之。其妻乃騎故籠從窗而出。至曉復返。安是夕。閉婦于他室。乃詐爲女子粧飾。袖短劍。騎故籠以待之。至二更。忽從窗而出。徑入一山嶺。乃至會所。帷幄華煥。酒饌羅列。座有三少年。安未及下。三少年曰。王氏來何早乎。安乃奮劍擊之。三少年死于座。安復騎籠。卽不復飛矣。俟曉而返。視夜來所殺少年。皆老狐也。安到舍。其妻是夕不復粧飾矣。出集異記

靳守貞

霍邑古呂州也。城池甚固。縣令宅東北有城。面各百步。其高三丈。厚七八尺。名曰囚周厲王城。則左傳所稱萬人不忍。流王于彘城。卽霍邑也。王崩。因葬城之北。城既久遠。則有魅狐居之。或官吏家。或百姓子女姿色者。夜中狐斷其髮。有如刀截。所遇無知。往往而有。唐時。邑人靳守貞者。素善符咒。爲縣送徒至趙城。還歸至金狗鼻。傍汾河山名。去縣五里。見汾河西岸水濱。有女紅裳。浣衣水次。守貞目之。女子忽爾乘空過河。遂緣嶺躡虛。至守貞所。手攀其笠。足踏其帶。將取其髮焉。守貞送徒。手猶持斧。因擊女子墜。從而斫之。女子死則爲雌狐。守貞以狐至縣。具列其由。縣令不之信。守貞歸。遂每夜有老父及媼。繞其居哭。從索其女。守貞不懼。月餘。老父及媼罵而去。曰。無狀殺我女。吾猶有三女。終當困汝。於是遂絕。而截髮亦亡。出紀聞

嚴諫

唐洛陽尉嚴諫。從叔亡。諫往吊之。後十餘日。叔家悉皆去服。諫召家人問。答云。亡者不許。因述

其言語處置狀。有如平生。諫疑是野狐。恒欲料理。後至叔舍。靈便逆怒。約束子弟。勿更令少府姪來。無益人家事。只解相疑耳。亦謂諫曰。五郎公事似忙。不宜數來也。諫後忽將蒼鷹雙鶻皂鵰獵犬等數十事。與他手力百餘人。悉持器械鬧繞其宅數重。遂入靈堂。忽見一赤肉野狐。仰行屋上。射擊不能中。尋而開門躍出。不復見。因爾怪絕。出廣異記

韋參軍

唐潤州參軍幼有隱德。雖兄弟不能知也。韋常謂其不慧。輕之。後忽謂諸兄曰。財帛當以道。不可力求。諸兄甚奇其言。問汝何長進如此。對曰。今昆明池中大有珍寶。可共取之。諸兄乃與皆行。至池所。以手酌水。水悉枯涸。見金寶甚多。謂兄曰。可取之。兄等愈入愈深。竟不能得。乃云。此可見而不可得致者。有定分也。諸兄歎美之。問曰。素不出。何以得妙法。笑而不言。久之曰。明年當得一官。無慮貧乏。乃選拜潤州書佐。遂東之任。途經開封縣。開封縣令者。其母患狐媚。前後術士不能療。有道士者善見鬼。謂令曰。今比見諸隊仗。有異人入境。若得此人。太夫人疾苦必愈。令遣候之。後數日白云。至此縣逆旅。宜自謁見。令往見韋。具申禮請。笑曰。此道士爲君言耶。然以太夫人故。屈身于人。亦可憫矣。幸與君遇。其疾必愈。明日。自縣橋至宅。可少止人。令百姓見之。我當至彼爲發遣。且宜還家洒掃。焚香相待。令皆如言。明日至舍。見太夫人。問以疾苦。以柳枝洒水于身上。須臾。有老白野狐自牀而下。徐行至縣橋。然後不見。令有贈遺。韋皆不受。至官一年。謂

其妻曰。後月我當死。死後。君嫁此州判司。當生三子。皆如其言。出廣異記

楊氏女

唐有楊氏者。二女并嫁胡家。小胡郎爲主母所惜。大胡郎謂其婢曰。小胡郎乃野狐爾。丈母乃不惜我。反惜野狐。婢還白母。問何以知之。答云。宜取鵲頭懸戶上。小胡郎若來。令妻呼伊祈熟肉。再三言之。必當走也。楊氏如言。小胡郎果走。故今人相傳云。伊祈熟肉辟狐魅。甚有驗也。出廣異記

薛迥

唐河東薛迥與其徒十人于東都狎娼婦。留連數夕。各賞錢十千。後一夕午夜。娼偶求去。迥留待曙。婦人躁擾。求去數四。抱錢出門。迥敕門者無出客。門者不爲啓鎖。婦人持錢尋審。至水竇。變成野狐。從竇中出去。其錢亦留。出廣異記

辛替否

唐辛替否。母死之後。其靈座中。恒有靈語。不異平素。家人敬事如生。替否表弟是術士。在京聞其事。因而來觀。潛于替否宅後作法。入門。見一無毛牝野狐。殺之。遂絕。出廣異記

代州民

唐代州民有一女。其兄遠戍不在。母與女獨居。忽見菩薩乘雲而至。謂母曰。汝家甚善。吾欲居之。可速修理。尋當來也。村人競往。處置適畢。菩薩馭五色雲來下其室。村人供養甚衆。仍敕衆等不令有言。恐四方信心。往來不止。村人以是相戒。不說其事。菩薩與女私通有娠。經年。其兄還。菩薩云。不欲見男子。令母逐之。兒不得至。因傾財求道士。久之。有道士爲作法。竊視菩薩。是一老狐。乃持刀入。砍殺之。出廣異記

祁縣民

唐祁縣有村民。因輦地征芻粟。至太原府。及歸。途中日暮。有一白衣婦人立路旁。謂村民曰。妾今日都城而來。困且甚。願寄載車中。可乎。村民許之。乃升車。行未三四里。因脂轄。忽見一狐尾在車之隙中。垂于車轅下。村民卽以鐮斷之。其婦人化爲無尾白狐。鳴嘷而去。出宣室志

張例

唐始豐令張例。疾患魅。時有發動。家人不能制也。恒舒右臂上作咒云。狐娘健子。其子密持鐵杵。候例疾發。卽自後撞之。墜一老牝狐。焚于四通之衢。自爾便愈也。

太平廣記卷第四百五十一　狐五

馮玢

唐馮玢者。患狐魅疾。其父後得術士。療玢疾。魅忽啼泣謂玢曰。本圖共終。今爲術者所迫。不復得在。流淚經日。方贈玢衣一襲云。善保愛之。聊爲久念耳。玢初得。懼家人見。悉卷書中。疾愈。入京應舉。未得開視。及第后。方還開之。乃是紙焉。出廣異記

賀蘭進明

唐賀蘭進明爲狐所婚。每到時節。狐新婦恒至京宅。通通字原闕。據明鈔本補。名起居。兼持賀遺及問訊。訊原作信。據明鈔本改。家人或有見者。狀貌甚美。至五月五日。自進明已下。至其僕隸。皆有續命。家人以爲不祥。多焚其物。狐悲泣云。此並眞物。奈何焚之。其後所得。遂以充用。後家人有就求漆漆原作膝。據明鈔本改。背金花鏡者。入人家偸鏡挂項。緣牆行。爲主人家擊殺。自爾怪絕焉。出廣異記

崔昌

唐崔昌在東京莊讀書。有小兒顏色殊異。來止庭中。久之。漸升階。坐昌牀頭。昌不之顧。乃以手卷昌書。昌徐問。汝何人斯。來何所欲。小兒云。本好讀書。慕君學問爾。昌不之却。常問文義。甚有理。經數月。日暮。忽扶一老人乘醉至昌所。小兒暫出。老人醉。吐人之爪髮等。昌甚惡之。昌素有所持利劍。因斬斷頭。成一老狐。頃之。小兒至。大怒云。君何故無狀。殺我家長。我豈不能殺君。但以舊恩故爾。大罵出門。自爾乃絕。出廣異記

長孫甲

唐坊州中部縣令長孫甲者。其家篤信佛道。異日齋次。舉家見文殊菩薩。乘五色雲從日邊下。須臾。至齋所簷際。凝然不動。合家禮敬懇至。久之乃下。其家前後供養數十日。唯其子心疑之。入京求道士爲設禁。遂擊殺狐。令家奉馬一匹。錢五十千。後數十日。復有菩薩乘雲來至。家人敬禮如故。其子復延道士。禁呪如前。盡十餘日。菩薩問道士。法術如何。答曰。已盡。菩薩云。當決一頓。因問道士。汝讀道經。知有狐剛子否。答云。知之。菩薩云。狐剛子者。卽我是也。我得仙來。已三萬歲。汝爲道士。當修清淨。何事殺生。且我子孫。爲汝所殺。寧宜活汝耶。因杖道士一百畢。謂令曰。子孫無狀。至相勞擾。慚愧何言。當令君永無災橫。以此相報。顧謂道士。可卽還他馬及錢也。

言訖飛去。出廣異記

王老

唐睢陽郡宋王冢旁有老狐。每至衙日。邑中之狗。悉往朝之。狐坐冢上。狗列其下。東都王老有雙犬能咋魅。前後殺魅甚多。宋人相率以財雇犬咋狐。王老牽犬往。犬乃逕詣諸犬之下。伏而不動。大失宋人之望。今世人有不了其事者。相戲云。取睢陽野狐犬。出廣異記

劉衆愛

唐劉全白說云。其乳母子衆愛。少時。好夜中將網斷道。取野猪及狐狸等。全白莊在岐下。後一夕。衆於莊西數里下網。己伏網中。以伺其至。暗中聞物行聲。覘見一物。伏地窺網。因爾起立。變成緋裙婦人。行而違網。至愛前車側。忽捉一鼠食。愛連呵之。婦人忙遽入網。乃棒之致斃。而人形不改。愛反疑懼。恐或是人。因和網沒漚麻池中。夜還與父母議。及明。舉家欲潛逃去。愛竊云。寧有婦人食生鼠。此必狐耳。復往麻池視之。見婦人已活。因以大斧自腰後斫之。便成老狐。愛大喜。將還村中。有老僧見狐未死。勸令養之。云。狐口中媚珠。若能得之。當爲天下所愛。以繩縛狐四足。又以大籠罩其上。養數日。狐能食。僧用小瓶口窄者。埋地中。令口與地齊。以兩胾猪肉。炙於瓶中。狐愛炙而不能得。但以口屬瓶。候炙冷。復下兩臠。狐涎沫久之。炙與瓶滿。狐乃吐珠而死。珠

狀如碁子。通圓而潔。愛母母原作每。據明鈔本改。帶之。大爲其夫所貴。出廣異記

王黯

王黯者。結婚崔氏。唐天寶中。妻父士同爲沔州刺史。黯隨至江夏。爲狐所媚。不欲渡江。發狂大叫。恒欲赴水。妻屬惶懼。縛黯著牀櫪上。舟行半江。忽爾欣笑。至岸大喜曰。本謂諸女郎輩不隨過江。今在州城上。復何慮也。士同蒞官。便求術士。左右言州人能射狐者。士同延至。入令堂中悉施牀席。寘黯於屋西北陬。家人數十持更迭守。已於堂外。別施一牀。持弓矢以候狐。至三夕。忽云。諸人得飽睡已否。適已中狐。明當取之。衆以爲狂而未之信。及明。見窗中有血。衆隨血去。入大坑中。草下見一牝狐。帶箭垂死。黯妻燒狐爲灰。服之至盡。自爾得平復。後爲原武縣丞。在廳事。忽見老狐奴婢。詣黯再拜。云是大家阿明鈔本阿作奢。嬭。往者娘子枉爲崔家殺害。翁婆追念。未嘗離口。今欲將小女更與王郎續親。故令申意。兼取吉日成納。黯甚懼。許許原作辭。據明鈔本改。以厚利。萬計明鈔本萬計作求其。料理。遽出羅錦十餘匹。於通衢焚之。老奴乃謂其婦云。天下美丈夫亦復何數。安用王家老翁爲女壻。言訖不見。出廣異記

袁嘉祚

唐寧王傅袁嘉祚。年五十。應制授垣縣縣丞。闕闕原作門。據明鈔本改。素凶。爲者盡死。嘉祚到官。而

丞宅數任無人居。屋宇摧殘。荆棘充塞。嘉祚剪其荆棘。理其墻垣。坐廳事中。邑老吏人皆懼。勸出不可。旣而魅夜中爲怪。嘉祚不動。伺其所入。明日掘之。得狐。狐老矣。兼子孫數十頭。嘉祚盡烹之。次至老狐。狐乃言曰。吾神能通天。預知休咎。願置我。我能益於人。今此宅已安。捨我何害。嘉祚前與之言。備告其官秩。又曰。願爲耳目。長在左右。乃免狐。後祚如狐言。秩滿果遷。數年至御史。狐乃去。出紀聞

李林甫

唐李林甫方居相位。嘗退朝。坐於堂之前軒。見一玄狐。其質甚大。若牛馬。而毛色黯黑有光。自堂中出。馳至庭。顧望左右。林甫命弧矢。將射之。未及。已亡見矣。自是凡數日。每晝坐。輒有一玄狐出焉。其歲林甫籍沒。出宣室志

孫甑生

唐道士孫甑生本以養鷹爲業。後因放鷹。入一窟。見狐數十枚讀書。有一老狐當中坐。迭以傳授。甑生直入。奪得其書而還。明日。有十餘人持金帛詣門求贖。甑生不與。人云。君得此。亦不能解用之。若寫一本見還。當以口訣相授。甑生竟傳其法。爲世術士。狐初與甑生約。不得示人。若違者。必當非命。天寶末。玄宗固就求之。甑生不與。竟而伏法。出廣異記

王璿

唐宋州刺史王璿。少時儀貌甚美。爲牝狐所媚。家人或有見者。豐姿端麗。雖僮幼遇之者。必斂容致敬。自稱新婦。祗對皆有理。由是人樂見之。每至端午及佳節。悉有贈儀相送。云。新婦上某郎某娘續命。衆人笑之。然所得甚衆。後璿職高。狐乃不至。蓋某祿重。不能爲怪。出廣異記

李麐

東平尉李麐初得官。自東京之任。夜投故城。店中有故人賣胡餠爲業。其妻姓鄭有美色。李目而悅之。因宿其舍。留連數日。乃以十五千轉索胡婦。旣到東平。寵遇甚至。性婉約。多媚黠風流。女工之事。罔不心了。於音聲特究其妙。在東平三歲。有子一人。其後李充租綱入京。與鄭同還。至故城。大會鄉里飲宴。累十餘日。李催發數四。鄭固稱疾不起。李亦憐而從之。又十餘日。不獲已。事理須去。行至郭門。忽言腹痛。下馬便走。勢疾如風。李與其僕數人極騁。追不能及。便入故城。轉入易水郵。足力少息。李不能捨。轉入易水郵足力少息李不能捨十三字原空闕。據許本、黃本補。復逐之。垂及。因入小穴。極聲呼之。寂無所應。戀結悽愴。言發淚下。會日暮。村人爲草塞穴口。還店止宿。及明。又往呼之。無所見。乃以火燻。久之。村人爲掘深數丈。見牝狐死穴中。衣服脫卸如蛻。服脫卸如蛻五字原空闕。據許本、黃本補。脚上著錦襪。李歎息良久。方埋之。歸店。取獵犬噬其子。子略不犬噬其子子略不七字原

空闕。據許本、黃本補。驚怕。便將入都。寄親人家養之。輸納畢。復還東京。婚於蕭氏。蕭氏東京婚於蕭氏蕭氏八字原空闕。據許本、黃本補。常呼李爲野狐壻。李初無以答。一日晚。李與蕭攜手一日晚李與蕭攜手八字原空闕。據許本、黃本補。與歸本房狎戲。復言其事。忽聞堂前有人聲。李問阿誰夜來。答曰。聲李問阿誰夜來答曰九字原空闕。據許本、黃本補。君豈不識鄭四娘耶。李素所鍾念。聞其聞其二字原空闕。據許本、黃本補。言。遽欣然躍起。欣然躍起四字原空闕。據許本、黃本補。問問上原有然舊狀三字。據許本、黃本刪。鬼乎人乎。答云。身即鬼也。欲欲字原空闕。據許本、黃本補。近之而不能。四娘不能四娘四字原空闕。據許本、黃本補。因謂李。人神道殊。賢夫人何至數相謾罵。且所生之子。遠寄人家。其人皆言狐生。不給衣食。豈不念乎。宜早爲撫育。爲撫育三字原空闕。據許本、黃本補。九泉無恨也。若夫人云云相侮。又小兒不收。必將爲君之患。言畢不見。蕭遂不復敢說其事。唐天寶末。子年十餘。甚無恙。出廣異記

李揆

唐丞相李揆。乾元初。爲中書舍人。嘗一日退朝歸。見一白狐在庭中擣練石上。命侍僮逐之。已亡見矣。時有客於揆門者。因話其事。客曰。此祥符也。某敢賀。至明日。果選禮部侍郎。出宣室志

宋溥

宋溥者。唐大曆中。爲長城尉。自言幼時。與其黨暝扱野狐。數夜不獲。後因月夕。復爲其事。見一

鬼戴笠騎狐。唱獨盤子。至扱所。狐欲入扱。鬼乃以手搭狐頰。因而復迴。如是數四。其後夕。溥復下扱伺之。鬼又乘狐。兩小鬼引前。往來极所。溥等無所獲而止。有談衆者亦云。幼時下极。忽見一老人扶杖至己所止樹下。仰問樹上是何人物。衆時尚小。甚惶懼。其兄因怒罵云。老野狐。何敢如此。下樹逐之。狐遂變走。出廣異記

僧晏通

晉州長寧縣有沙門晏通修頭陀法。將夜。則必就蘩林亂冢寓宿焉。雖風雨露雪。其操不易。雖魑魅魍魎。其心不摇。月夜。棲於道邊積骸之左。忽有妖狐踉蹌而至。初不虞晏通在樹影也。乃取髑髏安於其首。遂摇動之。儻振落者。即不再顧。因別選焉。不四五。遂得其一。岌然而綴。乃褰擷木葉草花。障蔽形體。隨其顧盻。即成衣服。須臾。化作婦人。綽約而去。乃於道右。以伺行人。俄有促馬南來者。妖狐遥聞。則慟哭于路。過者駐騎問之。遂對曰。我歌人也。隨夫入奏。今曉夫爲盜殺。掠去其財。伶俜孤遠。思願北歸。無由致。脫能收採。當誓微軀。以執婢役。過者易定軍人也。即下馬熟視。悅其都冶。詞意叮嚀。便以後乘挈行焉。晏通遽出謂曰。此妖狐也。君何容易。因舉錫杖叩狐腦。髑髏應手即墜。遂復形而竄焉。出集異記。明鈔本作出纂異記

太平廣記卷第四百五十二

狐六

任氏　李蕡

任氏

任氏。女妖也。有韋使君者。名崟。第九。信安王褘之外孫。少落拓。好飲酒。其從父妹壻曰鄭六。不記其名。早習武藝。亦好酒色。貧無家。託身於妻族。與崟相得。遊處不間。唐天寶九年夏六月。崟與鄭子偕行於長安陌中。將會飲於新昌里。至宣平之南。鄭子辭有故。請間去。繼至飲所。崟乘白馬而東。鄭子乘驢而南。入昇平之北門。偶值三婦人行於道中。中有白衣者。容色姝麗。鄭子見之驚悅。策其驢。忽先之。忽後之。將挑而未敢。白衣時時盼睞。意有所受。鄭子戲之曰。美豔若此。而徒行。何也。白衣笑曰。有乘不解相假。不徒行何爲。鄭子曰。劣乘不足以代佳人之步。今輒以相奉。某得步從足矣。相視大笑。同行者更相眩誘。稍已狎暱。鄭子隨之。東至樂遊園。已昏黑矣。見一宅。土垣車門。室宇甚嚴。白衣將入。顧曰。願少踟躕而入。女奴從者一人。留於門屏間。問其姓第。鄭子既告。亦問之。對曰。姓任氏。第二十。少頃延入。鄭縶驢於門。置帽於鞍。始見婦人年三十餘。與之承迎。卽任氏姊也。列燭置膳。擧酒數觴。任氏更粧而出。酣飲極歡。夜久而寢。其妍姿美質。歌笑態度。擧措皆艷。殆非人世所有。將曉。任氏曰。可去矣。某兄弟名係教坊。職屬南衙。晨與將出。不可淹留。乃約後期而去。既行。及里門。門扃未發。門旁有胡人鬻餅之舍。方張燈熾爐。鄭子憩其簾下。坐以候鼓。因與主人言。鄭子指宿所以問之曰。自此東轉。有門者。誰氏之宅。主人曰。此隤墉棄地。無第宅也。鄭子曰。適過之。曷以云無。與之固爭。主人適悟。乃曰。吁。我知之矣。此中有一狐。多誘男子偶宿。嘗三見矣。今子亦遇乎。鄭子赧而隱曰。無。質明。復視其所。見土垣車門如故。窺其中。皆蓁荒及廢圃耳。既歸。見崟。崟責以失期。鄭子不泄。以他事對。然想其艷治。願復一見之。心嘗存之不忘。經十許日。鄭子遊。入西市衣肆。瞥然見之。曩女奴從。鄭子遽呼之。任氏側身周旋於稠人中以避焉。鄭子連呼前迫。方背立。以扇障其後曰。公知之。何相近焉。鄭子曰。雖知之。何患。對曰。事可愧恥。難施面目。鄭子曰。勤想如是。忍相棄乎。對曰。安敢棄也。懼公之見惡耳。鄭子發誓。詞旨益切。任氏乃迴眸去扇。光彩艷麗如初。謂鄭子曰。人間如某之比者非一。公自不識耳。無獨怪也。鄭子請之與敍歡。對曰。凡某之流。爲人惡忌者。非他。爲其傷人耳。某則不然。若公未見惡。願終己以奉巾櫛。鄭子許與謀棲止。任氏曰。從此而東。□□陋不。明鈔本此處亦空缺。但無陋不二字。□□□□□□□□□□□□大樹出於棟間者。門巷幽靜。可稅以居。前時自宣平之南。乘白馬而東者。非君妻之昆弟乎。其家多什器。可以假用。是時崟伯叔從役於四方。三院什器。皆貯藏之。鄭子如言訪其舍。而詣崟假什器。問其所用。鄭子曰。新獲一麗人。已稅得其舍。假其以備用。崟笑曰。觀子之貌。必獲詭陋。何麗之絕也。崟乃悉假帷帳榻席之具。使家僮之惠黠者。隨以覘之。俄而奔走返命。氣吁汗洽。崟迎問之。有乎。曰有。曰有二字原闕。據明鈔本補。

又問。容若何。曰。奇怪也。天下未嘗見之矣。崟姻族廣茂。且夙從逸遊。多識美麗。乃問曰。孰若某美。僮曰。非其倫也。崟遍比其佳者四五人。皆曰。非其倫。是時吳王之女有第六者。則崟之內妹。穠艷如神仙。中表素推第一。崟問曰。孰與吳王家第六女美。又曰。非其倫也。崟撫手大駭曰。天下豈有斯人乎。遽命汲水澡頸。巾首膏脣而往。既至。鄭子適出。崟入門。見小僮擁篲方掃。有一女奴在其門。他無所見。徵於小僮。小僮笑曰。無之。崟周視室內。見紅裳出於戶下。迫而察焉。見任氏戢身匿於扇間。崟引（引原作別。據明鈔本改。）出。就明而觀之。殆過於所傳矣。崟愛之發狂。乃擁而凌之。不服。崟以力制之。方急。則曰服矣。請少迴旋。既從。則捍禦如初。如是者數四。崟乃悉力急持之。任氏力竭。汗若濡雨。自度不免。乃縱體不復拒抗。而神色慘變。崟問曰。何色之不悅。任氏長歎息曰。鄭六之可哀也。崟曰。何謂。對曰。鄭生有六尺之軀。而不能庇一婦人。豈丈夫哉。且公少豪侈。多獲佳麗。遇某之比者衆矣。而鄭生窮賤耳。所稱愜者。唯某而已。忍以有餘之心。而奪人之不足乎。哀其窮餒不能自立。衣公之衣。食公之食。故爲公所繫（明鈔本繫作縶。）耳。若糠糗可給。不當至是。崟豪俊有義烈。聞其言。遽置之。斂袵而謝曰。不敢。〔俄而鄭子至。與崟相視咍樂。自是凡任氏之薪粒牲餼。皆崟給焉。任氏時有經過。出入或車馬轝步。不常所止。崟日與之遊。甚歡。每相狎暱。無所不至。唯不及亂而已。是以崟愛之重之。無所悋惜。一食一飲。未嘗忘焉。任氏知其愛己。因言以謝曰。愧公之見愛甚矣。顧以陋質。不足以答厚意。且不能負鄭生。故不得遂公歡。某秦人也。生長秦城。家本伶倫。中表姻族。多爲人寵媵。以是長安狹斜。悉與之通。或有姝麗。悅而不得者。

爲公致之可矣。願持此以報德。崟曰。幸甚。鄽中有鬻衣之婦曰張十五娘者。肌體凝潔。崟常悅之。因問任氏識之乎。對曰。是某表娣妹。致之易耳。旬餘。果致之。數月厭罷。任氏曰。市人易致。不足以展効。或有幽絕之難謀者。試言之。願得盡智力焉。崟曰。昨者寒食。與二三子遊於千福寺。見刁將軍緬張樂於殿堂。有善吹笙者。年二八。雙鬟垂耳。嬌姿艷絕。當識之乎。任氏曰。此寵奴也。其母卽妾之內姊也。求之可也。崟拜於席下。任氏許之。乃出入刁家月餘。崟促問其計。任氏願得雙縑以爲賂。崟依給焉。後二日。任氏與崟方食。而緬使蒼頭控青驪以迓任氏。任氏聞召。笑謂崟曰。諧矣。初任氏加寵奴以病。針餌莫減。其母與緬憂之方甚。將徵諸巫。任氏密賂巫者。指其所居。使言從就爲吉。及視疾。巫曰。不利在家。宜出居東南某所。以取生氣。緬與其母詳其地。則任氏之第在焉。緬遂請居。任氏謬辭以偪狹。勤請而後許。乃輦服玩。幷其母偕送于任氏。至則疾愈。未數日。任氏密引崟以通之。經月乃孕。其母懼。遽歸以就緬。由是遂絕。他日。任氏謂鄭子曰。公能致錢五六千乎。將爲謀利。鄭子曰。可。遂假求於人。獲錢六千。任氏曰。鬻馬於市者。馬之股有疵。可買以居之。鄭子如市。果見一人牽馬求售者。青在左股。鄭子買以歸。其妻昆弟皆嗤之曰。是棄物也。買將何爲。無何。任氏曰。馬可鬻矣。當獲三萬。鄭子乃賣之。有酬二萬。鄭子不與。一市盡曰。彼何苦而貴買。此何愛而不鬻。鄭子乘之以歸。買者隨至其門。累增其估。至二萬五千也。不與。曰。非三萬不鬻。其妻昆弟聚而詬之。鄭子不獲已。遂賣。卒不（卒不二字原闕。據明鈔本補。）登三萬。既而密伺買者。徵其由。乃昭應縣之御馬疵股者。死三歲矣。斯吏不時除籍。官徵其估。計錢六萬。設其以半買之。所獲尚多矣。若有馬以備數。則三年芻粟之估。皆吏得之。且所償蓋寡。是以買耳。任氏又以衣服故弊。乞衣於崟。崟將買全綵與之。任氏不欲。曰。願得成制者。崟召市人張大爲買之。使見任氏。問所欲。張大見之。驚謂崟曰。此必天人貴戚。爲郎所竊。且非人間所宜有者。願速歸之。無及於禍。其容色之動人也如此。竟買衣之成者。而不自紉縫也。不曉其意。後歲餘。鄭子武調。授槐里府果毅尉。在金城縣。時鄭子方有妻室。雖晝遊於外。而夜寢於內。多恨不得專其夕。將之官。邀與任氏俱去。任氏不欲往。曰。旬月同行。不足以爲歡。請計給糧餼。端居以遲歸。鄭子懇請。任氏愈不可。鄭子乃求崟資助。崟與更勸勉。且詰其故。任氏良久曰。有巫者言。某是歲不利西行。故不欲耳。鄭子甚惑也。不思其他。與崟大笑曰。明智若此。而爲妖惑。何哉。固請之。任氏曰。儻巫者言可徵。徒爲公死。何益。二子曰。豈有斯理乎。懇請如初。任氏不得已。遂行。崟以馬借之。出祖於臨皋。揮袂別去。信宿。至馬嵬。任氏乘馬居其前。鄭子乘驢居其後。女奴別乘。又在其後。是時西門圉人敎獵狗於洛川。已旬日矣。適値於道。蒼犬騰出於草間。鄭子見任氏欻然墜於地。復本形而南馳。蒼犬逐之。鄭子隨走叫呼。不能止。里餘。爲犬所獲。鄭子銜涕。出囊中錢。贖以瘞之。削木爲記。廻覩其馬。囓草於路隅。衣服悉委於鞍上。履襪猶懸於鐙間。若蟬蛻然。唯首飾墜地。餘無所見。女奴亦逝矣。旬餘。鄭子還城。崟見之喜。迎問曰。任子無恙乎。鄭子泫然對曰。歿矣。崟聞之亦慟。相持於室。盡哀。徐問疾故。答曰。爲犬所害。崟曰。犬雖猛。安能害人。答曰。非人。崟駭曰。非人。何者。鄭子方述本末。崟驚訝歎息不能已。明日。命駕與鄭子俱適馬嵬。發瘞視之。長慟而歸。追思前事。唯衣不自製。與人頗異焉。其後鄭子爲總監使。家甚富。有櫪馬十餘匹。年六十五卒。大曆中。沈既濟居鍾陵。嘗與崟遊。屢言其事。故最詳悉。後崟爲殿中侍御史。兼隴州刺史。遂歿而不返。嗟乎。異物之情也。有人道道字原闕。據明鈔本補。焉。遇暴不失節。狥人以至死。雖今婦人有不如者矣。惜鄭生非精人。徒悅其色而不徵其情性。向使淵識之士。必能揉變化之理。察神人之際。著文章之美。傳要妙之情。不止於賞翫風態而已。惜哉。建中二年。既濟自左拾遺與金吾吾原作吳。據明鈔本改。將軍裴冀。京兆少尹孫成。戶部郎中崔需。右拾遺陸淳。皆謫謫原作適。據明鈔本改。居東南。自秦徂吳。水陸同道。時前拾遺朱放。因旅遊而隨焉。浮潁涉淮。方舟沿流。晝讌夜話。各徵其異說。衆君子聞任氏之事。共深歎駭。因請既濟傳之。以志異云。沈既濟撰。

李萇

唐天寶中。李萇爲絳州司士。攝司戶事。舊傳此闕素凶。廳事若有小孔子出者。司戶必死。天下共傳司戶孔子。萇自攝職。便處此廳。十餘日。兒年十餘歲。如廁。有白裙婦人持其頭將上牆。人救獲免。忽不復見。萇大怒罵。空中以瓦擲中萇手。表弟崔氏。爲本州參軍本州參軍四字原闕。據黃本補。是日至萇所。言此野狐耳。曲沃饒鷹犬。當大致之。俄又擲糞於崔杯中。後數日。犬至。萇大獵。獲狡狐數頭。懸於簷上。夜中。聞簷上呼李司士云。此是狐婆作祟。何以枉殺我孃。兒欲就司士一飲。明日可具觴相待。萇云。己正有酒。明早來。及明。酒具而狐至。不見形影。具聞其言。萇因與交杯。至狐。其酒翕然而盡。狐累飲三斗許。萇唯飲二升。忽言云。今日醉矣。恐失禮儀。司士可罷。狐婆不足憂矣。明當送法禳之。翌日。萇將入衙。忽聞簷上云。領取法。尋有一團紙落。萇便開視。中得一帖。令施燈于于原作心。據明鈔本改。席。席後乃書符。符法甚備。萇依行之。其怪遂絕。出廣異記

太平廣記卷第四百五十三　狐七

王生　李自良　李令緒　裴少尹

王生

杭州有王生者。建中初。辭親之上國。收拾舊業。將投於親知。求一官耳。行至圃田。下道。尋訪外家舊莊。日晚。栢林中見二野狐倚樹如人立。手執一黃紙文書。相對言笑。旁若無人。生乃叱之。不爲變動。生乃取彈。因引滿彈之。且中其執書者之目。二狐遺書而走。王生遽往。得其書。纔一兩紙。文字類梵書而莫究識。遂緘於書袋中而去。其夕。宿於前店。因話於主人。方訝其事。忽有一人攜裝來宿。眼疾之甚。若不可忍。而語言分明。聞王之言曰。大是異事。如何得見其書。王生方將出書。主人見患眼者一尾垂下牀。因謂生曰。此狐也。王生遽收書於懷中。以手摸刀逐之。則化爲狐而走。一更後。復有人扣門。王生心動曰。此度更來。當與刀箭敵汝矣。其人隔門曰。爾若不還我文書。後無悔也。自是更無消息。王生祕其書。緘縢甚密。行至都下。以求官伺謁之事。期方賒緩。即乃典貼舊業田園。卜居近坊。爲生生之計。月餘。有一僮自杭州而至。縗裳入門。手執凶訃。王生迎而問之。則生已丁明鈔本無已丁二字。家難已已原作矣。據明鈔本改。數日。聞之慟哭之字哭字原闕。據明鈔本補。生因視其書。則母之手字云。吾本家秦。不願葬於外地。今江東田地物業。不可分毫破除。但都下之業。可一切處置。以資喪事。備具皆畢。然後自來迎接。接原作節。據明鈔本改。王生乃盡貨田宅。不候善價。得其資。備塗芻之禮。無所欠少。既而復籃舁東下。以迎靈轝。及至揚州。遙見一船子。上有數人。皆喜笑歌唱。漸近視之。則皆王生之家人也。意尙謂其家貨之。今屬他人矣。須臾。又有小弟妹搴簾而出。皆綵服笑語。驚怪之際。則其家人船上驚呼。又曰。郎君來矣。是何服飾之異也。王生潛令人問之。乃見見原作聞。據明鈔本改。其母驚出。生遽毀其縗絰。行拜而前。母迎而問之。其母駭曰。安得此理。王生乃出母送遺書。乃一張空紙耳。母又曰。吾所以來此者。前月得汝書云。近得一官。令吾盡貨江東之產。爲入京之計。今無可歸矣。及母出王生所寄之書。又一空紙耳。王生遂發使入京。盡毀其凶喪之具。因鳩集餘資。自淮却扶侍。且往江東。所有十無一二。纔得數間屋。至以庇風雨而已。有弟一人。別且數歲。一旦忽至。見其家道敗落。因徵其由。王生具話本末。又述妖狐事。曰。但應以此爲禍耳。其弟驚嗟。因出妖狐之書以示之。其弟纔執其書。退而置於懷中。曰。今日還我天書。言畢。乃化作一狐而去。出靈怪錄

李自良

唐李自良少在兩河間。落拓不事生業。好鷹鳥。常竭囊貨。爲鞲紲之用。馬燧之鎭太原也。募以能鷹犬從禽者。自良卽詣軍門。自上陳。自良質狀驍健。燧一見悅之。置於左右。每呼鷹逐獸。未嘗不愜心快意焉。數年之間。累職至牙門大將。因從禽。縱鷹逐一狐。狐挻入古壙中。鷹相隨之。自良卽下

馬。乘勢跳入壙中。深三丈許。其間朗明如燭。見塼塌上有壞棺。復有一道士長尺餘。執兩紙文書立於棺上。自良因掣得文書。不復有他物矣。遂臂鷹而出。道士隨呼曰。幸留文書。當有厚報。自良不應。乃視之。其字皆古篆。人莫之識。明旦。有一道士。儀狀風雅。詣自良。自良曰。仙師何所。道士曰。某非世人。以將軍昨日逼奪天符也。此非將軍所宜有。若見還。必有重報。自良固不與。道士因屏左右曰。將軍裨將耳。某能三年內。致本軍政。無乃極所願乎。自良曰。誠如此願。亦未可信。如何。道士卽超然奮身。上騰空中。俄有仙人絳節。玉童白鶴。徘徊空際。以迎接之。須臾復下。謂自良曰。可不見乎。此豈是妄言者耶。自良遂再拜。持文書歸之。道士喜曰。將軍果有福祚。後年九月內。當如約矣。於時貞元二年也。至四年秋。馬燧入覲。太原耆舊有功大將。官秩崇高者。十餘人從焉。自良職最卑。上問。太原北門重鎭。誰可代卿者。燧昏然不省。唯記自良名氏。乃奏曰。李自良可。上曰。太原將校。當有耆舊功勳者。自良後輩。素所未聞。卿更思量。燧倉卒不知所對。又曰。以臣所見。非自良莫可。如是者再三。上亦未之許。燧出見諸將。愧汗洽背。私誓其心。後必薦其年德最高者。明日復問。竟誰可代卿。燧依前昏迷。唯記擧自良。上曰。當俟議定於宰相耳。他日宰相入對。上問馬燧之將孰賢。宰相愕然。不能知其餘。亦皆以自良對之。乃拜工部尚書。太原節度使也。出河東記

李令緒

李令緒即兵部侍郎李紓堂兄。其叔選授江夏縣丞。令緒因往覲叔。及至坐久。門人報云。某小娘子使家人傳語。喚入。見一婢甚有姿態。云。娘子參拜兄嫂。且得令緒遠到。丞妻亦傳語云。娘子能來此看兒姪否。又云。妹有何飲食。可致之。婢去後。其叔謂令緒曰。汝知乎。吾與一狐知聞逾年矣。須臾。使人齎大食器至。黃衫奴舁。幷向來傳語語字原空闕。據許本補。婢同到。云。娘子續來。俄頃間。乘四鐶金飾轝。僕從二十餘人至門。丞妻出迎。見一婦人。年可三十餘。雙梳雲髻。光彩可鑒。婢等皆以羅綺。異香滿宅。令緒避入。其婦升堂坐訖。謂丞妻曰。令緒既是子姪。何不出來。令緒聞之。遂出拜。謂曰。我姪眞士人君子之風。坐良久。謂令緒曰。觀君甚長厚。心懷中應有急難於衆人。令緒亦知其故。談話盡日辭去。後數來。每至皆有珍饌。經半年。令緒擬歸東洛。其姑遂言。此度阿姑得令緒心矣。阿姑緣有厄。擬隨令緒到東洛。可否。令緒驚云。行李貧迫。要致車乘。計無所出。又云。但許。阿姑家自自原作事。據明鈔本改。假車乘。只將女子兩人。幷向來所使婢金花去。阿姑事。令緒應知。不必言也。但空一衣籠。令逐馳家人。每至關津店家。即略開籠。阿姑暫過歇了。開籠自然出行。豈不易乎。令緒許諾。及發。開籠。見三四黑影入籠中。出入不失前約。至東都。將到宅。令緒云。何處可安置。金花云。娘子要於倉中甚便。令緒即掃灑倉。密爲都置。唯逐馳奴知之。餘家人莫有知者。每有所要。金花即自來取之。阿姑時時一見。後數月云。厄已過矣。擬去。令緒問云。欲往何處。阿姑云。胡瓚除豫州刺史。緣二女成長。須有匹配。今與渠處置。令緒明年合格。臨欲選。家貧無計。乃往豫州。及入境。見牓云。我單門孤立。亦無親表。恐有擅託親故。妄索供擬。即獲時申報。必當科斷。往來商旅。皆傳胡使君清白。干謁者絕矣。令緒以此懼。進退久之。不獲已。乃潛入豫州。見有人參謁。亦無所得。令緒便投刺。史君卽時引入。一見極喜。如故人。云。雖未奉見。知公有急難。久佇光儀。來何晚也。卽授館。供給頗厚。一州云。自使君到。未曾有如此。每日入宅歡讌。但論時事。亦不言他。經月餘。令緒告別。璿云。卽與處置路糧。充選時之費。便集縣令曰。璿自到州。不曾有親故擾。李令緒天下俊秀。某平生永慕。慕原作展。據明鈔本改。奉咋一見。知是丈夫。以此重之。諸公合見耳。今請赴選。各須與致糧食。無令輕尠。官吏素畏其威。自縣令已下。贈絹無數十匹已下者。令緒獲絹千疋。仍備行裝。又留宴別。令緒因出戟門。見別有一門。金花自內出云。娘子在山亭院要相見。及入。阿姑已出。喜盈顏色。曰。豈不能待嫁二女。又云。令緒買得甘子。不與令姑。太慳也。令緒驚云。實買得。不敢特送。笑云。此戲言耳。君所買者不堪。阿姑自有上者。與令緒將去。命取之。一一皆大如拳。既別。又喚令緒迴云。時方艱難。所將絹帛行李。恐遇盜賊。爲之奈何。乃曰。借與金花將去。但有事急。一念金花。卽當無事。令緒行數日。果遇盜五十餘人。令緒恐懼墜馬。忽思金花。便見精騎三百餘人。自山而來。軍容甚盛。所持器械。光可以鑒。殺賊略盡。金花命騎士却掣馳。仍處分兵馬好去。欲至京。路店宿。其主人女病。云是妖魅。令緒問主人曰。是何疾。答云。似有妖魅。歷諸醫術。無能暫愈。令緒云。治却何如。主人珍重辭謝。乞相救。但得校損。報效不輕。遂念金花。須臾便至。具陳其事。略見女之病。乃云。易也。遂結一壇。焚香爲呪。俄頃。有一狐甚疥癘。縛至壇中。金花決之一百。流血遍地。遂逐之。其女便愈。及到京。金花辭令緒。令緒云。遠勞相送。無可贈別。乃致酒饌。飲酣謂曰。旣無形跡。亦有一言。得無難乎。金花曰。有事但言。令緒云。願聞阿姑家事來由也。對曰。娘子本某太守女。其叔父昆弟。與令緒不遠。嫁爲蘇氏妻。遇疾終。金花是從嫁。後數月亦卒。故得在娘子左右。天帝配娘子爲天狼將軍夫人。故有神通。金花亦承阿郎餘蔭。胡史君卽阿郎親子姪。昨所治店家女。其狐是阿郎門側役使。此輩甚多。金花能制之。云銳騎救難者。是天兵。金花要換。不復多少。令緒謝之云。此何時當再會。金花云。本以姻緣運合。只到今日。自此姻緣斷絕。便當永辭。令緒惆悵良久。傳謝阿姑。千萬珍重。厚與金花贈遺。悉不肯受而去。胡璿後歷數州刺史而卒。出騰聽異志錄

裴少尹

唐貞元中。江陵少尹裴君者。亡其名。有子十餘歲。聰敏。有文學。風貌明秀。裴君深念之。後被病。旬日益甚。醫藥無及。裴君方求道術士。用呵禁之。冀瘳其苦。有叩門者。自稱高氏子。以符術爲業。裴卽延入。令視其子。生曰。此子非他疾。乃妖狐所爲耳。然某有術能愈之。卽謝而祈焉。生遂以符術考召。近食頃。其子忽起曰。某病今愈。裴君大喜。謂高生爲眞術士。具食飲。已而厚贈繒帛。謝遣之。生曰。自此當日日來候耳。遂去。其子他疾雖愈。而神魂不足。往往狂語。或笑哭不可禁。高生每至。裴君卽以此且祈之。生曰。此子精魄。已爲妖魅所繫。繫原作擊。據明鈔本改。今尙未還耳。不旬日當間。幸無以憂。裴信之。居數日。又有王生者。自言有神符。能以呵禁除去妖魅疾。來

謁。裴與語。謂裴曰。聞君愛子被病。且未瘳。願得一見矣。裴卽使見其子。生大驚曰。此郎君病狐也。不速治。當加甚耳。裴君因話高生。王笑曰。安知高生不爲狐。乃坐。方設席爲呵禁。高生忽至。旣入大罵曰。奈何此子病愈。而乃延一狐於室內耶。卽爲病者耳。王見高來。又罵曰。果然妖狐。今果至。安用爲他術考召哉。二人紛然。相訴辱不已。裴氏家方大駭異。忽有一道士至門。私謂家僮曰。聞裴公有子病狐。吾善視鬼。汝但告。請入謁。家僮馳白裴君。出話其事。道士曰。易與耳。入見二人。二人又詬曰。此亦妖狐。安得爲道士惑人。道士亦罵之曰。狐當還郊野墟墓中。何爲撓人乎。旣而閉戶相鬬毆。數食頃。裴君益恐。其家僮惶惑。計無所出。及暮。闃然不聞聲。開視。三狐皆仆地而喘。不能動矣。裴君盡鞭殺之。其子後旬月乃愈矣。出宣室志

太平廣記卷第四百五十四　狐八

張簡棲　薛夔　計眞　劉元鼎　張立本
姚坤　尹瑗　韋氏子

張簡棲

南陽張簡棲。唐貞元末。於徐泗間以放鷹爲事。是日初晴。鷹擊拏不中。騰沖入雲路。簡棲望其蹤。與徒從分頭逐覓。俄至夜。可一更。不覺至一古墟之中。忽有火燭之光。迫而前。乃一塚穴中光明耳。前覘之。見狐憑几。尋讀冊子。其旁有群鼠。益湯茶。送果栗。皆人拱手。簡棲怒呵之。狐驚走。收拾冊子。入深黑穴中藏。簡棲以鷹竿挑得一冊子。乃歸。至四更。宅外聞人叫索冊子聲。出覓卽無所見。至明。皆失所在。自此夜夜來索不已。簡棲深以爲異。因攜冊子入郭。欲以示人。往去郭可三四里。忽逢一知己。相揖。問所往。簡棲乃取冊子。話狐狀。前人亦驚笑。接得冊子。便鞭馬疾去。廻顧簡棲曰。謝以冊子相還。簡棲逐之轉急。其人變爲狐。馬變爲麞。不可及。廻車入郭。訪此宅知己。元在不出。方知狐來奪之。其冊子裝束。一如人者。紙墨亦同。皆狐書。不可識。簡棲猶錄得頭邊三數行。以示人。今列於後。缺文

薛夔

貞元末。驍衛將軍薛夔寓居永寧龍興觀之北。多妖狐。夜則縱横。逢人不忌。夔舉家驚恐。莫知所如。或謂曰。妖狐最憚獵犬。西鄰李太尉第中。鷹犬頗多。何不假其駿異者。向夕以待之。夔深以爲然。卽詣西鄰子弟具述其事。李氏喜聞。羈三犬以付焉。是夕月明。夔縱犬。與家人輩密覘之。見三犬皆被羈靮。三狐跨之。奔走庭中。東西南北。靡不如意。及曉。三犬困殆。寢而不食。纔暝。復爲乘跨。廣庭蹴蹋。犬稍留滯。鞭策備至。夔無奈何。竟徙（徙原作從。據明鈔本改。）焉。（出集異記）

計眞

唐元和中。有計眞家僑青齊間。嘗西遊長安。至陝。眞與陝從事善。是日將告去。從事留飮酒。至暮方與別。及行未十里。遂兀然墮馬。而二僕驅其衣囊前去矣。及眞醉寤。已曛黑。馬亦先去。因顧道左小逕有馬溺。卽往尋之。不覺數里。忽見朱門甚高。槐柳森然。眞旣亡僕馬。悵然。遂叩其門。已扃鍵。有小童出視。眞卽問曰。此誰氏居。曰。李外郎别墅。眞請入謁。僮遽以告之。頃之。令人請客入。息於賓館。卽引入門。其左有賓位甚淸敞。所設屛障。皆古山水及名畫圖經籍。茵榻之類。率潔而不華。眞坐久之。小僮出曰。主君且至。俄有一丈夫。年約五十。朱紱銀章。儀狀甚偉。與生相見。揖讓而坐。生因具述從事故人。留飮酒。道中沈醉。不覺曛黑。僕馬俱失。願寓此一夕可乎。李曰。但慮此卑隘。不可安貴客。寧有間耶。眞媿謝之。李又曰。某嘗從事於蜀。尋以疾罷去。今則歸休於是矣。因與議。語甚敏博。眞頗慕之。又命家僮訪眞僕馬。俄而皆至。卽舍之。旣而設饌共食。食竟。飲酒數盃而寐。明日。眞晨起告去。李曰。願更得一日侍歡笑。生感其意。卽留。明日乃別。及至京師。居月餘。有欵其門者。自稱進士獨孤沼。眞延坐與語。甚聰辯。且謂曰。某家於陝。昨西來。過李外郞。談君之美不暇。且欲與君爲姻好。故令某奉謁。話此意。君以爲何如。喜而諾之。沼曰。某今還陝。君東歸。當更訪外郞。且謝其意也。遂別去。後旬月。生還詣外郞別墅。李見眞至。大喜。生卽話獨孤沼之言。因謝之。李遂留生。卜卜原作十。據明鈔本改。日就禮。妻色甚姝。且聰敏柔婉。生留旬月。乃挈妻孥歸青齊。自是李君音耗不絕。生奉道。每晨起。閱黃庭內景經。李氏常止之曰。君好道。寧如秦皇漢武乎。求仙之力。又孰若秦皇漢武乎。彼二人貴爲天子。富有四海。竭天下之財以學神仙。尙崩於沙丘。葬於茂陵。況君一布衣。而乃惑於求仙耶。眞叱之。乃終卷。意其知道者。亦不疑爲他類也。後歲餘。眞挈家調選。至陝郊。李君留其女。而遣生來京師。明年秋。授兗州參軍。李氏隨之官。數年罷秩。歸齊魯。又十餘年。李有七子二女。才質姿貌。皆居衆人先。而李容色端麗。無殊少年時。生益鍾念之。無何。被疾且甚。生奔走醫巫。無所不至。終不愈。一旦屏人握生手。嗚咽流涕自言曰。妾自知死至。然忍羞以心曲告君。幸君寬罪宥戾。使得盡言。已歔欷不自勝。生亦爲之泣。固慰之。乃曰。一言誠自知受責於君。顧九稚子猶在。以爲君累。尙感一發口。且妾非人間人。天命當與君偶。得以狐狸賤質。奉箕帚二十年。未嘗纖芥獲罪。權明鈔本權作敢。以他類貽君憂。一女子血誠。自謂竭盡。今日求去。不敢以妖幻餘氣託君。念稚弱滿眼。皆世間人爲綢續。及某氣盡。願少念弱子心。無以枯骨爲讐。得全支體。埋之土中。乃百生之賜也。言終又悲慟。淚百行下。生驚恍恍原作悅。據明鈔本改。傷感。咽不能語。相對泣良久。以被蒙首。背壁臥。食頃無聲。生遂發被。見一狐死被中。生特感悼之。爲之斂葬之制。皆如人禮訖。生徑至陝。訪李氏居。墟墓荊棘。闃無所見。惆悵還家。居歲餘。七子二女。相次而卒。視其骸。皆人也。而終無惡心。出宣室志

劉元鼎

舊說。野狐名紫狐。夜擊尾火出。將爲怪。必戴髑髏拜北斗。髑髏不墜。則化爲人矣。劉元鼎爲蔡州。蔡州新破。食場狐暴。劉遣吏主主原作生。據明鈔本改。捕。日於毬場縱犬。逐之爲樂。經年所殺百數。後獲一疥狐。縱五六犬。皆不敢逐。狐亦不走。劉大異之。令訪大將家獵狗及監軍亦自誇誇原作跨。據明鈔本改。巨犬至。皆弭環守之。狐良久緩跡。直上設廳。穿臺盤。出廳後。及城牆。俄失所在。劉自是不復命捕。道術中有天狐別行法。言天狐九尾。金色。役於日月宮。有符有醮日。可以洞達陰陽。出酉陽雜俎

張立本

唐丞相牛僧孺在中書。草場官張立本有一女。爲妖物所魅。其妖來時。女卽濃粧盛服。於閨中。如與

人語笑。其去。卽狂呼號泣不已。久每自稱高侍郎。一日。忽吟一首云。危冠廣袖楚宮粧。獨步閑廳逐夜凉。自把玉簪敲砌竹。淸歌一曲月如霜。立本乃隨口抄之。立本與僧法舟爲友。至其宅。遂示其詩云。某女少不曾讀書。不知因何而能。舟乃與立本兩粒丹。令其女服之。不旬日而疾自愈。其女說云。宅後有竹叢。與高鍇侍郎墓近。其中有野狐窟穴。因被其魅。服丹之後。不聞其疾再發矣。出會昌解頤錄

姚坤

太和中。有處士姚坤不求榮達。常以釣漁自適。居於東洛萬安山南。以琴尊自怡。其側有獵人。常以網取狐兎爲業。坤性仁。恒收贖而放之。如此活者數百。坤舊有莊。質於嵩嶺菩提寺。坤持其價而贖之。其知莊僧惠沼行兇。率常於閴處鑿井深數丈。投以黃精數百斤。求人試服。觀其變化。乃飲坤大醉。投於井中。以磑石咽其井。坤及醒。無計躍出。但饑茹黃精而已。如此數日夜。忽有人於井口召坤姓名。謂坤曰。我狐也。感君活我子孫不少。故來教君。我狐之通天者。初穴於塚。因上竅。乃窺天漢星辰。有所慕焉。恨身不能奮飛。遂凝盻注神。忽然不覺飛出。躡虛駕雲。登天漢。見仙官而禮之。君但能澄神泯慮。注盻玄虛。如此精確。不三旬而自飛出。雖竅之至微。無所礙矣。坤曰。汝何據耶。狐曰。君不聞西昇經云。神能飛形。亦能移山。君其努力。言訖而去。坤信其說。依而行之。約一月。忽能跳出於磑孔中。遂見僧。大駭。視其井依然。僧禮坤詰其事。坤告曰。但於中餌黃精一

月。身輕如神。自能飛出。竅所不礙。僧然之。遣弟子。以索墜下。約弟子一月後來窺。弟子如其言。月餘來窺。僧已斃於井耳。坤歸旬日。有女子自稱夭桃。詣坤。云是富家女。誤爲年少誘出。失蹤不可復返。願持箕帚。坤見其（其原作之。據明鈔本改。）妖麗冶容。至于篇什書札。（書札原作等禮。據明鈔本改。）俱能精至。坤亦念之。後坤應制。挈夭桃入京。至盤豆館。夭桃不樂。取筆題竹簡。爲詩一首曰。鉛華久御向人間。欲捨鉛華更慘顏。縱有青丘今夜月。無因重照舊雲鬟。吟諷久之。坤亦釁然。忽有曹牧遣人執良犬。將獻裴度。入館。犬見夭桃。怒目掣鎖。蹲步上階。夭桃亦化爲狐。跳上犬背抉其目。大驚。騰號出館。望荊山而竄。坤大駭。逐之行數里。犬已斃。狐即不知所之。坤惆悵悲惜。盡日不能前進。及夜。有老人挈美醞詣坤。云是舊相識。既飲。坤終莫能達相識之由。老人飲罷。長揖而去。云。報君亦足矣。吾孫亦無恙。遂不見。坤方悟狐也。後寂無聞矣。（出傳記）

尹瑗

尹瑗者。嘗舉進士不中第。爲太原晉陽（太原晉陽原作太陽晉原。據宣室志十改。）尉。既罷秩。退居郊野。以文墨自適。忽一日。有白衣丈夫來謁。自稱吳興朱氏子。早歲嗜學。竊聞明公以文業自負。願質疑於執事。無見拒。瑗即延入與語。且徵其說。云。家僑嵐川。早歲與御史王君皆至北門。今者寓跡於王氏別業累年。自此每四日輒一來。甚敏辯縱橫。詞意典雅。瑗深愛之。瑗因謂曰。吾子機辯玄奧。可以從郡國之遊。爲公侯高客。何乃自取沈滯。隱跡叢莽。生曰。余非不願謁公侯。且懼旦夕有不虞之禍。琰曰。何爲發不祥之言乎。朱曰。某自今歲來。夢卜有窮盡之兆。琰卽以詞慰諭之。生頗有愧色。色原作生。據明鈔本改。後至重陽日。有人以濃醞一瓶遺琰。朱生亦至。因以酒飲之。初詞以疾。不敢飲。已而又曰。佳節相遇。豈敢不盡主人之歡耶。卽引滿而飲。食頃。大醉告去。未行數十步。忽仆于地。化爲一老狐。酩酊不能動矣。琰卽殺之。因訪王御史別墅。有老農謂琰曰。王御史弁之裨將。往歲戍於嵐川。爲狐媚病而卒。已累年矣。墓於村北數十步。卽命家僮尋御史墓。果有穴。琰後爲御史。竊話其事。時唐太和初也。出宣室志

韋氏子

杜陵韋氏子家于韓城。有別墅在邑北十餘里。開成十年秋自邑中遊焉。日暮。見一婦人素衣。挈一瓢。自北而來。謂韋曰。妾居邑北里中有年矣。家甚貧。今爲里胥所辱。將訟于官。幸吾子紙筆書其事。妾得以執詣邑。冀雪其恥。韋諾之。婦人卽揖韋坐田野。衣中出一酒巵曰。瓢中有酒。願與吾子盡醉。於是注酒一飲韋。韋方擧巵。會有獵騎從西來。引數犬。婦人望見。卽東走數十步。化爲一狐。韋大恐。視手中巵。乃一髑髏。酒若牛溺之狀。韋因病熱。月餘方瘳。出宣室志

太平廣記卷第四百五十五

狐九

張直方

唐咸通庚寅歲。盧龍軍節度使檢校尚書左僕射張直方。抗表請修入覲之禮。優詔允焉。先是張氏世蒞燕土。燕民世服其恩。禮燕臺之嘉賓。撫易水之壯士。地沃兵庶。朝廷每姑息之。洎直方之嗣事也。出綺紈之中。據方嶽之上。未嘗以民間休戚爲意。而酣酒于室。淫獸于原。巨賞狎於皮冠。厚寵集於綠幘。暮年而三軍大怨。直方稍不自安。左右有爲其計者。乃盡室西上至京。懿宗授之左武衛大將軍。而直方飛蒼走黃。莫親徼道之職。往往設罝罘於通道。則犬彘無遺。臧獲有不如意者。立殺之。或曰。輦轂之下。不可專戮。其母曰。尚有尊於我子者耶。其僭軼可知也。於是諫官列狀上。請收付廷尉。天子不忍寘于法。乃降爲燕王府司馬。俾分務洛師焉。直方至東都。既不自新。而慢遊愈極。洛陽四旁。翥者攫者。見皆識之。必群噪長嗥而去。有王知古者。東諸侯之貢士也。雖薄涉儒術。而數不中春官選。乃退遊于山川之上。以擊鞠揮觴爲事。遨遊於南鄰北里間。至是有紹介於直方者。直方延之。覩其利喙贍辭。不覺前席。自是日相狎。壬辰歲冬十一月。知古嘗晨興。僦舍無煙。愁雲塞望。悄然弗怡。乃徒步造直方第。至則直方急趨。將出畋也。謂知古曰。能相從乎。而知古以祁寒有難色。直方顧仆僮曰。取短皁袍來。請知古衣之。知古乃上加麻衣焉。遂聯轡而去。出長夏門則微霰初零。由闕塞而密雪如注。乃渡伊水而東南。踐萬安山之陰麓。而鞲弋之獲甚夥。傾羽觴。燒兎肩。殊不覺有嚴冬意。及霰開雪霽。日將夕焉。忽有封狐突起於知古馬首。乘酒馳之。數里不能及。又與獵徒相失。須臾。雀噪烟暝。莫知所如。隱隱聞洛城暮鐘。但彷徨於樵徑古陌之上。俄而山川暗然。若一鼓將半。長望間。有炬火甚明。乃依積雪光而赴之。復若十餘里。至則喬林交柯。而朱門中開。皓壁橫亘。眞北闕之甲第也。知古及門下馬。將徙倚以待旦。旦原作且。據明鈔本改。無何。小駟頓轡。閽者覺之。隔闔而問阿誰。知古應曰。成周貢士太原王知古也。今旦有友人將歸于崆峒舊隱者。僕餞之伊水濱。不勝離觴。既摻袂。馬逸。復不能止。失道至此耳。遲明將去。幸無見讓。閽曰。此乃南海副使崔中丞之莊也。主父近承天書赴闕。郎君復隨計吏西征。此唯閨閫中人耳。豈可淹久乎。某不敢去留。請聞于內。知古雖怵惕不寧。自度中宵矣。去將安適。乃拱立以俟。少頃。有秉蜜炬自內至者。振管闢扉。引保母出。知古前拜。仍述厥由。母曰。夫人傳語。主與小子皆不在家。於禮無延客之道。然僻居與山藪接畛。豺狼所嘷。若固相拒。是見溺而不援也。請舍外廳。翌日可去。知古辭謝。從保母而入。過重門側聽所。欒櫨宏敞。帷幕鮮華。張銀燈。設綺席。命知古座焉。酒三行。復陳方丈之饌。豹胎魴腴。窮水陸之美者。保母亦時來相勉。食畢。保母復問知古世嗣官族。及內外姻黨。知古具言之。乃曰。秀才軒裳令胄。金玉奇標。既富春秋。又潔操履。斯實淑媛之賢夫也。小君以鍾愛稚女。將及笄年。常託媒妁。爲求佳對久矣。今夕何夕。獲遘良人。潘楊之睦可遵。鳳凰之兆斯在。未知雅抱何如耳。知古斂容曰。僕文愧金聲。才非玉潤。豈室家爲望。唯泥塗是憂。不謂寵及迷津。慶逢子夜。聆清音於魯館。逼佳氣於秦臺。二客遊神。方茲莫計。三星委照。唯恐不揚。儻獲託彼彊宗。睠以嘉偶。則平生所志。畢在斯乎。保母喜。謔浪而入白。復出致小君之命曰。兒自移天崔門。實秉懿範。奉蘋蘩之敬。知琴瑟之和。唯以稚女是懷。思配君子。旣辱高義。乃叶夙心。上京飛書。路且不遙。百兩陳禮。事亦非僭。忻慰孔多。傾矚而已。知古罄折而答曰。某虫沙微類。分及湮淪。而鐘鼎高門。忽蒙採拾。有如白水。以奉淸塵。鶴企鳧趨。唯待休旨。知古復拜。保母戲曰。他日錦雉之衣欲解。青鸞之匣全開。貌如月暈。室若雲迷。此際頗相念否。知古謝曰。以凡近仙。自地登漢。不有所擧。孰能自媒。謹當銘彼襟靈。志之紳帶。期於沒齒。佩以周旋。復拜。時則月沈當庭。實爲良夜。保母請知古脫服以休。旣解麻衣而皁袍見。保母謂曰。豈有縫掖之士。而服短後之衣耶。知古謝曰。此乃假之於與所遊熟者。固非己有。又問所從。答曰。乃盧龍張直方僕射所借耳。保母忽驚叫仆地。色如死灰。旣起。不顧而走入宅。遙聞大叱曰。夫人差事。宿客乃張直方之徒也。復聞夫人音叱曰。火急逐出。無啓寇讎。於是婢子小豎輩羣從。秉猛炬。曳白棓而登階。知古恇懹。趍（明鈔本趍作趨。）於庭中。四顧遜謝。詈言狎至。僅得出門。纔出。已橫關闔扉。猶聞諠譁未已。知古愕立道左。自歎久之。將隱頹垣。乃得馬於其下。遂馳去。遙望大火若燎原者。乃縱轡赴之。至則輸租車方飯牛附火耳。詢其所。則伊水東。草店之南也。復枕轡假寐。食頃而震方洞然。心思稍安。乃揚鞭於大道。比及都門。已有直方騎數輩來跡矣。遙至其第。既見直方。而知古憤懣不能言。直方慰之。坐定。知古乃述宵中怪事。直方起而撫髀曰。山魑木魅。亦知人間有張直方耶。且止知古。復益其徒數十人。皆射皮飲羽者。享以巵酒豚肩。與知古復南出。既至萬安之北。知古前導。殘雪中馬跡宛然。直詣栢林下。至則碑板廢於荒坎。樵蘇殘於密林。中列大冢十餘。皆狐兎之窟宅。其下成蹊。於是直方命四周張羅。彀弓以待。內則束藴荷鍤。且掘且燻。少頃。群狐突出。燋頭爛額者。罥掛者。應弦飲羽者。凡獲狐大小百餘頭以歸。出三水小牘

張謹

道士張謹者。好符法。學雖苦而無成。嘗客遊至華陰市。見賣瓜者。買而食之。旁有老父。謹覺其飢色。取以遺之。累食百餘。謹知其異。奉之愈敬。將去。謂謹曰。吾土地之神也。感子之意。有以相報。因出一編書曰。此禁狐魅之術也。宜勤行之。謹受之。父亦不見。爾日。宿近縣村中。聞其家有女子啼呼。狀若狂者。以問主人。對曰。家有女。近得狂疾。每日昃。輒靚粧盛服。云召胡郎來。非不療理。無如之何也。謹卽爲書符。施簷戶間。是日晚間。簷上哭泣且罵曰。何物道士。預他人家事。宜急去之。謹怒呵之。良久大言曰。吾且爲奴去。去原作矣。據明鈔本改。遂寂然。謹復書數符。病卽都差。主人遺絹數十疋以謝之。謹嘗獨行。既有重齎。須得傔力。停數日。忽有二奴詣詣原作請。據明鈔本改。謹。自稱曰。德兒、歸寶。嘗事崔氏。崔出官。因見捨棄。今無歸矣。願侍左右。謹納之。二奴

皆謹願賺利。尤可憑信。謹東行。凡書囊符法。行李衣服。皆付歸寶負之。將及關。歸寶忽大罵曰。以我爲奴。如役汝父。因絕走。謹駭怒逐之。其行如風。倏忽不見。既而德兒亦不見。所齎之物。皆失之矣。時秦隴用兵。關禁嚴急。客行無驗。皆見刑戮。既不敢東度。復還主人。具以告之。主人怒曰。寧有是事。是無厭。復將撓我耳。因止於田夫之家。絕不供給。遂爲耕夫邀與同作。晝耕夜息。疲苦備至。因憩大樹下。仰見二兒曰。吾德兒、歸寶也。汝之爲奴苦否。又曰。此符法我之書也。失之已久。今喜再獲。吾豈無情於汝乎。因擲行李還之曰。速歸。鄉人待爾書符也。即大笑而去。景得行李。復詣主人。方異之。更遺絹數疋。乃得去。自爾遂絕書符矣。出稽神錄

昝規

唐長安昝規因喪母。又遭火。焚其家產。遂貧乏委地。兒女六人盡孩幼。規無計撫養。其妻謂規曰。今日貧窮如此。相聚受飢寒。存活終無路也。我欲自賣身與人。求財以濟君及我兒女。如何。規曰。我偶喪財產。今日窮厄失計。致爾如此。我實不忍。妻再言曰。若不如此。必盡飢凍死。規方允之。數日。有一老父及門。規延入。言及兒女飢凍。妻欲自賣之意。老父傷念良久。乃謂規曰。我累世家實。明鈔本家實作富家。住藍田下。適聞人說君家妻意。今又見君言。我今欲買君妻。奉錢十萬。規與妻皆許之。老父翌日。送錢十萬。便挈規妻去。仍謂規曰。或兒女思母之時。但攜至山下訪我。當令相見。經三載後。兒女皆死。又貧乏。規乃乞食於長安。忽一日。思老父言。因往藍田下訪之。俄見一

野寺。門宇華麗。狀若貴人宅。守門者詰之。老父命規入。設食。彙出其妻。與規相見。其妻聞兒女皆死。大號泣。遂氣絕。其老父驚走入。且大怒。擬謀害規。規亦怯懼走出。廻顧已失宅所在。見其妻死於古塚前。其塚旁有穴。規乃自山下共發塚。見一老狐走出。乃知其妻爲老狐所買耳。出奇事記

狐龍

驪山下有一白狐。驚撓山下人。不能去除。唐乾符中。忽一日突溫泉自浴。須臾之間。雲蒸霧湧。狂風大起。化一白龍。昇天而去。後或陰晴。往往有人見白龍飛騰山畔。如此三年。忽有一老父。每臨夜。卽哭於山前。數日。人乃伺而問其故。老父曰。我狐龍死。故哭爾。人問之。何以名狐龍。老父又何哭也。老父曰。狐龍者。自狐而成龍。三年而死。我狐龍之子也。人又問曰。狐何能化爲龍。老父曰。此狐也。稟西方之正氣而生。胡白色。不與衆遊。不與近處。狐託於驪山下千餘年。後偶合於雌龍。上天知之。遂命爲龍。亦猶人間自凡而成聖耳。言訖而滅。出奇事記

滄渚民

江南無野狐。江北無鷓鴣。舊說也。晉天福甲辰歲。公安縣滄渚村民辛家。犬逐一婦人。登木而墜。爲犬嚙死。乃老狐也。尾長七八尺。則正正原作止。據明鈔本改。首之妖。江南不謂無也。但稀有耳。蜀中彭漢邛蜀絕無。唯山郡往往而有。里人號爲野犬。更有黃腰。尾長頭黑。腰間焦黃。或於村落鳴。則有

不祥事。出北夢瑣言

民婦

世說云。狐能魅人。恐不虛矣。鄉民有居近山林。民婦嘗獨出於林中。則有一狐。忻然搖尾。款款原作數。據明鈔本改。步循擾擾原作優。據明鈔本改。於婦側。或前或後。莫能遣之。如是者爲常。或聞丈夫至則遠之。弦弧不能及矣。忽一日。婦與姑同入山掇蔬。狐亦潛逐之。婦姑於叢間稍相遠。狐卽出草中。搖尾而前。忻忻然如家犬。婦乃誘之而前。以裙裙裹之。呼其姑共擊之。舁而還家。隣里競來觀之。則瞑其雙目。如有羞赧之狀。因斃之。此雖有魅人之異。而未能變。任氏之說。豈虛也哉。出玉堂閑話

太平廣記卷第四百五十六　蛇一

率然

西方山中有蛇。頭尾差大。有色五彩。人物觸之者。中頭則尾至。中尾則頭至。中腰則頭尾並至。名曰率然。會稽常山。最多此蛇。孫子兵法曰。將之三軍。勢如率然也。出神異經

蛇丘

東海有蛇丘。地險。多漸洳。衆蛇居之。無人民。蛇或人頭而蛇身。出方中記

崑崙西北山

崑崙西北有山。周迴三萬里。巨蛇繞之。得三周。蛇爲長九萬里。蛇常居此山。飲食滄海。出玄中記

綠蛇

顧渚山賴石洞。有綠蛇長可三尺餘。大類小指。好棲樹杪。視之若鞶帶。纏於柯葉間。無螫毒。見人則空中飛。出顧渚山記

報冤蛇

嶺南有報冤蛇。人觸之。卽三五里隨身卽至。若打殺一蛇。則百蛇相集。將蜈蚣自防。乃免。出朝野僉載

毒蛇

山南五溪黔中。皆有毒蛇。烏而反鼻。蟠於草中。其牙倒勾。去人數步。直來。疾如激箭。螫人立死。中手卽斷手。中足卽斷足。不然則全身腫爛。百無一活。謂蝮蛇也。有黃喉蛇。好在舍上。無毒。不害人。唯善食毒蛇。食飽。垂頭直下。滴沫。地噴起。變爲沙虱。中人爲疾。額上有大王字。衆蛇之長。常食蝮蛇。出朝野僉載

種黍來蛇

種黍來蛇。燒羖羊角及頭髮。則蛇不敢來。出朝野僉載

蚺蛇

蚺蛇。大者五六丈。圍五六尺。以次者亦不下三四丈。圍亦稱是。身斑。文如錦纈。里人云。春夏多於山林中等鹿。鹿過則銜之。自尾而吞。唯頭角礙於口外。卽深入林樹間。閣其首。伺鹿壞。頭角墜地。鹿身方嗾入腹。如此後。蛇極羸弱。及其鹿消。壯俊悅澤。勇健於未食鹿者。或云。一年則食一鹿。出嶺表錄異

又

一說。蚺蛇常吞鹿。鹿消盡。乃繞樹出骨。養瘡時。肪腴甚美。或以婦人衣投之。則蟠而不起。其膽

上旬近頭。中旬近尾。出酉陽雜俎

蚺蛇膽

泉建州進蚺蛇膽。五月五日取時膽。兩柱相去五六尺。擊蛇頭尾。以杖於腹下來去扣之。膽卽聚。以刀刲取。藥封放之。不死。復更取。看肋下有痕。卽放。出朝野僉載

雞冠蛇

雞冠蛇。頭如雄雞有冠。身長尺餘。圍可數寸。中人必死。會稽山下有之。出錄異記

爆身蛇

爆身蛇。長一二尺。形如灰色。聞人行聲。林中飛出。狀若枯枝。横來擊人。中者皆死。出錄異記

黃頷蛇

黃頷蛇。長一二尺。色如黃金。居石縫中。欲雨之時。作牛吼聲。中人亦死。四明山有之。出錄異記

藍蛇

藍蛇。首有大毒。尾能解毒。出梧州陳家洞。南人以首合毒藥。謂之藍藥。藥人立死。取尾服。服原作脂。據明鈔本改。反解毒藥。出酉陽雜俎

巴蛇

巴蛇食象。三歲而出其骨。食之無心腹之疾。出博物志

蠻江蛇

南安蠻江蛇。至五六月。有巨蛇泛流登岸。首如張帽。萬萬蛇隨之。入越王城。出酉陽雜俎

兩頭蛇

韶州多兩頭蛇。爲蟻封以避水。蟻封者。蟻子聚土爲臺也。蒼梧亦多兩頭蛇。長不過一二尺。或云。蚯蚓所化。出嶺南異物志

顏回

顏回、子路共坐於夫子之門。有鬼魅求見孔子。其目若合日。其狀狀原作時。據明鈔本改。甚偉。子路失魄。口噤不得言。顏淵乃納履杖劒前。捲握其腰。於是形化成蛇。卽斬之。孔子出觀。歎曰。勇者不

懼。智者不惑。智者不勇。勇者不必有智。出小說

蜀五丁

周顯王三十二年。蜀使使朝秦。秦惠王數以美女進蜀王。感之故朝。惠王知蜀王好色。許嫁五女於蜀。蜀遣五丁迎之。還到梓潼。見一蛇入穴中。一人攬其尾。拽之不禁。至五人相助。大呼拔蛇。山崩。同時壓殺五丁及秦五女。而山分爲五嶺。直上有平石。蜀王痛悼。悼原作復。據明鈔本改。乃登之。因命曰五女塚山。於平石上爲望婦候。作思妻臺。今其山或名五丁塚。出華陽國志

昭靈夫人

小黄縣者。宋地黄鄉也。沛公起兵野戰。喪皇妣于黄鄉。天下平定。乃使使者以梓宮招魂幽野。於是有丹蛇在水。自灑濯。入于梓宮。其浴處有遺髮。故謚曰昭靈夫人。出陳留風俗傳

張寬

漢武帝時。張寬爲揚州刺史。先是有老翁二人爭地山。詣州訟疆界。連年不決。寬視事復來。寬窺二翁形狀非人。令卒持戟將入。問汝何等精。翁走。寬呵格之。化爲二蛇。出搜神記

竇武

後漢竇武母產武而幷產一蛇。送之野中。後母卒。及葬未窆。有大蛇捧草而出。徑至喪所。以頭擊柩。涕血皆流。俯仰詰屈。若哀泣之容。有頃而去。時人知爲竇氏之祥。出搜神記

楚王英女

魯少千者得仙人符。楚王少女英爲魅所病。請少千。少千未至數十里。止宿。夜有乘鼈蓋車。從數千騎來。自稱伯敬。候少千。遂請內酒數榼。肴餤數案。臨別言。楚王女病。是吾所爲。君若相爲一還。我謝君二十萬。千受錢。卽爲還。從他道詣楚。爲治之。於女舍前。有排戶者。但聞云。少千欺汝翁。遂有風聲西北去。視處有血滿盆。女遂絕氣。夜半乃蘇。王使人尋風。於城西北得一死蛇。長數丈。小蛇千百。伏死其旁。後詔下郡縣。以其日月。大司農失錢二十萬。太官失案數具。少千載錢上書。具陳說。天子異之。出列異傳

張承母

張承之母孫氏懷承之時。乘輕舟遊於江浦之際。忽有白蛇長三丈。騰入舟中。母呪曰。君爲吉祥。勿毒噬我。乃篋而將還。置諸房內。一宿視之。不復見蛇。嗟而惜之。鄰人相謂曰。昨見張家有一白

鶴。聳翮凌雲。以告承母。使筮之。卜人曰。此吉祥也。蛇鶴延年之物。從室入雲。自卑升高之象。昔吳王闔閭葬其妹。殉以美女。名劒寶物。窮江南之富。未及十七年。雕雲覆於溪谷。美女遊於街上。白鶴翔於林中。白虎嘯於山側。皆是昔之精靈。今出世。當使子孫位超臣極。擅名江表。若生子。可以爲名。及生承。名白鶴。承生昭。位至丞相。爲輔吳將軍。年踰九十。蛇鶴之祥也。出王子年拾遺記

馮緄

車騎將軍巴郡馮緄爲議郎。發綬笥。有二赤蛇可長三尺。分南北走。大用憂怖。卜云。此吉祥也。君後當爲邊將。以東爲名。復五年。果爲大將軍。尋拜遼東太守。出風俗通

魏舒

晉咸寧中。魏舒爲司徒。府中有蛇二。其長十丈。屋廳事平脊之上。止之數年。而人不知。但怪府中數失小兒及雞犬之屬。後一蛇夜出。經柱側。傷於刃。病不能登。於是覺之。發徒數百。共攻擊移時。然得殺之。視所居。骨骼盈宇之間。於是毁府舍。更立之。出搜神記

杜預

杜預爲荆州刺史。鎭襄陽時。有讌集。大醉。閉齋獨眠。不聽人前。後嘗醉。外聞聞原作有。據明鈔本改。

齋中嘔吐。其聲甚苦。莫不悚慄。有一小吏。私開戶看之。正見牀上一大蛇。垂頭牀邊吐。都不見人。出密道如此。出劉氏小說

吳猛

永嘉末。豫章有大蛇。長十餘丈。斷道。經過者。蛇輒吸取之。吞噬已百數。道士吳猛與弟子殺蛇。猛曰。此是蜀精。蛇死而蜀賊當平。旣而果杜弢滅也。出豫章記

顏含

晉顏含嫂病。須髯蛇膽。不能得。含憂歎累日。有一童子持青囊授含。含視。乃蛇膽也。童子化爲青烏飛去。出晉中興書

司馬軌之

司馬軌之字道援。善射雉。太元中。將媒下翳。此媒雊。野雉亦應。試令尋覓所應者。頭翅已成雉。半身故是蛇。晉中朝武庫內。忽有雉。時人或謂爲怪。張司空云。此蛇所化耳。卽使搜庫中。果得蛇蛻。出異苑

又

太元中。汝南人入山。見一竹。中蛇形已成。上枝葉如故。吳郡桐廬郡桐廬原作都相盧。據異苑三改。人嘗伐餘遺竹。一宿。見竿爲雉。頭頸盡就。身猶未變化。亦竹爲蛇之化。出異苑

章苟

吳興章苟於田中耕。以飯置菰裏。每晚取食。飯亦已盡。如此非一。後伺之。見一大蛇偷食。苟遂以鏝叉之。蛇走。苟逐之。至一穴。但聞啼聲云。斫傷我矣。或言付雷公。令霹靂殺。須臾。雷雨。霹靂覆苟上。苟乃跳梁大罵曰。天使我貧窮。展力耕墾。蛇來偷食。罪當在蛇。反更霹靂我耶。乃是無知雷公。雷公若來。吾當以鏝斫汝腹。須臾。雲雨漸散。轉霹靂於蛇穴中。蛇死者數十。出搜神記

太元士人

晉太元中。士人有嫁女於近村者。至時。夫家遣人來迎。女家好發遣。又令女弟送之。既至。重門累閤。擬於王侯。廊柱下有燈火。一婢子嚴粧直守。後房帷帳甚美。至夜。女抱乳母涕泣。而口不得言。乳母密於帳中。以手潛摸之。得一蛇。如數圍柱。纏其女。從足至頭。乳母驚走出。柱下守燈婢子。悉是小蛇。燈火是蛇眼。出續搜神記

慕容熙

西晉末。慕容熙光始三年。熙出遊還。城南有柳樹如人呼曰。大王止。熙惡之。伐其樹。下有蛇。長一丈。至六年。熙爲馮政按晉書載記。政當作跋。所滅。出廣古今五行記

邛都老姥

益州邛都縣有老姥家貧孤獨。每食。輒有小蛇。頭上有角。在牀之間。姥憐而飼之。後漸漸長大丈餘。縣令有馬。忽被蛇吸之。令因大怒。收姥。姥云。在牀下。遂令人發掘。愈深而無所見。縣令乃殺姥。其蛇因夢於令曰。何故殺我母。當報仇耳。自此每常聞風雨之聲。三十日。是夕。百姓咸驚相謂曰。汝頭何得戴魚。相逢皆如此言。是夜。方四十里。與城一時俱陷爲湖。土人謂之邛河。亦邛池。其母之故宅基獨不沒。至今猶存。魚人採捕。必止宿。又言此水淸。其底猶見城郭樓檻宛然矣。出窮神祕苑

天門山

天門山。山多峻秀。巖谷逶邐。有大巖壁直上數千仭。草木交連。雲霧擁蔽。其下有逕途微細。行人往。忽然上飛而出林表。若昇仙。遂絕世。如此者漸不可勝紀。往來南北。號爲仙谷。時有樂於道

者。不遠千里而來。洗浴巖畔。以來昇仙。在在字原闕。據明鈔本補。此林下。無不飛去。會一夕。有智能者謂他人曰。此必妖怪。非是仙道。因以石自繫。而牽一犬入其谷。犬復飛去。然知是妖邪之氣以噏之。乃遣近山鄉里。募年少者數百人。執兵器。持大棒。而先縱火燒其草。及伐竹木。至山畔觀之。遙見一物。長數十丈。高下隱隱。垂頭下望。及更漸逼。乃一大蟒蛇。於是命少年鼓躍擊射。然後斫刺。而口張尺餘。尚欲害人。力不加衆。久乃卒。其所呑人骨與他獸之骸。積積原作稍。據明鈔本改。在左右如阜焉。又有人出行。墜深泉澗者。無出路。飢餓分死。左右見龜蛇甚多。朝暮引頸向東方。人因伏地學之。遂不復飢。體加輕便。能登巖岸。數年後。試竦身舉臂。遂超出澗上。即得還家。顏色悅懌。頗更黠慧勝故。還食穀。啖滋味。百餘日中。復其本質。出博物志

忻州刺史

唐忻州刺史是天荒闕。前後歷任多死。高宗時。有金吾郎將來試此官。既至。夜獨宿廳中。二更後。見簷外有物黑色。狀如大船。兩目相去數丈。刺史問爲何神。答云。我是大蛇也。刺史令其改貌相與語。蛇遂化作人形。來至廳中。乃問何故殺人。蛇云。初無殺心。其客自懼而死爾。又問。汝無殺心。何故數見形軀。曰。我有屈滯。當須府主謀之。問有何屈。曰。昔我幼時。曾入古冢。爾來形體漸大。求出不得。狐兎狸狢等。或時入冢。方得食之。今長在土中。求死不得。故求於使君爾。問若然者。當掘出之。如何。蛇云。我逶迤已十餘里。若欲發掘。城邑俱陷。今城東有王村。村西有楸

樹。使君可設齋戒。人掘樹深二丈。中有鐵函。開函視之。我當得出。言畢辭去。及明。如言往掘。得函。歸廳開之。有青龍從函中飛上天。逕往殺蛇。首尾中分。蛇既獲死。其怪絕矣。出廣異記

餘干縣令

鄱陽餘干縣令。到官數日輒死。後無就職者。宅遂荒。先天中。有士人家貧。來爲之。既至。吏人請令居別廨中。令因使治故宅。剪薙榛草。完葺牆宇。令獨處其堂。夜列燭伺之。二更後。有一物如三斗白囊。跳轉而來牀前。直躍升几上。令無懼色。徐以手倀觸之。眞是韋囊而盛水也。乃謂曰。爲吾徙燈直西南隅。言訖而燈已在西南隅。又謂曰。汝可爲吾按摩。囊轉側身上。而甚便暢。又戲之曰。能使我牀居空中否。須臾。已在空中。所言無不如意。將曙。乃躍去。令尋之。至舍池旁遂滅。明日。於滅處視之。見一穴。纔如蟻孔。掘之。長丈許而孔轉大。圍三尺餘。深不可測。令乃敕令多具鼎鑊樵薪。悉汲池水爲湯。灌之。可百餘斛。穴中雷鳴。地爲震動。又灌百斛。乃怗然無聲。因併力掘之。數丈。得一大蛇。長百餘尺。旁小者巨萬計。皆併命穴中。令取大者脯之。頒賜縣中。後遂平吉。出廣異記

王眞妻

華陰縣令王眞妻趙氏者。燕中富人之女也。美容貌。少適王眞。洎隨之任。近半年。忽有一少年。每

伺眞出。卽輒至趙氏寢室。旣頻往來。因戲誘趙氏私之。忽一日。王眞自外入。乃見此少年與趙氏同席。飲酌歡笑。甚大驚訝。趙氏不覺自仆氣絕。其少年化一大蛇。奔突而去。眞乃令侍婢扶腋起之。俄而趙氏亦化一蛇。奔突俱去。王眞遂逐之。見隨前出者俱入華山。久之不見。出瀟湘錄

朱覲

朱覲者。陳蔡游俠之士也。旅遊于汝南。棲逆旅。時主人鄧全賓家有女。姿容端麗。常爲鬼魅之幻惑。凡所醫療。莫能愈之。覲時過友人飲。夜艾方歸。乃憩歇於庭。至二更。見一人着白衣。衣甚鮮潔。而入全賓女房中。逡巡。聞房內語笑甚歡。不成寢。執弓矢於黑處。以伺其出。候至雞鳴。見女送一少年而出。覲射之。旣中而走。覲復射之。而失其跡。曉乃聞之全賓。遂與覲尋血跡。出宅可五里已來。其跡入一大枯樹孔中。令人伐之。果見一蛇。雪色。長丈餘。身帶二箭而死。女子自此如故。全賓遂以女妻覲。出集異記

太平廣記卷第四百五十七　蛇二

蒙山

魯國費縣蒙山上有寺廢久。民欲架堂者。輒大蛇數十丈長。出來驚人。故莫得安焉。出異苑

秦瞻

秦瞻居曲河明鈔本河作阿。彭星野。忽有物如蛇。突入其腦中。蛇來。先聞臭氣。便從鼻入。盤其頭中。覺泓泓冷。聞其腦閒。食聲咂咂。數日出去。尋復來。取手巾。急縛口鼻。故不得入。積年無他。唯患頭重。出廣古今五行記

廣州人

廣州人共在山中伐木。忽見石窠中有三卵。大如升。便取煮之。湯始熱。便聞林中如風雨聲。須臾。有一蛇大十圍。長四五丈。徑來。於湯中銜卵去。三人無幾皆死。出續搜神記

袁玄瑛

吳興太守守原作平。據明鈔本改。袁玄瑛當之官。往日者問吉凶。曰。法。至官當有赤蛇爲妖。不可殺。至。果有赤蛇在銅虎符石函上蟠。玄瑛命殺之。其後果爲賊徐馥所害也。出廣古今五行記

薛重

會稽郡吏鄮縣薛重得假還家。夜至家。戶閉。聞婦牀上有丈夫眠聲。喚婦。久從牀上出來來原作未。據明鈔本改。開戶。持刀便逆問婦曰。牀上醉人是誰。婦大驚愕。因且苦自申明。實無人。重家唯有一戶。旣入。便閉婦索。了無所見。見一蛇隱在牀脚。酒醉臭。重斫蛇寸斷。擲於後溝。經日而婦死。數日。重又死。後忽然而生。說始死。有人桎梏之。將到一處。有官寮問曰。何以殺人。重曰。實不行兇。曰。爾云不殺者。近寸斷擲著後溝。此是何物。重曰。正殺蛇耳。府君愕然有悟曰。我當用爲神。而敢婬人婦。又訟人。敕左右持來。吏將一人。著平巾幘。具詰其婬妄之罪。命付獄。重爲官司

便遣將出。重倏忽而還。出廣古今五行記

顧楷

陳時吳興顧楷在田上樹取桑葉。見五色大蛇入一小穴。其後蛇相次。或三尺五尺次第相隨。略有數百。楷急下樹。看所入之處。了不見有孔。日暮還家。楷病口啞。不復得語。出廣古今五行記

樹提家

隋絳州夏縣樹提家。新造宅。欲移入。忽有蛇無數。從室中流出門外。其稠如箔上蠶。蓋地皆遍。時有行客云。解符鎮。取桃枝四枚書符。遶宅四面釘之。蛇漸退。符亦移就之。蛇入堂中心。有一孔。大如盆口。蛇入並盡。令煎湯一百斛灌之。經宿。以鍬掘之。深數尺。得古銅錢二十萬貫。因陳破。鑄新錢。遂巨富。蛇乃是古銅之精。出朝野僉載

隋煬帝

搜神記。蛇千年則斷復續。淮南子云。神蛇自斷其身而自相續。隋煬帝遣人於嶺南。邊海窮山。求此蛇數四。而至洛下。所得之者。長可三尺。而色黃黑。其頭錦文。全似金色。不能毒人。解食肉。若欲令自斷其身者。則先觸之令怒。使不任其憤毒。則自斷爲三四。其斷之處。如刀截焉。見其皮骨文

理。亦有血焉。然久怒定。則三四斷稍稍自相就而連續。體復如故。亦似不相斷。隋著作郎鄧隆云。此靈蛇一類。自斷。不必千歲也。出窮神祕苑

興福寺

長安興福寺有十光佛院。其院宇極壯麗。云是隋所制。貞觀中。寺僧以其年紀綿遠。慮有摧圮。即經費計工。且欲新其土木。乃將毀撤。旣啓戶。見有蛇萬數。連貫在地。蛇蟠遶如積。搖首呿喙。若吞噬之狀。寺僧大懼。以爲天憫重勞。故假靈變。於是不敢除毀。出宣室志

張騎士

張騎士者。自云。幼時隨英公李勣渡海。遇風十餘日。不知行幾萬里。風靜不波。忽見二物黑色。頭狀類蛇。大如巨船。其長望而不極。須臾。至船所。皆以頭遶明鈔本遶作搭。船橫推。其疾如風。舟人惶懼。不知所抗。已分爲所啖食。唯念佛求速死耳。久之。到一山。破船如積。各自念云。彼人皆爲此物所食。須臾。風勢甚急。顧視船後。復有三蛇。追逐亦至。意如爭食之狀。二蛇放船。廻與三蛇鬭於沙上。各相蜿蟺於孤島焉。舟人因是乘風擧帆。遂得免難。後數日。復至一山。遙見煙火。謂是人境。落帆登岸。岸原作陵。據明鈔本改。與二人同行。門戶甚大。遂前款關。有人長數丈。通身生白毛。出見二人。食之。一人遽走至船所。纔上船。未及開。白毛之士走來牽纜。船人人各執弓刀斫射

之。累揮數刀。然後見釋。離岸一里許。岸上巳有數十頭。戟手大呼。因又隨風飄帆五六日。遙見海島。泊舟問人。云是淸遠縣界。屬南海。出廣異記

李崇貞

高宗光宅中。李崇貞任益州長史。廳前柑子樹有一子如雞子。晚熟。微有小孔如針。群官咸異之。方欲將進。久而乃罷。因剖之。得一赤斑蛇。長尺餘。崇貞後竟以罪死。出廣古今五行記

又

建州見一柑樹。四月中。有子如拳大。剖之。有兩頭蛇。出廣古今五行記

馬嶺山

開元四年六月。郴州馬嶺山側有白蛇。長六七尺。黑蛇長丈餘。須臾。二蛇鬪。白者呑黑蛇。到𩕳處。口兩嗌皆裂。血流滂沛。黑蛇頭入。嚙白蛇肋上作孔。頭出二尺餘。俄而兩蛇並死。後十餘日。大雨。山水暴漲。漂破五百餘家。失三百餘人。出朝野僉載

至相寺賢者

長安至相寺有賢者。自十餘歲。便在西禪院修道。院中佛堂座下。恒有一蛇。賢者初修道時。蛇大一圍。及後四十餘年。蛇如堂柱。人人原作大。據明鈔本改。蛇雖相見。而不能相惡。開元中。賢者夜中至佛堂禮拜。堂中無燈。而光粲滿堂。心甚怪之。因於蛇出之處。得徑寸珠。至市高擧價。冀其識者。數日。有胡人交市。定還百萬。賢者曰。此夜光珠。當無價。何以如此酬直。胡云。蚌珠則貴。此乃蛇珠。多至千貫。賢者歎伏。遂賣焉。出廣異記

李林甫

李林甫宅。卽李靖宅。有泓師者以道術聞於睿宗時。嘗與過其宅。謂人曰。後之人有能居此者。貴不可言。其後久無居人。開元初。林甫官爲奉御。遂從而居焉。人有告於泓師。曰。異乎哉。吾言果驗。驗原作如。據明鈔本改。是十有九年居相位。稱豪貴於天下者。此此原作一。據明鈔本改。人也。雖然。吾懼其易製中門。則禍且及矣。林甫果相玄宗。恃權貴。爲人觖望者久之。及末年。有人獻良馬。甚高。而其門稍庳。不可乘以過。遂易而製。旣毁其簷。忽有蛇千萬數。在屋瓦中。林甫惡之。卽罷而不能毁焉。未幾。林甫竟籍沒。其始相至籍沒。果十九年矣。出宣室志

韋子春

臨淮郡有館亭。濱泗水上。亭有大木。周數十栱。栱原作株。據明鈔本改。突然勁拔。陰合百步。往往有

甚風迅雷。夕發其中。人望見亭有二光。對而上下。赫然若電。風既息。其光亦閉。開元中。有韋子春以勇力聞。會子春客於臨淮。有人語其事者。子春曰。吾能伺之。於是挈衣槖止於亭中以伺焉。後一夕。遂有大風雷震於地。亭屋搖撼。果見二光照耀亭宇。子春乃斂衣而下。忽覺有物蟠遶其身。冷如水凍。束不可解。迴視。見二老在其身後。子春卽奮身揮臂。騞然有聲。其縛亦解。遂歸亭中。未幾而風雨霽。聞亭中腥若鮑肆。明日視之。見一巨蛇中斷而斃。血遍其地。里人相與來觀。謂子春且死矣。乃見之。大驚。自是其亭無風雷患。出宣室志

宣州江

宣州鵲頭鎮。天寶七載。江水盛漲漫三十里。吳俗善泅。皆入水接柴木。江中流有一材下。長十餘丈。泅者往觀之。乃大蛇也。其色黃。爲水所浮。中江而下。泅者懼而返。蛇遂開口銜之。泅者正橫蛇口。舉其頭。去水數尺。泅者猶大呼請救。觀者莫敢救焉。出紀聞

李齊物

河南尹李齊物。天寶中。左遷竟陵太守。郡城南樓有白煙。刺史不改卽死。土人以爲常占。齊物被黜。意甚恨恨。樓中忽出白煙。乃發怒云。吾不畏死。神如余何。使人尋煙出處。云。白煙悉白蟲。恐是大蛇。齊物令掘之。其孔漸大。中有大蛇。身如巨甕。命以鑊煎油數十斛。沸則灼之。蛇初雷

吼。城堞震動。經日方死。乃使人下塹塞之。齊物亦更無他。出廣異記

嚴挺之

嚴挺之爲魏州刺史。初到官。臨廳事。有小蛇從門入。至案所。以頭枕案。挺之初不達。遽持牙笏。壓其頭下地。正立凝想。頃之。蛇化成一符。挺之意是術士所爲。尋索無獲而止。出廣異記

天寶樵人

天寶中。有樵人入山醉臥。爲蛇所吞。其人微醒。怪身動搖。開視不得。方知爲物所吞。因以樵刀畫腹。得出之。眩然迷悶。久之方悟。其人自爾半身皮脫。如白風狀。出廣異記

無畏師

天寶中。無畏師在洛。是時有巨（巨原作目。據明鈔本改。）蛇。狀甚異。高丈餘。圍五十尺。魁魁若。盤遶出於山下。洛民咸見之。於是無畏曰。後此蛇決水瀦洛城。即說佛書義甚精。蛇至夕。則駕風露來。若傾聽狀。無畏乃責（責原作憒。據明鈔本改。）之曰。爾蛇也。營居深山中。固安其所。何爲將欲肆毒於世。即速去。無患生人。其蛇聞之。遂俯于地。若有慚色。須臾而死焉。其後祿山據洛陽。盡毀宮廟。果無畏所謂決洛水瀦城之應。出宣室志

張鎬

洪州城自馬璦置立後。不復修葺。相傳云。修者必死。永泰中。都督張鎬修之不疑。忽城西北陬遇一大坎。坎中見二蛇。一白一黑。頭類牛。形如巨甕。長六十餘尺。蜿蟺在坑中。其餘小蛇不可勝數。遽以白鎬。鎬命逐之出。乃以竹篾縛其頭。牽之。蛇初不開目。隨牽而出。小蛇甚多。軍人或有傷其小者十餘頭。然猶大如飲椀。二蛇相隨入徐孺亭下放生池中。池水深數丈。其龜皆走出上岸。爲人所獲。魚亦鼓鰓出水。須臾皆死。後七日。鎬薨。判官鄭從、南昌令馬皎。二子相繼而卒。原闕出處。明鈔本作出廣異記

畢乾泰

唐左補闕畢乾泰。瀛州任丘人。父母年五十。自營生藏訖。至父年八十五。又自造棺。稍高大。嫌藏小。更加磚二萬口。開藏欲修之。有蛇無數。時正月尚寒。蟄未能動。取蛇投一空井中。仍受蛇不盡。其蛇金色。泰自與奴開之。尋病而卒。月餘。父母俱亡。此開之不得其所也。出朝野僉載

杜暐

殿中侍御史杜暐嘗使嶺外。至康州。驛騎思止。止原作上。據明鈔本改。白日。請避毒物。於是見大蛇截道

南出。長數丈。玄武後追之。道南有大松樹。蛇昇高枝盤繞。垂頭下視玄武。玄武自樹下仰其鼻。鼻中出兩道碧煙。直衝蛇頭。蛇遂裂而死。墜於樹下。又見蜈蚣大如箏。箏字原空闕。據明鈔本補。牛肅曾以其事問康州司馬狄公。狄公曰。昔天寶四載。廣府因海潮。漂一蜈蚣死。剖其一爪。則得肉百二十斤。至廣州市。有人籠盛兩頭蛇。集人衆中言。汝識二首蛇乎。汝見二首蛇。則其首並出。吾今異於是。首蛇各一頭。欲見之乎。市人請見之。乃出其蛇。蛇長二尺。頭在首尾。市人伶者。常以弄蛇爲業。每執諸蛇。不避毒害。見兩頭蛇。則以手執之。蛇螫其手。伶者言痛。棄蛇於地。加藥焉。不愈。其囑處腫。遂浸淫。俄而遍身。伶者死。身遂洪大。其骨肉皆化爲水。身如貯水囊。有頃水潰。遂化盡。人與兩頭蛇失所在。出紀聞

海州獵人

海州人以射獵爲事。曾於東海山中射鹿。忽見一蛇。黑色。大如連山。長近十丈。兩目成日。自海而上。人見蛇驚懼。知知原作如。據明鈔本改。不免死。因伏伏原作仗。據明鈔本改。念佛。蛇至人所。以口銜人及其弓矢。渡海而去。遙至一山。置人於高巖之上。俄而復有一蛇自南來。至山所。狀類先蛇而大倍之。兩蛇相與鬬于山下。初以身相蜿蟺。久之。口相噬。射士知其求己助。乃傅藥矢。欲射之。大蛇先患一目。人乃復射其目。數矢累中。久之。大蛇遂死。倒地上。小蛇首尾俱碎。乃銜大眞珠瑟瑟等數斗。送人歸至本所也。出廣異記

太平廣記卷第四百五十八　蛇三

李舟弟

李舟之弟患風。或說蛇酒可療。乃求黑蛇。生覆甕中。加之麴糵。數日。蛇聲不絕。及熟。香氣酷烈。引滿而飲。須臾。悉化爲水。唯毛髮存之。出國史補

檐生

昔有書生。路逢小蛇。因而收養。數月漸大。書生每自檐之。號曰檐生。其後不可檐負。放之范縣東大澤中。四十餘年。其蛇如覆舟。號爲神蟒。人往於澤中者。必被吞食。書生時以老邁。途經此澤畔。人謂曰。中有大蛇食人。君宜無往。時盛冬寒甚。書生謂冬月蛇藏。無此理。遂過大澤。行二十里餘。忽有蛇逐。書生尚識其形色。遙謂之曰。爾非我檐生乎。蛇便低頭。良久方去。廻至范縣。縣令問其見蛇不死。以爲異。繫之獄中。斷刑當死。書生私忿曰。檐生。養汝翻令我死。不亦劇哉。其

夜。蛇遂攻陷一縣爲湖。獨獄不陷。書生獲免。天寶末。獨孤暹者。其舅爲范令。三月三日。與家人於湖中泛舟。無故覆沒。家人幾死者數四也。出廣異記

嵩山客

元和初。嵩山有五六客。皆寄山習業者也。初秋。避熱於二帝塔下。日晚。於塔下見一大蛇長數丈。蜿繞塔心。去地繞塔心去地五字原作毆而觀之。據明鈔本改。十數丈。衆駭而觀之。一客曰。可充脯食之廚。咸和之。中一客善射。或曰。大者或龍神。殺之恐爲禍也。晝脯之膳。豈在此乎。不如勿爲。諸客決議。不可復止。善射發一箭。便中。再箭。蛇蟠解墜地。衆共殺之。諸客各務庖事。操刀剸割者。或有入寺求柴炭鹽酤者。其勸不取者。色不樂。遂辭而歸。其去寺數里。時天色已陰。天雷忽起。其中亦有各歸者。而數客猶在塔下。須臾。雲霧大合。遠近晦冥。雨雹如瀉。飄風四捲。折木走石。雷雹激怒。山川震蕩。數人皆震死於塔下。有先歸者。路亦死。其一客不欲殺者。未到山居。投一空蘭若。闔門。雷電隨客入。大懼。自省且非同謀。令其見害。乃大言曰。某不與諸人共殺此蛇。神理聰明。不可濫罰無辜。幸宜詳審。言訖。雷霆併收。風雨消歇。此客獨存。出原化記

鄧甲

寶曆中。鄧甲者。事茅山道士峭巖。峭巖者。眞有道之士。藥變瓦礫。符召鬼神。甲精懇虔誠。不覺

勞苦。夕少安睫。晝不安牀。峭巖亦念之。敎其藥。終不成。受其符。竟無應。道士曰。汝於此二般無分。不可强學。授之禁天地蛇術。寰宇之內。唯一人而已。甲得而歸焉。至烏江。忽遇會稽宰遭毒蛇螫其足。號楚之聲。驚動閭里。凡有術者。皆不能禁。甲因爲治之。先以符保其心。痛立止。甲曰。須召得本色蛇。使收其毒。不然者。足將刖矣。是蛇疑人禁之。應走數里。遂立壇於桑林中。廣四丈。以丹素周之。乃飛篆字。召十里內蛇。不移時而至。堆之壇上。高丈餘。不知幾萬條耳。後四大蛇。各長三丈。偉如汲桶。蟠其堆上。時百餘步草木。盛夏盡皆黃落。甲乃跣足攀緣。上其蛇堆之上。以青蓧敲四大蛇腦曰。遣汝作五主。掌界內之蛇。焉得使毒害人。是者卽住。非者卽去。甲却下。蛇堆崩倒。大蛇先去。小者繼往。以至於盡。只有一小蛇。土色肖筯。其長尺餘。懵然不去。甲令舁宰來。垂足。叱蛇收其毒。蛇初展縮難之。甲又叱之。如有物促之。只可長數寸耳。有膏流出其背。不得已而張口。向瘡吸之。宰覺其腦內。有物如針走下。蛇遂裂皮成水。只有脊骨在地。宰遂無苦。厚遺之金帛。時維揚有畢生。有常弄蛇千條。日戲於闤闠。遂大有資產。而建大第。及卒。其子鬻其第。無奈其蛇。因以金帛召甲。甲至。與一符。飛其蛇過城垣之外。始貨得宅。甲後至浮梁縣。時逼春。凡是（凡是原作風有。據明鈔本改。）茶園之內。素有蛇毒。人不敢掇其茗。斃者已數十人。邑人知甲之神術。斂金帛。令去其害。甲立壇。召蛇王。有一大蛇如股。長丈餘。煥然錦色。其從者萬條。而大者獨登壇。與甲較其術。蛇漸立。首隆數尺。欲過甲之首。甲以杖上拄其帽而高焉。蛇首竟困。不能逾甲之帽。蛇乃踣爲水。餘蛇皆斃。儻若蛇首逾甲。卽甲爲水焉。從此茗園遂絕其毒虺。甲後居茅

山學道。至今猶在焉。出傳奇

蘇聞

俗傳有媼嫗者。嬴秦時。嘗得異魚。放於康州悅城江中。後稍大如龍。嫗汲澣於江。龍輒來嫗邊。率爲常。他日。嫗治魚。龍又來。以刀戲之。誤斷其尾。嫗死。龍擁沙石。墳其墓上。人呼爲掘尾。爲立祠宇千餘年。太和末。有職祠者。欲神其事。以惑人。取群小蛇。術禁之。藏祠下。目爲龍子。遵令飮酒。明鈔本無遵令飮酒四字。置巾箱中。持詣城市。越人好鬼怪。爭遺之。職祠者輒收其半。開成初。滄州故將蘇聞爲刺史。心知其非。且利其財。益神之。得金帛。用修佛寺官舍。他日軍吏爲蛇囓。聞不使治。乃整簪笏。命走語嫗。所囓者俄頃死。乃云。慢神罰也。愚民遽唱其事。信之益堅。嘗有殺其一蛇。乾於火。藏之。已而祠中蛇逾多。迄今猶然。出嶺南異物志

利州李錄事

開成中。有隴西李生。爲利州錄事參軍。居於官舍中。嘗曉起。見蛇數百在庭。生大懼。盡命棄於郊野外。其明旦。群蛇又集於庭。生益懼之。且異也。亦命棄去。後一日。群蛇又至。李生驚曰。豈天將禍我乎。慼其容者且久。後旬餘。生以贓罪聞於刺史。遣吏至門。將按其罪。且聞於天子。生惶駭。無以自安。縊於庭樹。絕脰而死。生有妻。感生不得其死。亦自縊焉。於是其家僮震慴。委身於

井者且數輩。果符蛇見之禍。刺史卽李行樞也。出宣室志

昝老

長壽老僧惠言。他時在衡山。村人爲毒蛇所噬。須臾而死。髮解。腫起尺餘。其子曰。昝老若在。當勿慮。遂迎昝至。乃以灰圍其屍。開四門。先曰。若從足入。則不救矣。遂踏步握固。久而蛇不至。昝大怒。乃取飯數升。擣蛇形詛之。忽蠕動出門。有頃。飯蛇引一蛇從死者頭入。徑及其瘡。屍漸低。蛇縮而死。村人遂活。出酉陽雜俎

馮但

馮但者。常有疾。醫令浸蛇酒服之。初服一甕。于疾減半。又令家人園中執一蛇。投甕中。封閉七日。及開。蛇躍出。舉首尺餘。出門。因失所在。其過跡。地墳起數寸。出酉陽雜俎

陸紹

郎中陸紹言。嘗記一人浸蛇酒。前後殺蛇數十頭。一日。自臨甕窺酒。有物跳出。嚙其鼻將落。視之。乃蛇頭骨也。因瘡毀。其鼻如削焉。出酉陽雜俎

鄭翬

進士鄭翬說。家在高郵。有親表盧氏莊近水。其隣人數家共殺一白蛇。未久。忽大震雷雨。發洪。數家陷溺無遺。唯盧宅當中。一家無恙。出因話錄

張蝁子

梓潼縣張蝁子神。乃五丁拔蛇之所也。或云。雟州張生所養之蛇。因而祠。時人謂爲張蝁子。其神甚靈。僞蜀王建世子名元膺。聰明博達。騎射絕倫。牙齒常露。多以袖掩口。左右不敢仰視。蛇眼而黑色。兇惡鄙褻。通夜不寐。竟以作逆伏誅。就誅之夕。梓潼廟祝。亟爲蝁子所責。言我久在川。今始方歸。何以致廟宇荒穢如是耶。由是蜀人乃知元膺爲廟蛇之精矣。出北夢瑣言

選仙場

南中有選仙場。場在峭崖之下。其絕頂有洞穴。相傳爲神仙之窟宅也。每年中元日。拔一人上昇。學道者築壇于下。至時。則遠近冠帔。咸萃於斯。備科儀。設齋醮。焚香祝數。七日而後。衆推一人道德最高者。嚴潔至誠。端簡立于壇上。餘人皆摻袂別而退。遙頂禮顧望之。于時有五色祥雲。徐自洞門而下。至於壇場。其道高者。冠衣不動。合雙掌。躡五雲而上昇。觀者靡不涕泗健羨。望洞門而作禮。如是者年一兩人。次年有道高者合選。忽有中表間一比丘。自武都山往與訣別。比丘懷雄黃一斤

許。贈之曰。道中唯重此藥。請密寘于腰腹之間。愼勿（勿原作失。據明鈔本改。）遺失之。道高者甚喜。遂懷而昇壇。至時。果躡雲而上。後旬餘。大覺山巖臭穢。數日後。有獵人。自巖旁攀緣造其洞。見有大蟒蛇。腐爛其間。前後上昇者骸骨。山積于巨穴之間。蓋五色雲者。蟒之毒氣。常呼吸此無知道士充其腹。哀哉。出玉堂閒話

狗仙山

巴賨之境。地多巖崖。水怪木怪。無所不有。民居溪壑。以弋獵爲生涯。嵌空之所。有一洞穴。居人不能測其所往。獵師縱犬於此。則多呼之不廻。瞪目搖尾。瞻其崖穴。于時有彩雲垂下。迎獵犬而昇洞。如是者年年有之。好道者呼爲狗仙山。偶有智者。獨不信之。遂絏一犬。挾弦弧往之。至則以麤絙系其犬腰。繫于拱木。然後退身而觀之。及彩雲下。犬縈身而不能隨去。嘷叫者數四。旋見有物。頭大如甕。雙目如電。（電原作龜。據明鈔本改。）鱗甲光明。冷照溪谷。漸垂身出洞中觀其犬。獵師毒其矢而射之。既中。不復再見。頃經旬日。臭穢滿山。獵師乃自山頂。縋索下觀。見一大蟒。腐爛于巖間。狗仙山之事。永無有之。出玉堂閒話

李黃

元和二年。隴西李黃。鹽鐵使遜之猶子也。因調選次。乘暇於長安東市。瞥（瞥原作者。據明鈔本改。）見一犢

車。侍婢數人於車中貨易。李潛目車中。因見白衣之姝。綽約有絕代之色。李子求問。侍者曰。娘子孀居。袁氏之女。前事李家。今身依李之服。方除服。除服原作外除。據明鈔本改。所以市此耳。又詢可能再從人乎。乃笑曰。不知。李子乃出與錢錢字原空闕。據明鈔本補。帛。貨諸錦繡。婢輩遂傳言云。且貸錢買之。請隨到莊嚴寺左側宅中。相還不負。負原作晚。據明鈔本改。李子悅。時時字原闕。據明鈔本補。已晚。遂逐犢車而行。礙夜方至所止。犢車入中門。白衣姝一人下車。侍者以帷擁之而入。李下馬。俄見一使者將榻而出。云。且坐。坐畢。侍者云。今夜郎君豈暇領錢乎。不然。此有主人否。且歸主人。明晨不晚也。李子曰。迺今無交錢之志。然此亦無主人。何見隔之甚也。侍者入。復出曰。若無主人。此豈不可。但勿以疎漏爲誚也。俄而侍者云。屈郎君。李子整衣而入。見青服老女郎立於庭。相見曰。白衣之姨也。中庭坐。少頃。白衣方出。素裙粲然。凝質皎若。辭氣閑雅。神仙不殊。略序款曲。翻然却入。姨坐謝曰。垂情與貨諸彩色。比日來市者。皆不如之。然所假如明鈔本所假如作其價幾。何。深憂愧。李子曰。綵帛麤繆。不足以奉佳人服飾。何敢敢原作苦。據明鈔本改。指價乎。答曰。渠淺陋。不足侍君子巾櫛。然貧居有三十千債負。郎君儻不棄。則願侍左右矣。李子悅。拜於侍側。俯而圖之。李子有貨易所。先在近。遂命所使取錢三十千。須臾而至。堂西間門。剨然而開。飯食畢備。皆在西間。姨遂延李子入坐。轉盼炫煥。女郎旋至。命坐。拜姨而坐。六七人具飯。食畢。命酒歡飲。一住三日。飲樂無所不至。第四日。姨云。李郎君且歸。恐尚書怪遲。後往來亦何難也。李亦有歸志。承命拜辭而出。上馬。僕人覺李子有腥臊氣異常。遂歸宅。問何處許日不見。以他語對。遂覺身重頭旋。命被而寢。先是婚鄭氏女。在側云。足下調官已成。昨日過官。覓公不得。某（某原作其。據明鈔本改。）二兄替過官。已了。李答以媿佩之辭。俄而鄭兄至。責以所往行。李已漸覺恍惚。祗對失次。謂妻曰。吾不起矣。口雖語。但覺被底身漸消盡。揭被而視。空注水而已。唯有頭存。家大驚懾。呼從出之僕考之。具言其事。及去尋舊宅所。乃空園。有一皁莢樹。樹上有十五千。樹下有十五千。餘了無所見。問彼處人云。往往有巨白蛇在樹下。便無別物。姓袁者。蓋以空園爲姓耳。

復一說。元和中。鳳翔節度李聽。從子琯。任金吾參軍。自永寧里出遊。及安化門外。乃遇一車子。通以銀裝。頗極鮮麗。駕以白牛。從二女奴。皆乘白馬。衣服皆素。而姿容婉媚。琯貴家子。不知檢束。卽隨之。將暮焉。二女奴曰。郎君貴人。所見莫非麗質。某皆賤質。又麤陋。不敢當公子厚意。然車中幸有姝麗。誠可留意也。琯遂求女奴。乃馳馬傍車。笑而迴曰。郎君但隨行。勿捨去。某適已言矣。琯旣隨之。聞其異香盈路。日暮。及奉誠園。二女奴曰。娘子住此之東。今先去矣。郎君且此迴翔。某卽出奉迎耳。車子旣入。琯乃駐馬於路側。良久。見一婢出門招手。琯乃下馬。入座於廳中。但聞名香入鼻。似非人世所有。琯遂令人馬入安邑里寄宿。黃昏後。方見一女子。素衣。年十六七。姿艷若神仙。琯自喜之心。所不能諭。及出。已見人馬在門外。遂別而歸。纔及家。便覺腦疼。斯須益甚。至辰巳間。腦裂而卒。其家詢問奴僕。昨夜所歷之處。從者具述其事。云。郎君頗聞異香。某輩所聞。但蛇臊不可近。舉家冤駭。遽命僕人。於昨夜所止之處覆驗之。但見枯槐樹中。有大蛇蟠屈之跡。乃伐其樹。發掘。已失大蛇。但有小蛇數條。盡白。皆殺之而歸。出博異志

太平廣記卷第四百五十九

蛇四

僧令因

僧令因者。於子午谷過山。往金州。見一竹輿先行。有女僕服縗而從之。數日。終不見其人。令因乃急引籬窺之。乃一婦。人首而蛇身甚偉。令因甚驚。婦人曰。不幸業重。身忽變化。上人何乃窺之。問其僕曰。欲送秦嶺之上。令因遂與誦功德。送及秦嶺。亦不見婦人之首。而入林中矣。出聞奇錄

衛中丞姊

御史中丞衛公有姊。爲性剛戾毒惡。婢僕鞭笞多死。忽得熱疾六七日。自云。不復見人。常獨閉室。而欲至者。必嗔喝呵怒。經十餘日。忽聞屋中窸窣有聲。潛來窺之。昇堂。便覺腥臊毒氣。開牖。已

見變爲一大蛇。長丈餘。作赤斑色。衣服爪髮。散在牀褥。其蛇怒目逐人。一家驚駭。衆共送之於野。蓋性暴虐所致也。出原化記

蒲州人

蒲州人穿地作井。坎深丈餘。遇一方石而不及泉。欲去石更鑿。忽墮深坑。蟄蛇如覆舟。小者與凡蛇等。其人初甚驚懼。久之稍熟。飢無所食。其蛇吸氣。因亦効之。遂不復飢。積累月。聞雷聲。初一聲。蛇乃起首。須臾悉動。頃之散去。大者前去。相次出復入。人知不害己。乃前抱其項。蛇遂徑去。緣上白道。如行十里。前有烽火。乃致人於地而去。人往借問烽者。云是平州也。出廣異記

相魏貧民

相魏有貧民。劚園荒地。見一大蛇。钁而殺之。尋見一大穴。穴中十餘小蛇。又復殺而埋之。既畢歸家。明日。有人持狀訴論云。被殺一家大小。埋在園中。官捕獲此人訊問。了然不伏。於園中驗之。得一坑者。共十餘人。但言昨打殺者十餘條蛇。埋之於此。並不殺人。不知此禍何何原作而。據明鈔本改。來。若爲就決。實爲大枉。官疑之。勘本告者。尋覓無人。又令重就園。檢驗昨所埋之處。但見十餘死蛇。不復見人。乃得免焉。出原化記

番禺書生

有書生遊番禺。歷諸郡。經山中。見有氣高丈餘。如煙。鄉人曰。此罔子蛇吞象也。遂告鄉里。振鼓叫噪。而蛇退入一巖谷中。經宵。鄉里人各持鈲钁往。見一象尙立。而肌骨皆化爲水。遂針破。取其水。里人云。此過海置舟中。辟去蛟龍。又有官人於南中見一大蛇。長數丈。徑可一尺五寸。腹內有物。如椓橛之類。沿一樹食其葉。腹中之物。漸消無所有。而里人云。此蛇吞鹿。此木葉能消之。遂令從者採其葉收之。歸後。或食不消。腹脹。乃取其葉作湯飲之。經宵。及午不報。及撤被視之。唯殘枯骸。餘化爲水矣。出聞奇錄

郫縣民

郫縣有民於南郭渠邊得一小蛇。長尺餘。刳剔五臟。盤而串之。置于火。焙之數日。民家孩子數歲。忽遍身腫赤。皮膚炮破。因自語曰。汝家無狀殺我。刳剔腹中胃。置於火上。且令汝兒知此痛苦。民家聞之驚異。取蛇拔去刻竹。以水灑之。焚香祈謝。送於舊所。良久。蜿蜒而去。兒亦平愈焉。出錄異記

游邵

汝州魯山縣所治。卽元魏時西廣州也。今子城東南有妖神祠。其前庭廣袤數百步。古老云。當時大毬場也。正門左右雙槐各二十圍。枝榦扶疎。亦云當時植焉。至中和初歲。釁起東夏。郡邑騷然。刺史游邵。許將也。令屬縣伐木爲柵以自固。雖桑柘梓櫝。靡有孑遺。將伐雙槐。其夕。有巨蟒蟠于上。聲若震霆。目若飛星。鎭將李璠主其事。璠武人也。聞之以爲妖。且率徒親斬之。下斧而流血雨迸。腥氣薄人。亦心動而止。雙槐至今尙存。原闕出處。明鈔本作出三水小牘。

成汭

荊州節度使成汭領蔡州軍。戍江陵。爲節度使張瓌謀害之。遂棄本都。奔於秭歸。一夜爲巨蛇繞身。幾至于殞。乃曰。苟有所負。死生唯命。逡巡。蛇亦亡去。邇後招緝戶口。訓練士卒。移鎭渚宮。尋受節旄。撫綏凋殘。勵精爲理。初年。居民唯一十七家。末年至萬戶。勤王奉國。通商務農。有足稱焉。朝廷號北韓南郭。韓卽華州韓建。成初姓郭。後歸本姓。出北夢瑣言

孫光憲

孫光憲曾行次敍谷。宿於神山。見嶺上板屋中。以木根爲巨虺。前列香燈。因詰店叟。彼何神也。叟曰。光化中。楊守亮鎭褒日。有一蛇橫此嶺路。高七八尺。莫知其首尾。四面小蛇翼之無數。每一拖身。卽林木摧折。殆旬半方過盡。阻絕行旅。因聚草焚燎路隅。慮其遺毒。然後方行。明年。楊伏

誅。出北夢瑣言

朱漢賓

梁貞明中。朱漢賓鎮安祿之初。忽一日。曙色纔辨。有大蛇見於城之西南。首枕大城。尾拖於壕南岸土地廟中。其魁可大如五斗器。雙目如電。呀巨吻。以瞰于城。其身不翅百尺。粗可數圍。跨于羊馬之堞。兼壕池之上。其餘尚蟠於廟垣之內。有宿城軍校。卒然遇之。大呼一聲。失魂而逝。一州惱懼。莫知其由。來年。淮寇非時而至。圍城攻討。數日不破而返。豈神祇之先告歟。出玉堂閒話

牛存節

梁牛存節鎮鄆州。於子城西南角大興一第。因板築穿地。得蛇一穴。大小無數。存節命殺之。載于野外。十數車載之方盡。時有人云。此蛇藪也。是歲。存節疽背而薨。出玉堂閒話

水清池

太原屬邑有水淸池。本府祈禱雨澤及投龍之所也。後唐莊宗末未原作末。據明鈔本改。過河南時。時原作獵。據明鈔本改。就郡就郡原作射都。據明鈔本改。捕獵。就池卓帳。爲憩宿之所。忽見巨蛇數頭自洞穴中出。皆入池中。良久。有一蛇紅白色。遙見可圍四尺以來。其長稱是。獵卒齊彀弩連發。射之而斃。四山火

光。池中魚鼈咸死。浮在水上。獵夫輩共刲剝食之。其肉甚美。莊宗尋知之。于時諮事者。以爲剋梁之兆。有五臺僧曰。吾王宜速過河決戰。將來梁祚。其能久乎。此亦斷白蛇之類也。出北夢瑣言

王思同

後唐少帝朝。淸泰王起于岐陽。朝廷詔西京留守王思同統禁旅征之。王師西出之後。尋聞劘壘。雍京僚屬日登西樓。望其捷書。忽一日。官僚凭檻西向。見羊馬城上有二大蛇。東西以首相向。爲從者輩遙擲彈丸以警之。于時一人擲中東蛇之腦。蜿蜒然墮于牆下。挺然不動。使人視之。已卒矣。其西蛇徐徐入于穴隟之間。識者竊議之曰。潞王乙巳生。統帥王公亦乙巳生。俱爲蛇相。今東蛇中腦而卒。豈非王師不利乎。未逾旬日。群帥叛歸潞王。思同腹心都將王彥暉已下。並投岐城納欵。同單馬而遯。竟沒于王事焉。蛇亡之兆。得不明乎。出王氏見聞

徐坦

淸泰末。有徐坦應進士擧。下第。南遊渚宮。因之峽州。尋訪故舊。旅次富堆山下。有古店。是夜甜琴書訖。忽見一樵夫形貌枯瘠。似有哀慘之容。坦遂詰其由。樵夫濡瞍而答曰。某比是此山居人。姓李名孤竹。有妻先遘沈痾。歷年不愈。昨因入山採木。經再宿未返。其妻身形忽變。恐人驚悸。謂隣母曰。我之身已變矣。請爲報夫知之。及歸語曰。我已弗堪也。唯尸在焉。請君託鄰人舁我。置在山口

爲幸。如其言。遷至於彼。逡巡。忽聞如大風雨聲。衆人皆懼之。又言曰。至時速廻。愼勿返顧。遂敍訣別之恨。俄見群山中。有大蛇無數。競湊其妻。妻遂下牀。伸而復屈。化爲一蟒。與群蛇相接而去。仍於大石上捽其首。迸碎在地。至今有蛇種李氏在焉。出玉堂閑話

張氏

王蜀時。杜判官妻張氏。士流之子。與杜齊體數十年。誕育一子。壽過六旬而殂歿。洎殯于家。累旬後。方窆于外。啓攢之際。覺其秘器搖動。謂其還魂。剖而視之。見化作大蛇。蟠蜿屈曲。骨肉奔散。俄頃。徐徐入林莽而去。

又

興元靜明寺尼曰王三姑。亦於棺中化爲大蛇。其杜妻。即晩年不敬其夫。老病視聽步履。皆不任持。張氏顧之若犬彘。凍餒而卒。人以爲化蛇其應也。出玉堂閑話

顧遂

郎中顧遂嘗密話。其先人嘗宰公安。罷秩後。僑寄于縣側荆江之壖。四面多林木蘆荻。月夜未寢。徐步出門。見一條物。巨如椽。橫於地。謂是門關。舉足踢之。其物應足而起。自脅背至於腰下。纏繳

數十匝。仆於地。懵無所知。其家訝其深夜不歸。使人看之。見腰間皎晶而明。來往碾于地上。逼而視之。見大蛇纏其身。解之不可。於是取利刃斷其蛇。一段段置於地。彎彎然不展。繳勒悶絕。因而失喑。旬日而卒。出玉堂閒話

瞿塘峽

有人遊於瞿塘峽。時冬月。草木乾枯。有野火燎其峯巒。連山跨谷。紅焰照天。忽聞巖崖之間。若大石崩墜。輷磕然有聲。遂駐足伺之。見一物圓如大囷。碾至平地。莫知其何物也。細而看之。乃是一蛇也。遂剖而驗之。乃蛇吞一鹿。在於腹內。野火燒然。墮于山下。所謂巴蛇吞象。信而有之。出玉堂閒話

靳老

恒州井陘縣豐隆山西北長谷中。有毒蛇據之。能傷人。里民莫敢至其所。採藥人靳四翁入北山。忽聞風雨聲。乃上一孤石望之。見一條白蛇從東而來。可長三丈。急上一樹。蟠在西南枝上。垂頭而歇。須臾。有一物如盤許大。似蝦蟇。色如煙熏。褐土色。四足而跳。至蛇蟠樹下。仰視。蛇垂頭而死。自是蛇妖不作。前澧州有鵰鶚鷂。爲蛇所吞。有物如蝦蟇。吐白氣直衝。墜而致死。得非靳老所見之物乎。凡毒物必有能制者。殆天意也。出北夢瑣言

景煥

景煥爲壁州白石縣令。行陟巴嶺。峻險萬仞。約七八程。達玉女廟。或有巨虺橫亘其前。徑可七八尺。鱗甲不啻開扇許大。頭尾垂在山下。唯聞折木。震響山谷。童僕輩盡股慄驚駭。莫能前進。於是且駐山穴。因登高望之。竟目方見其尾。欲謂之龍。龍之行動。必有風雨隨之。其日晴明。方見是蛇也。因知吞舟之魚。翳天之鳥。虫禽之絕大者。信有之焉。出野人閒話

舒州人

舒州有人入入字原闕。據明鈔本補。灊山。見大蛇。擊殺之。視之有足。甚以爲異。因負之出。將以示人。遇縣吏數人於路。因告之曰。我殺此蛇而有四足。吏皆不見。曰。爾何在。曰。在爾前。何故不見。卽棄蛇於地。乃見之。於是負此蛇者皆不見。人以爲怪。乃棄之。案此蛇生不自隱其形。死乃能隱人之形。此理有不可窮者。出稽神錄

賈潭

僞吳兵部尙書賈潭。言其所知爲嶺南節度使。獲一橘。其大如升。將表上之。監軍中使以爲非常物。不可輕進。因取針微刺其蒂下。乃蠕而動。命破之。中有小赤蛇長數寸。出稽神錄

姚景

僞吳壽州節度使姚景。爲兒時。事濠州節度使劉金。給使廐中。金嘗卒行至廐。見景方寢。有二小赤蛇戲於景面。出入兩鼻中。良久景寤。蛇乃不見。金由是驟加寵擢。妻之以女。卒至大官。出稽神錄

王稔

僞吳壽州節度使王稔。罷歸揚都。爲統軍。坐廳事。與客語。忽有小赤蛇自屋墜地。向稔而蟠。稔令以器覆之。良久發視。唯一蝙蝠飛去。其年。稔加平章事。出稽神錄

安陸人

安陸人姓毛善食毒蛇。以酒吞之。嘗遊齊安。遂至豫章。恒弄蛇於市。以乞丐爲事。積十年餘。有賣薪者。自鄱陽來。宿黄倍山下。夢老父云。爲我寄一蛇與江西弄蛇毛生也。乃至豫章觀步門賣薪將盡。有蛇蒼白色盤於船中。觸之不動。薪者方省向夢。卽擕之至市。訪毛生。因以與之。毛始欲振撥。應手嚙其乳。毛失聲顚仆。遂卒。食久卽腐壞。蛇亦不知所在焉。出稽神錄

太平廣記卷第四百六十

禽鳥一

鳳鸑附

旃塗國

周時。旃塗國獻鳳雛。載以瑤華之車。以五色玉爲飾。駕以赤象。至京師。育於靈禽之苑。飲以瓊漿。飴以雲實。二物皆出上元經方。鳳初至之時。毛色未彪發。及成王封泰山。禪社首之後。文彩炳燿。中國飛走之類。不復喧鳴。咸服神禽之遠至。及成王崩。沖天而去。出拾遺錄

鳳凰臺

鳳骨黑。雄雌旦夕鳴各異。皇帝使伶倫製十二籥寫之。其雄聲。其雌音。樂有鳳凰臺。此鳳脚下物如白石者。鳳有時來儀。候其所止處。掘深三尺。有圓石如卵。正白。服之安心神。出酉陽雜俎

元庭堅

唐翰林學士陳王友元庭堅者。昔罷遂州參軍。於州界居山讀書。忽有人身而鳥首。來造庭堅。衣冠甚偉。衆鳥隨之數千。而言曰。吾衆鳥之王也。聞君子好音律。故來見君。因留數夕。教庭堅音律清濁。文字音義。兼教之以百鳥語。如是來往歲餘。庭堅由是曉音律。善文字。當時莫及。陰陽術數。無不通達。在翰林。撰韻英十卷。未施行。而西京陷胡庭。堅亦卒焉。出紀聞

睢陽鳳

貞元十四年秋。有異鳥。其色青。狀類鳩鵲。翔于睢陽之郊。止叢木中。有羣鳥千類。俱率其類。列于左右前後。而又朝夕各銜蟄虫稻粱以獻焉。是鳥每飛。則羣鳥咸噪而導其前。咸翼其旁。咸擁其後。若傳喚警衞之狀。止則環而向焉。雖人臣侍天子之禮。無以加矣。睢陽人咸適野縱觀。以爲羽族之靈者。然其狀不類鸑鳳。由是益奇之。時李翺客於睢陽。翺曰。此眞鳳鳥也。於是作知鳳一章。備書其事。出宣室志

鸞

堯在位七年。有鸞鶵歲歲來集。麒麟遊於澤藪。鴟梟逃於絕漠。有折支之國。獻重明之鳥。一名重

睛。言雙睛在目。狀如鷄。鳴似鳳。時解落毛羽。以肉翮而飛。能搏逐猛虎。使妖災不能爲害。飴以瓊膏。或一歲數來。或數歲不至。國人莫不掃灑門戶。以留重明之集。國人或刻木。或鑄金。爲此鳥之狀。置於戶牖之間。則魑魅醜類。自然退伏。今人每歲元日。刻畫爲雞於戶牖之上。此遺像也。

出拾遺錄

鶴

徐奭鵠

晉懷帝永嘉中。徐奭出行田。見一女子。姿色鮮白。就奭言調。女因吟曰。疇昔聆好音。日月心延佇。如何遇良人。中懷邈無緒。奭情旣諧。欣然延至一屋。女施設飲食而多魚。遂經日不返。兄弟追覓。至湖邊。見與女相對坐。兄以藤杖擊女。卽化成白鶴。翻然高飛。奭恍惚年餘乃差。出劉敬叔異苑

烏程採捕者

隋煬帝大業三年初造羽儀。毛氅多出江南。爲之略盡。時湖州烏程縣人身被科毛。入山捕採。見一大樹高百尺。其上有鶴巢養子。人欲取之。其下無柯。高不可上。因操斧伐樹。鶴知人必取。恐其殺子。遂以口拔其毛放下。人收得之。皆合時用。乃不伐樹。出五行記

戶部令史妻

唐開元中。戶部令史妻有色。得魅疾。而不能知之。家有駿馬。恒倍芻秣。而瘦劣愈甚。以問隣舍胡人。胡亦術士。笑云。馬行百里猶勌。今反行千里餘。寧不瘦耶。令史言初不出入。家又無人。曷由至是。胡云。君每入直。君妻夜出。君自不知。若不信。至入直時。試還察之。當知耳。令史依其言。夜還。隱他所。一更。妻起靚粧。令婢鞍馬。臨階御之。婢騎掃帚隨後。冉冉乘空。不復見。令史大駭。明往見胡。瞿然曰。魅信之矣。爲之柰何。胡令更一夕伺之。其夜。令史歸堂前幕中。妻頃復還。問婢何以有生人氣。令婢（婢原作婦。據明鈔本改。）以掃（掃原作婢。據明鈔本改。）帚燭火。遍然堂廡。令史狼狽入堂大甕中。須臾。乘馬復往。適已燒掃帚。無復可騎。妻云。隨有卽騎。何必掃帚。婢倉卒。遂騎大甕隨行。令史在甕中。懼不敢動。須臾。至一處。是山頂林間。供帳帟幕。筵席甚盛。羣飲者七八輩。各有匹偶。座上宴飲。合昵備至。數更後方散。婦人上馬。令婢騎向甕。婢驚云。甕中有人。婦人乘醉。令推著山下。婢亦醉。推令史出。令史不敢言。乃騎甕而去。令史及明。都不見人。但有餘煙燼而已。乃尋徑路。崎嶇可數十里方至山口。問其所。云是閬州。去京師千餘里。（方至山口問其所云是閬州去京師千餘里十七字原闕。據明鈔本補。）行乞辛勤。月餘。僅得至舍。妻見驚問之久（之久二字原倒置。據明鈔本改。）何所來。令史以他答。復往問胡。求其料理。胡云。魅已成。伺其復去。可遽縛取。火以焚之。聞空中乞命。頃之。有蒼鶴墮火中。焚死。妻疾遂愈。（出廣異記）

裴沆

同州司馬裴沆嘗說。再從伯自洛中。將往鄭州。在路數日。曉程偶下馬。覺道左有人呻吟聲。因披蒿萊尋之。荆叢下見一病鶴。垂翼俛咮。翅下瘡壞無毛。且異其聲。忽有老人白衣曳杖。數十步而至。謂曰。郎君少年。豈解哀此鶴邪。若得人血一塗。則能飛矣。裴頗知道。性甚高逸。遽曰。某請刺此臂血。不難。老人笑曰。君此志甚勁。然須三世是人。其血方中。郎君前生非人。唯洛中胡盧生。三世人矣。郎君此行。非有急切。豈能至洛中。干胡盧生乎。裴欣然而返。未信宿。至洛。乃訪胡盧生。具陳其事。且拜祈之。胡盧生初無難易。開襆。取一石合。大若兩指。授針刺臂。滴血下滿合。授裴曰。無多言也。及至鶴處。老人已至。喜曰。固是信士。乃令盡塗其鶴。復邀裴云。我所居去此不遠。可少留也。裴覺非常人。以丈人呼之。因隨行。纔數里。至一莊。竹落草舍。庭蕪狼藉。裴渴甚。求漿。老人指一土龕。此中有少漿。可就取。裴視龕中。有一杏核。一扇如笠。滿中有漿。漿色正白。乃力舉飲之。不復飢渴。漿味如杏酪。裴知隱者。拜請爲奴僕。老人曰。君有世間微祿。縱住亦不終其志。賢叔眞有所得。吾久與之遊。君自不知。今有一信。憑君必達。因裹一襆物。大如合。戒無竊開。復引裴視鶴。鶴損處毛已生矣。又謂裴曰。君向飲杏漿。當哭九族親情。且以酒色誡也。裴復還洛中。路閱其所持。將發之。襆四角各有赤蛇出頭。裴乃止。其叔得信。卽開之。有物如乾大麥飯升餘。其叔後因遊王屋。不知其終。裴壽至九十七。出酉陽雜俎

又

李相相原作松。據明鈔本改。公遊嵩山。見病鶴。亦曰須人血。李公公原作松。據明鈔本改。下同。解衣即刺血。鶴曰。世間人至少。公不是。乃令拔眼睫。持往東都。但映眼照之。即知矣。李公中路自視。乃馬頭也。至東洛。所遇非少。悉非全人。皆犬彘驢馬。一老翁是人。李公言病鶴之意。老翁笑。下驢袒臂刺血。李公得之。以塗鶴。即愈。鶴謝曰。公即爲明時宰相。復當上昇。相見非遙。愼無懈惰。李公謝。鶴遂沖天而去。出逸史

鶬

鶬生百年而紅。五百年而黃。又五百年而蒼。又五百年爲白。壽三千歲矣。出述異記

蘇瓊

晉安帝元興中。一人年出二十。未婚對。然目不干色。曾無穢行。嘗行田。見一女甚麗。謂少年曰。聞君自以柳季之儔。亦復有桑中之歡耶。女便歌。少年微有動色。後復重見之。少年問姓。云。姓蘇名瓊。家在塗中。遂要還盡歡。從弟便突入。以杖打女。即化成雌白鵠。出劉義慶幽冥錄

鸜鵒

鸜鵒能飛。衆鳥趾。前三後一。唯鸜鵒四趾齊分。凡鳥下瞼向上。獨此鳥兩瞼俱動。似人目。出酉

張華

張華有白鸚鵡。華行還。鳥輒說僮僕善惡。後寂無言。華問其故。鳥云。見藏甕中。何由得知。公時在外。令喚鸚鵡。鸚鵡曰。昨夜夢惡。不宜出戶。彊之至庭。爲鴟所攫。教其啄鴟喙。僅而獲免。出異苑

鸚鵡救火

有鸚鵡飛集他山。山中禽獸輒相貴重。鸚鵡自念。雖樂不可久也。便去。後數日。山中大火。鸚鵡遙見。便入水濡羽。飛而灑之。天神言。汝雖有志。意明鈔本意作竟。何足云也。對曰。雖知不能。然嘗僑居是山。禽獸行善。皆爲兄弟。不忍見耳。天神嘉感。卽爲滅火。出異苑

雪衣女

天寶中。嶺南獻白鸚鵡。養之宮中。歲久。頗甚聰慧。洞曉言詞。上及貴妃。皆呼爲雪衣女。性旣馴擾。常縱其飲啄飛鳴。然不離屛幃間。上命以近代詞臣篇詠授之。數遍便可諷誦。上每與嬪妃及諸王博戲。上稍不勝。左右呼雪衣女。必飛局中。鼓翼以亂之。或啄嬪御及諸王手。使不能爭道。一旦。

飛於貴妃鏡臺上。語曰。雪衣女昨夜夢爲鷙所搏。將盡於此乎。上令貴妃授以多心經。自後授記精熟。晝夜不息。若懼禍難。有祈禳者。上與貴妃出遊別殿。貴妃置鸚鵡於步輦上。與之同去。旣至。命從官校獵於前。鸚鵡方嬉戲殿檻上。瞥有鷹至。搏之而斃。上與貴妃。歎息久之。遂命瘞於苑中。立鸚鵡塚。開元中。宮中有五色鸚鵡。能言而惠。上令左右試牽御衣。輒瞋目叱之。岐王文學熊延景。因獻鸚鵡篇。上以示羣臣焉。出譚賓錄

劉潛女

隴右百姓劉潛家大富。唯有一女。初笄。美姿質。繼有求聘者。其父未許。家養一鸚鵡。能言無比。此女每日與之言話。後得佛經一卷。鸚鵡念之。或有差誤。女必證之。每念此經。女必焚香。忽一日。鸚鵡謂女曰。開我籠。爾自居之。我當飛去。女怪而問之。何此言邪。鸚鵡曰。爾本與我身同。偶託化劉潛之家。今須却復本族。無怪我言。人不識爾。我固識爾。其女驚。白其父母。父母遂開籠。放鸚鵡飛去。曉夕監守其女。後三日。女無故而死。父母驚哭不已。方欲葬之。其屍忽爲一白鸚鵡飛去。不知所之。出大唐奇事

鷹　楚文王

楚文王好獵。有人獻一鷹。王見其殊常。故爲獵于雲夢。毛羣羽族。爭噬共搏。此鷹瞪目。遠瞻雲

際。俄有一物鮮白。不辨其形。形字原闕。據太平御覽卷九二六補。鷹便竦羽而升。矗若飛電。須臾。羽墮如雪。血下如雨。有大鳥墮地。度其羽翅。廣數十里。時有博物君子曰。此大鵬鶵也。出幽明錄

劉聿

唐永徽中。萊州人劉聿性好鷹。遂於之罘山懸崖。自縋以取鷹鶵。欲至巢而繩絕。落於樹歧間。上下皆壁立。進退無據。大鷹見人。銜肉不敢至巢所。遙放肉下。聿接取肉餧鷹鶵。以外即自食之。經五六十日。鶵能飛。乃裂裳而繫鷹足。一臂上繫三聯。透身而下。鷹飛。掣其兩臂。比至澗底。一無所傷。仍繫鷹而歸。

鄴郡人

薛嵩鎮魏時。鄴郡人有好育鷹隼者。一日。有人持鷹來告於鄴人。人遂市之。其鷹甚神俊。鄴人家所育鷹隼極多。皆莫能比。常臂以玩。不去手。後有東夷人見者。請以繒百餘段爲直。曰。吾方念此。不知其所用。其人曰。此海鶻也。善辟蛟螭患。君宜於鄴城南放之。可以見其用矣。先是鄴城南陂蛟常爲人患。郡民苦之有年矣。鄴人遂持往。海鶻忽投陂水中。頃之乃出。得一小蛟。既出。食之且盡。自是鄴民免其患。有告於嵩。乃命鄴人訊其事。鄴人遂以海鶻獻焉。出宣室志

鷂　魏公子

魏公子无忌曾在室中讀書之際。有一鳩飛入案下。鷂逐而殺之。忌忿其鷙戾。鷙戾原作繫搏。據明鈔本改。因令國內捕鷂。遂得二百餘頭。忌按劍至籠曰。昨殺殺原作搦。據明鈔本改。鳩者。當低頭伏罪。不是者。可奮翼。有一鷂俯伏不動。出列異傳

鶻　寶觀寺

滄州東光縣寶觀寺。常有蒼鶻集重閣。每有鴿數千。鶻冬中。每夕。即取一鴿以暖足。至曉。放之而不殺。自餘鷹鶻。不敢侵之。出朝野僉載

落鴈殿

唐太宗養一白鶻。號曰將軍。取鳥。常驅至於殿前。然後擊殺。故名落鴈殿。上恒令送書。從京至東都與魏王。仍取報。日往返數廻。亦陸機黃耳之徒歟。出朝野僉載

太平廣記卷第四百六十一　禽鳥二

孔雀

交趾　羅州　王軒

鸞

漢鸞　胡鸞　千歲鸞　晉瑞　元道康

范質

鷓鴣

飛數　飛南向　吳楚鷓鴣

鵲鴿附

知太歲　張顒　條支國　黎景逸　張昌期

崔圓妻　乾陵　鴿信

雞

陳倉寶雞　楚雞　衞女　長鳴雞　沉鳴雞

孫休　吳清　廣州刺史　祝雞公　朱綜

代郡亭　高嶷　天后　衞鎬　合肥富人

孔雀

交趾

交趾郡人多養孔雀。或遺人以充口腹。或殺之以爲脯腊。人又養其雛爲媒。旁施網罟。捕野孔雀。伺其飛下。則牽網橫掩之。採其金翠毛。裝爲扇拂。或全株。生截其尾。以爲方物。云。生取則金翠之色不減耳。出嶺表錄異

羅州

羅州山中多孔雀。群飛者數十爲偶。雌者尾短。無金翠。雄者生三年。有小尾。五年成大尾。始春而生。三四月後復凋。與花萼相榮衰。然自喜其尾而甚妬。凡欲山棲。必先擇有置尾之地。然後止焉。南人生捕者。候甚雨。往擒之。尾霑而重。不能高翔。人雖至。且愛其尾。恐人所傷。不復騫翔也。雖馴養頗久。見美婦人好衣裳與童子絲服者。必逐而啄之。芳時媚景。聞管絃笙歌。必舒張翅尾。眄睇而舞。若有意焉。山谷夷民烹而食之。味如鵝。解百毒。人食其肉。飲藥不能愈病。其血與其首。解大毒。南人得其卵。使雞伏之卽成。其脚稍屈。其鳴若曰都護。土人取其尾者。持刀於叢篁可隱之

處自蔽。伺過。急斷其尾。若不卽斷。廻首一顧。金翠無復光彩。出紀聞

王軒

盧肇住在京南海。見從事王軒有孔雀。一日奴告曰。蛇盤孔雀。且毒死矣。軒令救之。其走卒笑而不救。軒怒。卒云。蛇與孔雀偶。出紀聞

鷰

漢鷰

𧆑泥爲窠。聲多稍小者漢鷰。陶勝力注本草云。紫胸輕小者是越鷰。胸斑黑聲大者是胡鷰。其作巢喜長。越鷰不入藥用。越與漢。亦小差耳。出世說

胡鷰

凡狐白貂鼠之類。鷰見之則毛脫。或鷰蟄於水底。舊說鷰不入室。取桐爲男女各一。投井中。燕必來。胸斑黑聲大。名胡燕。其窠有容匹素者。出酉陽雜俎

千歲鷰

齊魯之間。謂鷰爲乙。作巢避戊己。玄中記云。千歲之鷰戶北向。述異要云。五百歲鷰生胡髯。出酉陽雜俎

晉瑞

魏禪晉歲。北闕下有白光如鳥雀之狀。時有飛翔去來。有司卽聞奏。帝使羅者張之。得一白鷰。以爲神物。以金爲籠。致於宮內。旬日不知所在。論者云。金德之瑞。昔師曠時。有白鷰來巢。檢瑞應圖。果如所論。師曠、晉人也。古今之議相符焉。出拾遺錄

元道康

後魏元道康字景怡。居林慮山。雲棲幽谷。靜掩衡茅。不下人間。踰二十載。服餌芝木。以娛其志。高歡爲丞相。前後三辟不就。道康以時方亂。不欲應之。至高洋。又徵。亦不起。道康書齋常有雙燕爲巢。歲歲未嘗不至。道康以連徵不去。又又原作有。據明鈔本改。懼見禍。禍原作抑。據明鈔本改。不覺嗟咨。是夕。秋月朗然。淸風颯至。道康向月微思。忽聞鷰呼康字云。景怡。卿本澹然爲樂。今何愁思之深耶。道康驚異。乃知是燕。又曰。景怡景怡。樂以終身。康曰。爾爲禽而語。何巢我屋。燕曰。我爲

上帝所罪。暫爲禽耳。以卿盛德。故來相依。道康曰。我忘利。不售人間。所以閉關服道。寧昌其德。爲卿所謂。燕曰。海內棲隱。盡名譽耳。獨卿知道。卓然囂外。所以神祇敬屬。萬靈歸德。燕曰。我來日晝時。往前溪相報。道康乃策杖南溪。以伺其至。及晝。見二鸞自北嶺飛來而投澗下。一化爲青衣童子。一化爲青衣女子。前來謂道康曰。今我便歸。以卿相命。故來此化。然無以留別。卿有隱志。幽陰見嘉。卿之壽更四十歲。以此相報。言訖。復爲雙燕飛去。不知所往。時道康已年四十。後果終八十一。

范質

漢戶部侍郎范質言。嘗有燕巢於舍下。育數雛。已哺食矣。其雌者爲猫所搏。食之。雄者啁啾。久之方去。卽時又與一燕爲匹而至。哺雛如故。不數日。諸雛相次墮地。宛轉而殭。兒童剖腹視之。則有蒺藜子在嗉中。蓋爲繼偶者所害。出玉堂閒話

鷓鴣

飛數

鷓鴣飛數逐月。如正月。一飛而止于窠中。不復起矣。十二月十二起。最難採。南人設網取之。出酉

陽雜俎

飛南向

鷓鴣似雌雉。飛但南。不向北。楊孚交州異物志云。鳥像雌雉。名鷓鴣。其志懷南。不思北徂。出曠志。明鈔本作出廣記

吳楚鷓鴣

鷓鴣。吳楚之野悉有。嶺南偏多此鳥。肉白而脆。遠勝雞雉。能解冶葛幷菌毒。臆前有白圓點。背上間紫赤毛。其大如野雞。多對啼。南越志云。鷓鴣雖東西廻翔。然開翅之始。必先南翥。其鳴自呼社明鈔本社作杜。薄州。又本草云。自呼鉤輈格磔。李群玉山行聞鷓鴣詩云。方穿詰曲崎嶇路。又聽鉤輈格磔聲。出嶺南錄異

鵲

知太歲

鵲知太歲之所在。博物志云。鵲窠背太歲。此非才智。任自然爾。淮南子曰。鵲識歲多風。去去字原闕。

據明鈔本補。喬木。巢傍枝。出說文

又

鵲構窠。取在樹杪枝。不取墮地者。又纏枝受卵。端午日午時。焚其巢。灸病者。疾立愈。出酉陽雜俎

張顥

常山張顥爲梁相。天新雨後。有鳥如山鵲。稍下墮地。民拾取。卽化爲一圓石。顥椎破之。得一金印。文曰忠孝侯印。顥以上聞。藏之祕府。顥後官至太尉。後議郎汝南樊行夷校書東觀。上表言。堯舜之時。嘗有此官。今天降印。宜應復。

條支國

章帝永寧元年。條支國有來進異瑞。有鳥名鳷鵲。形高七尺。解人言。其國太平。鳷鵲群翔。昔漢武時。四夷賓服。有致此鵲。馴善。有吉樂事。則鼓翼翔鳴。按莊周云。雕陵之鵲。蓋其類也。出拾遺記

黎景逸

唐貞觀末。南康黎景逸居於空青山。常有鵲巢其側。每飯食餧之。後隣近失布者。誣景逸盜之。繫南康獄。月餘。劾不承。欲訊之。其鵲止於獄樓。向景逸歡喜。以傳語之狀。其日傳有赦。官司詰其來。云。路逢玄衣素衿人所說。三日而赦果至。景逸還山。乃知玄衣素衿者。鵲之所傳。出朝野僉載

張昌期

汝州刺史張昌期。易之弟也。恃寵驕貴。酷暴群僚。梁縣有人白云。有白鵲見。昌期令司戶楊楚玉捕之。部人有鷂子七十籠矣。以蠟塗爪。至林見白鵲。有群鵲隨之。見鷂迸散。唯白者存焉。鷂竦身取之。一無損傷。而籠送之。昌期笑曰。此鵲贖君命也。玉叩頭曰。此天活玉。不然。投河赴海。不敢見公。拜謝而去。出朝野僉載

崔圓妻

鵲窠中必有棟。崔圓相公妻在家時。與姊妹於後園見一鵲構窠。共銜一木。大如筆管。長尺餘。安窠中。衆悉不見。俗言見鵲上梁必貴。出酉陽雜俎

乾陵

大曆八年。乾陵上仙觀之尊殿。有雙鵲銜柴及泥。補葺隙壞十五處。宰臣表賀之。出酉陽雜俎

鴿信

大理丞鄭復禮言。波斯舶上多養鴿。鴿能飛行數千里。輒放一隻至家。以爲平安信。出酉陽雜俎

雞

陳倉寶雞

秦穆公時。陳倉人掘地得物。若羊非羊。若猪非猪。牵以獻穆公。道逢二童子曰。此爲媪述。常在地中。食死人腦。若欲殺之。以柏挿其首。媪曰。此二童子名爲雞寶。得雄者王。得雌者伯。陳倉人捨之。逐二童子。二童化爲雉。飛入於林。陳倉人告穆公。發徒大獵。果得其雌。又化爲石。置之汧渭之間。至文公立祠。名陳寶。雄者飛南集。今南陽雉飛縣。卽其地也。出列異傳

楚雞

楚人有擔山雞者。路人問曰。何鳥也。擔者欺之曰。鳳皇也。路人曰。我聞有鳳皇久矣。今眞見之。汝賣之乎。曰。然。乃酬千金。弗與。請加倍。乃與之。方將獻楚王。經宿而鳥死。路人不遑惜其金。惟恨不得以獻耳。國人傳之。咸以爲眞鳳而貴。宜欲獻之。遂聞於楚王。王感其欲獻己也。召而

厚賜之。過買鳳之直十倍矣。出笑林

衞女

雉朝飛操者。衞女傅母所作也。衞侯女嫁於齊太子。中道聞太子死。問傅母曰。何如。傅母曰。且往赴赴原作當。據明鈔本改。喪。喪畢。不肯歸。終之以死。傅母悔之。取女所自操琴。於塚上鼓之。忽有二雉俱出墓中。傅母撫雌雉曰。女果爲雉耶。言未卒。俱飛而起。忽然不見。傅母悲痛。援琴作操。故曰雉朝飛。出楊雄琴淸英

長鳴雞

漢成帝時。交趾越巂獻長鳴雞伺晨雞。即下漏驗之。晷刻無差。長鳴一食頃不絕。長距善鬭。出西京雜記

沉鳴雞

建安三年。胥圖獻沉鳴石雞。色如丹。大如燕。常在地中。應時而鳴。聲能遠徹。其國聞其鳴。乃殺牲以祀之。當聲處掘地。得此雞。若天下平。翔飛頡頏。以爲嘉瑞。亦謂寶雞。其國無雞。人聽地中。以候晷刻。道師云。昔仙人相君採石。入穴數里。得丹石雞。舂碎爲藥。服者令人有聲氣。後天

而死。昔漢武寶鼎元年。四方貢珍怪。有琥珀燕。置之靜室。自然鳴翔。此之類也。洛書云。胥圖之寶。土德之徵。大魏嘉瑞焉。出王子年拾遺記

孫休

孫休好射雉。至其時。則晨往夕返。群臣莫不上諫曰。此小物。何足甚躭。答曰。雖爲小物。耿介過人。朕之所以好也。出語林

吳清

徐州民吳清。以太元五年被差爲征。民殺雞求福。煮雞頭在盤中。忽然而鳴。其聲甚長。後破賊帥邵寶。寶臨陣戰死。其時僵尸狼籍。莫之能識。清見一人著白袍。疑是主帥。遂取以聞。推校之。乃是寶首。清以功拜清河太守。越自什伍。遽升榮位。雞之妖。更爲吉祥。出甄異記

廣州刺史

廣州刺史喪還。其大兒安吉。元嘉三年病死。第二兒。四年復病死。或敎以一雄雞置棺中。此雞每至天欲曉。輒在棺裏鳴三聲。甚悲徹。不異栖中鳴。一月日後。不復聞聲。出齊諧記

祝雞公

祝雞公者。洛陽人也。居尸鄉北山下。養雞百餘年。雞皆有名字。千餘頭。暮棲樹下。晝放散之。欲取呼名。卽種別而至。賣雞及子。得千餘萬。輒置錢去。之吳。作養池魚。後登吳山。雞雀數百。常出其旁。出列仙傳

朱綜

臨淮朱綜遭母難。恒外處住。內有病。因見前婦。婦字原闕。據明鈔本補。婦曰。喪禮之重。不煩數還。綜曰。自荼毒已來。何時至內。婦云。君來多矣。綜知是魅。敕婦婢。候來。便卽閉戶執之。及來。登往赴視。此物不得去。遽變老白雄雞。推問是家雞。殺之遂絕。出劉義慶幽明錄

代郡亭

代郡界中一亭。作怪不可止。有諸生壯勇者。暮行。欲止亭宿。亭吏止之。諸生曰。我自能消此。乃住宿食。夜諸生前坐。出一手。吹五孔笛。諸生笑謂鬼曰。汝止止原作上。據明鈔本改。有一手。那得遍笛。我爲汝吹來。鬼云。卿爲我少指耶。乃復引手。卽有數十指出。諸生知其可擊。因拔劍砍之。得老雄雞。出幽明錄

高嶷

唐渤海高嶷巨富。忽患月餘日。帖然而卒。心上仍暖。經日而蘇。云。有一白衣人。眇目。把牒冥司。訟殺其妻子。嶷對元不識此老人。冥官云。君命未盡。且放歸。遂悟白衣人乃是家中老瞎麻雞也。令射殺。魅遂絕。

天后

唐文明已後。天下諸州。進雌雞變爲雄者甚多。或半已化。半未化。乃則天正位之兆。

衛鎬

衛鎬爲縣官。下縣。至里人王幸在家。方假寐。夢一烏衣婦人引十數小兒。著黃衣。咸言乞命。叩頭再三。斯須又至。鎬甚惡其事。遂催食欲前。適鎬所親者報曰。王幸在家窮。無物設饌。有一雞。見抱兒。已得十餘日。將欲殺之。鎬方悟。烏衣婦人果烏雞也。遂命解放。是夜復夢。感欣然而去。並出朝野僉載

合肥富人

合肥有富人劉某。好食雞。每殺雞。必先刖雙足。置木櫃中。血瀝盡力。乃烹。以爲去腥氣。某後

病。生瘡於鬢。既愈。復生小雞足於瘡瘢中。每巾櫛。必傷其足。傷卽流血被面。痛楚竟日。如是積歲。無日不傷。竟以是卒。出稽神錄

太平廣記卷第四百六十二　禽鳥三

鵝 鴨附

史悝　姚略　鵝溝　祖録事　周氏子

平固人　海陵鬬鵝　鴨

鷺

馮法　錢塘士人　黎州白鷺

鴈

南人捕鴈　海陵人

鸜鵒

勾足　能言　桓豁　廣陵少年

雀

雀目夕昏　弔烏山　楊宣

烏

越烏臺　何潛之　烏君山　魏伶　三足烏

李納　呂生妻　梁祖

梟鴟附

鳴梟　鵂鶹目夜明　夜行遊女　禳梟　張率更

雍州人　韋顗

鵝

史悝

晉太元中。章安郡史悝家有駮雄鵝。善鳴。悝女常養飼之。鵝非女不食。荀僉苦求之。鵝輒不食。乃以還悝。又數日。晨起。失女及鵝。隣家聞鵝向西。追至一水。唯見女衣及鵝毛在水邊。今名此水爲鵝溪。出廣古今五行記

姚略

義熙中。羌主姚略壞洛陽溝。取磚。得一雙雄鵝並金色。交頸長鳴。聲聞九臯。養之此溝。出幽明錄

鵝溝

濟南郡張公城西北有鵝溝。南燕世。有漁人居水側。常聽鵝聲。而衆鵝中有鈴聲甚淸亮。候之。見一鵝咽頸極長。因羅得之。項上有銅鈴。綴以銀鏁。有隱起元鼎元年字。出酉陽雜俎

祖錄事

久視年中。越州有祖錄事。不得名。早出。見擔鵝向市中者。鵝見錄事。頻顧而鳴。祖乃以錢贖之。至僧寺。令放爲長生。鵝竟不肯入寺。但走逐祖後。經坊歷市。稠人廣衆之處。一步不放。祖收養之。左丞張錫親見說。出朝野僉載

周氏子

汝南周氏子。吳郡人也。亡其名。家於崑山縣。元和中。以明經上第。調選。得尉崑山。既之官。未至邑數十里。舍於逆旅中。夜夢一丈夫。衣白衣儀狀甚秀。而血濡衣襟。若傷其臆者。既拜而泣謂周生曰。吾家於林泉者也。以不尙塵俗。故得安其所有年矣。今以偶行田野間。不幸値君之家僮。有繫吾者。吾本逸人也。既爲所縶。心甚不樂。又縱狂犬噬吾臆。不勝其憤。願君子憫而宥之。不然。則死在朝夕矣。周生曰。謹受敎。不敢忘。言訖忽寤。心竊異之。明日。至其家。是夕。又夢白衣來曰。吾前以事訴君。幸君憐而諾之。然今尙爲所縶。顧君不易仁人之心。疾爲我解其縛。使不爲君家囚。幸矣。周即問曰。然則爾之名氏。可得聞乎。其人曰。我鳥也。言已遂去。又明日。周生乃以夢

語家僮。且以事訊之。乃家人因適野。遂獲一鵝。乃籠歸。前夕。有犬傷其臆。周生卽命放之。是夕。又夢白衣人辭謝而去。出宣室志

平固人

處州平固人訪其親家。因留宿。夜分。聞寢室中有人語聲。徐起聽之。乃羣鵝語曰。明旦主人將殺我。善視諸兒。言之甚悉。旣明。客辭去。主人曰。我有鵝甚肥。將以食子。客具告之。主人於是舉家不復食鵝。頃之。舉鄉不食矣。出稽神錄

海陵鬬鵝

乙卯歲。海陵郡西村中有二鵝鬬於空中。久乃墮地。其大可五六尺。雙足如驢蹄。村人殺而食之者皆卒。明年。兵陷海陵。出稽神錄

鴨附

晉周昉少時與商人泝江俱行。夕止宮亭廟下。同侶相語。誰能入廟中宿。昉性膽果決。因上廟宿。竟夕晏然。晨起。廟中見有白頭老翁。昉遂擒之。化爲雄鴨。昉捉還船。欲烹之。因而飛去。後竟無他。出述異記

鷺

馮法

晉建武中。剡縣馮法作賈。夕宿荻塘。見一女子。著縗服。白晳。形狀短小。求寄載。明旦。船欲發。云。暫上取行資。既去。法失絹一疋。女抱二束芻寘船中。如此十上。失十絹。法疑非人。乃縛兩足。女云。君絹在前草中。化形作大白鷺。烹食之。肉不甚美。出幽明錄

錢塘士人

錢塘士人姓杜。船行。時大雪日暮。有女子素衣來。杜曰。何不入船。遂相調戲。杜闔船載之。後成白鷺去。杜惡之。便病死也。出續搜神記

黎州白鷺

黎州通望縣。每歲孟夏。有白鷺鷥一雙墜地。古老傳云。衆鳥避瘴。臨去。留一鷺祭山神。又每郡主將有除替。一日前。須有白鷺鷥一對。從大渡河飛往州城。盤旋棲泊。三五日却廻。軍州號爲先至鳥。便迎新送故。更無誤焉。出黎州圖經

鴈

南人捕鴈

鴈宿於江湖之岸。沙渚之中。動計千百。大者居其中。令鴈奴圍而警察。南人有採捕者。俟其天色陰暗。或無月時。於瓦罐中藏燭。持棒者數人。屏氣潛行。將欲及之。則略舉燭。便藏之。鴈奴驚叫。大者亦驚。頃之復定。又欲前舉燭。鴈奴又驚。如是數四。大者怒啄鴈奴。秉燭者徐徐逼之。更舉燭。則鴈奴懼啄。不復動矣。乃高舉其燭。持棒者齊入羣中。亂擊之。所獲甚多。昔有淮南人張凝評事話之。此人親曾採捕。出玉堂閒話

海陵人

海陵縣東居人多以捕鴈爲業。恒養一鴈。去其六翮以爲媒。一日群鴈迴塞時。鴈媒忽人語。謂主人曰。我償爾錢足。放我迴去。因騰空而去。此人遂不復捕鴈。出稽神錄

鸜鵒

勾足

鸜鵒交時。以足相勾。促鳴鼓翼如鬬狀。往往墜地。俗取其勾足爲魅藥。出酉陽雜俎

能言

鸜鵒。舊言可使取火。效人言勝鸚䳇。取其目精。和人乳研。滴眼中。能見煙霄外物。出酉陽雜俎

桓豁

晉司空桓豁之在荆州也。有參軍。五月五日。剪鸜鵒舌教語。無所不名。後於大會。悉效人語聲。無不相類。時有參佐齆鼻。因內頭甕中效之。有主典盜牛肉。乃白參軍。以新荷裹置屏風後。搜得。罰盜者。出劉義慶幽明錄

廣陵少年

廣陵有少年畜一鸜鵒。甚愛之。籠檻八十日死。以小棺貯之。將瘞於野。至城門。閽吏發視之。乃人之一手也。執而拘諸吏。凡八十日。復爲死鸜鵒。乃獲免。出稽神錄

雀

雀目夕昏

雀皆至夕而不見物。人有至夕昏不見物者。謂雀盲是也。鵂鶹夜察毫末。晝瞑目不見丘山。殊性也。出感應經

弔烏山

蜀弔烏山。至雉雀來弔。最悲。百姓夜燃火。伺取之。其無嗉不食。似特悲者。以爲義則不殺。出酉陽雜俎

楊宣

楊宣爲河内太守。行縣。有群雀鳴桑樹上。宣謂吏曰。前有覆車粟。出益都耆舊傳

烏

越烏臺

越王入國。丹烏夾王而飛。故句踐得入國也。起望烏臺。言烏之異也。出王子年耆舊傳。明鈔本作出拾遺錄。

何潛之

晉時營道縣令何潛之於縣界得烏。大如白鷺。膝上髀下。自然有銅環貫之。出酉陽雜俎

烏君山

烏君山者。建安之名山也。在縣西一百里。近世有道士徐仲山者。少求神仙。專一爲志。貧居苦節。年久彌勵。與人遇於道。修禮。無少長皆讓之。或果穀新熟。輒祭。先獻虛空。次均宿老。鄉人有偸者坐罪當（罪當原作而誅。據明鈔本改。）死。仲山詣官。承其偸罪。白偸者不死。無辜而誅。情所未忍。乃免冠解帶。抵承嚴法。所司疑而赦之。仲山又嘗山行。遇暴雨。苦風雷。迷失道徑。忽於電光之中。見一舍宅。有類府州。因投以避雨。至門。見一錦衣人。顧仲山。乃稱此鄉道士徐仲山拜。其錦衣人稱監門使者蕭衡。亦拜。因叙風雨之故。深相延引。仲山問曰。自有鄉。無此府舍。監門曰。此神仙之所處。僕卽監門官也。俄有一女郎。梳綰雙鬟。衣絳襦裙青文羅衫。左手執金柄麈尾幢旄。傳呼曰。使者外與何人交通。而不報也。答云。此鄉道士徐仲山。須臾。又傳呼云。仙官召徐仲山入。向所見女郎。引仲山自廊進。至堂南小庭。見一丈夫。年可五十餘。膚體鬢髮盡白。戴紗搭腦冠。白羅銀鏤帔。而謂仲山曰。知卿精修多年。超越凡俗。吾有小女頗閑道教。以其夙業。合與卿爲妻。今當吉辰耳。仲山降階稱謝拜（階稱謝拜原作言謝幾回。據明鈔本改。）起。而復請謁夫人。乃止之曰。吾喪偶已七年。吾有九子。三男六女。爲卿妻者。最小女也。乃命後堂備吉禮。既而陳酒殽。與仲山對食訖。漸夜聞環珮之聲。異香芬郁。熒煌燈燭。引去別室。禮畢三日。仲山悅其所居。巡行屋室。西向廠舍。見衣竿

上懸皮羽十四枚。是翠碧皮。餘悉烏皮耳。烏皮之中。有一枚是白烏皮。又至西南。有一廠舍。衣竿之上。見皮羽四十九枚。皆鵂鶹。仲山私怪之。却至室中。其妻問其夫曰。子適遊行。有何所見。乃沈悴至此。仲山未之應。其妻曰。夫神仙輕舉。皆假羽翼。不爾。何以倏忽而致萬里乎。因問曰。烏皮羽爲誰。曰。此大人之衣也。又問曰。翠碧皮羽爲誰。曰。此常使通引婢之衣也。又餘烏皮羽爲誰。曰。新婦兄弟姊妹之衣也。又問鵂鶹皮羽爲誰。曰。司更巡夜者衣。即監門蕭衡之倫也。語未畢。忽然舉宅驚懼。問其故。妻謂之曰。村人將獵。縱火燒山。須臾皆云。竟未與徐郎造得衣。今日之別。可謂邂逅矣。乃悉取皮羽。隨方飛去。即向所見舍屋。一無其處。因號其地爲烏君山。出建安記

魏伶

唐魏伶爲西市丞。養一赤嘴烏。每於人衆中乞錢。人取一文。而銜以送伶處。日收數百。時人號爲魏丞烏。出朝野僉載

三足烏

天后時。有獻三足烏。左右或言。一足僞耳。天后笑曰。但令史册書之。安用察其真僞。唐書云。天授元年。有進三足烏。天后以爲周室之瑞。睿宗云。烏前足僞。天后不悅。須臾。一足墜地。出酉陽雜俎

李納

貞元十四年。鄭汴二州群烏飛入田緒、李納境內。銜木爲城。高至二三尺。方十餘里。緒、納惡而命焚之。信宿如舊。烏口皆流血。出酉陽雜俎

呂生妻

東平呂生。魯國人。家於鄭。其妻黃氏病將死。告於姑曰。妾病且死。然聞人死當爲鬼。妾常恨人鬼不相通。使存者益哀。今姑念妾深。妾死。必能以夢告於姑矣。及其死。姑夢見黃氏來。泣而言曰。妾平生時無狀。今爲異類。生於鄭之東野叢木中。顯其翼。嗷其鳴者。當是也。後七日。當來謁姑。願姑念平生時。無以異類見阻。言訖遂去。後七日。果一烏自東來。至呂氏家。止於庭樹。哀鳴久之。其姑泣而言曰。果吾之夢矣。汝無昧平素。直來吾之居也。其烏卽飛入堂中。廻翔哀唳。僅食頃。方東向而去。出宣室志

梁祖

梁祖親征鄆州。軍次衞南。時築新壘工畢。因登眺其上。見飛烏止於峻坂之間而噪。其聲甚厲。副使李璠曰。是烏鳴也。將不利乎。其前軍朱友裕爲朱瑄所掩。拔軍南去。我軍不知。因北北原作此。據明鈔

本改。行。遇朱瑄軍至。梁祖策馬南走。入村落聞明鈔本聞作問。疑當作間。爲賊所追。追原作迫。據明鈔本改。前有溝坑。頗極深廣。匆遽之際。忽見溝內蜀黍稈積以爲道。正在馬前。遂騰躍而過。副使李璠、郡將高行思。爲賊所殺。張歸宇爲殿騎。援戈力戰。僅得生還。身被十五箭。乃知衛南之烏。先見之驗也。出北夢瑣言

梟

鳴梟

夏至陰氣動爲殘殺。蓋賊害之候。故惡鳥鳴於人家。則有死亡之徵。又云。鴟梟食母眼精。乃能飛。郭璞云。伏土爲梟。漢書郊祀志云。古昔天子。嘗以春祠黃帝。用一梟破鏡。出曹植惡鳥論

鴟附

鴟。相傳鶻生三子一爲鴟。肅宗張皇后專權。每進酒。常以鴟腦和酒。令人久醉健忘。出酉陽雜俎

又

世俗相傳。鴟不飲泉及井水。唯遇雨濡翮。方得水飲。並出酉陽雜俎

鵂鶹目夜明

鵂鶹卽鵋也。爲幽。由。可以聚諸鳥。鵂鶹晝日。目無所見。夜則飛撮蚊蝱。鵂鶹乃鬼車之屬也。皆夜飛晝藏。或好食明鈔本食作拾。人爪甲。則知吉凶。凶者輒鳴於屋上。其將有咎耳。故人除指甲。埋之戶內。蓋忌此也。亦名夜遊女。好好字原空闕。據明鈔本補。與嬰兒作祟。故嬰孩之衣。不可置星露下。畏其祟耳。又名鬼車。春夏之間。稍遇陰晦。則飛鳴而過。嶺外尤多。愛入人家。爍人魂氣。或云。九首。曾爲犬囓其一。常滴血。血滴之家。則有凶咎。荆楚歲時記云。聞之。當喚犬耳。又曰。鴞大如鳩。明鈔本鳩作鴟。惡聲。飛入人家不祥。其肉美。堪爲炙。故莊子云。見彈思鴞炙。又云。古人重鴞炙。尚肥美也。說文。梟不孝鳥。食母而後能飛。漢書曰。五月五日作梟羹。以賜百官。以其惡鳥。故以五日食之。古者重鴞炙及梟羹。蓋欲滅其族類也。出嶺表錄異

又

或云。鵂鶹食人遺爪。非也。蓋鵂鶹夜能拾蚤虱耳。爪蚤聲相近。故誤云也。出感應經

夜行遊女

又云。夜行遊女。一曰天帝女。一名釣星。夜飛晝隱。如鬼神。衣毛爲飛鳥。脫毛爲婦人。無子。喜

取人子。胷前有乳。凡人飴小兒。不可露。小兒衣亦不可露晒。毛落衣中。當爲鳥祟。或以血點其衣爲誌。或言産死者所化。出酉陽雜俎

禳梟

常饗爲齊景公。以周禮之法禳梟。梟乃布翼伏於地死。出感應經

張率更

有梟晨鳴於張率更庭樹。其妻以爲不祥。連唾之。張云。急灑掃。吾當改官。言未畢。賀客已在門矣。出朝野僉載

雍州人

貞觀初。雍州有人夜行。聞梟鳴甚急。仍往來拂其頭。此人惡惡字原空闕。據明鈔本補。之。以鞭擊之。梟死。以土覆之而去。可行數里。逢捕賊者。見其衣上有血。問其何血。遂具告之。諸人不信。將至埋梟之所。先是有賊殺人。斷其頭。瘞之而去。又尋不得。及撥土取梟。遂得人頭。咸以爲賊。執而訊之。大受艱苦。出異聞錄

韋顓

大中歲。韋顓舉進士。詞學贍而貧窶滋甚。歲暮饑寒。無以自給。有韋光者。待以宗黨。輟所居外舍館之。放榜之夕。風雪凝沍。報光成事者。絡繹而至。顓略無登第之耗。光延之於堂際小閤。備設酒饌慰安。見女僕料數衣裝。僕者排比車馬。顓夜分歸所止。擁爐愁歎而坐。候光成名。將修賀禮。顓坐逼於壞牖。以橫竹掛席蔽之。簷際忽有鳴梟。頃之集於竹上。顓神魂驚駭。持策出戶逐之。飛起復還。久而方去。謂（謂原作諸。據明鈔本改。）候者曰。我失意。亦無所恨。妖禽作怪如此。兼恐橫罹禍患。俄而禁鼓忽鳴。榜放。顓已登第。光服用車馬。悉將遺焉。出劇談錄

太平廣記卷第四百六十三　禽鳥四

飛涎鳥

南海去會稽三千里。有狗國。國中有飛涎鳥似鼠。兩翼如鳥而脚赤。每至曉。諸栖禽未散之前。各各占一樹。口中有涎如膠。遶樹飛。涎如雨（如雨二字原闕。據明鈔本補。）沾洒衆枝葉。有他禽之至而如網也。然乃食之。如竟午不獲。即空中逐而涎惹之。無不中焉。人若捕得脯。治渴。其涎每布後半日即乾。自落。落即布之。（出外荒記）

精衛

有鳥如烏。文首白喙赤足。名曰精衛。昔赤帝之女名女娃。往遊於東海。溺死而不返。其神化爲精衛。故精衛常取西山之木石。以塡東海。（出博物志）

仁鳥

晉文公焚林以求介推。有白鵶繞煙而噪。或集介子之側。火不能焚。晉人嘉之。起一高臺。名曰思煙臺。種仁壽之木。木似柏而枝長軟。其花堪食。故呂氏春秋云。木之美者。有壽木之華。即此是。或云。此鵶有識。於焚介之山。數百里不復識羅網。（此鵶有識於焚介之山數百里不復識羅網拾遺記三作戒所焚之山數百里居人不得設網羅。）呼之曰仁鳥。俗亦謂仁鳥白臆爲慈烏。則此類也。（出王子年拾遺記）

鸐

幽州之墟。羽山之北。有善鳴禽。人面鳥喙。八翼一足。毛色如雉。行不踐地。名曰鸐。其聲似鐘磬笙竽也。世語曰。青鸐鳴。時太平。乃盛明之世。翔鳴藪澤。音中律呂。飛而不行。禹平水土。栖於川岳。所集之地。必有聖人出焉。自上古鑄諸鼎器。皆圖像其形。銘讚至今不絕。出拾遺錄

韓朋

韓朋鳥者。乃鳧鷖之類。此鳥爲雙飛。泛溪浦。水禽中𪄀鶒鴛鴦鵁鶄。嶺北皆有之。唯韓朋鳥未之見也。案干寶搜神記云。大夫韓朋。一云憑。其妻美。宋康王奪之。朋怨。王囚之。朋遂自殺。妻乃陰腐其衣。王與之登臺。自投臺下。左右提衣。衣不勝手。遺書於帶曰。願以尸還韓氏而合葬。王怒。令埋之。以冢相望。經宿。忽見有梓木生二冢之上。根交於下。枝連其上。又有鳥如鴛鴦。恒栖其樹。朝暮悲鳴。南人謂此禽卽韓朋夫婦之精魂。故以韓氏名之。出嶺表錄異

帶箭

帶箭鳥。鳴如野鵲。翅羽黃綠間錯。尾生兩枝。長二尺餘。直而不梟。唯尾稍有毛。宛如箭羽。因目之爲帶箭鳥。同上

細鳥

漢元封五年。勒畢國貢細鳥。以方尺玉籠盛數百頭。大如蠅。其狀如鸚鵡。聞聲數里。如黃鵠之音。

國人常以此鳥候時。亦名曰候蟲。上得之。放於宮內。旬日之間。不知所止。惜甚。求不復得。明年。此鳥復來集於帷幄之上。或入衣袖。因更名曰蟬鳥。宮人婕妤等皆悅之。但有此鳥集於衣上者。輒蒙愛幸。武帝末。稍稍自死。人尤愛其皮。服其皮者。多爲男子媚也。出洞冥記

王母使者

齊郡函山有鳥足靑觜赤。素翼絳顙。名王母使者。昔漢武帝登此山。得玉函。長五寸。帝下山。玉函忽化爲白鳥飛去。世傳山上有王母藥函。常令鳥守之。出酉陽雜俎

鴛鴦

漢時。鄠縣南門兩扇。忽一聲稱鴛。一聲稱鴦。晨夕開閉。聲聞京師。漢末惡之。令毁其門。兩扇化爲鴛鴦。相隨飛去。後遂改鄠爲晏城縣。出朝野僉載

五色鳥

楊震卒。未葬。有大鳥五色高丈餘。從天飛下。到震棺前。擧頭悲鳴。淚出沾地。至葬日。冲天上昇。出謝承後漢書

新喻男子

豫章新喻縣男子見田中有六七女。皆衣毛衣。不知是鳥。匍匐往。得其一女所解毛衣。取藏之。卽往就諸鳥。諸鳥各飛去。一鳥獨不得去。男子取以爲婦。生三女。其母後使女問父。知衣在積稻下。得之。衣而飛去。後復以衣迎三兒。亦得飛去。出搜神記

張氏

京兆有張氏獨處一室。有鳩自外入。止于牀。張氏祝曰。鳩爲禍也。飛上承塵。爲福也。卽入我懷。以手探之。而得一金鉤。是後子孫漸盛。資財萬倍。蜀賈客至長安。聞之。乃厚賂婢。婢竊鉤以與客。張氏旣失鉤。漸漸衰耗。而蜀客亦罹窮厄。於是賫鉤以反張氏。張氏復昌。出搜神記

潄金鳥

魏時。昆明國貢潄金鳥。國人云。其地去然州九千里。出此鳥。形如雀。色黃。毛羽柔密。常翺翔海上。羅者得之。以爲至祥祥原作翔。據明鈔本改。聞大魏之德。被於荒遠。乃越山航海。來獻大國。帝得此鳥。蓄於靈禽之圃。飴以眞珠。飲以龜腦。鳥常吐金屑如粟。鑄之可以爲器。昔漢武時。有獻大雀。此之類也。此鳥畏霜雪。乃起小室以處之。名曰辟寒臺。皆用水晶爲戶牖。使內外通光。而常隔

於風雨塵霧。宮人爭以鳥所吐之金飾釵珮。謂之辟寒金。故宮人相嘲言曰。不服辟寒金。那得君王心。不服辟寒鈿。那得君王憐。於是媚惑爭以寶爲身飾。及行臥皆懷挾以要寵也。魏代喪滅。珍寶池臺。鞠爲茂草。漱金之鳥。亦自高翔。出拾遺錄

鶖

晉永嘉二年。有鶖集於始安縣。木矢貫之。鐵鏃。其長六寸有半。以箭計之。其射者當身長丈五六尺。

營道令

晉太元中。營道令何偕之去職。於縣界山中得一鳥。大如白鷺。青色赤目。膝上髀下。自然有銅環形。大小刻畫轉輾如畫轉轆如四字原空闕。據黃本補。攬子。絕妙人功。於是京邑皆傳觀之。營道經今屬道州。原闕出處。許本，黃本作出酉陽雜俎。

紙鳶化鳥

梁武太淸三年。侯景圍臺城。遠不通問。簡文作紙鳶飛空。告急於外。侯景謀臣王偉偉字原空闕。據黃本補。謂景曰。此紙鳶所至。卽以事達外。令左右善射者射之。及墮。皆化爲鳥。飛入雲中。不知所往。出獨異志

鶚

安定原土築時。奠祭以（以字原空闕。據明鈔本補。）觚爵。忽有一鶚飛於觚上。因名鶚觚城。後魏文帝大統中。立爲鶚觚縣。（出窮神秘苑）

戴文謀

有戴文謀者。隱居陽城山中。曾於客堂食際。忽聞有呼曰。我天帝使者。欲下憑君。可乎。文謀聞甚驚。又曰。君疑我也。文謀乃跪曰。居貧。恐不足降下耳。既而洒掃設位。朝夕進食甚謹。後謀於室內竊言之。其婦曰。此恐是狐魅依憑耳。文謀曰。我亦疑之。及祠饗之時。神乃言曰。吾相從。方欲相利。不意有疑心異議。文謀辭謝之際。忽堂上如數十人呼聲。出視之。見一大鳥。五色。白鳩數十隨之。東北入雲而去。（出窮神秘苑）

瑞鳥

煬帝征遼回。次於柳城郡之望海鎮。步出觀望。有大鳥二。素羽丹嘴。狀同鶴鷺。出自霄漢。翩翔雙下。高一丈四五尺。長八九尺。徘徊馴擾。翔舞御營。敕著作佐郎虞綽製瑞鳥銘以進。上命鐫於其所。仍敕殿內丞閻毗圖寫其狀。秘書郎虞世南上瑞鳥頌。敕令寫於圖首。（出大業拾遺記）

報春鳥

顧渚山中有鳥如鴝鵒而小。蒼黄色。每至正月二月。作聲云。春起也。至三月四月。作聲云。春去也。採茶人呼爲報春鳥。出顧渚山記

冠鳧

石首魚。至秋化爲冠鳧。冠鳧頭中有石也。出海䗿碎事。明鈔本作出地野記

秦吉了

秦吉了。容管廉白州産此鳥。大約似鸜鵒。觜脚皆紅。兩眼後夾腦。有黄肉冠。善效人言。語音雄大。分明於鸜鵒。以熟雞子和飯如棗飼之。或云。容州有純赤、純白色者。俱未之見也。出嶺表錄異

韋氏子

汧陽郡有張女郎廟。上元中。有韋氏子客於汧陽。途至其廟。遂解鞍以憇。忽見廟宇中有二屐子在地上。生視之。乃結草成者。文理甚細。色白而製度極妙。韋生乃收貯於橐中。既而别去。及至郡。郡守舍韋生於館亭中。是夕。生以所得屐。致於前而寐。明日已亡所在。莫窮其處。僅食頃。乃於館

亭瓦屋上得焉。僕者驚愕。告於韋生。生卽命昇屋而取之。旣得。又致於前。明日又失其所。復於瓦屋上得之。如是者三。韋生竊謂僕曰。此其怪乎。可潛伺之。是夕。其僕乃竊於隙中伺之。夜將半。其屐忽化爲白鳥。飛於屋上。韋生命取焚之。乃飛去。出宣室志

烏賊

李靖弟客師官至右武衛將軍。四時從禽。無暫止息。京師之西南際灃水。鳥獸皆識之。每出。烏鵲競逐噪之。人謂之烏賊。出譚賓錄

烏省

馮兗給事。親仁坊有宅。南有山亭院。多養鵝鴨及雜禽之類極多。常遣一家人掌之。時人謂之烏省。出盧氏雜說

劉景陽

天后時。左衛兵曹劉景陽使嶺南。得吉了鳥。雄雌各一隻。解人語。至都進之。留其雌者。雄煩怨不食。則天問曰。何乃無聊也。鳥爲言曰。其配爲使者所得。今頗思之。乃呼景陽曰。卿何故藏一鳥不進。景陽叩頭謝罪。乃進之。則天不罪也。出朝野僉載

食蝗鳥

開元中。貝州蝗蟲食禾。有大白鳥數千。小白鳥數萬。盡食其蟲。出酉陽雜俎

盧融

開元初。范陽盧融病中獨臥。忽見大鳥自遠飛來。俄止庭樹。高四五尺。狀類鴞。目大如杯。觜長尺餘。下地上階。頃之。入房登牀。舉兩翅。翅有手。手原作子。據明鈔本改。持小槍。欲以擊融。融伏懼流汗。忽復有人從後門入。謂鳥云。此是善人。愼勿傷也。鳥遂飛去。人亦隨出。融疾自爾永差。出廣異記

張氏

濮州刺史李全璋妻張。牛肅之姨也。開元二十五年。卒于伊闕莊。張寢疾。有鳥止於庭樹。白首赤足。黃腹丹翅。其鳴但云。懊恨也毋兮。如是晝夜不絕聲。十餘日。張殂。鳥遂不見。出紀聞

王緒

天寶末。台州錄事叅軍王緒病將死。有大鳥飛入緒房。行至牀所。引觜向緒聲云。取取。緒遂卒。出

廣異記

武功大鳥

大曆八年。大鳥見武功。群噪之。行營將張日芬射獲之。肉翅狐首。四足。足有爪。廣四尺。狀類蝙蝠。出酉陽雜俎

鸛鶇

鸛鶇。一名墮羿。形似鵲。人射之。則銜矢反射人。出酉陽雜俎

吐綬鳥

魚復縣南山有鳥大如雊鵒。羽色多黑。雜以黃白。頭頰似雉。有時吐物長數寸。丹采彪炳。形色類綬。因名爲吐綬鳥。又食必蓄嗉。臆前大如斗。慮觸其嗉。行每遠草木。故一名避株鳥。出酉陽雜俎

杜鵑

杜鵑。始陽相推而鳴。先鳴者吐血死。嘗有人出行。見一群寂然。聊學其聲。卽死。初鳴。先聽者主離別。廁上聽其聲。不祥。厭之之法。當爲犬聲應之。出酉陽雜俎

蚊母鳥

蚊母鳥。形如鷂。嘴大而長。池塘捕魚而食。每叫一聲。則有蚊蚋飛出其口。俗云。採其翎爲扇。可辟蚊子。亦呼爲吐蚊鳥。出嶺表錄異

桐花鳥

劒南彭蜀閒。有鳥大如指。五色畢具。有冠似鳳。食桐花。每桐結花卽來。桐花落卽去。不知何之。俗謂之桐花鳥。極馴善。止於婦人釵上。客終席不飛。人愛之。無所害也。出朝野僉載

眞臘國大鳥

眞臘國有葛浪山。高萬丈。半腹有洞。先有浪鳥。狀似老鴟。大如駱駝。人過。卽攫而食之。騰空而去。百姓苦之。眞臘王取大牛肉。中安小劒子。兩頭尖利。令人載行。鳥攫而吞之。乃死。無復種矣。出朝野僉載

百舌

百舌春囀。夏至唯食蚯蚓。正月後凍開。蚓出而來。十月後。蚓藏而往。蓋物之相感也。出朝野僉載

鸛

江淮謂群鸛旋飛爲鸛井。鸛亦好旋飛。必有風雨。人探巢取鸛子。六十里旱。能群飛。薄霄激雨。雨爲之散。出酉陽雜俎

又南方有鸛食蛇。每遇巨石。知其下有蛇。卽於石前。如道士禹步。其石阞然而轉。因得而噉。里人學其法者。伺其養鶵。緣樹。以篾絙縛其巢。鸛必作法而解之。乃鋪沙樹底。俾足跡所印而倣學之。出北夢瑣言

甘蟲

大中末。舒州奏衆鳥成巢。濶七尺。高一丈。而燕雀鷹鸇。水禽山鳥。無不馴狎如一。更有鳥。人面綠毛。觜爪皆紺。其聲曰甘蟲。因謂之甘蟲。時人畫圖。鬻於坊市。出杜陽編

戴勝

王蜀刑部侍郎李仁表寓居許州。將入貢於春官。時薛能尙書爲鎭。先繕所業詩五十篇以爲贄。濡翰成軸。於小亭凭几閱之。未三五首。有戴勝自簷飛入。立於案几之上。馴狎。良久。伸頸鞞翼而舞。向人若將語。久之。又轉又舞。如是者三。超然飛去。心異之。不以告人。翌日投詩。薛大加禮待。居

數日。以其子妻之。出錄異記

北海大鳥

北海有大鳥。其高千里。頭文曰天。胷文曰候。左翼文曰鷖。右翼文曰勒。頭向東正。海中央捕魚。或時舉翼飛。而其羽相切。如雷風也。出神異錄

鵶

溫璋爲京兆尹。勇於殺戮。京邑憚之。一日。聞挽鈴而不見有人。如此者三。乃一鵶也。尹曰。是必有人探其鷄而來訴耳。命吏隨鵶所在而捕之。其鵶盤旋。引吏至城外樹間。果有人探其雛。尚憇樹下。吏執送之。府尹以事異於常。乃斃捕雛者。出北夢瑣言

仙居山異鳥

王蜀永平二年。得北邙山章弘道所留瑞文於什邡之仙居山。遂出緡錢。委漢州馬步使趙弘約。締搆觀宇。洎創天尊殿。材石宏博。功用甚多。是日。將架巨梁。工巧丁役三百餘人縛拽鼓噪。震動遠近。忽有異鳥三隻。一紅赤色。二皆潔白。尾如曳練。各長二尺餘。栖於梁上。隨絙索上下。在衆人中。略無驚怖。工人撫搦戲翫之。如所馴養者。梁既上畢。鳥亦飛去。出錄異記

鸎

頃年。有人取得黃鸎鶵。養於竹籠中。其雌雄接翼。曉夜哀鳴於籠外。絕不飲啄。乃取鶵置於籠外。絕不飲啄乃取鶵置於籠外十一字原闕。據明鈔本補。則更來哺之。人或在前。略無所畏。忽一日。不放出籠。其雄雌繚繞飛鳴。無從而入。一投火中。一觸籠而死。剖腹視之。其腸寸斷。出玉堂閒話

太平廣記卷第四百六十四　水族一

東海大魚

東方之大者。東海魚焉。行海者。一日逢魚頭。七日逢魚尾。魚產則百里水爲血。出玄中記

鼉魚

博物志云。南海有鼉魚。斬其首。乾之。椓去其齒。而更復生者。三乃已。南州志亦云然。又聞廣州人說。鰐魚能陸追牛馬。水中覆舟殺人。値網則不敢觸。有如此畏愼。其一孕。生卵數百於陸地。及其成形。則有蚳。有龜。有鼈。有魚。有鼉。有爲蛟者。凡十數類。及其被人捕取宰殺之。其靈能爲

雷電風雨。比殆神物龍類。出感應經

南海大魚

嶺南節度使何履光者。朱崖人也。所居傍大海。云。親見大異者有三。其一曰。海中有二山。相去六七百里。晴朝遠望。青翠如近。開元末。海中大雷雨。雨泥。狀如吹沫。天地晦黑者七日。人從山邊來者云。有大魚。乘流入二山。進退不得。久之。其鰓挂一崖上。七日而山拆。魚因爾得去。雷魚聲也。雨泥是口中吹沫也。天地黑者。是吐氣也。其二曰。海中有洲。從廣數千里。洲上有物。狀如蟾蜍數枚。大者周廻四五百里。小者或百餘里。每至望夜。口吐白氣。上屬於月。與月爭光。其三曰。海中有山。周回數十里。每夏初。則有大蛇如百仞山。長不知幾百里。開元末。蛇飲其海。而水減者十餘日。意如渴甚。以身繞一山數十匝。然後低頭飲水。久之。爲海中大物所吞。半日許。其山爲海中大物所吞半日許其山十二字原闕。據明鈔本補。遂拆。蛇及山被吞俱盡。亦不知吞者是何物也。出廣異記

鯨魚

開元末。雷州有雷公與鯨闘。身出水上。雷公數十在空中上下。或縱火。或詬擊。七日方罷。海邊居人往看。不知二者何勝。但見海水正赤。出廣異記

鯉魚

開元中。台州臨海。大虵與鯉魚鬭。其虵大如屋。長繞孤島數匝。引頭向水。其魚如小山。鬐目皆赤。往來五六里。作勢交擊。魚用鱗鬐上觸虵。虵以口下咋魚。如是鬭者三日。虵竟爲魚觸死。出廣異記

海人魚

海人魚。東海有之。大者長五六尺。狀如人。眉目口鼻手爪頭皆爲美麗女子。無不具足。皮肉白如玉。無鱗。有細毛。五色輕軟。長一二寸。髮如馬尾。長五六尺。陰形與丈夫女子無異。臨海鰥寡多取得。養之於池沼。交合之際。與人無異。亦不傷人。出洽聞記

南海大蟹

近世有波斯。常云。乘船泛海。往天竺國者已六七度。其最後。船漂入大海。不知幾千里。至一海島。島中見胡人衣草葉。懼而問之。胡云。昔與同行侶數十人漂沒。唯己隨流。得至於此。因爾採木實草根食之。得以不死。其衆哀焉。遂船載之。胡乃說。島上大山悉是車渠瑪瑙玻瓈等諸寶。不可勝數。舟人莫不棄己賤貨取之。既滿船。胡令速發。山神若至。必當懷惜。於是隨風挂帆。行可四十餘里。遥見峯上有赤物如蛇形。久之漸大。胡曰。此山神惜寶。來逐我也。爲之奈何。舟人莫不戰懼。

俄見兩山從海中出。高數百丈。胡喜曰。此兩山者。大蟹螯也。其蟹常好與山神鬬。神多不勝。甚懼之。今其螯出。無憂矣。大蛇尋至蟹許。盤鬬良久。蟹夾蛇頭。死於水上。如連山。船人因是得濟也。出廣異記

海䲛

海䲛魚。卽海上最偉者也。小者亦千餘尺。吞舟之說。固非謬矣。每歲。廣州常發銅太平御覽卷九三八銅作䑸。船過南安貨易。北人有偶求此行。往復一年。便成斑白。云。路經調黎。地名。海心有山。阻東海濤險而急。亦黃河之三門也。深濶處。又見十餘山。或出或沒。初甚訝之。篙工曰。非山。海䲛海原作島。據明鈔本改。魚背也。果見雙目閃爍。鬐鬣若簸米箕。危沮之際。日中忽雨霡霂。舟子曰。此䲛魚噴氣。水散於空。風勢吹來若雨耳。及近魚。卽鼓船而噪。倏爾而沒去。魚畏鼓。物類相伏耳。交趾迴。乃捨舟。取雷州緣岸而歸。不憚苦辛。蓋避海䲛之難也。乃靜思曰。設使老䲛瞋目張喙。我舟若一葉之墜眢井耳。寧得不爲人皓首乎。出嶺表錄異

鰐魚

鰐魚。其身土黃色。有四足。修尾。形狀如鼉。而擧止趫疾。口森鋸齒。往往害人。南中鹿多。最懼此物。鹿走崖岸之上。群鰐嘷叫其下。鹿必怖懼落崖。多爲鰐魚所得。亦物之相攝伏也。故太尉相國

李德裕貶官潮州。經鰐魚灘。損壞舟船。平生寶玩。古書圖畫。一時沈失。遂召舶上崑崙取之。見鰐魚極多。不敢輒近。乃是鰐魚之窟宅也。出嶺表錄異

吳餘鱠魚

吳王孫權曾江行。食鱠有餘。因棄之中流。化而爲魚。今有魚猶名吳餘鱠者。長數寸。大如筯。尙類鱠形也。出博物志

石頭魚

石頭魚。狀如鰌魚。隨其大小。腦中有二石子。如喬麥。瑩白如玉。有好奇者。多市魚之小者。貯於竹器。任其壞爛。卽淘之。取其魚腦石子。以植酒籌。頗脫俗。出嶺表錄異

黃臘魚

黃臘魚。卽江湖之横魚。頭觜長。鱗皆金色。臠爲炙。雖美而毒。或煎煿乾。夜卽有光如籠燭。北人有寓南海者。市此魚食之。棄其頭於糞筐。中夜後。忽有光明。近視之。益恐懼。以燭照之。但魚頭耳。去燭復明。以爲不祥。各啓食奩。窺其餘臠。亦如螢光。達明。遍詢土人。乃此魚之常也。憂疑頓釋。同上

烏賊魚

烏賊。舊說名河伯從事。小者遇大魚。輒放墨方數尺以混身。江東人或取其墨書契。以脫人財物。書跡如淡墨。逾年字消。唯空紙耳。海人言。昔秦王東遊。棄算袋於海。化爲此魚。形如算袋。兩帶極長。一說。烏賊有矴。遇風則前一鬚下矴。出酉陽雜俎

横公魚

北方荒中有石湖。方千里。岸深五丈餘。恒氷。唯夏至左右五六十日解耳。有横公魚。長七八尺。形如鯉而赤。晝在水中。夜化爲人。刺之不入。煮之不死。以烏梅二枚煮之則死。食之可止邪病。出神異錄

骨雷

扶南國出鰐魚。大者二三丈。四足。似守宮狀。常生吞人。扶南王令人捕此魚。置於塹中。以罪人投之。若合死。鰐魚乃食之。無罪者。嗅而不食。鰐魚別號忽雷。熊能制之。握其觜至岸。裂擘食之。一名骨雷。秋化爲虎。三爪。出南海思雷二州。臨海英潘村多有之。出洽聞記

彭蜞

蟹屬名彭蜞。以螯取土作丸。從潮來至潮去。或三百丸。因名三百丸大彭蜞。出感應經

鮻魚

鮻魚吐舌。蟻附之。因呑之。又開鱗甲。使蟻入其中。乃奮迅。迅原作近。據明鈔本改。則𦧇取之。出異物志

鯢魚

金宋樂史太平寰宇記卷一六二金作全。義嶺之西南。有盤龍山。山有乳洞。斜貫一溪。號爲靈水溪。溪內有魚。皆修尾四足。丹其腹。游泳自若。漁人不敢捕之。爾雅云。鯢似鮎。四足。聲如小兒。金商太平寰宇記卷一六二金商作今高。州溪內亦有此魚。謂之魶魚。出嶺表錄異

比目魚

比目魚。南人謂之鞋底魚。江淮謂之拖沙魚。爾雅云。東方有比目魚焉。不比不行。其名謂之鰈。狀如牛脾。細鱗紫色。一面一目。兩片相合乃行。出嶺表錄異

鹿子魚

鹿子魚。頳色。其尾鬣皆有鹿斑。赤黄色。羅州圖經云。州南海中有洲。每春夏。此魚跳出洲。化而爲鹿。曾有人拾得一魚。頭已化鹿。尾猶是魚。南人云。魚化爲鹿。肉腥。不堪食。出嶺表錄異

子歸母

楊孚交州異物志云。鮫之爲魚。其子既育。驚必歸母。還其腹。小則如之。大則不復。潘州記云。鯌魚長二丈。大數圍。初生子。子小。隨母覓食。暮驚則還入母腹。吳錄云。鯌魚子。朝出索食。暮入母腹。南越志云。暮從臍入。旦從口出也。出感應經

鯸鮧魚

鯸鮧魚。文斑如虎。俗云。煮之不熟。食者必死。相傳以爲常矣。饒州有吳生者。家甚豐足。妻家亦富。夫婦和睦。曾無隙隙原作戲。據明鈔本改。間。一旦。吳生醉歸。投身牀上。妻爲整衣解履。扶舁其足。醉者運動。誤中妻之心胷。其妻斃然而死。醉者不知也。遽爲妻族所凌執。云云原作去。據明鈔本改。毆擊致斃。獄訟經年。州郡不能理。以事上聞。吳生親族。懼敕命到而必有明刑。爲舉族之辱。因餇獄生鯸鮧。如此數四。竟不能害。益加充悦。俄而會赦獲免。還家之後。胤嗣繁盛。年洎八十。竟以

寿終。且烹之不熟。尚能殺人。生陷數四。不能爲害。此其命與。出錄異記

鯽魚

東南海中有祖州。鯽魚出焉。長八尺。食之宜暑而避風。此魚狀。即與江湖小鯽魚相類耳。潯陽有青林湖。鯽魚大者二尺餘。小者滿尺。食之肥美。亦可止寒熱也。

䱰魚

䱰魚。濟南郡東北有䱰坑。傳云。魏景明中。有人穿井得魚。大如鏡。其夜。河水溢入此坑。坑中居人。皆爲䱰魚焉。

黃魟魚

黃魟音烘。魚。色黃無鱗。頭尖。身似大槲葉。口在頷下。眼後有耳。竅通於腦。尾長一尺。末三刺。甚毒。並出酉陽雜俎

蟕蠵

蟕蠵者。俗謂之茲夷。乃山龜之巨者。人立其背。可負而行。產潮循山中。鄉人採之。取殼以貨。要

全其殼。須以木楔出肉。鼂吼如牛。聲響山谷。廣州有巧匠。取其甲黃明無日脚者。甲上有散黑暈爲日脚矣。煮而拍之。陷黑玳瑁花。以爲梳篦盃器之屬。狀甚明媚。出嶺表錄異

海鷩

齊監官縣石浦有海魚。乘潮來去。長三十餘丈。黑色無鱗。其聲如牛。土人呼爲海鷩。出廣古今五行記

鮫魚

鮫魚出合浦。長三丈。背上有甲。珠明鈔本珠作蛛。文堅彊。可以飾刀口。又可以鑢物。出交州記

太平廣記卷第四百六十五　水族二

峰州魚

峰州有一道水。從吐蕃中來。夏冷如冰雪。有魚長一二寸。來去有時。蓋水上如粥。人取烹之而食。千萬家取不可盡。不知所從來。出朝野僉載

海蝦

劉恂者曾登海舶。入柂樓。忽見窻板懸二巨蝦殼。頭尾鉗足具全。各七八尺。首占其一分。嘴尖利如鋒刃。嘴上有鬚如紅筯。各長二三尺。雙脚有鉗。鉗麤如人大指。長二尺餘。上有芒刺如薔薇枝。赤而銛硬。手不可觸。腦殼烘透。彎環尺餘。何止於盃盂也。北戶錄云。滕循爲廣州刺史。有客語循曰。蝦鬚有一丈者。堪爲拄杖。循不之信。客去東海。取鬚四尺以示循。方伏其異。出嶺表錄異

瓦屋子

瓦屋子。蓋蚌蛤之類也。南中舊呼爲蚶音憨。子。頃因盧鈞尙書作鎭。遂改爲瓦屋子。以其殼上有稜如瓦壠。故以此名焉。殼中有肉。紫色而滿腹。廣人猶重之。多燒以薦酒。俗呼爲天臠炙。食多卽壅氣。背膊煩疼。未測其性也。出嶺表錄異

印魚

印魚。長一尺三寸。額上四方如印。有字。諸大魚應死者。先以印印之。出酉陽雜俎

石斑魚

僧行儒言。建州有石斑魚。好與虵交。南中多隔蜂窠。窠大如壺。常群螫人。土人取石斑魚就蜂側炙之。標於竿上。向日。令魚影落其窠上。須臾。有鳥大如燕數百。互擊其窠。窠碎落如葉。蜂亦全

盡。出酉陽雜俎

井魚

唐段成式云。井魚腦有穴。每噏水。輒於腦穴蹙出。如飛泉。散落海中。舟人競以空器貯之。海水鹹苦。經魚腦穴出。反淡如泉水焉。成式見梵僧菩提勝說。出酉陽雜俎

異魚

異魚。東海人常獲魚。長五六尺。腹胃成胡鹿刀槊之狀。或號秦皇魚。出酉陽雜俎

螃⿰虫會

傍海大魚。脊上有石十二時。一名雞頭溺。一名螃⿰虫會。其溺甚毒。出酉陽雜俎

鱓魚

郫縣侯生者。於漚麻池側得鱓魚。大可尺圍。烹而食之。髮白復黑。齒落復生。自此輕健。出錄異記

玳瑁

玳瑁形狀似龜。唯腹背甲有烘點。本草云。玳瑁解毒。其大者悉婆薩石。兼云辟邪。廣南盧亭。海島夷人也。獲活玳瑁龜一枚以獻連帥嗣薛王。王令生取背甲小者二片。帶於左臂上以辟毒。龜被生揭其甲。甚極苦楚。後養於使宅後北池。伺其揭處漸生。復遣盧亭送於海畔。或云。玳瑁若生。帶之有驗。是飲饌中有蠱毒。玳瑁甲卽自搖動。若死。無此驗。出嶺表錄異

海朮

南海有水族。前左脚長。前右脚短。口在脇旁背上。常以左脚捉物。寘於右脚。右脚中有齒嚙之。方內於口。大三尺餘。其聲朮朮。南人呼爲海朮。出酉陽雜俎

海鏡

海鏡。廣人呼爲膏葉。盤兩片。合以成形。殼圓。中甚瑩滑。日日原作白。據太平御覽卷九四三改。照如雲母光。內有少肉如蚌胎。腹中有紅蟹子。其小如黃豆。而螯具足。海鏡饑。則蟹出拾食。蟹飽歸腹。海鏡亦飽。或迫之以火。則蟹子走出。離腸腹立斃。或生剖之。有蟹子活在腹中。逡巡亦斃。出嶺表錄異

水母

水母。廣州謂之水母。閩謂之鮓。擬駕反。其形乃渾然凝結一物。有淡紫色者。有白色者。大如覆帽。小者如盌。腸下有物如懸絮。俗謂之足。而無口眼。常有數十蝦寄腹下。咂食其涎。浮泛水上。捕者或遇之。卽欻然而沒。乃是蝦有所見耳。越絕書云。海鏡蟹爲腹。水母蝦爲目。南中好食之。云性煖。治河魚之疾。然甚腥。須以草木灰點生油再三洗之。瑩淨如水精紫玉。肉厚可二寸。薄處亦寸餘。先煮椒桂或荳蔻。生薑縷切而煠之。或以五辣肉醋。或以蝦醋。如鱠食之。最宜蝦醋。亦物類相攝耳。水母本陰海凝結之物。食而煖補。其理未詳。出嶺表錄異

蟹

蟹。八月腹內有芒。芒眞稻芒也。長寸許。向東輸與海神。未輸芒。不可食。出酉陽雜俎

百足蟹

善苑國出百足蟹。長九尺。四螯。煎爲膠。謂之螯膠。勝鳳喙膠也。出酉陽雜俎

螗蟹

平原郡貢螗蟹。採於河間界。每年生貢。斲冰火照。懸老犬肉。蟹覺犬肉卽浮。因取之。一枚直百錢。以氈密束於驛馬上。馳之至京。出酉陽雜俎

鯌魚

鯌魚。章安縣出焉。鯌子朝出索食。暮還入母腹。中容四子。頰赤如金。甚健。網不能制。俗呼爲河伯健兒。出酉陽雜俎

鸚鵡螺

鸚鵡螺。旋尖處屈而味。如鸚鵡觜。故以此名。殼上青綠斑。大者可受二升。殼內光瑩如雲母。裝爲酒盃。奇而可翫。出嶺表錄異

紅螺

紅螺。大小亦類鸚鵡螺。殼薄而紅。亦堪爲酒器。刳小螺爲足。綴以膠漆。尤可佳尙也。出嶺表錄異

鶖龜

初寧縣里多鶖龜。殼薄狹而燥。頭似鵝。不與常龜同。而能嚙犬也。出南越志

鯢魚

鯢魚如鮎。四足長尾。能上樹。天旱。輒含水上山。以草葉覆身。張口。鳥來飲水。輒吸食之。聲如小兒。峽中人食之。先縛於樹鞭之。身上白汁出。如構汁。去此方可食。不爾有毒。出酉陽雜俎

鱟

鱟雌常負雄而行。漁者必得其雙。南人列肆賣之。雄者少肉。舊說。過海輒相積於背。高尺尺原作丈。據明鈔本改。餘。如帆。乘風遊行。今鱟殼上有物。高七八寸。如石珊瑚。俗呼鱟帆。至今閩嶺重鱟醬。十二足。殼可爲冠。次於白角。南人取其尾爲小如意。出酉陽雜俎

飛魚

飛魚。朗山朗水有之。魚長一尺。能飛。卽凌雲空。息卽歸潭底。出酉陽雜俎

虎蟹

虎蟹。殼上有虎斑。可裝爲酒器。與紅蟹皆產瓊崖海邊。雖非珍奇。亦不易採得也。出嶺表錄異

蠔

蠔卽牡蠣也。其初生海島邊。如拳石。四面漸長。有高一二丈者。巉巖如山。每一房內。蠔肉一片。

隨其所生。前後大小不等。每潮來。諸蠔皆開房。伺蟲蟻入。卽合之。海夷盧亭者以斧楔取殼。燒以烈火。蠔卽啓房。挑取其肉。貯以小竹筐。赴墟市。以易醑米。蠔肉大者鯰爲炙。小者炒食。肉中有滋味。食之卽甚壅腸胃。出嶺表錄異

赤鱓公

鯉脊中鱗一道。每鱗上有黑點。大小皆三十六鱗。唐朝律。取得鯉魚。卽宜放。仍不得喫。說赤鱓公。賣者決六十。出酉陽雜俎

雷穴魚

興州有一處名雷穴。水常半穴。每雷聲。水塞穴流。魚隨流而出。百姓每候雷聲。繞樹布網。獲魚無限。非雷聲。漁子聚鼓擊於穴口。魚亦輒出。所獲半於雷時。韋行規爲興州刺史時。與親故書。說其事。出酉陽雜俎

虬尾

東海有魚。虬尾似鴟。鼓浪卽降雨。遂設像於屋脊。出譚賓錄

牛魚

海上取牛魚皮懸之。海潮至。卽毛豎。出譚賓錄

蝤蛑

蝤蛑。大者長尺餘。兩螯至彊。八月能與虎鬭。虎不如。隨大潮退殼。一退一長。出酉陽雜俎

奔䱐

奔䱐。一名瀱。非魚非蛟。大如舡。長二三丈。若鮎。有兩乳在腹下。雄雌陰陽類人。取其子着岸上。聲如嬰兒啼。項上有孔。通頭。氣出嚇嚇作聲。必大風。行者以爲候。相傳嬾婦所化。殺一頭。得膏三四斛。取之燒燈。照讀書紡績輒暗。照懽樂之處則明。出酉陽雜俎

係臂

係臂如龜。入海捕之。必先祭。又陳所取之數。則自出。因取之。若不信。則風浪覆舡。出酉陽雜俎

雞嘴魚

李德裕幼時。常於明州見一水族。有兩足。嘴似雞。身如魚。出酉陽雜俎

劍魚

海魚千歲爲劒魚。一名琵琶魚。形似琵琶而喜鳴。因以爲名。虎魚老則爲鮫。江中小魚。化爲蝗而食五穀者。百歲爲鼠。出酉陽雜俎。明鈔本作出述異記。

嬾婦魚

淮南有嬾婦魚。俗云。昔楊氏家婦。爲姑所怒。溺水死爲魚。其脂膏可燃燈燭。以之照鼓琴瑟博奕。則爛然有光。若照紡績。則不復明。出述異記

黄雀化蛤

淮水中。黄雀至秋化爲蛤。至春復爲黄雀。雀五百年化爲蜃蛤。出述異記

天牛魚

天牛魚。方員三丈。眼大如斗。口在脇下。露齒無脣。兩肉角如臂。兩翼長六尺。尾五尺。出南越記

太平廣記卷第四百六十六　水族三

夏鯀

堯命夏鯀治水。九載無績。鯀自沉於羽淵。化爲玄魚。時植鬐振鱗横遊波上。見者謂爲河精。羽淵與河海通源也。上古之人於羽山之下脩立鯀廟。四時以致祭祀。常見此黑魚與蛟龍瀺灂而出。觀者驚而畏之。至舜命禹。疏川奠岳。行遍日月之下。唯不踐羽山之地。濟巨海則黿鼉爲梁。踰峻山則神龍爲負。皆聖德之感也。鯀之化。其事互說。神變猶一。而色狀不同。玄魚黄熊。四音相亂。傳寫流誤。並略記焉。出王子年拾遺記

東海人

昔人有遊東海者。既而風惡舡破。補治不能制。隨風浪。莫知所之。一日一夜。得一孤洲。共侶懽

然。下石植纜。登洲煮食。食未熟而洲沒。在船者砍斷其纜。舡復漂蕩。向者孤洲。乃大魚也。吸波吐浪。去疾如風。在洲上死者十餘人。出西京雜記

昆明池

昆明池。刻石爲鯨魚。每至雷雨。魚常鳴吼。鬐尾皆動。漢世祭之以祈雨。往往有驗。出西京雜記

徐景山

魏明帝遊洛水。水中有白獺數頭。美淨可憐。見人輒去。帝欲取之。終不可得。侍中徐景山奏云。臣聞獺嗜鯔魚。乃不避死。可以此誑之。乃畫板作兩鯔魚。懸置岸上。於是群獺競逐。一時執得。帝甚嘉之。謂曰。聞卿能畫。何以妙也。答曰。臣未嘗執筆。然人之所作。自可庶幾耳。帝曰。是善用所長也。出續齊諧記

潘惠延

平原高苑城東有魚津。傳云。魏末。平原潘府君字惠延。自白馬登舟之部。手中筭囊。遂墜於水。囊中本有鍾乳一兩。在郡三年。濟水泛溢。得一魚。長三丈。廣五尺。刳其腹中。得頃時墜水之囊。金針尙在。鍾乳消盡。其魚得脂數十斛。時人異之。出酉陽雜俎

葛玄

葛玄見遺大魚者。玄云。暫煩此魚到河伯處。乃以丹書紙內魚口。擲水中。有頃。魚還躍上岸。吐墨書。青黑色。如木葉而飛。又玄與吳主坐樓上。見作請雨土人。玄曰。雨易得耳。卽書符著社中。一時之間。大雨流淹。帝曰。水中有魚乎。玄復書符擲水中。須臾。有大魚數百頭。使人取食之。出神仙傳

介象

介象與吳主共論鯔魚之美。乃於殿庭作坎。汲水滿之。幷求釣。象起餌之。須臾。得鯔魚。帝驚喜。乃使廚人切食之。出神仙傳

龍門

龍門山在河東界。禹鑿山斷門。濶濶字據明鈔本補。一里餘。黃河自中流下。兩岸不通車馬。每暮春之際。有黃鯉魚逆流而上。得者便化爲龍。又林登云。龍門之下。每歲季春有黃鯉魚。自海及諸川爭來赴之。一歲中。登龍門者。不過七十二。初登龍門。卽有雲雨隨之。天火自後燒其尾。乃化爲龍矣。其龍門水浚箭湧。下流七里。深三里。出三秦記

池中魚

風俗通曰。城門失火。禍及池魚。舊說。池仲魚人姓字也。居宋城門。城門失火。延及其家。仲魚燒死。又云。宋城門失火。人汲取池中水。以沃灌之。池中空竭。魚悉露死。喻惡之滋。幷傷良謹也。出風俗通

通川河

通川界內多獺。各有主養之。並在河側岸間。獺若入穴。插雉尾於獺孔前。獺即不敢出去。却尾即出。取得魚。必須上岸。人便奪之。取得多。然後自喫。喫飽。即鳴板以驅之。還插雉尾。更不敢出。出朝野僉載

行海人

昔有人行海得洲。木甚茂。乃維舟登岸。爨於水傍。半炊而林沒於水。遽斷其纜。乃得去。詳視之。大蟹也。出異物志

陰火

海中所生魚蜄。置陰處有光。初見之。以爲怪異。士人常推其義。蓋鹹水所生。海中水遇陰晦晦原作物。據明鈔本改。波如然火滿海。以物擊之。迸散如星火。有月卽不復見。木玄虛海賦云。陰火潛然。豈謂此乎。出嶺南異物志

裴伷

唐裴伷。開元七年。都督廣州。仲秋。夜漏未艾。忽然天曉。星月皆沒。而禽鳥飛鳴矣。舉郡驚異之。未能諭。然已晝矣。裴公於是衣冠而出。軍州將吏。則已集門矣。遽召參佐泊賓客至。則皆異之。但謂衆惑。固非中夜而曉。卽詢挈壺氏。乃曰。常夜三更尙未也。裴公罔測其倪。因留賓客於廳事。共須日之昇。良久。天色昏暗。夜景如初。官吏則執燭而歸矣。詰旦。裴公大集軍府。詢訪其說。而無能辨者。裴因命使四訪。闔界皆然。卽令北訪湘嶺。湘嶺之北。則無斯事。數月之後。有商舶自遠南至。因謂郡人云。我八月十一日夜。舟行。忽遇巨鼇出海。舉首北向。而雙目若日。照耀千里。毫末皆見。久之復沒。夜色依然。徵其時。則裴公集賓寮之夕也。出集異記

王昃之

唐王昃之在牢山。使人告琅琊太守許誠言曰。貴部臨沂縣其沙村。有逆鱗魚。要之調藥物。逆鱗魚。仙經云。謂之肉芝。故是欲以調藥也。願與太守會於此。誠言許之。則令其沙村設儲峙。以待太和先生。先生旣

見誠言。誠言命漁者捕所求。其沙村西有水焉。南北數百步。東西十丈。色黑至深。岸有神祠。鄉老言於誠言曰。十年前。村中少年於水釣得一物。狀甚大。引之不出。於是下釣數十道。方引其首出。狀如猛獸。閉目。其大如車輪。村人謂其死也。以繩束縛。繞之樹。十人同引之。猛獸忽張目大震。聲若霹靂。近之震死者十餘人。因怖喪去精魂爲患者二十人。猛獸還歸於水。乃建祠廟祈禱之。水旱必有應。若逆鱗魚。未之有也。誠言乃止。出紀聞

韓愈

唐吏部侍郎韓文公愈。自刑部侍郎貶潮陽守。先是郡西有大湫。湫有鰐魚。約百餘尺。每一怒則湫水騰溢。林嶺如震。民之馬牛有濱其水者。輒吸而噬之。不瞬而盡爲所害者。莫可勝計。民患之有年矣。及愈刺郡。既至之三日。問民不便事。俱曰。郡西湫中之鰐魚也。愈曰。吾聞至誠感神。昔魯恭宰中牟。雉馴而蝗避。黃霸治九江。虎皆遁去。是知政之所感。故能化禽獸矣。卽命庭掾。以牢醴陳於湫之旁。且祝曰。汝水族也。無爲生人患。既而沃以酒。是夕。郡西有風雷。聲動山野。迨夜分霽焉。明日。里民視其湫。水已竭。公命使窮其跡。至湫西六十里。易地爲湫。巨鰐亦隨而徙焉。自是郡民獲免其患。故工部郎中皇甫湜撰愈神道碑敘曰。刑部爲潮陽守。云洞僚海彝。陶然皆化。鰐魚稻蟹。不暴民物。蓋謂此矣。出宣室志

鄖鄉民

唐元和末。均州鄖鄉縣有百姓。年七十。養獺十餘頭。捕魚爲業。隔日一放。將放時。先閉於深溝斗門內。令飢。然後放之。無網罟之勞。而獲利甚厚。令人抵掌呼之。群獺皆至。緣衿藉膝。馴若守狗。戶部郎中李福。親見之。出酉陽雜俎

赤嶺溪

欽州赤嶺下有大溪。俗傳昔有人造橫溪魚梁。魚不得下。半夜飛從此嶺過。其人遂於嶺上張網以捕之。魚有越網而過者。有飛不過而變爲石者。今每雨。其石即赤。故謂之赤嶺。而浮梁縣得名因此。按吳都賦云。文鰩夜飛而觸綸。蓋此類也。出欽州圖經

太平廣記卷第四百六十七　水族四　水怪

鯀

堯使鯀治洪水。不勝其任。遂誅之。鯀於羽山。化爲黄能。入於羽泉。今會稽人祭禹廟。不用能。水居曰能。陸居曰熊也。出述異記

桓冲

晉桓冲爲江州刺史。遣人周行廬山。冀覩靈異。既陟崇巘。有一湖。匝生桑樹。湖中有敗艑赤鱗魚。使者渴極。欲往飲水。赤鱗魚張鬐向之。使者不敢飲。出法苑珠林

李湯

唐貞元丁丑歲。隴西李公佐泛瀟湘蒼梧。偶遇征南從事弘農楊衡泊舟古岸。淹留佛寺。江空月浮。徵異話奇。楊告公佐云。永泰中。李湯任楚州刺史。時有漁人。夜釣於龜山之下。其釣因物所制。不復出。漁者健水。疾沉於下五十丈。見大鐵鏁。盤繞山足。尋不知極。遂告湯。湯命漁人及能水者數十。獲其鏁。力莫能制。加以牛五十餘頭。鏁乃振動。稍稍就岸。時無風濤。驚浪翻湧。觀者大駭。鏁之末。見一獸。狀有如猿。白首長鬐。雪牙金爪。闖然上岸。高五丈許。蹲踞之狀若猿猴。但兩目不能開。兀若昏昧。目鼻水流如泉。涎沫腥穢。人不可近。久乃引頸伸欠。雙目忽開。光彩若電。顧視人焉。欲發狂怒。觀者奔走。獸亦徐徐引鏁。拽牛入水去。竟不復出。時楚多知名士。與湯相顧愕慄。不知其由。爾時（時原在者字下。據明鈔本移上。）乃漁者知鏁所。其獸竟不復見。公佐至元和八年冬。自常州餞送給事中孟簡至朱方。廉使薛公苹館待禮備。時扶風馬植。范陽盧簡能。河東裴蘧。皆同館之。環爐會語終夕焉。公佐復說前事。如楊所言。至九年春。公佐訪古東吳。從太守元公錫泛洞庭。登包山。宿道者周焦君廬。入靈洞。探仙書。石穴間得古岳瀆經第八卷。文字古奇。編次蠹毀。不能解。公佐與焦君共詳讀之。禹理水。三至桐栢山。驚風走雷。石號木鳴。五伯擁川。天老肅兵。不能興。禹怒。召集百靈。搜命夔、龍。桐栢千君長稽首請命。禹因囚鴻蒙氏、章商氏、兜盧氏、犁婁氏。乃獲淮渦水神。名無支祁。善應對言語。辨江淮之淺深。原隰之遠近。形若猿猴。縮鼻高額。青軀白首。金目雪牙。頸伸百尺。力踰九象。搏擊騰踔疾奔。輕利倏忽。聞視不可久。禹授之章律。不能制。授之烏木由。不能制。授之庚辰。能制。鴟脾桓木魅水靈山妖石怪。奔號聚遶。以數千載。庚辰以戰逐去。頸鏁大索。鼻穿金鈴。徙淮陰之龜山之足下。俾淮水永安流注海也。庚辰之後。皆圖此形者。免淮濤風雨之難。卽李湯之見。與楊衡之說。與岳瀆經符矣。出戎幕閑談

齊澣

唐開元中。河南採訪使汴州刺史齊澣以徐城險急。奏開十八里河。達於淸水。其河隨州縣分掘。亳州眞源縣丞崔延禕糺其縣徒。開數千步。中得龍堂。初開謂是虛穴。然狀如新築。淨潔周廣。北壁下有五色蟄龍。長一丈餘。鯉魚五六枚。各長尺。有靈龜兩頭。長一尺二寸。眸長九分。禕以白開河御史鄔元昌。狀上齊澣。澣命移龍入淮。放龜入汴。禕移龍及魚二百餘里。至淮岸。有魚數百萬首。跳躍赴龍。水爲之沸。龍入淮噴水。雲霧杳冥。遂不復見。初將移之也。御史員錫拔其一鬚。元昌遣人送龜至宋。遇水泊。蹔放龜水中。水濶數尺。深不過五寸。遂失大龜所在。涸水求之。亦不獲。空致小龜焉。出廣異記

子英春

子英春者。舒鄉人。善入水。捕得赤鯉。愛其色。持歸。養之池中。數以米穀食之。一年。長丈餘。

遂生角有翅。子英怖。拜謝之。魚言我來迎汝。上我背。與汝俱昇。歲來歸見妻子。魚復迎之。故吳中門戶作神魚子英祠也。出神鬼傳

洛水豎子

有人洛水中見豎子洗馬。頃之。見一物如白練帶。極光晶。繳豎子之項三兩匝。卽落水死。凡是水中及灣泊之間。皆有之。人澡浴洗馬死者。皆謂黿所引。非也。此名白特。宜愼防之。蛟之類也。出朝野僉載

魈鬼

鱔魚狀如鱧。其文赤斑。長者尺餘。豫章界有之。多居汚泥池中。或至數百。能爲魈子故反鬼幻惑祆怪。亦能魅人。其汚池側近。所有田地。人不敢犯。或告而奠之。厚其租直。田卽倍豐。但匿己姓名佃之。三年而後捨去。必免其害。其或爲人患者。能捩人面目。反人手足。祈謝之而後免。亦能夜間行於陸地。所經之處。有泥蹤跡。所到之處。聞嗾嗾之聲。北部明鈔本部作帝。二十五部大將軍。有破泉魈符書符書原作書符。據錄異記改。於塼石上。投其池中。或書板刺。釘於池畔。而必因風雨雷霆。以往他所。善此術者。方可行之。出錄異記

羅州赤鼈

嶺南羅州辯州界內。水中多赤鼈。其大如匙。而赫赤色。無問禽獸水牛。入水卽被曳深潭。吸血死。或云。蛟龍使曳之。不知所以然也。出朝野僉載

韓珣

唐杭州富陽縣韓珣莊鑿井。纔深五六尺。土中得魚數千頭。土有微潤。出廣古今五行記。明鈔本作出朝野僉載。

封令禎

唐封令禎任常州刺史。於江南泝流將木。至洛造廟。匠人截木。於中得一鯽魚長數寸。如刻安之。出廣古今五行記

凝眞觀

唐懷州凝眞觀東廊柱。已五十餘年。道士往往聞柱中有蝦蟇聲。不知的處。後因柱朽壞。易之。廚人砍以爲薪。柱中得一蝦蟆。其柱先無孔也。出廣古今五行記

蜀江民

唐蜀民。有於江之上獲巨鼈者。大於常。長尺餘。其裙朱色。煮之經宿。遊戲自若。又加火一日。水涸而鼈不死。舉家驚懼。以爲龍也。投於江中。浮泛而去。不復見矣。出錄異記

張胡子

唐吳郡漁人張胡子嘗於太湖中。釣得一巨魚。腹上有丹書字曰。九登龍門山。三飲太湖水。畢竟不成龍。命負張胡子。出靈怪集

柏君

唐金州洵陽縣水南鄉百姓柏君懷。於漢江勒漠潭。採得魚。長數尺。身上有字云。三度過海。兩度上漢。行至勒漠。命屬柏君。出錄異記

葉朗之

唐建中元年。南康縣人葉朗之使奴當歸守田。田下流有鳥陂。陂中忽有物喚。其聲似鵝而大。奴因入水探視。得一大物。身滑宛轉。內頭陂下。奴乃操刀下水。截得其後圍六尺餘。長二丈許。牽置岸上。

剝皮剖之。比舍數十人咸共食炙。肉脆肥美。衆味莫逮。背上有白筋大如脛。似鱣魚鼻。食之特美。餘以爲脯。此物初死之夕。朗之夢一人。長大黑色。曰。我章川使者。向醉孤遊。誤墮陂中。爲君奴所害。既廢王命。身罹戮辱。又析肌剝臟。焚炮充膳。寃結之痛。古今莫二。與君素無隙恨。若能殺奴。謝責償過。罪止凶身。不爾法科。恐貴門罹禍。朗之驚覺。不忍殺奴。奴明年。爲竹尖刺入腹而死。其年夏末。朗之擧家得病。死者八人。出廣古今五行記

柳宗元

唐柳州刺史河東柳宗元。常自省郎出爲永州司馬。途至荆門。舍驛亭中。是夕。夢一婦人衣黃衣。再拜而泣曰。某家楚水者也。今不幸。死在朝夕。非君不能活之。儻獲其生。不獨戴恩而已。兼能假君祿益。君爲將爲相。且無難矣。幸明君子一圖焉。公謝而許之。既寤。嘿自異之。及再寐。又夢婦人。且祈且謝。久而方去。明晨。有吏來。稱荆帥命。將宴宗元。宗元既命駕。以天色尚早。因假寐焉。既而又夢婦人。嚬然其容。憂惶不暇。顧謂宗元曰。某之命。今若縷之懸甚風。危危將斷且飄矣。而君不能念其事之急耶。幸疾爲計。不爾。亦與敗縷皆斷矣。願君子許之。言已。又祈拜。既告去。心亦未悟焉。即俛而念曰。吾一夕三夢婦人告我。辭甚懇。豈吾之吏有不平於人者耶。抑將宴者以魚爲我膳耶。得而活之。亦吾事也。即命駕詣郡宴。既而以夢話荆帥。且召吏訊之。吏曰。前一日。漁人網獲一巨黃鱗魚。將爲膳。今已斷其首。宗元驚曰。果其夕之夢。遂命挈而投江中。然而其

魚已死矣。是夕。又夢婦人來。亡其首。宗元益異之。出宣室志

王瑶

唐會昌中。有王瑶者任恒州都押衙。嘗爲奕明鈔本奕作栾。邑宰。瑶將赴任所。夜夢一人。身懷甲冑。形貌堂堂。自云馮夷之宗。將之海岸。忽罹網罟。爲漳川漁父之所得。將寘之刀几。充膳於宰君。命在詰朝。故來相告。儻垂救宥。必厚報之。瑶既覺。言於左右曰。此必縣吏相迎。捕魚爲饌。急遣人至縣。庖人果欲割鮮。理理原作鯉。據明鈔本改。鱠具。以瑶命告之。遂投於水中。魚卽鼓鬣揚鬐。軒軒而去。是夜。瑶又夢前人泣以相感云。免其五鼎之烹。獲返三江之浪。有以知長官之仁。比宗元之惠遠矣。因長跪而去。出耳目記

柳沂

唐河東柳沂者僑居洛陽。因乘春釣伊水。得巨魚。挈而歸。致於盆水中。先是沂有嬰兒。始六七歲。是夕。沂夢魚以喙嚙嬰兒臆。沂悸然而寤。果聞嬰兒啼曰。向夢一大魚嚙其臆。痛不可忍。故啼焉。與沂夢同。沂異之。乃視嬰兒之臆。果有瘡而血。沂益懼。明旦。以魚投伊水中。且命僧轉經畫像。僅旬餘。嬰兒瘡愈。沂自後不復釣也。出宣室志

崔梲

晉太常卿崔梲遊學時。往至姑家。夜與諸表昆季宿於學院。來晨。姑家方會客。夜夢十九人皆衣青綠。羅拜。具告求生。詞旨哀切。崔曰。某方閑居。非有公府之事也。何以相告。咸曰。公但許諾。某輩獲全矣。崔曰。苟有階緣。固不惜奉救也。咸喜躍再拜而退。既寤。盥櫛束帶。至堂省姑。見缶中有水而泛鼈焉。數之。大小凡十九。計其衣色。亦略同也。遂告於姑。具述所夢。再拜請之。姑亦不阻。卽命僕夫寘於器中。躬詣水次放之。出玉堂閑話

染人

廣陵有染人居九曲池南。夢一白衣少年求寄居焉。答曰。吾家隘陋。不足以容君也。乃入廚中。爾夕。舉家夢之。既日廚中得一白鼈。廣尺餘。兩目如金。其人送詣紫極宮道士李棲一所。置之水中。則色如金而目如丹。出水則白如故。棲一不能測。復送池中。遂不復見。出稽神錄

海上人

近有海上人於魚扈中得一物。是人一手。而掌中有面。七竅皆具。能動而不能語。傳翫久之。或曰。此神物也。不當殺之。其人乃放置水上。此物浮水而去。可數十步。忽大笑數聲。躍沒於水。出稽神錄

法聚寺僧

法聚寺內有僧。先在房。至夜。忽謂門人曰。外有數萬人。頭戴帽。向貧道乞救命。急開門出看。見十餘人擔蝨子。因贖放生。出蜀記

李延福

僞蜀豐資院使李延福晝寢公廳。夢裹烏帽三十人伏於堦下。但云乞命。驚覺。僕使報。門外有村人獻鼈三十頭。因悟所夢。遂放之。出儆戒錄

太平廣記卷第四百六十八

水族五 水族爲人

子路

孔子厄於陳。絃歌於館中。夜有一人。長九尺餘。皂衣高冠。咤聲動左右。子路引出。與戰於庭。仆之之原作一。據明鈔本改。於地。地原作池。據明鈔本改。乃是大鯷魚也。長九尺餘。孔子嘆曰。此物也。何爲來哉。吾聞物老則群精依之。因衰而至。此其來也。豈以吾遇厄絕糧。從者病乎。夫六畜之物。及龜蛇魚鼈草木之屬。神皆能爲祆怪。故謂之五酉。五行之方。皆有其物。酉者老也。故物老則爲怪矣。殺之則已。夫何患焉。出搜神記

長水縣

秦時。長水縣有童謠曰。城門當有血。則陷沒爲湖。有老嫗聞之。憂懼。旦旦往窺焉。門衛欲縛之。

嫗言其故。嫗去後。門衛殺犬。以血塗門。嫗又往。見血走去。不敢顧。忽有大水。長欲沒縣。主簿何幹入白令。令見幹曰。何忽作魚。幹曰。明府亦作魚矣。遂淪陷爲谷。出神鬼傳

姑蘇男子

後漢時。姑蘇有男子。衣白衣。冠幘。容貌甚偉。身長七尺。眉目疎朗。從者六七人。遍歷人家。姦通婦女。晝夜不畏於人。人欲掩捕。卽有風雨。雖守郡有兵。亦不敢制。苟犯之者。無不被害。月餘。術人趙杲在趙。聞吳患。泛舟遽來。杲適下舟步至姑蘇北堤上。遙望此妖。見路人左右奔避無所。杲曰。此吳人所患者也。時會稽守送臺使。遇。亦避之於舘。杲因謁焉。守素知杲有術。甚喜。杲謂郡守曰。君不欲見乎。因請水燒香。長嘯數聲。天風歘至。聞空中數十人嚮應。杲擲手中符。符去如風。頃刻。見此妖如有人持至者。甚惶懼。杲謂曰。何敢幻惑不畏。乃按劒曰。誅之。便有旋風擁出。杲謂守曰。可視之矣。使未出門。已報去此百步。有大白蛟。長三丈。斷首於路傍。餘六七者　皆身首異處。亦黿鼉之類也。左右觀者萬餘人。咸稱自此無患矣。出三吳記

永康人

吳孫權時。永康有人入山遇一大龜。卽逐之。龜便言曰。遊不良時。爲君所得。人甚怪之。載出。欲上吳王。夜泊越里。纜舡於大桑樹。宵中。樹呼龜曰。勞乎元緒。奚事爾耶。龜曰。我被拘縶。方見

烹䳅。雖盡南山之樵。不能潰我。樹曰。諸葛元遜博識。必致相苦。令求如我之徒。計從安出。龜曰。子明無多辭。禍將及爾。樹寂而止。既至。權命煑之。焚柴百車。語猶如故。諸葛恪曰。然以老桑方熟。獻之人仍說龜樹共言。權登使伐取。煑龜立爛。今烹龜猶多用桑薪。野人故呼龜爲元緒也。出異苑

王素

吳少帝五鳳元年四月。會稽餘姚縣百姓王素。有室女。年十四。美貌。隣里少年求娶者頗衆。父母惜而不嫁。嘗一日。有少年。姿貌玉潔。年二十餘。自稱江郎。願婚此女。父母愛其容質。遂許之。問其家族。云。居會稽。後數日。領三四婦人。或老或少者。及二少年。俱至家。家字原闕。據明鈔本補。因持資財以爲聘。遂成婚媾。已而經年。其女有孕。至十二月。生下一物如絹囊。大如升。在地不動。母甚怪異。以刀割之。悉白魚子。素因問江郎。所生皆魚子。不知何故。素亦未悟。江郎曰。我所不幸。故產此異物。其母心獨疑江郎非人。因以告素。素密令家人。候江郎解衣就寢。收其所著衣視之。皆有鱗甲之狀。素見之大駭。命以巨石鎮之。及曉。聞江郎求衣服不得。異常詬罵。尋聞有物偃踣。聲震於外。家人急開戶視之。見牀下有白魚。長六七尺。未死。在地撥刺。素砍斷之。投江中。女後別嫁。出三吳記

費長房

汝南有妖。常作太守服。詣府門椎鼓。郡患之。及費長房來。知是魅。乃呵之。卽解衣冠叩頭。乞自改。變爲老鼈。大如車輪。長房令復就太守服。作一札。敕葛陂君。叩頭流涕。持札去。視之。以札立陂邊。以頸繞之而死。出列異傳

張福

鄱陽人張福。舡行還。野水邊忽見一女子。甚有容色。自乘小舟。福曰。汝何姓。作此輕行。無笠雨駛。可入見就避雨。因共相調。遂入就福寢。以所乘小舟。繫福舡邊。三更許。雨晴明月。福視婦人。乃一大鼉。欲執之。遽走入水。向小舟。乃是一槎段。長丈餘。出搜神記

丁初

吳郡無錫有上湖大陂。陂吏丁初。天每大雨。輒循隄防。春盛雨。初出行塘。日暮間。顧後有小婦人。上下青衣。戴青傘。追後呼。初掾待我。初時悵然。意欲留伺之。復疑本不見此。今忽有婦人冒陰雨行。恐必鬼物。初便疾行。顧見婦人。追之亦速。初因急走。去之轉遠。顧視婦人。乃自投陂中。氾然作聲。衣蓋飛散。視是大蒼獺。衣傘皆荷葉也。此獺化爲人形。數媚年少者也。出搜神記

謝非

道士丹陽謝非往石城冶買釜還。日暮。不及家。山中有廟。舍於溪水上。入中宿。大聲語曰。吾是天帝使者停此宿。猶畏人刼奪其金。意苦搔搔不安。夜二更中。有來至廟門者。呼曰。何銅。銅應諾。廟中有人氣是誰。銅云。有人言是天帝使者。少頃便還。須臾。又有來者。呼銅。問之如前。銅答如故。復嘆息而去。非驚擾不得眠。遂起。呼銅問之。先來者是誰。銅答言。是水邊穴中白鼉。汝是何等物。是廟北巖嵌中龜也。非皆陰識之。天明。便告居人。言此廟中無神。但是龜鼉之輩。徒費酒肉祀之。急具鍤來。共往伐之。諸人亦頗疑之。於是並會伐掘。皆殺之。遂壞廟絕祀。自後安靜。

出搜神記

顧保宗

顧保宗字世嗣。江夏人也。每釣魚江中。嘗夏夜於草堂臨月未臥。忽有一人鬚髮皓然。自稱爲翁。有如漁父。直至堂下。乃揖保宗。便箕踞而坐。唯哭而已。保宗曰。翁何至。不語。良久謂保宗曰。陸行甚困。言不得速。保宗曰。翁適何至。今何往。答曰。來自江州。復歸江夏。言訖又哭。保宗曰。翁非異人乎。答曰。我實非人。以君閑退。故來相話。保宗曰。野人漁釣。用釋勞生。何閑退之有。答曰。世方兵亂。閑退何詞。保宗曰。今世清平。亂當何有。答曰。君不見桓玄之志也。保宗因問。若是有兵。可言歲月否。翁曰。今不是隆安五年耶。保宗曰。是。又屈指復哭。謂宗曰。後年易號。復一歲。桓玄盜國。盜國未幾。爲卯金所敗。保宗曰。卯金爲誰。答曰。君當後識耳。言罷。復謂保宗曰。不及二十稔。當見大命變革。保宗曰。翁遠至。何所食。答曰。請君常食。保宗因命食飼食飼原作筆記。據明鈔本改。之。翁食訖。謂保宗曰。今夕奉使。須向前江。來日平旦。幸願觀之。又曰。百里之中。獨我偏異。故驗災祥。我等是也。宗曰。未審此言。何以驗之。答曰。兵甲之兆也。言訖乃出。保宗送之於戶外。乃訣去。及曉。宗遂臨江觀之。鬬水風漸急。魚皆出浪。極目不知其數。觀者相傳。首尾百餘里。其中有大白魚。長百餘丈。驤首四望。移時乃沒。是歲隆安五年六月十六日也。保宗大異之。後二歲。改隆安七年為元興。元興二年。十一月壬午。桓玄果篡位。三年二月。建武將軍劉裕起義兵滅桓玄。復晉安帝位。後十七年。劉裕受晉禪。一如魚之所言。出九江記

武昌民

宋高帝永初中。張春為武昌太守。時有人嫁女。未及升車。女忽然失怪。出外毆擊人。仍云。己不樂嫁。巫云。是邪魅。將女至江際。遂擊鼓。以術呪療。翌日。有一青蛇來到坐所。即以大釘釘頭。至日中。復見大龜從江來。伏於巫前。巫以朱書龜背作符。遣入江。至暮。有大白鼉從江出。乍沉乍浮。龜隨後催逼。鼉自分死。冒來。先入幔幔原作帽。據明鈔本改。與女辭訣。慟哭云。失其同好。於是漸差。或問魅者歸於一物。今安得有三。巫云。蛇是傳通。龜是媒人。鼉是其對。所獲三物。悉殺之。出廣古今五行記

寡婦嚴

建康大夏營寡婦嚴。宋元嘉初。有人稱華督與嚴結好。街卒夜見一丈夫行造護軍府。府在建陽門內。街卒呵問。答云。我華督還府。徑沿西墻欲入。街卒以其犯夜。邀擊之。乃變爲鼉。察其所出入處。甚瑩滑。通府中池。池先有鼉窟。歲久因能爲魅。殺之遂絕。出異苑

尹兒

安城民尹兒。宋元嘉中。父暫出。令守舍。忽見一人。年可二十。騎馬張斗繖。從者四人。衣並黃色。從東方來。於門呼尹兒。求暫寄息。因入舍中庭下。坐胡牀。一人捉繖覆之。尹兒看其衣悉無縫。五色斕斑。似鱗甲而非毛也。有頃。雨將至。此人上馬去。顧語尹兒曰。明當更來。乃西行。躡虛而昇。須臾。雲氣四合。白晝爲之晦暝。明日。大水暴至。川谷沸湧。丘壑淼漫。將淹尹舍。忽見大魚。長三丈餘。盤屈當水衝。尹族乃免漂蕩之患。出廣古今五行記

廣陵王女

沙門竺僧瑤得神呪。尤能治邪。廣陵王家女病邪。瑤治之。入門。瞋目罵云。老魅不念守道而干犯人。女乃大哭云。人殺我夫。魅在其側曰。吾命盡於今。因歔欷。又曰。此神不可與事。乃成老鼉。

走出庭中。瑤令僕殺之也。出志怪

楊醜奴

河南楊醜奴常詣章安湖拔蒲。將暝。見一女子。衣裳不甚鮮潔。而容貌美。乘船載蓴。前就醜奴。家湖側。逼暮不得返。便便字原空闕。據明鈔本補。停舟寄住。借食器以食。盤中有乾魚生菜。食畢。因戲笑。醜奴歌嘲之。女答曰。家在西湖側。日暮陽光頹。託蔭遇良主。不覺寬中懷。俄滅火共寢。覺有臊氣。又手指甚短。乃疑是魅。此物知人意。遽出戶。變爲獺。徑走入水。出甄異志

謝宗

會稽王國吏謝宗赴假。經吳皐橋。同船人至市。宗獨在船。有一女子。姿性婉娩。來詣船。因相爲戲。女卽留宿歡讌。乃求寄載。宗許之。自爾船人夕夕聞言笑。後逾年。往來彌數。同房密伺。不見有人。知是邪魅。遂共掩被。良久。得一物。大如枕。須臾。又獲二物。並小如拳。視之。乃是三龜。宗悲思。數日方悟。向說如是云。此女子一歲生二男。大者名道愍。小者名道興。宗又云。此女子及二兒。初被索之時大怖。形並縮小。謂宗曰。可取我枕投之。時族叔道明爲郎中令。籠三龜示之。出志怪

太平廣記卷第四百六十九

水族六 水族爲人

張方

廣陵下市廟。宋元嘉十八年。張方女道香送其夫婿北行。日暮。宿祠門下。夜有一物。假作其婿來云。離情難遣。不能便去。道香俄昏惑失常。時有王纂者能治邪。疑道香被魅。請治之。始下針。有一獺從女被內。走入前港。道香疾便愈。出異苑

鍾道

宋永興縣吏鍾道得重病初差。情欲倍常。先樂白鶴墟中女子。至是猶存想焉。忽見此女子振衣而來。卽與燕好。是後數至。道曰。吾甚欲雞舌香。女曰。何難。乃掬香滿手。以授道。道邀女同含咀之。女曰。我氣素芳。不假此。女子出戶。狗忽見。隨咋殺之。乃是老獺。口香卽獺糞。頓覺臭穢。出

晉安民

晉安郡民斷溪取魚。忽有一人著白帢。黄練單衣。來詣之。卽同飲饌。饌畢。語之曰。明日取魚。當有大魚甚異。最在前。愼勿殺。明日。果有大魚。長七八丈。逕來衝網。其人卽賴殺之。破腹。見所食飯悉有。其人家死亡略盡。出廣古今五行記

劉萬年

宋後廢帝元徽三年。京口戍將劉萬年夜巡於北固山西。見二男子。容止端麗。潔白如玉。遙呼萬年謂曰。君與今帝姓族近遠。萬年曰。望異姓同。一人曰。汝雖族異。恐禍來及。萬年曰。吾有何過。答曰。去位。禍卽不及。萬年見二人所言。益異之。萬年謂二人。深謝預聞。何用見酧。萬年欲請歸鎭。二人曰。吾非世人。不食世物。萬年與語之次。化爲魚。飛入江去。萬年翌日託疾。遂罷其位。後果如魚所言。出江表異同錄

微生亮

明月峽中有二溪東西流。宋順帝昇平二年。溪人微生亮釣得一白魚長三尺。投置舡中。以草覆之。及

歸取烹。見一美女在草下。潔白端麗。年可十六七。自言高堂之女。偶化魚游。爲君所得。亮問曰。既爲人。能爲妻否。女曰。寘契使然。何爲不得。其後三年爲亮妻。忽曰。數已足矣。請歸高唐。亮曰。何時復來。答曰。情不可忘者。有思復至。其後一歲三四往來。不知所終。出三峽記

蘆塘

耒陽縣東北有蘆塘八九頃。其深不可測。中有大魚。當至五日。一奮躍出水。大可三圍。其狀異常。每出水。則小魚奔迸。隨水上岸。不可勝計。又云。此塘有鮫魚。五日一化。或爲美婦人。或爲美男子。至於變亂尤多。郡人相戒。故不敢有害心。後爲雷電所擊。此塘遂乾。出錄異記

彭城男子

彭城有男子娶婦不悅之。在外宿月餘日。婦曰。何故不復入。男曰。汝夜輒出。我故不入。婦曰。我初不出。壻驚。婦云。君自有異志。當爲他所惑耳。後有至者。君便抱留之。索火照視之。爲何物。後所願還至。故作其婦。前却未入。有一人從後推令前。既上牀。壻捉之曰。夜夜出何爲。婦曰。君與東舍女往來。而驚欲託鬼魅。以前約明鈔本約在納。相掩耳。壻放之。與共臥。夜半心悟。乃計曰。魅迷人。非是我婦也。乃向前攬捉。大呼求火。稍稍縮小。發而視之。得一鯉魚長二尺。出列異傳

朱法公

山陰朱法公者嘗出行。憩於臺城東橘樹下。忽有女子。年可十六七。形甚端麗。薄晚。遣婢與法公相聞。方夕。欲詣宿。至人定後。乃來。自稱姓檀。住在城側。因共眠寢。至曉而云。明日復來。如此數夜。每曉去。婢輒來迎。復有男子。可六七歲。端麗可愛。女云是其弟。後曉去。女衣裙開。見龜尾及龜脚。法公方悟是魅。欲執之。向夕復來。卽然火照覓。尋失所在。出續異記

王奐

齊王奐自建業將之潴宮。至江州。泊舟於岸。夜深。風生月瑩。忽聞前洲上有十餘人喧噪。皆女子之音。奐異之。謂諸人曰。江潴中豈有是人也。乃獨棹小舟。取葭蘆之陰。循洲北岸。而於蒹葦中見十餘女子。或衣綠。或衣青碧。半坐半立。坐者一女子泣而言曰。我始與姉妹同居陰宅。長在江漢。不意諸娘。虛爲上峽小兒所娶。乃至分離。立者一女子嘆曰。潮水有廻。而我此去。應無返日。言未竟。北風微起。立者曰。潮至矣。可以還家。奐急從蘆葦中出捕。悉化爲龜。入水而去。出九江記

蔡興

晉陵民蔡與忽得狂疾。歌吟不恒。常空中與數人言笑。或云。當再取誰女。復一人云。家已多。後夜。忽聞十餘人將物入里人劉餘之家。餘之拔刀出後戶。見一人黑色。大罵曰。我湖長。來詣汝。而欲殺我。卽喚群伴。何不助余耶。餘之卽奮刀亂砍。得一大黿及狸。出幽明錄

李增

永陽人李增行經大溪。見二蛟浮於水上。發矢射之。一蛟中焉。增歸。因復出市。有女子。素服銜淚。捉所射箭。增怪而問焉。女答之。何用問焉。爲暴若是。便以相還。授矢而滅。增惡而騄走。未達家。暴死於路。出異苑

蕭騰

襄陽金城南門外道東。有參佐廨。舊傳甚凶。住者不死必病。梁昭明太子臨州。給府寮呂休蒨。休蒨常在廳事北頭眠。鬼牽休蒨。休蒨墜地。久之悟。俄而休蒨有罪賜死。後今蕭騰初上。至羊口岸。忽有一丈夫著白紗高室帽。烏布袴。披袍造騰。疑其服異。拒之。行數里復至。求寄載。騰轉疑焉。如此數廻。而騰有妓妾數人。擧止所爲。稍異常日。歌笑悲啼。無復恒節。及騰至襄陽。此人亦經日一來。後累辰不去。好披袍縛袴。跨狗而行。或變易俄頃。詠詩歌謠。言笑自若。自稱是周瑜。恒止騰舍。騰備爲禳遣之術。有時暫去。尋復來。騰又領門生二十人。拔刀砍之。或跳上室梁。走入林中。

來往迅速。竟不可得。乃入妾屛風裏。作歌曰。逢歡羊口岸。結愛桃林津。胡桃擲去肉。訝汝不識人。頃之。有道士趙曇義爲騰設壇。置醮行禁。自道士入門。諸妾並悲叫。若將遠別。俄而一龜徑尺餘。自到壇而死。諸妾亦差。騰妾聲貌悉不多。諮議參軍韋言辯善戲謔。因宴而啓云。常聞世間人道。黠如鬼。今見鬼定是癡鬼。若黠。不應魅蕭騰妓妓原作故。據明鈔本改。以此而度。足驗鬼癡。出南雍州記

柳鎭

河東柳鎭字子元。少樂閑靜。不慕榮貴。梁天監中。自司州遊上元。便愛其風景。於鍾山之西建業里。買地結茅。開泉種植。隱操如耕父者。其左右居民。皆呼爲柳父。所居臨江水。嘗曳策臨眺。忽見前洲上有三四小兒。皆長一尺許。往來遊戲。遙聞相呼求食聲。鎭異之。須臾。風濤洶湧。有大魚驚躍。誤墜洲上。群小兒爭前食之。又聞小兒傳呼云。雖食不盡。留與柳父。鎭益驚駭。乃乘小舟。遥捕之。未及岸。諸小兒悉化爲獺。入水而去。鎭取巨魚以分鄉里。未幾。北還洛陽。於所居書齋柱。題詩一首云。江山不久計。要適暫時心。況念洛陽士。今來歸舊林。是歲天監七年也。出窮怪錄

隋文帝

隋文帝開皇中。掖庭宮每有人來挑宮人。司宮以聞。帝曰。門衞甚嚴。人從何而入。當妖精耳。因戒宮人曰。若來。但砍之。其後夜來登牀。宮人抽刀砍之。若中枯骨。其物走落。宮人逐之。因入池而沒。明日。帝令涸池。得一龜尺餘。其上有刀痕。殺之遂絕。出廣古今五行記

大興村

隋開皇末。大興城西南村民設佛會。一老翁皓首白裙襦。求食而去。衆莫識。追而觀之。行二里許。遂不見。但有一陂。水中有白魚長丈餘。小而從者無數。人爭射之。或弓折弦斷。後竟中之。割其腹。得秔米飯。後數日。漕梁暴溢。射者家皆溺死。出廣古今五行記

萬頃陂

唐齊州有萬頃陂。魚鼈水族。無所不有。咸亨中。忽一僧持鉢乞食。村人長者施以蔬供。食訖而去。於時漁人網得一魚。長六七尺。緝鱗鏤甲。錦質寶章。特異常魚。欲賫赴州餉遺。至村而死。遂共剖而分之。於腹中得長者所施蔬食。儼然並在。村人遂於陂中設齋過度。自是陂中無水族。至今猶然絕。出朝野僉載。明鈔本作出五行記。

長鬚國

唐大足足原作定。據明鈔本改。初。有士人隨新羅使。風吹至一處。人皆長鬚。語與唐言通。號長鬚國。人物甚盛。棟宇衣冠。稍異中國。地曰扶桑洲。其署官品。有正長戢波日沒島邏等號。士人歷謁數處。其國皆敬之。忽一日。有車馬數十。言大王召客。行兩日。方至一大城。甲士門焉。使者導士人入。伏謁。殿宇高敞。儀衞如王者。見士人拜伏。小起。乃拜士人爲司風長。兼駙馬。其主甚美。有鬚數十根。士人威勢烜爀。富有珠玉。然每歸。見其妻則不悅。其王多月滿夜則大會。後遇會。士人見嬪姬悉有鬚。因賦詩曰。花無葉不妍。女有鬚亦醜。丈人試遣惣無。未必不如惣有。王大笑曰。駙馬竟未能忘情於小女頤頷間乎。經十餘年。士人有一兒二女。忽一日。其君臣憂蹙。士人怪問之。王泣曰。吾國有難。禍在旦夕。非駙馬不能救。士人驚曰。苟難可弭。性命不敢辭也。王乃令具舟。令兩使隨士人。謂曰。煩駙馬一謁海龍王。但言東海第三汊第七島長鬚國。有難求救。我國絕微。須再三言之。因涕泣執手而別。士人登舟。瞬息至岸。岸沙悉七寶。人皆衣冠長大。士人乃前。求謁龍王。龍宮狀如佛寺所圖天宮。光明迭激。目不能視。龍王降階迎。士人齊級昇殿。訪其來意。士人且說。龍王卽命速勘。良久。一人自外白。境內並無此國。士人復哀祈。具言長鬚國在東海第三汊第七島。龍王復叱使者細尋勘。速報。經食頃。使者返曰。此島鰕合供大王此月食料。前日已追到。龍王笑曰。客固爲鰕所魅耳。吾雖爲王。所食皆禀天符。不得妄食。今爲客減食。乃令引客視之。見鐵鑊數十如屋。滿中是鰕。有五六頭。色赤。大如臂。見客跳躍。似求救狀。引者曰。此鰕王也。士人不覺悲泣。龍王命放鰕王一鑊。令二使送客歸中國。一夕至登州。顧二使。乃巨龍也。出酉陽雜俎

太平廣記卷第四百七十　水族七 水族爲人

李鷸

唐燉煌李鷸。開元中。爲邵州刺史。挈家之任。泛洞庭。時晴景。登岸。因鼻衄血沙上。爲江鼉所舐。俄然復生一鷸。其形體衣服言語。與其身無異。鷸之本身。爲鼉法所制。繫於水中。其妻子家人。迎奉鼉妖就任。州人亦不能覺悟。爲郡幾數年。因天下大旱。西江可涉。道士葉靜能自羅浮山赴玄宗急詔。過洞庭。忽沙中見一人面縛。問曰。君何爲者。鷸以狀對。靜能書一符帖巨石上。石卽飛起空中。鼉妖方擁案晨衙。爲巨石所擊。乃復本形。時張說爲岳州刺史。具奏。並以舟檝送鷸赴郡。家人妻子乃信。今舟行者。相戒不瀝血於波中。以此故也。出獨異記

謝二

唐開元時。東京士人以還歷不給。南游江淮。求丐知己。困而無獲。徘徊揚州久之。同亭有謝二者。矜其失意。恒欲恤之。謂士人曰。無爾悲爲。若欲北歸。當有三百千相奉。及別。以書付之曰。我宅在

魏王池東。至池。叩大柳樹。家人若出。宜付其書。便取錢也。士人如言。逕叩大樹。久之。小婢出。問其故。云。謝二令送書。忽見朱門白壁。婢往却出。引入。見姥充壯。當堂坐。謂士人曰。兒子書勞君送。令付錢三百千。今不違其意。及人出。已見三百千在岸。悉是官家排斗錢。而色小壞。士人疑其精怪。不知何處得之。疑用恐非物理。因以告官。具言始末。河南尹奏其事。皆云。魏王池中有一黿窟。恐是耳。有敕。使擊射之。得崑崙數十人。悉持刀鎗。沉入其窟。得黿大小數十頭。末得一黿。大如連牀。官皆殺之。得錢帛數千事。其後五年。士人選得江南一尉。之任。至揚州市中東店前。忽見謝二。怒曰。於君不薄。何乃相負。以至於斯。老母家人。皆遭非命。君之故也。言訖辭去。士人大懼。十餘日不之官。徒侶所促。乃發。行百餘里。遇風。一家盡沒。時人云。以爲謝二所損也。出廣異記

荆州漁人

唐天寶中。荆州漁人得釣靑魚。長一丈。鱗上有五色圓花。異常端麗。漁人不識。以其與常魚異。不持詣市。自烹食。無味。頗怪焉。後五日。忽有車騎數十人至漁者所。漁者驚懼出拜。聞車中怒云。我之王子。往朝東海。何故殺之。我令將軍訪王子。汝又殺之。當令汝身崩潰分裂。受苦痛如王子及將軍也。言訖。呵漁人。漁人倒。因大惶汗。久之方悟。家人扶還。便得癩病。十餘日。形體口鼻手足潰爛。身肉分散。數月方死也。出廣異記

劉成

宣城郡當塗民。有劉成者、李暉者。俱不識農事。嘗用巨舫載魚蟹。鬻於吳越間。唐天寶十三年春三月。皆自新安江載往丹陽郡。行至下查浦。去宣城四十里。會天暮。泊舟。二人俱登陸。時李暉往浦岸村舍中。獨劉成在江上。四顧雲島。閴無人跡。忽聞舫中有連呼阿彌陁佛者。聲甚厲。成驚而視之。見一大魚自舫中振鬐搖首。人聲而呼阿彌陁佛焉。成且懼且悚。毛髮盡勁。即匿身蘆中以伺之。俄而舫中萬魚。俱跳躍呼佛。聲動地。成大恐。遽登舫。盡投群魚於江中。有頃而李暉至。成具以告暉。暉怒曰。豎子安得爲妖妄乎。唾而罵言且久。成無以自白。即用衣資酧其直。既而餘百錢。易荻草十餘束。致于岸。明日。遷於舫中。忽覺重不可舉。解而視之。得緡十五千。簽題云。歸汝魚直。成益奇之。是日。於瓜洲會群僧食。併以緡施焉。時有萬莊者。自涇陽令退居瓜洲。備得其事。傳於紀述。出宣室志

薛二娘

唐楚州白田。有巫曰薛二娘者。自言事金天大王。能驅除邪厲。邑人崇之。村民有沈某者。其女患魅發狂。或毁壞形體。蹈火赴水。而腹漸大。若人之妊者。父母患之。迎薛巫以辨之。既至。設壇於室。臥患者於壇內。旁置大火坑。燒鐵釜赫然。巫遂盛服奏樂。皷舞請神。須臾神下。觀者再拜。巫

奠酒祝曰。速召魅來。言畢。巫入火坑中坐。顏色自若。良久。振衣而起。以所燒釜覆頭鼓舞。曲終去之。遂據胡牀。叱患人令自縛。患者反手如縛。敕令自陳。初泣而不言。巫大怒。操刀斬之。劃然刀過而體如故。患者乃曰。伏矣。自陳云。淮中老獺。因女浣紗悅之。不意遭逢聖師。乞自此屏迹。但痛腹中子未育。若生而不殺。以還某。是望外也。言畢嗚咽。人皆憫之。遂秉筆作別詩曰。潮來逐潮上。潮落在空灘。有來終有去。情易復情難。腸斷腹中子。明月秋江寒。其患者素不識書。至是落筆。詞翰俱麗。須臾。患者昏睡。翌日乃釋然。方說。初浣紗時。有美少年相誘。因而來往。亦不自知也。後旬月。產獺子三頭。欲殺之。或曰。彼魅也而信。我人也而妄。不如釋之。其人送於湖中。有巨獺迎躍。負而沒之。出通幽記

趙平原

唐元和初。天水趙平原。漢南有別墅。嘗與書生彭城劉簡辭、武威段齊眞詣無名湖。捕魚爲鱠。須臾。獲魚數十頭。內有一白魚長三尺餘。鱗甲如素錦。耀人目精。鬐鬣五色。鮮明可愛。劉與段曰。此魚狀貌異常。不可殺之。平原曰。子輩迂濶。不能食。吾能食之矣。言未畢。忽見湖中有群小兒。俱著半臂白袴。馳走水上。叫嘯來往。略無畏憚。二客益懼。復以白魚爲請。平原不許之。叱庖人曰。速斫鱠來。逡巡。鱠至。平原及二客食方半。風雷暴作。霆震一聲。湖面小兒。脚下生白煙。大風隨起。二客覺氣候有變。顧望三里內。有一蘭若。遂投而去。平原微哂。方復下筯。於時飛沙折木。

雨火相雜而下。霆電掣拽。天崩地拆。二客惶駭。相顧失色。謂平原已爲齏粉矣。俄頃雨霽。二客奔詣鱠所。見平原坐於地。宲然已無知矣。二客扶翼。呼問之。良久張目曰。大差事。大差事。辛勤食鱠盡。被一青衫人。向吾喉中拔出。擲於湖中。吾腹今甚空乏矣。其操刀之僕。遂亡失所在。經數月方歸。平原詰其由。云。初見青衫人於電火中嗔罵。遂被領將。令負衣襆。行僅十餘日。至一處。人物稠廣。市肆駢雜。青衣人云。此是益州。又行五六日。復至一繁會處。青衫人云。此是潭州。其夕。領入曠野中。言曰。汝隨我行已久。得無困苦耶。今與汝別。因懷中取乾脯一挺與某。云。饑卽食之。可達家也。又曰。爲我申意趙平原。無夭害生命。暴殄天物。神道所惡。再犯之。必無赦矣。平原自此終身不釣魚。出博物志

高昱

元和中。有高昱處士以釣魚爲業。嘗艤舟於昭潭。夜僅三更不寐。忽見潭上有三大芙蕖。紅芳頗異。有三美女各踞其上。俱俱原作但。據明鈔本改。衣白。光潔如雪。容華艷媚。瑩若神仙。共語曰。今夕闊水波澄。高天月皎。怡情賞景。堪話幽玄。其一曰。旁有小舟。莫聽我語否。又一曰。縱有。非濯纓之士。不足憚也。相謂曰。昭潭無底橘洲浮。信不虛耳。又曰。各請言其所好何道。其次曰。吾性習釋。其次曰。吾習道。其次曰。吾習儒。各談本教道義。理極精微。一曰。吾昨宵得不祥之夢。二子曰。何夢也。曰。吾夢子孫倉皇。窟宅流徙。遭人斥逐。舉族奔波。是不祥也。二子曰。遊魂偶然。

不足信也。三子曰。各筭來晨。得何物食。久之曰。從其所好。僧道儒耳。吁。吾適來所論。便成先兆。然未必不爲禍也。言訖。逡巡而沒。昱聽其語。歷歷記之。及旦。果有一僧來渡。至中流而溺。昱大駭曰。昨宵之言不謬耳。旋踵。一道士艤舟將濟。昱遽止之。道士曰。君妖也。僧偶然耳。吾赴知者所召。雖死無悔。不可失信。叱舟人而渡。及中流又溺焉。續有一儒生。挈書囊徑渡。昱懇曰。如前去僧道已沒矣。儒正色而言。死生命也。今日吾族祥齋。不可虧其弔禮。將鼓棹。昱挽書生衣袂曰。臂可斷。不可渡。書生方叫呼於岸側。忽有物如練。自潭中飛出。繞書生而入。昱與渡人遽前捉其衣襟。漦涎流滑。手不可制。昱長吁曰。命也。頃刻而沒三子。而俄有二客乘葉舟而至。一叟一少。昱遂謁叟。問其姓字。叟曰。余祁陽山唐勾鼈。今適長沙。訪張法明威儀。昱久聞其高道。有神術。禮謁甚謹。俄聞岸側有數人哭聲。乃三溺死者親屬也。叟詰之。昱具述其事。叟怒曰。焉敢如此害人。遂開篋。取丹筆篆字。命同舟弟子曰。爲吾持此符入潭。勒其水怪。火急他適。弟子遂捧符而入。如履平地。循山脚行數百丈。觀大穴明瑩。如人間之屋室。見三白猪寐於石榻。有小猪數十。方戲於旁。及持符至。三猪忽驚起。化白衣美女。小者亦俱爲童女。捧符而泣曰。不祥之夢果中矣。曰。爲某啓先師。住此多時。寧無愛戀。容三日徙歸東海。各以明珠爲獻。弟子曰。吾無所用。不受而返。具以白叟。叟大怒曰。汝更爲我語此畜生。明晨速離此。不然。當使六丁就穴斬之。弟子又去。三美女號慟曰。敬依處分。弟子歸。明晨。有黑氣自潭面而出。須臾。烈風迅雷。激浪如山。

山原作島。據明鈔本改。

有三大魚長數丈。小魚無數周繞。沿流而去。叟曰。吾此行甚有所利。不因子。

何以去昭潭之害。遂與昱乘舟東西耳。出傳奇

僧法志

臺山僧法志遊至淮陰。見一漁者堅禮而命焉。法志隨至草庵中。漁者設食甚謹。法志頗怪。因問曰。弟子以漁爲業。自是造罪之人。何見僧如此敬禮。答曰。我昔於會稽山遇雲遠上人爲衆講法。暫曾隨喜。得悟聖教。邇來見僧。即歡喜無量。僧異之。勸令改業。漁者曰。我雖聞善道。而滯於罟網。亦猶和尚爲僧。未能以戒律爲事。其罪一也。又何疑焉。僧慙而退。廻顧。見漁者化爲大黿。入淮。亦失草庵所在。出瀟湘錄

太平廣記卷第四百七十一　水族八

水族爲人

鄧元佐

鄧元佐者。潁川人也。遊學於吳。好尋山水。凡有勝境。無不歷覽。因謁長（長下原有者字。據明鈔本删。）城宰。延挹託舊。暢飮而別。將抵姑蘇。誤入一徑。甚嶮阻紆曲。凡十數里。莫逢人舍。但見蓬蒿而已。時日色已暝。元佐引領前望。忽見燈火。意有人家。乃尋而投之。既至。見一蝸舍。惟一女子。可年二十許。元佐乃投之曰。余今晚至長城訪別。乘醉而歸。誤入此道。今已侵夜。更向前道。慮爲惡獸所損。幸娘子見容一宵。豈敢忘德。女曰。大人不在。當奈何。況又家貧。無好茵席祗侍。君子不棄。卽聞命矣。元佐餒。因舍焉。女乃嚴一土塌。上布軟草。坐定。女子設食。元佐餒而食之。極美。女子乃就元佐而寢。元佐至明。忽覺其身臥在田中。傍有一螺。大如升子。元佐思夜來所餐之物。意甚不安。乃嘔吐。視之。盡靑泥也。元佐嘆咤良久。不損其螺。元佐自此棲心於道門。永絕遊歷耳。出集異記

姚氏

東州靜海軍姚氏率其徒捕海魚。以充歲貢。時已將晚。而得魚殊少。方憂之。忽網中獲一人。黑色。舉身長毛。拱手而立。問之不應。海師曰。此所謂海人。見必有災。請殺之。以塞其咎。姚曰。此神物也。殺之不祥。乃釋而祝之曰。爾能爲我致羣魚。以免闕職之罪。信爲神矣。毛人却行水上。數十步而沒。明日。魚乃大獲。倍於常歲矣。出稽神錄

宋氏

江西軍吏宋氏嘗市木至星子。見水濱人物喧集。乃漁人得一大黿。黿見宋屢顧。宋卽以錢一千贖之。放于江中。後數年。泊船龍沙。忽有一僕夫至。云元長史奉召。宋怳然。不知何長史也。旣往。欻至一府。官出迎。與坐曰。君尙相識耶。宋思之。實未嘗識。又曰。君亦記星子江中放黿耶。曰。然。身卽黿也。頃嘗有罪。帝命謫爲水族。見囚於漁人。微君之惠。已骨朽矣。今已得爲九江長。相召

者。有以奉報。君兒某者命當溺死。名籍在是。後數日。鳴山神將朝廬山使者。行必以疾風雨。君兒當以此時死。今有一人名姓正同。亦當溺死。但先期歲月間耳。吾取以代之。君兒宜速登岸避匿。不然不免。宋陳謝而出。不覺已在舟次矣。數日。果有風濤之害。死甚衆。宋氏之子竟免。出稽神錄

史氏女

溧水五壇村人史氏女。因蒔田倦。偃息樹下。見一物。鱗角爪距可畏。來據其上。已而有娠。生一鯉魚。養於盆中。數日益長。乃置投金瀨中。頃之。村人刈草。誤斷其尾。魚即奮躍而去。風雨隨之。入太湖而止。家亦漸富。其後女卒。每寒食。其魚輒從羣魚一至墓前。至今。每閏年一至爾。又漁人李黑獺恒張網于江。忽獲一嬰兒。可長三尺。網爲亂涎所縈。浹旬不解。有道士見之曰。可取鐵汁灌之。如其言。遂解。視嬰兒。口鼻眉髮如畫。而無目。口猶有酒氣。衆懼。復投于江。出稽神錄

漁人

近有漁人泊舟馬當山下。月明風恬。見一大黿出水。直上山頂。引首四望。頃之。江水中湧出一彩舟。有十餘人會飲酒。妓樂陳設甚盛。獻醻久之。上流有巨艦來下。櫓聲振于坐中。彩舟乃沒。前之黿亦下。未及水。忽死於岸側。意者水神使此黿爲候望。而不知巨艦之來。故殛之。出稽神錄

人化水族

黄氏母

後漢靈帝時。江夏黄氏之母浴而化爲黿。入于深淵。其後時時出見。初浴簪一銀釵。及見。猶在其首。出神鬼傳

宋士宗母

魏淸河宋士宗母。以黄初中。夏天於浴室裏浴。遣家中子女闔戶。家人於壁穿中。窺見沐盆水中。有一大黿。遂開戶。大小悉入。了不與人相承。嘗先著銀釵。猶在頭上。相與守之啼泣。無可奈何。出外。去甚駛。逐之不可及。便入水。後數日忽還。巡行舍宅如平生。了無所言而去。時人謂士宗應行喪。士宗以母形雖變。而生理尙存。竟不治喪。與江夏黄母相似。出續搜神記

宣騫母

吳孫皓寶鼎元年。丹陽宣騫之母。年八十。因浴化爲黿。騫兄弟閉戶衞之。掘堂內作大坎。實水。其黿卽入坎遊戲。經累日。忽延頸外望。伺戶小開。便輒自躍。赴于遠潭。遂不復見。出廣古今五行記

江州人

晉末。江州人年百餘歲。頂上生角。後因入舍前江中。變爲鯉魚。角尙存首。自後時時暫還。容狀如平生。與子孫飮。數日輒去。晉末已來。絕不復見。出廣古今五行記

獨角

獨角者。巴郡人也。年可數百歲。俗失其名。頂上生一角。故謂之獨角。或忽去積載。或累旬不語。及有所說。則旨趣精微。咸莫能測焉。所居獨以德化。亦頗有訓導。一旦與家辭。因入舍前江中。變爲鯉魚。角尙在首。後時時暫還。容狀如平生。與子孫飮讌。數日輒去。出述異記

薛偉

薛偉者。唐乾元元年。任蜀州青城縣主簿。與丞鄒滂、尉雷濟、裴寮、同時。其秋。偉病七日。忽奄然若往者。連呼不應。而心頭微暖。家人不忍即斂。環而伺之。經二十日。忽長吁起坐。謂家家原作其。據明鈔本改。人曰。吾不知人間幾日矣。曰。二十日矣。曰卽曰卽二字原闕。據明鈔本補。與我覷群官。方食鱠否。言吾已蘇矣。甚有奇事。請諸公罷筯來聽也。僕人走視群官。實欲食鱠。遂以告。皆停餐而來。偉曰。諸公敕司戶僕張弼求魚乎。曰。然。又問弼曰。魚人趙幹藏巨鯉。以小者應命。汝於葦間

得藏者。擕之而來。方入縣也。司戶吏坐門東。糺曹吏坐門西。方奕棊。入入原作人。據陳校本改。及階。鄒雷方博。裴啗桃實。弼言幹之藏巨魚也。裴五令鞭之。旣付食工王士良者。喜而殺乎。遞相問。誠然。衆曰。子何以知之。曰。向殺之鯉。我也。衆駭曰。願聞其說。曰。吾初疾困。爲熱所逼。殆不可堪。忽悶忘其疾。惡熱求凉。策杖而去。不知其夢也。旣出郭。其心欣欣然。若籠禽檻獸之得逸。莫我知明鈔本知作如。也。漸入山。山行益悶。遂下遊於江畔。見江潭深淨。秋色可愛。輕漣不動。鏡涵遠虛。忽有思浴意。遂脫衣於岸。跳身便入。自幼狎水。成人已來。絕不復戲。遇此縱適。實契宿心。且曰。人浮不如魚快也。安得攝魚而健遊乎。旁有一魚曰。顧足下不願耳。正授亦易。何況求攝。當爲足下圖之。決然而去。未頃。有魚頭人長數尺。騎鯢來。導從數十魚。宣河伯詔曰。城居水遊。浮沉異道。苟非其好。則昧通波。薛主簿意尙浮深。跡思閑曠。樂浩汗之域。放懷清江。厭巘崿之情。投簪幻世。暫從鱗化。非遽成身。可權充東潭赤鯉。嗚呼。恃長波而傾舟。得罪於晦。昧纖鉤而貪餌。見傷於明。無或失身。以羞其黨。爾其勉之。聽而自顧。卽已魚服矣。於是放身而遊。意往斯到。波上潭底。莫不從容。三江五湖。騰躍將遍。然配留東潭。每暮必復。俄而饑甚。求食不得。循舟而行。忽見趙幹垂鉤。其餌芳香。心亦知戒。不覺近口。曰。我人也。暫時爲魚。不能求食。乃吞其鉤乎。捨之而去。有頃。饑益甚。思曰。我是官人。戲而魚服。縱吞其鉤。趙幹豈殺我。固當送我歸縣耳。遂吞之。趙幹收綸以出。幹手之將及也。偉連呼之。幹不聽。而以繩貫我腮。乃繫于葦間。旣而張弼來曰。裴少府買魚。須大者。幹曰。未得大魚。有小者十餘斤。弼曰。奉命取大魚。安用小者。乃自於葦間尋得偉而提之。又謂弼曰。我是汝縣主簿。化形爲魚遊江。何得不拜我。弼不聽。提之而行。罵亦不已。弼弼原作幹。據明鈔本改。終不顧。入縣門。見縣吏坐者弈棊。皆大聲呼之。略無應者。唯笑曰。可畏明鈔本可畏作好大。魚。直三四斤餘。既而入階。鄒雷方博。裴啗桃實。皆喜魚大。促命付厨。弼言幹之藏巨魚。以小者應命。裴怒。鞭之。我叫諸公曰。我是公公原作心。據明鈔本改。同官。而今見殺。竟不相捨。促殺之。仁乎哉。大叫而泣。三君不顧。而付鱠手王士良者。方礪刃。喜而投我於几上。我又叫曰。王士良。汝是我之常使鱠手也。因何殺我。何不執我白於官人。士良若不聞者。按吾頸於砧上而斬之。彼頭適落。此亦醒悟。遂奉召爾。諸公莫不大驚。心生愛忍。然趙幹之獲。張弼之提。縣司之弈吏。三君之臨階。王士良之將殺。皆見其口動。實無聞焉。於是三君並投鱠。終身不食。偉自此平愈。後累遷華陽丞。乃卒。出續玄怪錄

太平廣記卷第四百七十二　水族九龜

龜

龜

陶唐氏

陶唐之世。越裳國獻千歲神龜。方三尺餘。背上有文。皆科斗書。記開闢已來。帝命錄之龜曆。伏滔述帝功德銘曰。朱書龜曆之文。出述異記

禹

禹盡力溝濬。導川夷岳。黄龍曳尾於前。玄龜負青泥於後。玄龜。河精之使者也。龜頷下有印文。皆古言。作九州山水之字。禹所穿鑿之處。皆以青泥封記其所。使玄龜印其上。今人聚土爲界。此之遺像也。出王子年拾遺記

葛洪

葛洪云。千歲靈龜。五色具焉。其雄。額上兩骨起。似角。以未朱浴之。乃剔取其甲。火炙。擣服。方寸匕日三。盡一具。壽千歲。出抱朴子

張廣定

陳仲弓異聞記曰。張廣定遭亂避地。有一女四歲。不能步。又不忍棄之。乃縣籠於古冢中。冀他日得收其骨。及三年。歸取之。見其尚活。問之。女答曰。食盡卽餒。見其傍有一物。引頸呼吸。効之。故能活。廣定入冢視之。乃一龜也。陳實之言。固不妄矣。出獨異志

贛縣吏

晉義熙中。范寅爲南康郡。時贛縣吏說。先入山採薪。得二龜。皆如二尺盤大。薪未足。遇有兩樹駢生。吏以龜側置樹間。復行採伐。去龜處稍遠。天雨。懶復取。後經十二年。復入山。見先龜。一

者甲已枯。一者尚生。極長。樹木夾夾原作所。據明鈔本改。處。可厚四寸許。兩頭厚尺餘。如馬鞍狀。出幽明錄

郗世了

郗世了在會稽造墓。其地多石。後破大石。得一龜。長尺二寸許。在石中。石了無孔也。得非龜石俱生乎。既破出之。龜行動如常龜無異。石受龜。如人刻安之。出甄鬼志

孟彥暉

武成三年庚午六月五日癸亥。廣漢太守孟彥暉奏。西湖有金龜徑寸。遊於荷葉之上。畫圖以上聞。出錄異記

營陵

道州營陵中鼉。甲長八尺。下自然有文字。前後四足。各踏一龜。踏龜有時行。或踰山越水。俗莫敢犯。出錄異記

興業寺

九曲靈龜池。在襄陽縣東北三里遍學寺東。古城舊有興業寺。今併入遍學寺。唐景龍元年有陳留阮氏。寓居襄陽。捨財。於此寺東院。創造堂宇。時歲旱池涸。卽掘廣深之。忽暴雨池溢。乃是一大龜。高數尺。如牛張牀大。岸側而行。衆卽驚呼。龜遂躍入池中。寺僧靈岫云。院有折碑。云興業寺碑。碑文梁散騎常侍庾元威撰。其文可傳者云。此寺有靈龜一頭。長三尺五寸。冬潛春現。多歷年所。隨衆上堂。應時而食。刺史安陸王照頻遇此龜。其壞碑因卽扶豎。今在遍學寺東院。阮氏所修寺堂。庭中浮屠前。池見在。深五尺。方二十步。出襄沔記

唐太宗

唐武德末。太宗欲平內難。苑池內有白龜。遊於荷葉之上。太宗取之。化爲白石。瑩潔如玉。登極之後。降制曰。皇天眷祐。錫以寶龜。出錄異記

劉彥回

唐劉彥回父爲湖州刺史。有下寮於銀坑得一龜長一尺。持獻刺史。羣官畢賀云。得此龜食。食原作人。據明鈔本改。壽一千歲。使君謝己非其人。故自騎馬。送龜卽至坑所。其後十餘年。刺史亡。彥回爲房州司士。將家屬之官。屬山水泛溢。平地盡沒。一家惶懼。不知所適。俄有大龜來引其路。彥回與家人謀曰。龜乃靈物。今來相導。狀若神。三十餘口隨龜而行。悉是淺處。歷十餘里。乃至平地。得免水

難。舉家驚喜。亦不知其由。至此夕。彥回夢龜云。己昔在銀坑。蒙先使君之惠。故此報恩。出廣異記

吳興漁者

唐開元中。吳興漁者。於苕溪上每見大龜。四足各蹋一龜而行。漁者知是靈龜。持石投之。中而獲焉。久之。以獻州從事裴。裴召龜人。龜人云。此王者龜。不可以卜小事。所卜之物必死。裴素狂妄。時庭中有鵲。其鷄尙䠶。乃驗誌之。令卜者鑽龜焉。數日。大風損鵲巢。鵲雛皆死。尋又命卜其婢。所懷娠是兒女。兆云。當生兒。兒生。尋亦死。裴後竟進此龜也。出廣異記

唐明皇帝

唐明皇帝嘗有方士獻一小龜。徑寸而金色可愛。云。此龜神明而不食。可置之枕笥之中。辟巨蛇之毒。上常貯巾箱中。有小黃門恩渥方深。而坐親累。將竄南徼。不欲屈法免之。密授此龜曰。南荒多巨蟒。常以龜置於側。可以無苦。閹者拜受之。及象郡之屬邑。里市館舍。悄然無一人。投宿于旅館。是夜。月明如晝。而有風雨之聲。其勢漸近。因出此龜。置於階上。良久。神龜伸頸吐氣。其火如綖。直上高三四尺。徐徐散去。已而龜遊息如常。向之風雨聲。亦已絕矣。及明。驛吏稍稍而至。羅拜庭下曰。昨知天使將至。合備迎奉。適緣行旅誤殺一蛇。衆知報寃蛇必此夕爲害。側近居人。皆出三五十里外。避其毒氣。某等不敢遠出。止在近山巖穴之中。伏而待旦。今則天使無恙。乃神明所

祐。非人力也。久之。行人漸至。云當道有巨蛇十數。皆已糜爛。自此無復報寃之物。人莫測其由。逾年。黄門召歸長安。復以金龜進上。泣而謝曰。不獨臣之性命。賴此生全。南方之人。永祛毒類。所全人命。不知紀極。實聖德所及。神龜之力也。出錄異記

寧晉民

唐建中四年。趙州寧晉縣沙河北。有大棠梨。百姓常祈禱。忽有群蛇數千。自東南來。渡北岸。集棠梨樹下爲二積。留南岸者爲一積。俄見三龜徑寸。繞行。積蛇盡死。乃各登積。視蛇腹悉有瘡。若矢所中。刺史康日知圖甘棠梨三龜來獻。出酉陽雜俎

史論

唐史論作將軍時。忽覺妻所居房中有光。異之。因與妻索房中。且無所見。一日。妻早粧開奩。奩中忽有金色龜。如錢。吐五色氣。彌滿一室。後常養之。原闕出處。明鈔本、陳校本作出酉陽雜俎

徐仲

福州。唐貞元末。有村人賣一籠龜。其數十三。販藥人徐仲以五鐶獲之。村人云。此聖龜。不可殺。徐置庭中。一龜藉龜而行。八龜爲導。悉大六寸。徐遂放於乾元寺後林中。一夕而失。出酉陽雜俎

高崇文

唐贊皇公李德裕曰。蜀傳張儀築成都城。屢有頹壞。時有龜周行旋走。至是一龜行路築之。既而城果就。予未至郡日。嘗聞龜殼猶在城內。昨詢訪耆舊。有軍資庫官宇文遇者。言比常在庫中。元和初。節度使高崇文知之。命工人截爲腰帶胯具。自張儀至崇文千餘載。龜殼尙在。而武臣毀之。深可惜也。出戎幕閑談

汴河賈客

唐有賈客維舟汴河上。獲一巨龜。於竈火中煨之。是夕。忘出之。明日取視。殼已燋矣。拂拭去灰。置於食牀上。欲食。良久。伸頸足動。徐行牀上。其生如常。衆共異之。投於水中。游泳而去。出錄異記

南人

南人採龜溺。以其性妬而與蛇交。或雌蛇至。有相趁鬬噬。力小致斃者。採時。取雄龜置瓷盌及小盤中。於龜後。以鏡照之。既見鏡中龜。卽淫發而失溺。又以紙炷火上焫熱。點其尻。亦致失溺。然不及鏡照也。得於道士陳釗。又海上人云。龍生三卵。一爲吉弔也。其吉弔上岸與鹿交。或於水邊遺

精。流槎遇之。粘褁木枝。如蒲桃焉。色微青黄。復似灰色。號紫稍花。益陽道。别有方說。出北夢瑣言

閻居敬

新安人閻居敬。所居爲山水所浸。恐屋壞。移榻於戶外而寢。夢一烏人曰。君避水在此。我亦避水至此。於君何害。而迫迮我如是。不快甚矣。居敬寤。不測其故。爾夕三夢。居敬曰。豈吾不當止此耶。因命移牀。乃牀脚斜壓一龜於戶限外。放之乃去。出稽神錄

池州民

池州民楊氏以賣鮓爲業。嘗烹鯉魚十頭。令兒守之。將熟。忽聞釜中乞命者數四。兒驚懼。走告其親。共往視之。釜中無復一魚。求之不得。朞年。所畜犬恒窺戶限下而吠。數日。其家人曰。去年鯉魚。得非在此耶。卽撤戶視之。得龜十頭。送之水中。家亦無恙。出稽神錄

李宗

李宗爲楚州刺史。郡中有尼方行於市。忽據地而坐。不可推挽。不食不語者累日。所由司以告宗。命武士扶起。掘其地。得大龜長數尺。送之水中。其尼乃愈。出稽神錄

太平廣記卷第四百七十三　昆蟲一

蝛射

玄中記。蝛以氣射人。去人三十步。卽射中其影。中人。死十六七。紀年云。晉獻公二年春。周惠王居于鄭。鄭人入王府取玉馬。玉化爲蝛。以射人也。出感應經

化蟬

齊王后怨王怒死。尸化爲蟬。遂登庭樹。嘒唳而鳴。後王悔恨。聞蟬鳴。卽悲歎。出崔豹古今註

揖怒蛙

越王勾踐既爲吳辱。常盡禮接士。思以平吳。一日出遊。見蛙怒。勾踐揖之。左右曰。王揖怒蛙何也。答曰。蛙如是怒。何敢不揖。於是勇士聞之。皆歸越。而平吳。出越絕書

怪哉

漢武帝幸甘泉。馳道中有蟲。赤色。頭牙齒耳鼻盡具。觀者莫識。帝乃使東方朔視之。還對曰。此蟲名怪哉。昔時拘繫無辜。衆庶愁怨。咸仰首歎曰。怪哉怪哉。蓋感動上天。憤所生也。故名怪哉。此地必秦之獄處。卽按地圖。信如其言。上又曰。何以去蟲。朔曰。凡憂者。得酒而解。以酒灌之當消。於是使人取蟲置酒中。須臾糜散。出小說

小蟲

漢光武建武六年。山陽有小蟲皆類人形。甚衆。明日。皆懸於樹枝死。出廣古今五行記

蔣蟲

蔣子文者。廣陽人也。嗜酒好色。挑撻無度。每自言。我死當爲神也。漢末。爲秣陵尉。逐賊至山

下。被賊擊傷額。因解印綬縛之。有頃而卒。及吳先主之初。其故吏見子文於路間。乘白馬。執白羽扇。侍從如平生。見者驚走。子文追之。謂曰。我當爲此地神。福（福字原闕。據本書卷二九三蔣子文條補。）爾下民。可宣告百姓。爲我立祠。不爾。將有大咎。是歲夏。大疾疫。百姓輒恐動。頗竊祀之者。未幾。乃下巫祝曰。吾將大啓（啓原作咎。據本書卷二九三蔣子文條改。）福孫氏。官宜爲我立祠。不爾。將使蟲入人耳爲災也。俄而果有蟲蝱。入人耳卽死。醫所不治。百姓愈恐。孫主尙未之信。既而又下巫祝曰。若不祀我。將以大火爲災。是歲。火災大發百數。火漸延及公宮。孫主患之。時議者以神有所歸。乃不爲厲。宜告饗之。於是使使者封子文爲中都侯。其子緒爲長水校尉。皆加印綬。爲立祠宇以表其靈。今建康東北蔣山是也。自是疾厲皆息。百姓遂大事之。幽明錄亦載焉。出搜神記

園客

園客者。濟陰人也。姿貌好而良。邑人多願以女妻之。終不娶。常種五色香草。積數十年。服其實。一旦有五色蛾止其旁。客收而薦之。至蠶時。有女夜半至。自稱客妻。道蠶之狀。客與俱蠶。得百二十頭繭。皆如甕。繅一頭。六十日乃盡。訖則俱去。莫知所如。濟陰人設祠祀焉。出列仙傳

烏衣人

吳富陽縣有董昭之者。嘗乘船過錢塘江。江中見一蟻著一短蘆。遑遽畏死。因以繩繫蘆著舡。船至

岸。蟻得出。其夜。夢一烏衣人謝云。僕是蟻中之王也。感君見濟之恩。君後有急難。當相告語。歷十餘年。時所在刼盜。昭之被横錄爲刼主。繫餘姚。昭之忽思蟻王之夢。結念之際。同被禁者問之。昭之具以實告。其人曰。但取三兩蟻著掌中語之。昭之如其言。夜果夢烏衣云。可急投餘杭山中。天下既亂。赦令不久（久原作及。據明鈔本改。）也。既寤。蟻齧械已盡。因得出獄。過江。投餘杭山。旋遇赦。遂得無他。（出齊諧記）

朱誕給使

淮南內（內原作四。據明鈔本改。）史朱誕字永長。吳孫晧世。爲建安太守。誕給使妻有鬼病。其夫疑之爲姦。後出行。密穿壁窺之。正見妻在機中織。遥瞻桑樹上。向之言笑。給使仰視。樹上有年少人。可十四五。衣青衿袖。青幧頭。給使以爲信人也。張弩射之。化爲鳴蟬。其大如箕。翔然飛去。妻亦應聲驚曰。噫。人射汝。給使怪其故。役久時。給使見二小兒在陌上共語。曰。何以不復見汝。其一即樹上小兒也。答曰。前不謹。（謹原作遇。據明鈔本改。）爲人所射。病瘡積時。彼兒曰。今何如。曰。賴朱府君梁上膏以傅之。得愈。給使白誕曰。人盜君膏藥。頗知之否。誕曰。吾膏久致梁上。人安得盜之。給使曰。不然。府君視之。誕殊不信。爲試視之。封題如故。誕曰。小人故妄作。膏自如故。給使曰。試開之。則膏去半焉。所掊刮見有趾跡。誕自驚。乃詳問之。給使具道其本末。（出搜神記）

葛輝夫

晉烏傷葛輝夫。義熙中。在婦家宿。三更。有兩人把火至階前。疑是凶人。往打之。欲下杖。悉變成蝴蝶。繽紛飛散。有衝輝夫腋下。便倒地。少時死。出搜神記

蝘蜓

博物志。蝘蜓以器養之。食以朱砂。體盡赤。稱滿七斤。治擣萬杵。以點女子肢體。終不滅。淮南萬畢術云。取守宮。新合陰陽。以牝牡各藏之瓮中。陰乾百日。以點女臂。則生文章。與男子合。輒滅去也。出感應經

肉芝

肉芝者。謂萬歲蟾蜍。頭上有角。領下有丹書八字再重。以五月五日中明鈔本中作午。時取之。陰乾百日。以其足畫地。即爲流水。帶其其原作在。據明鈔本改。左手於身。辟五兵。若敵人射己者。弓弩矢皆反還自向也。出抱朴子

千歲蝙蝠

千歲蝙蝠。色如白雪。集則倒懸。腦重故也。此物得而陰乾。末服之。令人壽四萬歲。出抱朴子

蠅觸帳

晉明帝常欲肆眚。祕而不泄。泄原作謀。據明鈔本改。乃屛曲室。去左右。下帷草詔。有大蒼蠅觸帳而入。萃于筆端。須臾亡出。帝異焉。令人看蠅所集處。輒傳有赦。喧然已遍矣。出異苑

蒼梧蟲

博物志云。蒼梧人卒。便有飛蟲。大如麥。有甲。或一石餘。或三五斗。而來食之。如風雨之至。斯須而盡。人以爲患。不可除。唯畏梓木。自後因以梓木爲棺。更不復來。出博物志

蚱蜢

徐邈。晉孝武帝時。爲中書侍郎。在省直。左右人恒覺邈獨在帳內。以與人共語。有舊門生。一夕伺之。無所見。天時微有光。始開開字原闕。據明鈔本補。窗戶。瞥觀一物。從屛風裏飛出。直入前鐵鑊中。仍逐視之。無餘物。唯見鑊中聚菖蒲根下。有大青蚱蜢。雖疑此爲魅。而古來未聞。但摘除其兩翼。至夜。遂入邈夢云。爲君門生所困。往來道絕。相去雖近。有若山河。邈得夢。甚悽慘。門生知其意。乃微發其端。邈初時疑不卽道。語之曰。我始來直者。明鈔本直者作此省。便見一青衣女子從前度。

猶作兩髻。姿色甚美。聊試挑謔。即來就己。且愛之。仍溺情。亦不知其從何而至此。兼告夢。門生因具以狀白。亦不復追殺蚱蜢。出續異記

施子然

晉義熙中。零陵施子然雖出自單門。而神情辨悟。家大作田。至稜時。作蝸牛廬於田側守視。恒宿在中。其夜。獨自未眠之頃。見一丈夫來。長短是中形人。著黃練單衣袷。直造席。捧手與子然語。子然問其姓名。即答云。僕姓盧名鉤。家在粽溪邊。臨水。復經半旬中。其作人掘田塍西溝邊蟻垤。忽見大坎。滿中螻蛄。將近斗許。而有數頭極壯。一箇彌大。子然自是始悟曰。近日客盧鉤。反音則螻蛄也。家在粽溪。即西坎也。悉灌以沸湯。於是遂絕。出續異記

龐企

晉廬陵太守龐企。自云。其祖坐繫獄。忽見螻蛄行其左右。因謂曰。爾有神。能活我死否。因投食與之。螻蛄食飯盡而去。有頃復來。形體稍大。意異之。復投食與之。數日間。其大如豚。及將刑之夜。螻蛄夜掘壁爲大穴。破械。得從之出亡。後遇赦免。故企世祀螻蛄焉。出搜神記

蟾蜍

晉孝武太元八年。義興人周客有一女年十八九。端麗潔白。尤辨惠。性嗜膾。噉之恒苦不足。有許纂者。小好學。聘之爲妻。到婿家。食膾如故。家爲之貧。於是門內博議。恐此婦非人。命歸家。乘車至橋南。見罟家取魚作鮓著桉上。可有十許斛。便於車中下一千錢。以與魚主。令擣齏。乃下車。熟食五斗。生食五斗。當噉五斛許。便極悶臥。須臾。據地大吐水。忽有一蟾蜍。從吐而出。遂絕不復噉。病亦愈。時天下大兵。出廣古今五行記

蠅赦

前秦苻堅欲放赦。與王猛、苻融。密議甘露堂。悉屏左右。堅親爲赦文。有一大蒼蠅集于筆端。聽而復出。俄而長安街巷。人相告曰。官今大赦。有司以聞。堅驚曰。禁中無耳屬之理。事何從泄也。敕窮之。咸曰。有小人衣青。大呼於市曰。曰原作旦。據明鈔本改。官今大赦。須臾不見。歎曰。其向蒼蠅也。出廣古今五行記

髮妖

晉安帝義熙年。琅邪費縣王家恒失物。謂是人偸。每以扃鑰爲意。而零落不已。見宅後籬一孔穿。可容人臂。滑澤。試作繩罥。施於穴口。夜中聞有擺撲聲。往掩得大髮。長三尺許。而變爲蠐。從此無慮。出廣古今五行記

桓謙

桓謙字敬祖。太元元原作原。據陳校本改。中。忽有人皆長寸餘。悉被鎧持槊。乘具裝馬。從埳中出。精光耀日。遊走宅上。數百爲羣。部陣指麾。更相撞刺。馬旣輕快。人亦便能。緣几登竈。尋飮食之所。或有切肉。輒來叢聚。力所能勝者。以槊刺取。逕入穴中。寂不復出。出還入穴。蔣山道士朱應子令作沸湯。澆所入處。因掘之。有斛許大蟻死在穴中。謙後誅滅。出異苑

青蜓

司馬彪莊子注。言童子埋青蜓之頭。不食而舞曰。此將爲珠。人笑之。博物志云。埋青蜓頭於西向戶下。則化成青色之珠。出感應經

朱誕

宋初。淮南郡有物取人頭髻。太守朱誕曰。吾知之矣。多買黐以塗壁。夕有一蝙蝠大如雞。集其上。不得去。殺之乃絕。觀之。鈎簾下已有數百人頭髻。出幽明錄

白蚓

劉德願兄子。太宰從事中郎道存。景和元年。忽有白蚓數十登其齋前砌上。通身白色。人所未嘗見也。蚓並張口吐舌。舌字原闕。據明鈔本補。大赤色。其年八月。與德願並誅。出述異記

王雙

孟州王雙。宋文帝元嘉初。忽不欲見明。常取水沃地。以菰蔣覆上。眠息飲食。悉入其中。云。恒有女。著青裙白裾。來就其寢。每聽聞薦下。歷歷有聲。發之。見一青色白頸頸原作纓。據明鈔本改。蚯蚓。長二尺許。云。此女常以一奩香見遺。氣甚精芬。奩乃螺殼。香則菖蒲根。于時咸以雙暫同阜螽矣。出異苑

太平廣記卷第四百七十四　昆蟲二

胡充

宋豫章胡充。元嘉五年秋夕。有大蜈蚣長二尺。落充婦與妹前。令婢挾擲。婢裁出戶。忽覩一姥。衣服臭敗。兩目無精。到六年三月。闔門時患。死亡相繼。出異苑

盧汾

妖異記曰。夏陽盧汾字士濟。幼而好學。晝夜不倦。後魏莊帝永安二年七月二十日。將赴洛。友人宴於齋中。夜闌月出之後。忽聞廳前槐樹空中。有語笑之音。幷絲竹之韻。數友人咸聞。訝之。俄見女子衣青黑衣。出槐中。謂汾曰。此地非郎君所詣。奈何相造也。汾曰。吾適宴罷。友人聞此音樂之韻。故來請見。見字原空闕。據明鈔本補。女子笑曰。郎君眞姓盧耳。耳原作甘。據明鈔本改。乃入穴中。俄有微風動林。汾歎訝之。有如昏昧。及舉目。見宮宇豁開。門戶迥然。有一女子衣青衣。出戶謂汾曰。娘

子命郎君及諸郎相見。汾以三友俱入。見數十人各年二十餘。立於大屋之中。其額號曰審雨堂。汾與三友歷階而上。與紫衣婦人相見。謂汾曰。適會同宮諸女。歌宴之次。聞諸郎降重。不敢拒。因此請因此請三字原作言因拜。據明鈔本改。見。紫衣者乃命汾等就宴。後有衣白者、青黃者。皆年二十餘。自堂東西閤出。約七八人。悉妖艶絕世。相揖之後。歡宴未深。極有美情。忽聞大風至。審雨堂梁傾折。一時奔散。汾與三友俱走。乃醒。既見庭中古槐。風折大枝。連根而墮。因把火照所折之處。一大蟻穴。三四螻蛄。一二蚯蚓。俱死於穴中。汾謂三友曰。異哉。物皆有靈。況吾徒適與同宴。不知何緣而而原作不。據明鈔本改。入。於是及曉。因伐此樹。更無他異。出窮神秘苑

來君綽

隋煬帝征遼。十二軍盡沒。總管來護坐法受戮。煬帝盡明鈔本盡作又。欲誅其諸諸原作家。據明鈔本改。子。君綽憂懼。連日與秀才羅巡、羅逖、李萬進。結爲奔友。共亡命至海州。夜黑迷路。路傍有燈火。因與共頓之。扣門數下。有一蒼頭迎拜。君綽因問。此是誰家。答曰。科斗郎君姓威。卽當府秀才也。遂啓門。門又明鈔本又作忽。自閉。閉原作開。據明鈔本改。敲中門曰。蝸兒今今原作也。據明鈔本改。有四五箇客。蝸兒耶又一蒼頭也。遂開門。秉燭引客。就館客位。牀榻茵褥甚備。俄有一小童持燭自中出門。曰。六郎子出來。君綽等降階見主人。主人辭彩朗然。文辯紛錯。自通姓名曰。威汚蠖。叙寒溫訖。揖客由阼階。坐曰。汚蠖忝以本州鄉賦。得與足下同聲。青霄良會。殊是忻願。卽命酒洽坐。漸至酣暢。

談謔交至。衆所不能對。君綽頗不能平。欲以理挫之。無計。因舉觴曰。君綽請起一令。以坐中姓名雙聲者。犯罰如律。君綽曰。威汚蠖。實譏其姓。衆皆撫手大笑。以爲得言。及至汚蠖。改令曰。以坐中人姓爲歌聲。自二字至三字。令曰。羅李。羅來李。衆皆慙其辨捷。羅巡又問。君風雅風雅原作聲推。據明鈔本改。之士。士原作事。據明鈔本改。足得自比雲比雲原作此云。據明鈔本改。龍。何玉名之自貶耶。汚蠖曰。僕久從賓興。多爲主司見屈。以僕後於羣士。何異尺蠖於汚池乎。巡又問。公華宗。氏族何爲不載。汚蠖曰。我本田田原作日。據明鈔本改。氏。出於齊威王。亦猶桓丁之類。何足下之不學耶。旣而蝸兒擧方丈盤至。珍羞水陸。充溢其間。君綽及僕。無不飽飫。夜闌徹燭。連榻而寢。遲明叙別。恨悵俱不自勝。君綽等行數里。猶念汚蠖。復來。見昨所會之處。了無人居。唯汚池邊有大螾。長數尺。又有蝸螺丁子。皆大常有數倍。方知汚蠖及二豎。皆此物也。遂共惡昨宵所食。各吐出青泥及汚水數升。出玄怪錄

傳病

隋煬帝大業末年。洛陽人家中有傳屍病。兄弟數人。相繼亡歿。後有一人死。氣猶未絕。家人並哭。其弟忽見物自死人口中出。躍入其口。自此卽病。歲餘遂卒。臨終。謂其妻曰。吾疾乃所見物爲之害。吾氣絕之後。便可開吾腦喉。視有何物。欲知其根本。言終而死。弟子依命開視。腦中得一物。形如魚。而並有兩頭。遍體悉有肉鱗。弟子致鉢中。跳躍不止。試以諸味致中。雖不見食。悉須臾皆

成水。諸毒藥因皆隨銷化。時夏中藍熟。寺衆如水次作靛青。一人往。因以小靛致鉢中。此物卽遽奔馳。須臾間。便化爲水。傳靛以療噎。（出廣古今五行記）

滕庭俊

文明元年。毗陵滕庭俊患熱病積年。每發。身如火燒。數日方定。名醫不能治。後之洛調選。行至滎水西十四五里。天向暮。未達前所。遂投一道傍莊家。主人暫出。未至。庭俊心無聊賴。因歎息曰。爲客多苦辛。日暮無主人。卽有老父。鬢髮疎禿。衣服亦弊。自堂西出。拜曰。老父雖無所解。而性好文章。適不知郎君來。止與和且耶連句次。聞郎君吟爲客多苦辛。日暮無主人。雖曹丕門（明鈔本門作之。）客、子常（常原作長。據曹丕雜詩改。）畏（畏原作異。據曹丕雜詩改。）人。不能過也。老父與和且耶。同作渾家門客。雖貧亦有斗酒。接郎君淸話耳。庭俊甚異之。問曰。老父住止何所。老父怒曰。僕忝渾家掃門之客。姓麻名來和。行一。（行一原作弟大。據明鈔本改。）君何不呼爲麻大。庭俊卽謝不敏。與之偕行。遶堂西隅。遇見二門。門啓。華堂複閣甚奇秀。舘中有樽酒盤核。麻大揖讓庭俊同坐。良久。中門又有一客出。麻大曰。和至矣。（明鈔本至矣作君至。）卽降階揖讓坐。且耶謂麻大曰。適與君欲連句。君詩題成未。麻大乃書題目曰。同在渾家平原門舘連句一首。予已（予已原作使請。據明鈔本改。）爲四句矣。麻大詩曰。自與渾家鄰。馨香遂滿身。無心好淸靜。人用去灰塵。僕作四句成矣。且耶曰。僕是七言。韻又不同。如何。麻大曰。但自爲一章。亦不惡。且耶良久吟曰。冬（冬原作終。據明鈔本改。）朝每去依烟火。春至還歸養子孫。曾向符王筆端坐。爾來求食渾家門。庭俊猶不悟。見門館華盛。因有淹留歇爲之計。詩曰。田文稱好客。凡養幾多人。如欠馮諼在。今希廁下賓。且耶、痲大。相顧笑曰。何得相譏。向使君在渾家門。一日當厭飫矣。於是餐饍肴饌。引滿數十巡。主人至。覓庭俊不見。使人叫喚之。庭俊應曰唯。而館宇并痲和二人。一時不見。乃坐廁屋下。傍有大蒼蠅秃掃箒而已。庭俊先有熱疾。自此已後頓愈。更不復發矣。出玄怪錄

張思恭

唐天后中。尚食奉御張思恭進牛窟利上蚰蜒。大如筯。天后以玉合貯之。召思恭示曰。昨窟利上有此。極是毒物。近有鷄鷄字原空闕。據黄本補。食烏百足蟲忽死。開腹。中有蚰蜒一抄。諸蟲並盡。此物不化。朕昨日以來。意惡不能食。思恭頓首請死。敕免之。與宰夫並流嶺南。出朝野僉載

蝗

唐開元四年。河南北螽爲災。飛則翳日。大如指。食苗草樹葉。連根並盡。敕差使與州縣相知驅逐。採得一石者。與一石粟。一斗。粟亦如之。掘坑埋却。埋一石則十石生。卵大如黍米。厚半寸。蓋地。浮休子曰。昔文武聖皇帝時。繞京城蝗大起。帝令取而觀之。對仗選一大者。祝之曰。朕政刑乖僻。仁信未孚。當食我心。無害苗稼。遂吞之。須臾。有烏如鸛。百萬爲群。拾蝗一日而盡。此乃精

感所致。天若偶然。則如勿生。天若爲厲。埋之滋甚。當明德慎罰。以答天譴。奈何不見福修以禳災。而欲逞殺以消禍。此宰相姚文明鈔本文作元。崇失變理之道矣。出朝野僉載

冷蛇

申王有肉疾。腹垂至骭。每出。則以白練束之。至暑月。鼾息不可過。玄宗詔南方取冷蛇二條賜之。蛇長數尺。色白。不螫人。執之。冷如握握原作掘。據明鈔本改。冰。申王腹有數約。夏月寘於約中。不復覺煩暑。出酉陽雜俎

李揆

唐李揆。乾天中。爲禮部侍郎。嘗一日。晝坐於堂之前軒。忽聞堂中有聲極震。若牆圮。揆驚入視之。見一蝦蟇。俯于地。高數尺。魅然殊狀。揆且驚且異。莫窮其來。即命家童。以巨缶蓋焉。有解曰。夫蝦蟇月中之蟲。亦天使也。今天使來公堂。豈非上帝以密命付公乎。其明啓而視之。已亡見矣。後數日。果拜中書侍郎平章事。出宣室志

主簿蟲

潤州金壇縣。大歷中。有北人爲主簿。以竹筒齎蝎十餘枚。置於廳事之樹。後遂孳育至百餘枚。爲土

氣所蒸。而不能螫人。南民不識。呼爲主簿蟲。原闕出處。明鈔本、陳校本作出傳載

朱牙之

東陽太守朱牙之。元興中。忽有一老公。從其妾董牀下出。著黄裳衿帽。所出之埳。滑澤有泉。遂與董交好。若有吉凶。遂以告。牙之兒病瘧。公曰。此應得虎卵服之。持戟向山東。得虎陰。尙餘暖氣。使兒炙噉。瘧卽斷。公常使董梳頭。髮如野猪。牙後諸祭酒上章。於是絕跡。作沸湯。試澆此埳。掘得數斛大蟻。不日。村人捉大刀野行。逢一丈夫。見刀。操黄金一餅。求以易刀。授刀。奄失其人所在。重察向金。乃是牛糞。計此卽牙家鬼。出異苑

樹蚓

上都渾瑊宅。戟門外一小槐樹。樹有穴大如錢。每夏月霽後。有蚓大如巨臂。長二尺餘。白頸紅斑。領蚓數百條。如索。緣樹枝幹。及曉。悉入穴。或時衆驚。往往成曲。學士張乘言。渾瑊時。堂前忽有樹。從地踴出。蚯蚓遍挂其上。已有出處。忘其書名目。出酉陽雜俎

木師古

遊子木師古。貞元初。行於金陵界村落。日暮。投古精舍宿。見主人僧。主人僧乃送一陋室内安止。

其本客廳。乃封閉不開。師古怒。遂詰責主人僧。僧曰。誠非恡惜於此。而卑吾人於彼。俱以承前客宿於此者。未嘗不大漸於斯。自某到。已三十餘載。殆傷三十人矣。閉止已（已字原闕。據明鈔本補。）周歲。再不敢令人止宿。師古不允。其詞愈生猜責。僧不得已。令啓戶洒掃。乃實年深朽室矣。師古存心信。而口貌猶怒。及入寢。亦不免有備預之志。遂取篋中便手刀子一口。於牀頭席下。用壯其膽耳。寢至二更。忽覺增寒。驚覺。乃漂沸風冷。如有扇焉。良久。其扇復來。師古乃潛抽刀子於幄中。以刀子一揮。如中物。乃聞墮於牀左。亦更無他。師古復刀子於故處。乃安寢。至四更已來。前扇又至。師古亦依前法。揮刀中物。又如墮於地。握刀更候。了無餘事。須臾天曙。寺僧及側近人。同來扣戶。師古乃朗言問之爲誰。僧徒皆驚師古之猶存。（師古之三字及存字原闕。據明鈔本補。）詢其來由。師古具述其狀。徐徐拂衣而起。諸人遂於牀右。見蝙蝠二枚。皆中刀狼籍而死。每翅長一尺八寸。珠眼圓大如瓜。（如瓜原作爪如。據明鈔本改。）銀色。按神異秘經法云。百歲蝙蝠。於人口上。服人精氣。以求長生。至三百歲。能化形爲人。飛遊諸天。據斯未及三百歲耳。神力猶劣。是爲師古所制。師古因之亦知有服（服原作報。據黃本改。）練術。遂入赤城山。不知所終。宿在古舍下者。亦足防矣。（出博異志）

太平廣記卷第四百七十五

昆蟲三

淳于棼

淳于棼

東平淳于棼。吳楚游俠之士。嗜酒使氣。不守細行。累巨產。養豪客。曾以武藝補淮南軍裨將。因使酒忤帥。斥逐落魄。縱誕飲酒爲事。家住廣陵郡東十里。所居宅南有大古槐一株。枝幹修密。淸陰數畝。淳于生日與群豪大飲其下。唐貞元七年九月。因沈醉致疾。時二友人於坐扶生歸家。臥於堂東廡之下。二友謂生曰。子其寢矣。余將秣馬濯足。俟子小愈而去。生解巾就枕。昏然忽忽。髣髴若夢。見二紫衣使者。跪拜生曰。槐安國王遣小臣致命奉邀。生不覺下榻整衣。隨二使至門。見青油小車。駕以四牡。左右從者七八。扶生上車。出大戶。指古槐穴而去。使者卽驅入穴中。生意頗甚異之。不敢致問。忽見山川風候。草木道路。與人世甚殊。前行數十里。有郛郭城堞。車輿人物。不絕於路。生左右傳車者傳呼甚嚴。行者亦爭闢於左右。又入大城。朱門重樓。樓上有金書。題曰大槐安國。執門者趨拜奔走。旋有一騎傳呼曰。王以駙馬遠降。令且息東華館。因前導而去。俄見一門洞開。生降車而入。彩檻雕楹。華木珍果。列植於庭下。几案茵褥。簾幃殽膳。陳設於庭上。生心甚自悅。復有呼曰。右相且至。生降階祗奉。有一人紫衣象簡前趨。賓主之儀敬盡焉。右相曰。寡君不以弊國遠僻。

奉迎君子。託以姻親。生曰。某以賤劣之軀。豈敢是望。右相因請生同詣其所。行可百步。入朱門。矛戟斧鉞。布列左右。軍吏數百。辟易道側。生有平生酒徒周弁者。亦趨其中。生私心悅之。不敢前問。右相引生升廣殿。御衞嚴肅。若至尊之所。見一人長大端嚴。居正位。衣素練服。簪朱華冠。生戰慄。不敢仰視。左右侍者令生拜。王曰。前奉賢尊命。不棄小國。許令次女瑤芳奉事君子。生但俯伏而已。不敢致詞。王曰。且就賓宇。續造儀式。有旨。右相亦與生偕還館舍。生思念之。意以爲父在邊將。因沒沒原作歿。據明鈔本改。虜中。不知存亡。將謂父北蕃交通。通原作遜。據明鈔本改。而致茲事。心甚迷惑。不知其由。是夕。羔鴈幣帛。威容儀度。妓樂絲竹。殽膳燈燭。車騎禮物之用。無不咸備。有群女。或稱華陽姑。或稱青溪姑。或稱上仙子。或稱下仙子。若是者數輩。皆侍從數千。冠翠鳳冠。衣金霞帔。綵碧金鈿。目不可視。遨遊戲樂。往來其門。爭以淳于郎爲戲弄。風態妖麗。言詞巧艷。生莫能對。復有一女謂生曰。昨上巳日。吾從靈芝夫人過禪智寺。於天竺院觀右明鈔本右作石。延舞婆羅門。吾與諸女坐北牖石榻上。時君少年。亦解騎來看。君獨强來親洽。言調笑謔。吾與窮英妹結絳巾。挂於竹枝上。君獨不憶念之乎。又七月十六日。吾於孝感寺侍侍原作悟。據明鈔本改。上眞子。聽契玄法師講觀音經。吾於講下捨金鳳釵兩隻。上眞子捨水犀合子一枚。時君亦講筵中。於師處請釵合視之。賞歎再三。嗟異良久。顧余輩曰。人之與物。皆非世間所有。或問吾民。或訪吾里。吾亦不答。情意戀戀。矚盻不捨。君豈不思念之乎。生曰。中心藏之。何日忘之。群女曰。不意今日與君爲眷屬。復有三人。冠帶甚偉。前拜生曰。奉命爲駙馬相者。中一人。與生且故。生指曰。子非馮翊田子華乎。田曰。然。生前。執手敘舊久之。生謂曰。子何以居此。子華曰。吾放遊。獲受知於右相武成侯段公。因以棲託。生復問曰。周弁在此。知之乎。子華曰。周生貴人也。職爲司隷。權勢甚盛。吾數蒙庇護。言笑甚歡。俄傳聲曰。駙馬可進矣。三子取劍佩冕服更衣之。子華曰。不意今日獲覩盛禮。無以相忘也。有仙姬數十。奏諸異樂。婉轉淸亮。曲調悽悲。非人間之所聞聽。有執燭引導者亦數十。左右見金翠步障。彩碧玲瓏。不斷數里。生端坐車中。心意恍惚。甚不自安。田子華數言笑以解之。向者群女姑娣。各乘鳳翼輦。亦往來其間。至一門。號修儀宮。群仙姑姊。亦紛然在側。令生降車輦拜。揖讓升降。一如人間。徹障去扇。見一女子。云號金枝公主。年可十四五。儼若神仙。交歡之禮。頗亦明顯。生自爾情義日洽。榮曜日盛。出入車服。遊宴賓御。次於王者。王命生與群寮備武衛。大獵於國西靈龜山。山阜峻秀。川澤廣遠。林樹豐茂。飛禽走獸。無不蓄之。師徒大獲。竟夕而還。生因他日啓王曰。臣頃結好之日。大王云奉臣父之命。臣父頃佐邊將。用兵失利。陷沒胡中。爾來絕書信十七八歲矣。王既知所在。臣請一往拜覲。覲原作觀。據明鈔本改。王遽謂曰。親家翁職守北土。信問不絕。卿但具書狀知聞。未用便去。遂命妻致饋賀之禮。一以遣之。數夕還答。生驗書本意。皆父平生之跡。書中憶念教誨。情意委曲。皆如昔年。復問生親戚存亡。閭里興廢。復言路道乖遠。風煙阻絕。詞意悲苦。言語哀傷。又不令生來覲。云歲在丁丑。當與女相見。生捧書悲咽。情不自堪。他日。妻謂生曰。子豈不思爲政乎。生曰。我放蕩。不習政事。妻曰。卿但爲之。余當奉贊。妻遂白於王。累日。謂生曰。吾南柯政事不理。太守黜廢。欲藉卿才。可曲屈之。便與小女同行。生敦授教命。王遂勅有司備太守行李。因出金玉錦繡。箱奩僕妾車馬列於廣衢。以餞公主之行。生少遊俠。曾不敢有望。至是甚悅。因上表曰。臣將門餘子。素無藝術。猥當大任。必敗朝章。自悲負乘。坐致覆餗。餗原作輮。據明鈔本改。今欲廣求賢哲。以贊不逮。伏見司隸潁川周弁忠亮剛直。守法不回。有毗佐之器。處士馮翊田子華淸愼通變。達政化之源。二人與臣有十年之舊。備知才用。可託政事。周請署南柯司憲。田請署司農。庶使臣政績有聞。憲章不紊也。王並依表以遣之。其夕。王與夫人餞于國南。王謂生曰。南柯國之大郡。土地豐壤。人物豪盛。非惠政不能以治之。況有周田二贊。卿其勉之。以副國念。夫人戒公主曰。淳于郎性剛好酒。加之少年。爲婦之道。貴乎柔順。爾善事之。吾無憂矣。南柯雖封境不遙。晨昏有間。今日睽別。寧不沾巾。生與妻拜首南去。登車擁騎。言笑甚歡。累夕達郡。郡有官吏僧道耆老。音樂車輿。武衞鑾鈴。爭來迎奉。人物闐咽。鐘鼓喧譁不絕。十數里。見雉堞臺觀。佳氣鬱鬱。入大城門。門亦有大榜。題以金字。曰南柯郡城。見朱軒棨戶。森然深邃。生下車。省風俗。療病苦。政事委以周田。郡中大理。自守郡二十載。風化廣被。百姓歌謠。建功德碑。立生祠宇。王甚重之。賜食邑錫爵。位居台輔。周田皆以政治著聞。遞遷大位。生有五男二女。男以門蔭授官。女亦娉于王族。榮耀顯赫。一時之盛。代莫比之。是歲。有檀蘿國者。來伐是郡。王命生練將訓師以征之。乃表周弁將兵三萬。以拒賊之衆于瑤臺城。弁剛勇輕進。進原作適。據明鈔本改。師徒敗績。弁單騎裸身潛遁。夜歸城。賊亦收輜重鎧甲而還。生因囚弁以請罪。王並捨之。是月。司憲周弁疽發背卒。生妻公主遘疾。旬日又薨。生因請罷郡。護喪赴國。王許之。便以司農田子華行南柯太守事。生哀慟發引。威儀在途。男女叫號。人吏奠饌。攀轅遮道者。不可勝數。遂達于國。王與夫人素衣哭于郊。候靈轝之至。謚公主曰順儀公主。備儀仗羽葆鼓吹。葬于國東十里盤龍岡。是月。故司憲子榮信亦護喪赴國。生久鎮外藩。結好中國。貴門豪族。靡不是洽。自罷郡還國。出入無恒。交遊賓從。威福日盛。王意疑憚之。時有國人上表云。玄象謫見。國有大恐。都邑遷徙。宗廟崩壞。釁起他族。事在蕭牆。時議以生侈僭之應也。遂奪生侍衞。禁生遊從。處之私第。生自恃守郡多年。曾無敗政。流言怨悖。鬱鬱不樂。王亦知之。因命生曰。姻親二十餘年。不幸小女夭枉。不得與君子偕老。良用痛傷。夫人因留孫自鞠育之。又謂生曰。卿離家多時。可暫歸本里。一見親族。諸孫留此。無以爲念。後三年。當令迎生。生曰。此乃家矣。何更歸焉。王笑曰。卿本人間。家非在此。生忽若惛睡。瞢然久之。方乃發悟前事。遂流涕請還。王顧左右以送生。生再拜而去。復見前二紫衣使者從焉。至大戶外。見所乘車甚劣。左右親使御僕。遂無一人。心甚歎異。生上車行可數里。復出大城。宛是昔年東來之途。山川源野。依然如舊。所送二使者。甚無威勢。生逾怏怏。生問使者曰。廣陵郡何時可到。二使謳歌自若。久之（原空一格。據明鈔本補久之二字。）乃答曰。少頃卽至。俄出一穴。見本里閭巷。不改往日。潸然自悲。不覺流涕。二使者引生下車。入其門。升自階。己身臥于堂東廡之下。生甚驚畏。不敢前近。二使因大呼生之姓名數聲。生遂發寤如初。見家之僮僕。擁篲于庭。二客濯足于榻。斜日未隱于西垣。餘樽尚湛于東牖。夢中倏忽。若度一世矣。生感念嗟嘆。遂呼二客而語之。驚駭。因與生出外。尋槐下穴。生指曰。此卽夢中所驚入處。二客將謂狐狸木媚之所爲祟。遂命僕夫荷斤斧。斷擁腫。折查枿。尋穴究源。旁可袤丈。有大穴。根洞然明朗。可容一榻。上有積土壤。以爲城郭臺殿之狀。有蟻數斛。隱聚其中。中有小臺。其色若丹。二大蟻處之。素翼朱首。長可三寸。左右大蟻數十輔之。諸蟻不敢近。此其王矣。卽槐安國都也。又窮一穴。直上南枝可四丈。宛轉方中。亦有土城小樓。群蟻亦處其中。卽生所領南柯郡也。又一穴。西去二丈。磅礴空朽。嵌窞異狀。中有一腐龜殼。大如斗。積雨浸潤。小草叢生。繁茂翳薈。掩映振殼。卽生所獵靈龜山也。又窮一穴。東去丈餘。古根盤屈。若龍虺之狀。中有小土壤。高尺餘。卽生所葬妻盤龍岡之墓也。追想前事。感歎于懷。披閱窮跡。皆符所夢。不欲二客壞之。遽令掩塞如舊。是夕。風雨暴發。旦視其穴。遂失群蟻。莫知所去。故先言國有大恐。都邑遷徙。此其驗矣。復念檀蘿征伐之事。又請二客訪跡于外。宅東一里。有古涸澗。側有大檀樹一株。藤蘿擁織。上不見日。旁有小穴。亦有群蟻隱聚其間。檀蘿之國。豈非此耶。嗟乎。蟻之靈異。猶不可窮。況山藏木伏之大者所變化乎。時生酒徒周弁、田子華。並居六合縣。不與生過從旬日矣。生遽遣家僮疾往候之。周生暴疾已逝。田子華亦寢疾于牀。生感南柯之浮虛。悟人世之倏忽。遂栖心道門。絕棄酒色。後三年。歲在丁丑。亦終于家。時年四十七。將符宿契之限矣。公佐貞元十八年秋八月。自吳之洛。暫泊淮浦。偶覿淳于生棼。詢訪遺跡。繙覆再三。事皆摭實。輒編錄成傳。以資好事。雖稽神語怪。事涉非經。而竊位著生。冀將爲戒。後之君子。幸以南柯爲偶然。無以名位驕于天壤間云。

前華州參軍李肇贊曰。貴極祿位。權傾國都。達人視此。蟻聚何殊。出異聞錄

太平廣記卷第四百七十六　昆蟲四

赤腰蟻

段成式。元和中。假居在長興里。庭有一穴蟻。形狀竊赤蟻之大者。而色正黑。腰節微赤。首銳足高。走最輕迅。每生致蠖及小蟲入穴。輒壞垤窒穴。蓋防其逸也。自後徙居數處。更不復見。

蘇湛

唐元和中。蘇湛遊蓬鵲山。裹糧鑽火。境無遺趾。忽謂妻曰。我行山中。覩覩原作都。據酉陽雜俎改。倒巖有光如鏡。必靈境也。明日將投之。今與卿訣。妻子號泣。止之不得。及明遂行。妻子領奴婢潛隨之。入山數十里。遙望巖有白光。圓明徑丈。蘇遂逼之。纔及其光。長叫一聲。妻兒遽前救之。身如繭矣。有黑蜘蛛。大如鈷鉧。走集巖上。奴以利刀決其網。方斷。蘇已腦陷而死。妻乃積柴燒其巖。臭滿一山。並出酉陽雜俎

石憲

有石憲者。其籍編太原。以商爲業。常貨於代北。長慶二年夏中。鴈門關行道中。時暑方盛。因偃大木下。忽夢一僧。蜂目披褐衲。其狀奇異。來憲前。謂憲曰。我廬於五臺山之南。有窮林積水。出塵俗甚遠。實群僧淸暑之地。檀越幸偕我而遊乎。卽不能。吾見檀越病熱且死。得無悔其心耶。憲以時暑方盛。僧且以禍福語相動。因謂僧曰。願與師偕去。於是其僧引憲西去。且數里。果有窮林積水。見群僧在水中。憲怪而問之。僧曰。此玄陰池。故我徒浴於中。且以蕩炎燠。於是引憲環池行。憲獨怪群僧在水中。又其狀貌無一異者。已而天暮。有一僧曰。檀越可聽吾徒之梵音也。於是憲立池上。群僧卽於水中合聲而噪。僅食頃。有一僧挈手曰。檀越與吾偕浴於玄陰池。愼無畏。憲卽隨僧入池中。忽覺一身盡冷噤而戰。由是驚悟。見己臥於大木下。衣盡濕。而寒慄且甚。時已日暮。卽抵村舍中。至明日。病稍愈。因行於道。聞道中有蛙鳴。甚類群僧之梵音。於是徑往尋之。行數里。窮林積水。有蛙甚多。其水果謂玄陰池者。其僧乃群蛙。而憲曰。此蛙能易形以惑於人。豈非怪尤者乎。於是盡殺之。出宣室志

王叟

寶曆初。長沙有民王叟者。家貧。力田爲業。一日耕於野。爲蚯蚓螫其臂。痛楚甚。遂馳以歸。其痛

益不可忍。夜呻而曉。晝吟而夕。如是者九旬餘。有醫者云。此毒之甚者也。病之始。庶藥有及。狀且深矣。則吾不得而知也。後數日。病益甚。忽聞臂有聲。幽然而微。若蚯蚓者。又數日。其聲益大。如合千萬音。其痛亦隨而多焉。是夕乃卒。出宣室志

步蚓

段成式三從房伯父。唐太和三年。任廬州某官。庭前忽有蚓出。大如食指。長大大字原空闕。據黃本補。二三丈。白項。當項下有兩足。正如雀脚。步於垣下。經數日方死。出酉陽雜俎

守宮

太和末。松滋縣南有士人。寄居親故莊中肄業。初到之夕。二更後。方張燈臨案。忽有小人半寸。葛巾。策杖入門。謂士人曰。乍到無主人。當寂寞。其聲大如蒼蠅。士人素有膽氣。初若不見。乃登牀責曰。遽不存主客禮乎。復升案窺書。詬詈不已。因覆硯於書上。士人不耐。以筆擊之墮地。叫數聲。出門而滅。有頃。有婦人四五。或老或少。皆長一寸。大呼曰。貞官以君獨學。故令郎君言展。且論精奥。何癡頑狂率。輒致損害。今可見貞官。其來索續如蟻。狀如騶卒。撲緣士人。士人恍然若夢。因嚙四支。疾苦甚。復曰。汝不去。將損汝眼。四五頭遂上其面。士人驚懼。隨出門。至堂東。遥望見一門。絕小。如節使牙門。士人乃叫。何物怪魅。敢淩人如此。復被衆嚙之。恍惚間。已入小

門內。見一人。峩冠當殿。階下侍衞千數。悉長寸餘。叱士人曰。吾憐汝獨處。俾小兒往。何苦致害。罪當腰斬。乃見數十人悉持刃攘臂逼之。士人大懼。謝曰。某愚騃。肉眼不識貞官。乞賜餘生。久之曰。且解知悔。叱令曳出。不覺已在小門外。及歸書堂。已五更矣。殘燈猶在。及明。尋其蹤跡。東壁古階下。有小穴如粟。守宮出入焉。士人卽雇數夫發之。深數丈。有守宮十餘石。大者色赤。長尺許。蓋其王也。壤土如樓狀。士人聚蘇焚之。後亦無他。出酉陽雜俎

冉端

忠州墊江縣吏冉端。唐開成初。父死。有嚴師者善山岡。爲卜地。云。合有王氣群聚之物。掘深丈餘。遇蟻城。方數丈。外重雉堞皆具。子城譙櫓。工若彫刻。城內分徑街。小垤相次。每垤有蟻數千。憧憧不絕。徑甚淨滑。樓中有二蟻。一紫色。長寸餘。足作金色。一有羽。細腰稍小。白翅。翅有經脈。疑是雌者。衆蟻約有數斛。城隅小壞。上以堅土爲蓋。故中樓不損。旣掘露。蟻大擾。若求救狀。縣吏遽白縣令李玄之。旣覩。勸吏改卜。嚴師代其卜驗。爲其地吉。吉原作告。據許本改。縣吏請遷蟻於巖側。狀其所爲。仍布石粟。覆之以板。經旬。嚴師忽得病若狂。或自批觸。穢詈大呼。數日不已。玄之素厚嚴師。因爲祝蟻。療以雄黃丸方愈。出酉陽雜俎

蚓齒

段成式姪女乳母阿史。本荊州人。嘗言。小時見隣居有姪孔謙。籬下有蚓。口露雙齒。肚下足如蚿。長尺五。行疾於常蚓。謙惡。遽殺之。其年。謙喪母及兄叔。因不得活。出酉陽雜俎

韋君

有御史韋君嘗從事江夏。後以奉使至京。既還。道次商於。館亭中。忽見亭柱有白蜘蛛曳而下。狀甚微。韋君曰。是人之患也。吾聞雖小。螫人。良藥無及。因以指殺焉。俄又有一白者下。如前所殺之。且觀其上。有網爲窟。韋乃命左右挈帚。盡掃去。且曰。爲人患者。吾已除矣。明日將去。因以手撫其柱。忽覺指痛。不可忍之。乃是有一白蜘蛛螫其上。韋君驚。即拂去。俄遂腫延。不數日而盡一臂。由是肩舁至江夏。醫藥無及。竟以左臂潰爲血。血盡而終。先是韋君先夫人在江夏。夢一白衣人謂曰。我弟兄三人。其二人爲汝子所殺。吾告上帝。帝用憫其冤。且遂吾請。言畢。夫人驚寤。甚異之。惡不能言。後旬餘而韋君至。具得其狀。方寤所夢。覺爲夢日。果其館亭時也。夫人泣曰。其能久乎。數日而韋君終矣。出宣室志

陸顒

吳郡陸顒。家于長城。其世以明經仕。顒自幼嗜麵。爲食愈多而質愈瘦。及長。從本郡郡原作軍。據明鈔本改。貢於禮部。既下第。遂爲生太學中。後數月。有胡人數輩。挈酒食詣其門。既坐。顧謂顒曰。

吾南越人。長蠻貊中。聞唐天子庠。羅天下英俊。且欲以文物化動四夷。故我航海梯山來中華。將觀太學文物之光。唯吾子峩焉其冠。襜焉其裾。莊然其容。肅然其儀。眞唐朝儒生也。故我我字原空闕。據明鈔本補。願與子交歡。顒謝曰。顒幸得籍於太學。然無他才能。何足下見愛之深也。於是相與酣宴。極歡而去。顒信士也。以爲群胡不我欺。旬餘。群胡又至。持金繒爲顒壽。顒至疑其有他。卽固拒之。胡人曰。吾子居長安中。惶惶然有飢寒色。故持金繒。爲子僕馬一日之費。所以交吾子歡耳。豈豈原作違。據明鈔本改。有他哉。哉原作載。據明鈔本改。幸勿疑我也。顒不得已。受金繒。及胡人去。太學中諸生聞之。偕來謂顒曰。彼胡率愛利不顧其身。爭鹽米之微。尙致相賊殺者。寧肯棄金繒爲朋友壽乎。且太學中諸生甚多。何爲獨厚君耶。君匿身郊野間。以避再來也。顒遂僑居於渭水上。杜門不出。僅月餘。群胡又詣其門。顒大驚。胡人喜曰。比君在太學中。我未得盡言。今君退居郊野。果吾心也。既坐。胡人挈顒手而言曰。我之來。非偶然也。蓋有求于君耳。耳原作年。據明鈔本改。幸望許之。且我所祈。於君固無害。於我則大惠也。顒曰。謹受敎。胡人曰。吾子好食麵乎。曰。然。又曰。食麵者。非君也。乃君肚中一蟲耳。今我欲以一粒藥進君。君餌之。當吐出蟲。則我以厚價從君易之。其可乎。顒曰。若誠有之。又安有不可耶。已而胡人出一粒藥。其色光紫。命餌之。有頃。遂吐出一蟲。長二寸許。色青。狀如蛙。胡人曰。此名消麵蟲。實天下之奇寶也。顒曰。何以識之。胡人曰。吾每旦見寶氣亘天。在太學中。故我特訪特訪原作爲君。據明鈔本改。而取之。之字原闕。據明鈔本補。然自一月餘。淸旦望之。見其氣移於渭水上。果君遷居焉。又此蟲稟天地中和之氣而結。故好食麵。蓋以麥自秋始種。至來年夏季。方始成實。受天地四時之全氣。故嗜其味焉。君宜以麵食之。可見矣。顒卽以麵斗餘。致其前。蟲乃食之立盡。顒又問曰。此蟲安使用也。胡人曰。夫天下之奇寶。俱稟中和之氣。此蟲乃中和之粹也。執其本而取其末。其遠乎哉。旣而以筒盛其蟲。又金函扃之。命顒致于寢室。謂顒曰。明日當再來。及明旦。胡人以十兩重輦。金玉繒帛約數萬。獻於顒。共持金函而去。顒自此大富。致園屋。爲治生具。日食粱肉。衣鮮衣。遊於長安中。號豪士。僅歲餘。群胡又來。謂顒曰。吾子能與我偕遊海中乎。我欲探海中之奇寶。以耀天下。而吾子豈非好奇之士耶。顒旣以甚富。又素用閑逸自遂。卽與群胡俱至海上。胡人結宇而居。於是置油膏於銀鼎中。搆火其下。投蟲於鼎中鍊之。七日不絕燎。忽有一童。分髮衣青襦。自海水中出。捧月盤。盤中有徑寸珠甚多。來獻胡人。胡人大聲叱之。其童色懼。捧盤而去。僮去（去字原闕。據明鈔本補。）食頃。又有一玉女。貌極冶。衣霧綃之衣。佩玉珥珠。翩翩自海中而出。捧紫玉盤。中有珠數十。來獻胡人。胡人罵之。玉女捧盤而去。俄有一仙（仙字原空闕。據明鈔本補。）人戴瑤碧冠。帔霞衣。捧絳帕籍。籍中有一珠。徑三（三原作上。據明鈔本改。）寸許。奇光泛空。照數十步。仙人以珠獻胡人。胡人笑而授之。喜謂顒曰。至寶來矣。卽命絕燎。自鼎中收蟲。置金函中。其蟲雖鍊之且久。而跳躍如初。胡人吞其珠。謂顒曰。子隨我入海中。愼無懼。顒卽執胡人佩帶。從而入焉。其海水皆豁開數十步。鱗介之族。俱辟易回去。遊龍宮。入蛟室。珍珠怪寶。惟意所擇。纔一夕而獲甚多。胡人謂顒曰。此可以致億萬之貨矣。已而又以珍貝數品遺於顒。貨於南越。獲金千鎰。由是益富。其後竟不仕。老於閩越中也。（出宣室志）

太平廣記卷第四百七十七　昆蟲五

張景

平陽人張景者。以善射。爲本郡裨將。景有女。始十六七。甚敏惠。其父母愛之。居以側室。一夕。女獨處其中。寢（寢原作寤。據明鈔本改。）未熟。忽見軋其戶者。俄見一人來。被素衣。貌充而肥。自欵身於女之榻。女懼爲盜。默不敢顧。白衣人又前迫以笑。女益懼。且慮爲怪焉。因叱曰。君豈非盜乎。不然。是他類也。白衣者笑曰。東還吾心。謂吾爲盜。且亦誤矣。謂吾爲他類。不其甚乎。且吾本齊人曹氏子也。謂我美風儀。子獨不知乎。子雖拒我。然猶寓子之舍耳。言已。遂偃于榻。且寢寢原作寤。據明鈔本改。焉。女惡之。不敢竊視。迨將曉方去。明夕又來。女懼益甚。又明日。具事白於父。父曰。必是怪也。卽命一金錐。貫縷於其末。且利鋩。以授女。敎曰。魅至。以此表焉。是夕又來。女强以言洽之。魅果善語。夜將半。女密以錐傳其項。其魅躍然大呼。曳縷而去。明日。女告父。命僮逐其跡。出舍數十步。至古木下。得一穴而縄貫其中。乃窮之。深不數尺。果有一蠐螬。約尺餘。蹲其中焉。錐表其項。蓋所謂齊人曹氏子也。景卽殺之。自此遂絕。出宣室志

蛇醫

王彥威鎭汴之二年。夏旱。時表明鈔本表作袁。王傳李玘過汴。因宴。王以旱爲慮。李醉曰。欲雨甚易耳。可求蛇醫四頭。十石甕二。每瓮實以水。浮二蛇醫。覆以木蓋。密泥之。分置於鬧處。瓮前設席燒香。選小兒十歲已下十餘。令執小青竹。晝夜更擊其瓮。不得少輟。王如其言試之。一日兩度雨。大注數百里。舊說。龍與蛇師爲親家。出酉陽雜俎

山蜘蛛

相傳裴旻山行。有山蜘蛛。垂絲如匹布。將及旻。旻引弓射却之。大如車輪。因斷其絲數尺。收之。

部下有金瘡者。剪方寸貼之。血立止。出酉陽雜俎

蟲變

河南少尹韋絢。少時。嘗於夔州江岸見一異蟲。初疑一棘刺。從者驚曰。此蟲有靈。不可犯之。或致風雨。韋試令踏地驚之。蟲飛。伏地如滅。細視地上。若石脈焉。良久漸起如舊。每刺上有一爪。忽入草。疾走如箭。竟不知何物。出酉陽雜俎

蝎化

蝎負蟲巨者。多化爲蝎。蝎子多負於背。段成式嘗見一蝎負十餘子。子色猶白。纔如稻粒。又嘗見張希復言。陳州古倉有蝎。形如錢。螫人必死。江南舊無。出酉陽雜俎

蝨建草

舊說。蝨蟲症。蟲症原作蟲。據酉陽雜俎卷十七改。飲赤龍所浴水則愈。蝨惡水銀。人有病蝨者。雖香衣沐浴不能已。惟水銀可去之。道士崔白言。荆州秀才張告。嘗捫得兩頭蝨。又有草生山足濕處。葉如百合。對葉獨莖。莖微赤。高一二尺。名蝨建草。能去蟣蝨。出酉陽雜俎

法通

荊州有帛師號法通。本安西人。少於東天出家。言蝗蟲腹下有梵字。或自天下來者。及忉利天梵天來。西域驗其字。作本天壇法禳之。今蝗蟲首有王字。固自可曉。或言魚子變。近之矣。舊言蟲食穀者。部吏所致。侵漁百姓。則蟲食穀。蟲身黑頭赤。武官也。頭黑身赤。儒吏也。出酉陽雜俎

登封士人

唐嘗有士人客遊十餘年。歸莊。莊在登封縣。夜久。士人睡未著。忽有星火發於牆堵下。初爲螢。稍稍芒起。大如彈丸。飛燭四隅。漸低。輪轉來往。去士人面纔尺餘。細視光中。有一女子。貫釵。紅衫碧裙。搖首擺臂。臂原作尾。據明鈔本改。具體可愛。士人因張手掩獲。燭之。乃鼠糞也。大如雞栖子。破視。有蟲首赤身青。殺之。出酉陽雜俎

虱徵

相傳人將死。蝨離身。或云。取病者蝨於牀前。可以卜病。將差。蝨行向病者。背則死。出酉陽雜俎

壁鏡

一日。江楓亭會。衆說單方。段成式記治壁鏡。用白礬。重訪許君。用桑柴灰汁。三度沸。取汁。白礬爲膏。塗瘡口卽差。兼治蚍毒。自商鄧襄州。多壁鏡。毒人必死。身匾五足者是。坐客或云。巳年不宜殺蚍。出酉陽雜俎

大蝎

安邑縣北門。縣人云。有一蝎如琵琶大。每出來。不毒人。人猶是恐。其靈積年矣。出傳載

紅蝙蝠

劉君云。南中紅蕉花時。有紅蝙蝠集花中。南人呼爲紅蝙蝠。出酉陽雜俎

青蚨

青蚨似蟬而狀稍大。其味辛。可食。每生子。必依草葉。大如蠶子。人將子歸。其母亦飛來。不以近遠。其母必知處。然後各致小錢錢字原空闕。據黄本補。于巾。埋東行陰牆下。三日開之。卽以母血塗之如前。每市物。先用子。卽子歸母。用母者。卽母歸子。如此輪還。不知休息。若買金銀珍寶。卽錢不還。青蚨者。一名魚伯。出窮神秘苑

滕王圖

一日。紫極宮會。秀才劉魯封云。嘗見滕王蜂蝶圖。有名江夏斑。大海眼。小海眼。村裏來。菜花子。出酉陽雜俎

異蜂

異蜂。有蜂狀如蠟蜂。稍大。飛勁疾。好圓裁樹葉。卷入木竅及壁罅中作窠。段成式嘗發壁尋之。每葉卷中。實以不潔。或云。將化爲蜜。出酉陽雜俎

寄居

寄居之蟲。如螺而有脚。形似蜘蛛。本無殼。入空螺殼中。載以行。觸之縮足。足原作定。據明鈔本改。如螺閉戶也。火炙之。乃出走。始知其寄居也。出酉陽雜俎

異蟲

溫會在江州。與賓客看打魚。漁子一人忽上岸狂走。溫問之。但反手指背。不能語。漁者色黑。細視之。有物如黃葉。大尺餘。眼遍其上。囓不可取。溫令燒之。方落。每對一眼底。有觜如釘。漁子出

血數升而死。莫有識者。出酉陽雜俎

蠅

長安秋多蠅。段成式嘗日讀百家五卷。頗爲所擾。觸睫隱字。歐不能已。偶拂殺一焉。細視之。翼甚似蜩。冠甚似蜂。性察於腐。嗜於酒肉。按理首翼。其類有蒼者聲雄壯。負金者聲淸。聽其聲在翼也。靑者能敗物。巨者首如火。或曰。大麻蠅、芋根所化。出酉陽雜俎

壁魚

壁魚。補闕張周封言。嘗見壁上白瓜子化爲白魚。因知列子言朽瓜爲魚之義。出酉陽雜俎

天牛蟲

天牛蟲。黑甲蟲也。長安夏中。此蟲或出於籬壁間。必雨。段成式七度驗之。皆應。出酉陽雜俎

白蜂窠

白蜂窠。段成式修行里私第。果園數畝。壬戌年。有蜂如麻子。蜂膠土爲巢。於庭前簷。大如雞卵。色正白可愛。家弟惡而壞之。其冬。果疊明鈔本疊作𧆓。鍾手足。南史言宋明帝惡言白門。明鈔本問作門。

金樓子言子婚日。疾風雪下。帷幕變白。以爲不祥。抑知俗忌白久矣。出酉陽雜俎

毒蜂

毒蜂。嶺南有毒菌。夜明。經雨而腐。化爲巨蜂。黑色。喙若鋸。長三分餘。夜入人耳鼻中。斷人心繫。出酉陽雜俎

竹蜂

蜀中有竹蜜蜂。好於野竹上結窠。窠大如雞卵。有蔕。長尺許。窠與蜜並紺色可愛。甘倍於常蜜。出酉陽雜俎

水蛆

水蛆。南中水溪澗中多此蟲。長寸餘。色黑。夏深。變爲蝱。螫人甚毒。出酉陽雜俎

水蟲

象浦。其川渚有水蟲。攢木食船。數十日船壞。蟲甚細微。出酉陽雜俎

抱搶

水蟲形似蛣蜣。大腹下有刺。如棘針。螫人有毒。原闕出處。明鈔本、陳校本作出酉陽雜俎

避役

南中有蟲名避役。應一日十二辰。其蟲狀如蛇醫。脚長。色青赤。肉鬣。暑月時見於籬壁間。俗見者多稱意事。其首倏忽更變。爲十二辰狀。段成式再從兄尋常覩之。出酉陽雜俎

蠍蝺

蠍蝺形如蟬。其子如蟲。著著原作者。據明鈔本改。草葉。得其子則母飛來就之。煎食。辛而美。出酉陽雜俎

竈馬

竈馬狀如促織。稍大。脚長。好穴於竈側。俗言竈有馬。足食之兆。出酉陽雜俎

謝豹

號州有蟲名謝豹。常在深土中。司馬裴沈子嘗掘穴獲之。小類蝦蟇。而圓如毬。見人。以前兩脚交覆首。如羞狀。能穴地如鼢鼠。頃刻深數尺。或出地。聽謝豹鳥聲。則腦裂而死。俗因名之。出酉陽雜俎

碎車蟲

碎車赤卽反。蟲狀如唧聊。蒼色。好棲高樹上。其聲如人吟嘯。終南有之。出酉陽雜俎

度古

度古似書帶。色類蚓。長二尺許。首如鏟。背上有黑黃襴。稍觸則斷。常趁蚓。蚓不復動。乃上蚓掩之。良久蚓化。唯腹泥如涎。有毒。雞食輒死。俗呼土蠱。出酉陽雜俎

雷蜞

雷蜞大如蚓。以物觸之。及蹙縮。圓轉若鞠。良久引首。鞠形漸小。復如蚓焉。或云。齧人毒甚。出酉陽雜俎

腹育

蟬未脫時名腹育。相傳言蛣蜣所化。秀才韋翾莊在杜曲。嘗冬中掘樹根。見腹育附於朽處。怪之。村

人言蟬固朽木所化也。劉因剖一視之。腹中猶實爛木。出酉陽雜俎

蛺蝶

蛺蝶。尺蠖蠋所化也。秀才顧非熊少時。嘗見鬱棲中壞綠裙幅。旋化爲蝶。工部員外郎張周封言。百合花合之。泥其隙。經宿。化爲大蝴蝶。出酉陽雜俎

螘

螘。秦中多巨黑蟻。好鬬。俗呼爲馬蟻。次有色竊赤者細蟻。中有黑遲鈍。力舉等身鐵。有竊黃者。最有兼弱之智。段成式兒戲時。常以棘刺摽蠅。直其來路。此蟻觸之而返。或去穴一尺或數寸。入穴中者。如索而出。疑有聲而相召也。其行每六七。有大首者間之。整若隊伍。至徙蠅時。大首者或翼或殿。如備異蟻狀也。出酉陽雜俎

蟻樓

程執恭在易定野中。見見字原闕。據明鈔本補。蟻樓。高二尺餘。出酉陽雜俎

太平廣記卷第四百七十八　昆蟲六

飯化

道士許象之言。以盆覆寒食飯於闇室地。入夏。悉化爲赤蜘蛛。出酉陽雜俎

蜈蚣氣

綏縣多蜈蚣。氣大者。能以氣吸兎。小者吸蜥蜴。相去三四尺。骨肉自消。出酉陽雜俎

蠨蛸

蠨蛸。段成式書齋多此蟲。蓋好窠於書卷也。或在筆管中。祝聲可聽。有時開卷視之。悉是小蜘蛛。大如蠅虎。旋以泥隔之。方知不獨負桑蟲也。出酉陽雜俎

顛當

顛當。段成式書齋前。每雨後多顛當窠。秦人所呼。深如蚓穴。網絲其中。吐吐原作土。據明鈔本改。蓋與地平。大如榆莢。常仰捍其蓋。伺蠅蠖過。輒翻蓋捕之。纔入復閉。與地一色。並無絲隙可尋也。其形似蜘蛛。如牆角負網中者。爾雅謂之王蛈蜴。鬼谷子謂之跌母。秦中兒童戲曰。顛當牢守門。蠮螉寇汝無處奔。出酉陽雜俎

蜾蠃

蜾蠃。今謂之蠮螉也。其爲物純雄無雌。不交不產。取桑蟲之子祝之。則皆化爲己子。蜂亦如此耳。出酉陽雜俎

沙虱

潭袁處吉等州有沙虱。卽毒蛇鱗中虱也。細不可見。夏月。蛇爲虱所苦。倒掛身於江灘急流處。水刷其虱。或臥沙中。碾虱入沙。行人中之。所咬處如針孔粟粒。四面有五色文。卽其毒也。得術士禁之。乃剜其少許。因以生肌膏救治之。卽愈。不爾。三兩日內死矣。出錄異記

水弩

水弩之蟲。狀如蟯蜋。黑色。八足。鉗曳其尾。長三四寸。尾即弩也。常自四月一日上弩。至八月卸之。時彎其尾。自背而上於頭前。以鉗執之。見人影則射。中影之處。人身隨有瘡腫。大小與沙虱之毒同矣。速須禁氣制之。剜去毒肉。固保其命。不爾。一兩日死矣。復多蠱毒。行者尤宜愼之。凡入蠱家。愼告主人曰。汝家有蠱毒。不得容易害我。如此則毒不行矣。出錄異記

徐玄之

有徐玄之者。自浙東遷于吳。於立義里居。其宅素有凶藉。玄之利以花木珍異。乃營之。月餘。夜讀書。見武士數百騎升自牀之西南隅。於花氈上置繒繳。縱兵大獵。飛禽走獸。不可勝計。獵訖。訖原作託。據明鈔本改。有旌旗豹纛。幷導騎數百。又自外入。至西北隅。有戴劍操斧。手執弓槌。凡數百。又挈幄幙簾榻。盤楪鼎鑊者。又數百。負器盛陸海之珍味者。又數百。道路往返。奔走探偵者。又數百。玄之熟視轉分明。至中軍。有錯綵信旗。擁赤幘紫衣者。侍從數千。至案之右。有大明鈔本大作載。當作戴。鐵冠。執鐵簡。鐵簡原作鉞前。據明鈔本改。宣言曰。殿下將欲觀漁於紫石潭。其先鋒後軍幷甲士執戈戟者。勿從。於是赤幘者下馬。與左右數百。升玄之石硯之上。北設紅拂盧帳。俄爾盤榻幄幙。歌筵舞席畢備。賓旅數十。緋紫紅綠。執笙竽簫管者。又數十輩。更歌迭舞。俳優之類。類原作

伺。據明鈔本改。不可盡記。酒數巡。上客有酒容者。赤幘顧左右曰。索漁具。復有舊網籠罩之類凡數百。齊入硯中。未頃。獲小魚數百千頭。赤幘謂上客曰。予深得任公之術。請以樂賓。乃持釣於硯中之南灘。樂徒奏春波引。曲未終。獲魴鯉鱸鱖百餘。遽命操膾促膳。凡數十味。皆馨香不可言。金石絲竹。鏗鞫齊奏。酒至赤幘者。持盃顧玄之而謂衆賓曰。吾不習周公禮。不習孔氏書。而貴居王位。今此儒。髮鬒焦秃。肌色可掬。雖孜孜矻矻。而又奚爲。肯折節爲吾下卿。亦得陪今日之宴。玄之乃以書卷蒙之。執燭以觀。一無所見。玄之捨卷而寢。方寐間。見被堅執銳者數千騎。自西牖下分行布伍。號令而至。玄之驚呼僕夫。數騎已至牀前。乃宣言曰。蚍蜉王子獵於羊林之茸。釣於紫石之潭。玄之牖奴。遽有迫脅。士卒潰亂。宮車振驚。既無高共臨危之心。須有晉文還國之伐。付大將軍蠪虰追過。宣訖。以白練繫玄之頸。甲士數十。羅曳而去。其行迅疾。倏忽如入一城門。觀者架肩疊足。逗五六里。又行數里。見子城。有赤衣冠者唱言。蚍蜉王大怒曰。披儒服。讀儒書。不脩前言往行。而肆勇敢淩上。付三事已下議。乃釋縛。引入議堂。見紫衣冠者十人。玄之遍拜。皆瞋目踞受。聽陳劾之詞聽陳劾之詞五字原作所陳設之類。據明鈔本改。尤炳煥於人間。是時王子以驚恐入心。厥疾彌甚。三事已下議。請寘肉刑。議狀未下。太史令馬知玄進狀論曰。伏以王子曰不遵典典原作曲。據陳校本、許本改。法。遊觀失度。視險如砥。自貽震驚。徐玄之性氣不回。博識非淺。況脩天爵。難以妖誣。今大王不能度己。返恣胷臆。信彼多士。欲害哲人。竊見雲物頻興。沴怪屢作。市言訛讖。衆情驚疑。昔者秦射巨魚而衰。殷格猛獸而滅。今大王欲害非類。是躡殷秦。但恐季世之端。自此而起。王覽疏大怒。斬太史馬知玄於國門。以令妖言者。是時大雨暴至。草澤臣甓飛上疏曰。臣聞縱盤遊。恣漁獵者。位必亡。罪賢臣。戮忠讜者。國必喪。伏以王子獵患於絕境。釣禍於幽泉。信任幻徒。熒惑儒士。喪履之戚。所謂自貽。今大王不究遊務之非。返聽詭隨之議。況知玄是一國之元老。實大朝之世臣。是宜採其謀猷。臣此顚仆。全身或止於三諫。犯上未傷於一言。肝膽方期於畢呈。身首俄驚於異處。臣竊見兵書云。無雲而雨者天泣。今直臣就戮。而天爲泣焉。伏恐比干不恨死於當時。知玄恨死於今日。大王又不貸玄之峻法。欲正名於肉刑。是抉吾眼而觀越兵。又在今日。昔者虞以宮之奇言爲謬。卒併於晉公。吳以伍子胥見爲非。果滅於句踐。非敢自周秦悉數。累黷聰明。竊敢以塵埃之卑。少益嵩岳。岳原作華。據明鈔本改。王覽疏。卽拜甓飛爲諫議大夫。追贈太史馬知玄爲安國大將軍。以其子蚳爲太史令。賻布帛五百段。米各三百石。其徐玄之。待後進旨。於是蚳詣詣原作言。據明鈔本改。移市門進官表曰。伏奉恩制云。馬知玄有殷王子比干之忠貞。有魏侍中辛毗之諫諍。而我亟以用己。昧於知人。爇棟梁於將爲大廈之晨。碎舟檝於方濟巨川之日。由我不德。致爾非辜。是宜褒贈其亡。賞延于後者。宸翰忽臨。載驚載懼。叩頭氣竭。號斷血零。伏以臣先父臣知玄。學究天人。藝窮曆數。因玄鑒得居聖朝。當大王採芻蕘之晨。是臣父展嘉謨之日。逆耳之言難聽。驚心之說易誅。今蒙聖澤旁臨。照此非罪。鴻恩霑洒。猶驚已散之精魂。好爵彌縫。難續不全之腰領。今臣豈可因亡父之誅戮。要要原作定。據明鈔本改。國家之寵榮。報平王而不能。効伯禹而安忍。況今天圖將變。曆數堪憂。伏乞斥臣遐方。免逢喪亂。王覽疏不悅。乃返寢於候雨殿。既寤。宴百執事於陵雲臺曰。適有嘉夢。能曉之。使我心洗然而亮者。賜爵一級。群臣有司。皆頓首敬聽。曰。吾夢上帝云。助爾金。開爾國。展爾疆土。自南自北。赤玉洎石。以答爾德。卿等以爲如何。群臣皆拜舞稱賀曰。答隣國之慶也。蠹飛曰。大不祥。何慶之有。王曰。何謂其然。蠹飛曰。大王逼脇生人。滯留幽穴。錫茲咎夢。由天怒焉。夫助金者鋤也。開國者闢也。展疆土者分裂也。赤玉洎石。與火俱焚也。得非玄之鋤吾土。攻吾國。縱火南北。以答繫頷之辱乎。王於是赦玄之之罪。戮方術之徒。自壞其宮。以禳厥夢。乃以安車送玄之歸。纔及榻。玄之寤。既明。乃召家僮。於西牖掘地五尺餘。得蟻穴如三石缶。因縱火以焚之。靡有孑遺。自此宅不復凶矣。出纂異記

短狐

搜神記及鴻範五行傳曰。蜮射生於南方。謂之短狐者也。南越夷狄。男女同川而浴。淫以女爲主。故曰多蜮。蜮者淫女惑亂之氣所生。出感應經

蜘蛛怨

頃有寺僧所住房前。有蜘蛛爲網。其形絕大。此僧見蜘蛛。卽以物戲打之。蜘蛛見僧來。卽避隱。如此數年。一日。忽盛熱。僧獨於房。因晝寢。蜘蛛乃下在牀。齧斷僧喉成瘡。少頃而卒。蜂蠆有毒。非虛言哉。出原化記

蜥蜴

曹叔雅異物志曰。魚跳跳。則蜥蜴從草中下。稍相依近。便共浮水上而相合。事竟。魚還水底。蜥蜴還草中。出三教珠英

殷琅

陳郡殷家養子名琅。與一婢結好經年。婢死後。猶往來不絕。心緒昏錯。其母深察焉。後夕見大蜘蛛。形如斗樣。緣牀就琅。便燕爾怡悅。母取而殺之。琅性理遂復。出異苑

豫章民婢

豫章有一家。婢在竈下。忽有人長數寸。來竈間。婢誤以履踐殺一人。遂有數百人。着縗麻。持棺迎喪。凶儀皆備。出東門。入園中覆船下。就視皆是鼠婦。作湯澆殺。遂絕。出搜神記

南海毒蟲

南海有毒蟲者。若大蜥蜴。眸子尤精朗。土人呼爲十二時蟲。一日一夜。隨十二時變其色。乍赤乍黃。亦呼爲籬頭蟲。傳云。傷人立死。旣潛噬人。急走於藩籬之上。望其死者親族之哭。新州西南諸

郡。絕不產虵及蚊蠅。余竄南方十年。竟不覩虵。盛夏露臥。無噆膚之苦。此人謂南方少虵。以爲夷獠所食。別有水虵。形狀稍短。不居陸地。非噴毒齧人者。出投荒雜錄

諾龍

南海郡有蜂。生橄欖樹上。雖有手足。頗類木葉。抱枝自附。與木葉無別。南人取者。先伐仆樹。候葉凋落。然後取之。有水蟲名諾龍。狀如蜥蜴。微有龍狀。俗云。此蟲欲食。卽出水據石上。凡水族游泳過者。至所據之石。卽跳躍自置其前。因取食之。有得者必雙。雄者旣死。雌者卽至。雌者死亦然。俗傳以雌雄俱置竹中。以節間之。少頃。竹節自通。里人貨其殭者。幻人以蜂。俱用爲婦人惑男子術。出投荒雜錄

太平廣記卷第四百七十九　昆蟲七

蟻子

南方尤多蟻子。凡柱楣戶牖悉遊蟻。循途奔走。居有所營。里棟相接。莫窮其往來。出投荒雜錄

蛙蛤

南方又有水族。狀如蛙。其形尤惡。土人呼爲蛤。爲臛（臛原作蛙。據明鈔本改。）食之。味美如鷓鴣。及治男子勞虛。出投荒雜錄

金龜子

金龜子。甲蟲也。春夏間生於草木上。大如小指甲。飛時即不類。泊草蔓上。細視之。眞金色龜兒

也。行必成雙。南人採之陰乾。裝以金翠。爲首飾之物。亦類黔中所產青蟲子也。出嶺表錄異

海山

又珠崖人。每晴明。見海中遠山羅列。皆如翠屏。而東西不定。悉蜈蚣也。蝦鬚長四五十尺。此物不足怪也。出嶺南異物志

蜈蚣

蜈蚣。南越志云。大者其皮可以鞔鼓。取其肉。曝爲脯。美於牛肉。又云。大者能啖牛。里人或遇之。則鳴鼓然火炬。以驅逐之。出嶺表錄異

蚊翼

南方蚊翼下有小蜚蟲焉。目明者見之。每生九卵。復未嘗曾有暇。徒亂反。復成九子。蜚而俱去。蚊遂不知。亦食人及百獸。食者知。言蟲小食人不去也。此蟲既細且小。因曰細蠛。音蔑。陳章對齊桓公小蟲是也。此蟲常春生。而以季夏冬藏於鹿耳中。名嫈蛻。嫈蛻亦細小也。出神異經

壁鏡

壁蝨者。土蟲之類。化生壁間。暑月嚙人。其瘡雖愈。每年及期必發。數年之後。其毒方盡。其狀與牛蝨無異。北都廐中之馬。忽相次瘦劣致斃。所損日甚。主將雖督審芻藥勤至。終莫能究。而斃者狀類相似。亦莫知其疾之由。掌廐獲罪者。已數人矣。皆傾家破產。市馬以陪納。然後伏刑。有一裨將幹敏多識。凡所主掌。皆能立功。衆所推舉。俾其掌廐馬。此人勤心養膳。旦夕躬親。旬月之後。馬之殞（殞原作殯。據明鈔本改。）斃如舊。疑其有他。乃明燭以守之。二鼓之後。馬皆立不食。黑者變白。白者變黑。秉炬以視。諸馬之上。有物附之。不可勝數。乃壁蝨所嚙也。五鼓之後。壁蝨皆去。一道如繩。連亘不絕。翌日。而以其事白於帥臣。尋其去蹤。於樓中得巨穴焉。以湯灌之。壞樓（樓原作城。據明鈔本改。）門穴。得壁蝨死者數十斛。穴中大者一枚。（枚原作所。據明鈔本改。）長數尺。形如琵琶。金色。焚而殺之。築塞其處。其害乃絕。（出錄異記）

白蟲

有人忽面上生瘡。暑月卽甚。略無完皮。異常楚痛。塗嘗餌藥。不能致効。忽一日。既臥。餘燭未滅。同寢者見有物如絃如綫。以著其面。因執燭視之。白蟲如蝨。自瓷枕穴中出。以嚙其面。既明。遂道其事。剖枕以視之。白蟲無數。因盡殺之。面瘡乃愈。（出錄異記）

蠶女

蠶女者。當高辛帝時。蜀地未立君長。無所統攝。其人聚族而居。遞相侵噬。蠶女舊跡。今在廣漢。不知其姓氏。其父爲隣邦掠邦掠原作所操。據明鈔本改。去。已逾年。唯所乘之馬猶在。女念父隔絕。或廢飲食。其母慰撫之。因告誓於衆曰。有得父還者。以此女嫁之。部下之人。唯聞其誓。無能致父歸者。馬聞其言。驚躍振迅。絕其拘絆而去。數日。父乃乘馬歸。自此馬嘶鳴。不肯飲齕。父問其故。母以誓衆之言白之。父曰。誓於人。不誓於馬。安有配人而偶非類乎。能脫我於難。功亦大矣。所誓之言。不可行也。馬愈跑。父怒。射殺之。曝其皮於庭。女行過其側。馬皮蹶然而起。卷女飛去。旬日。皮復棲於桑樹之上。女化爲蠶。食桑葉。吐絲成繭。以衣被於人間。父母悔恨。念之不已。忽見蠶女。乘流雲。駕此馬。侍衞數十人。自天而下。謂父母曰。太上以我孝能致身。心不忘義。授以九宮仙殯之任。長生于天矣。無復憶念也。乃沖虛而去。今家在什邡綿竹德陽三縣界。每歲祈蠶者。四方雲集。皆獲靈應。宮觀諸化。塑女子之像。披馬皮。謂之馬頭娘。以祈蠶桑焉。稽聖賦曰。安有女。集仙錄六安有女作爰有女人。感彼死馬。化爲蠶蟲。衣被天下是也。出原化傳拾遺

砂俘效

陳藏器本草云。砂俘。又云倒行拘明鈔本拘作狗。子。蜀人號曰俘䗹。旋乾土爲孔。常睡不動。取致枕中。令夫妻相悅。愚有親表。曾得此物。未嘗試驗。愚始遊成都。止於逆旅。與賣草藥李山人相熟。見蜀城少年。往往欣然而訪李生。仍以善價酬。因詰之。曰。媚藥。徵其所用。乃砂俘。與陳氏所

說。信不虛語。李生亦秘其所傳之法。人不可得也。武陵山川媚草。無賴者以銀換之。有因其術而男女發狂。罹禍非細也。出北夢瑣言

舍毒

舍毒者。蚊蚋之屬。江嶺間有之。郴連界尤甚。爲客中者。愼勿以手搔之。但布鹽於上。以物封裹。半日間。毒則解矣。若以手搔。癢不可止。皮穿肉穴。其毒彌甚。湘衡北間有之。其毒稍可。峽江至蜀。有蟆子。色黑。亦能咬人。毒亦不甚。視其生處。卽麩鹽樹葉背上。春間生之。葉卷成窠。大如桃李。名爲五倍子。治一切瘡毒。收者曬而殺之。卽不化去。不然者。必竅穴而出。飛爲蟆子矣。黔南界有微塵。色白甚小。視之不見。能晝夜害人。雖帳深密。亦不可斷。以麤茶燒之。煙如焚香狀。卽可斷之。又如席鋪油帔隔之。稍可滅。出錄異記

老蛛

泰泰原作秦。據明鈔本改。嶽之麓有岱嶽觀。樓殿咸古制。年代寖遠。一夕大風。有聲轟然。響震山谷。及旦視。卽經樓之陊也。樓屋徘徊之中。雜骨盈車。有老蛛在焉。形如矮腹五升之茶鼎。展手足則周數尺之地矣。先是側近寺觀。或民家。亡失幼兒。不計其數。蓋悉罹其啗食也。多有網於其上。或遭其黏然縻絆。而不能自解而脫走。則必遭其害矣。於是觀主命薪以焚之。臭聞十餘里。出玉堂閒話

李禫

李禫。楚州刺史承嗣少子也。居廣陵宣平里大第。晝日寢庭前。忽有白蝙蝠。繞庭而飛。家僮輩竟以箒撲。皆不能中。久之。飛去院門。撲之亦不中。又飛出門。至外門之外。遂不見。其年。禫妻卒。輀車出入之路。卽白蝙蝠飛翔之所也。出稽神錄

蝗化

唐天祐末歲。蝗蟲生地穴中。生訖。卽衆蝗銜其足翅而拽出。帝謂蝗曰。予何罪。食予苗。遂化爲蜻蜓。洛中皆驗之。是歲。羣雀化燕。

水蛙

徐之東界。接沂川。有溝名名原作多。據明鈔本、陳校本改。盤車。相傳是奚仲試車之所。徐有奚仲墓。山上亦有試車處。石上輒深數尺。溝有水。水有蛙。可大如五石甕。目如盌。昔嘗有人。於其項上得藥。服之度世。出玉堂閒話

蚓瘡

天祐中。浙西重造慈和寺。治地既畢。每爲蚯蚓穿穴。執事者患之。有一僧教以石灰覆之。由是得定。而殺蚯蚓無數。頃之。其僧病苦。擧身皆癢。恒（恒字原空闕。據明鈔本補。）須得長指爪者搔之。以至成瘡。瘡中輒得死蚯蚓一條。殆數百千條。肉盡至骨而卒。（出稽神錄）

蜂餘

廬陵有人應擧。行過夜。詣一村舍求宿。有老翁出見客曰。吾舍窄人多。容一榻可矣。因止其家。屋室百餘間。但窄小甚。久之告飢。翁曰。居家貧。所食唯野菜耳。卽以設。客食之。甚甘美。與常菜殊。及就寢。唯聞訌訌之聲。既曙而寤。身臥田中。旁有大蜂窠。客嘗患風。因爾遂愈。蓋食蜂之餘爾。（出稽神錄）

熊廼

信州有版山。川谷深遠。采版之所。因以名之。州人熊廼。嘗與其徒入山伐木。其弟從而追之。日暮。不及其兄。忽見甲士淸道。自東來。傳呼甚厲。廼弟懼恐。伏於草間。俄而旗幟戈甲。絡繹而至。道傍亦有行人。其犯淸道者。輒爲所戮。至軍中。擁一人若大將者。西馳而去。度其遠。乃敢起行。迨曉。方見其兄。具道所見。衆皆曰。非巡邏之所。而西去谿灘險絕。往無所詣。安得有此人。卽共尋之。可十餘里。隔谿灘。猶見旌旗紛若。布圍畋獵之狀。其徒有勇者。遙呼叱之。忽無所見。

就視之。人皆樹葉。馬皆大蝗。取而碎之。皆有血云。出稽神錄

螽斯

蝗之爲孽也。蓋沴氣所生。斯臭腥。或曰。魚卵所化。每歲生育。或三或四。每一生。其卵盈百。自卵及翼。凡一月而飛。故詩稱螽斯子孫衆多。螽斯卽蝗屬也。羽翼未成。跳躍而行。其名蝻。晉天福之末。天下大蝗。連歲不解。行則蔽地。起則蔽天。禾稼草木。赤地無遺。其蝻之盛也。流引無數。甚至浮河越嶺。踰池渡塹。如履平地。入人家舍。莫能制禦。穿戶入牖。井溷塡咽。腥穢牀帳。損齧書衣。積日連宵。不勝其苦。鄆城縣有一農家。豢豕十餘頭。時于陂澤間。値蝻大至。羣豢豕躍而啗食之。斯須復飫。不能運動。其蝻又飢。啖齧羣豕。有若堆積。豕竟困頓。不能禦之。皆爲蝻所殺。癸卯年。其蝗皆抱草木而枯死。所爲天生殺也。出玉堂閒話

蝻化

己酉年。將軍許敬遷奉命於東洲按夏苗。上言。稱於陂野間。見有蝻生十數里。纔欲打捕。其蟲化爲白蛺蝶。飛去。出玉堂閒話

太平廣記卷第四百八十　蠻夷一

四方蠻夷

東方之人鼻大。竅通於目。筋力屬焉。南方之人口大。竅通於耳。西方之人面大。竅通於鼻。北方之人。竅通於陰。短。中央之人。竅通於口。出酉陽雜俎

無啓民

無啓民居穴食土。其人死。埋之。其心不朽。百年化爲人。錄民膝不朽。埋之百二十年化爲人。細民肝不朽。八年化爲人。出酉陽雜俎。明鈔本作出博物志。文亦全同博物志。

帝女子澤

帝女子澤性妬。有從婢散逐四山。無所依託。東偶狐狸。生子曰殃。南交猴。有子曰溪。北通玃猳。所育爲傖。出酉陽雜俎

毛人

八荒之中。有毛人焉。長七八尺。皆如如原作於。據明鈔本改。人形。身及頭上皆有毛。如獼猴。毛長尺餘。短⿰生毛⿰麗毛。上音生、下音管。見人則⿰目貝古陌反。目。目原作自。據明鈔本改。開口吐舌。上唇覆面。下唇覆胸。喜許記反。食人。舌鼻牽引共戲。不與卽去。名曰髯公。俗曰髯麗。一名髯狎。小兒髯可畏也。

軒轅國

軒轅之國。在窮山之際。其不壽者八百歲。諸天之野。和鸞鳥舞。民食鳳卵。飲甘露。出博物志

白民國

白民之國。有乘黃。狀若狐。背上有角。乘之。壽三千年。出博物志

歐絲

歐絲之野。女子乃跪。據樹歐絲。出博物志

輆沐國

越東有輆沐之國。音善愛反。其長子生。則解而食之。謂之宜弟。父死。則負其母而棄之。言鬼妻。不可與共居。楚之南。炎人之國。其親戚死。刳其肉而棄之。然後埋其骨。乃成孝子也。秦之西有義渠之國。其親戚死。聚柴而焚之。燻其煙上。謂之登煙霞。然後成爲孝。此上以爲政。下以爲俗。而未足爲非也。見墨子。出博物志

泥雜國

成王即位三年。有泥雜明鈔本雜作離。之國來朝。其人稱自發其國。常從雲裏而行。聞雷霆之聲在下。或入潛穴。又聞波瀾之聲在上。或泛巨水。視日月。以知方面所向。計寒暑。以知年月。考以中國正朔。則序曆相符。王接以外賓之禮也。出拾遺錄

然丘

成王六年。然丘之國。獻比翅鳥。雌雄各一。以玉爲樊。其國使者。皆拳頭夌鼻。衣雲霞之布。如今霞布也。經歷百餘國。方至京師。越鐵峴。泛沸海。有虵州蜂岑。鐵峴峭厲。車輪各金剛爲輞。比至京師。皆訛說（明鈔本說作銳。）幾盡。沸海皆湧起。如剪魚也魚鼈皮骨。堅强如石。可以爲鎧。泛沸海之時。以銅薄舟底。龍虵蛟不得近也。經虵州度。則豹皮爲屋。於屋內推車。經蜂岑。燃胡蘇之木末。以此木煙能殺百蟲。經途五十餘年。乃至洛邑。成王封太山。禪社首。使發其國之時。人並童稚。乃至京師。鬚髮皆白。及還至然丘。容貌還復壯。比翼鳥多力。狀似鵠。銜（銜原作衡。據明鈔本改。）南海之丹（丹原作舟。據明鈔本改。）泥。巢崑岑之玄木。而至其中。遇聖則來翔集。以表周公輔聖之神力也。出王子年拾遺記

盧扶國

盧扶國。燕昭王時來朝。渡玉河萬里。方至其國。國無惡（國無惡三字原作人並。據明鈔本改。）禽獸。水不揚波。風不折枝。人皆壽三百歲。結草爲衣。是謂之卉服。至死不老。咸和孝讓。壽登百歲已上。拜敬如至親之禮。葬於野外。以香木靈草。翳揜於尸。閭里弔送。號泣之聲。動於林谷。溪原爲之止流。春木爲之改色。居喪。水漿不入口。至死者骨爲埃塵。然後乃食。昔大禹隨山導川。乃表（表字原空闕。據明鈔本改。）其地爲無老純孝之國。出王子年拾遺記

浮折國

元封元年。浮折歲貢蘭金之泥。此金湯淵。盛夏之時。水常沸湧。有若湯火。飛鳥不能過。國人行者。常見水邊有人。冶此金爲器。混若泥。如紫磨之色。百鑄。其色變白。有光如銀。名曰銀燭。常以爲泥。封諸函匣及諸宮門。鬼魅不敢干。當漢世。上將出征。及使絶國。多以泥爲印封。衞青、張騫、蘇武、傅介子之使。皆受金泥之璽封也。帝崩後乃絶。出王子年拾遺記

頻斯

魏帝爲陳留王之歲。有頻斯國人來朝。以五色玉爲衣。如今之鎧。不食中國滋味。自有金壺。中有神漿。凝如脂。嘗一滴則壽千年。其國有大風木爲林。高六七十里。善算者以里計之。雷電常出樹之半。其枝交陰上蔽。不見日月之光。其下平淨掃灑。雨霧不能入焉。樹東有大石室。可容萬人坐。壁上刻有三皇之像。天皇十二頭。地皇十一頭。人皇九頭。皆龍身。亦有膏燭之處。緝石爲牀。牀上有膝痕二三寸。牀前有竹簡長二寸。如大篆之文。皆言開闢已來事。人莫能識。言是伏羲畫卦之時有此書。或言蒼頡造書之處。旁有丹石井。非人工所鑿。下及漏泉。水常沸涌。諸仙欲飲之時。以長綆引汲。頻斯國民皆多力卷髮。卷髮原作拳頭。據明鈔本改。不食五穀。月中無影。食桂漿。其人髮。引之則長。置則自縮如螺。續此人髮以爲繩。以及丹井。方冬得升合之水。水中有白蛙。兩翅。常去來井

上。征者食之。至周王子晉臨井而窺。有靑雀吐杓。以授子晉。取而飮之。乃有雲起雪飛。子晉以衣袖撝雪。則雲霽雪止。白蛙化爲白鷹。入雲搖搖遂滅。此則頻斯人所記。蓋其人年不可測也。使圖其山川地勢瑰異之屬。以示張華。華云。此神異之國。難可驗信。使車馬珍服。送之出關。出拾遺錄

吳明國

貞元八年。吳明國貢常燃鼎鸞蜂蜜。云。其國去東海數萬里。經挹婁沃沮等國。其土宜五穀。多珍玉。禮樂仁義。無剽刼。人壽二百歲。俗尙神仙術。一歲之內。乘雲駕鶴者。往往有之。常望黃氣如車蓋。知中國土德王。遂願貢奉。常燃鼎。量容三斗。光潔似玉。其色紫。每修飮饌。不熾火而俄頃自熟。香潔異於常等。久而食之。令人返老爲少。百疾不生也。鸞蜂蜜。云其蜂之聲。有如鸞鳳。而身被五彩。大者可重十餘斤。爲窠於深巖峻嶺間。大者占地二三畝。國人採其蜜。不逾三二合。如過度。卽有風雷之異。若螫人生瘡。以石上菖蒲根傅之。卽愈。其色碧。貯之於白玉椀。表裏瑩徹。如碧琉璃。久食令人長壽。顏如童子。髮白者應時而黑。逮及沉痾眇跛。無不療焉。出杜陽雜編

女蠻國

大中初。女蠻國貢雙龍犀。有二龍。鱗鬣爪角悉備。明霞錦。雲明鈔本雲作云。鍊水香麻以爲色。光輝映曜。芬馥著人。五色相間。而美於中華錦。其國人危髻金冠。纓纓原作頭。據明鈔本改絡被體。故謂之

菩薩蠻。當時倡優。遂製菩薩蠻曲。文士亦往往聲其詞。更女王國貢龍油綾魚油錦。文彩多異。入水不濡。云有龍油魚油也。優者更作女王國曲。音調宛暢。傳於樂部矣。出杜陽雜編

都播

都播國。鐵勒之別種也。分爲三部。自相統攝。其俗結草爲廬。無牛羊。不知耕稼。多百合。取以爲糧。衣貂鹿之皮。貧者亦緝鳥羽爲服。國無刑罰。偸盜者倍徵其贓。出神異錄

骨利

骨利國居廻紇北方。瀚海之北。勝兵四千。地出名馬。晝長夜短。天色正曛。煑一羊胛才熟。東方已曙。蓋近日入之所也。出神異錄

突厥

突厥事祆神。無祠廟。刻氈爲形。盛於毛袋。行動之處。以脂蘇塗。或繫之竿上。四時祀之。堅昆部落。非狼種。其先所生之窟。在曲漫山北。自謂上代有神。與牸牛交於此窟。其人髮黃目綠。赤髭髯。其髭髯俱黑者。漢將李陵及兵衆之後也。西屠。俗染齒令黑。出酉陽雜俎

又

突厥之先曰射摩。舍利海有（有原作神。據明鈔本改。）神。在阿史得蜜西。射摩有神異。海神女每日暮。以白鹿迎射摩入海。至明送出。經數十年。後部落將大獵。至夜中。海神謂射摩曰。明日獵時。爾上代所生之窟。當有金角白鹿出。爾若射中此鹿。畢形與吾來往。或射不中。卽緣絕矣。至明入圍。果所生窟中。有白鹿金角起。射摩遣其左右固其圍。將跳出圍。遂殺之。射摩怒。遂手斬阿嚙首領。仍誓之曰。自此之後。須以（以字原闕。據明鈔本補。）人祭天。（明鈔本天作纛。）常取阿嚙。（明鈔本常取阿嚙四字作如阿嚙例。）卽取部落子孫斬之以祭也。至今突厥以人祭纛。（纛字原闕。據明鈔本補。）部落用之。射摩既斬阿嚙。至暮還。海神女執射摩曰。爾手斬人。血氣腥穢。因緣絕矣。（出酉陽雜俎）

吐蕃

唐貞元中。王師大破吐蕃於青海。臨陣。殺吐蕃大兵馬使乞藏遮。遮及諸者。（明鈔本及作乃。者作僧。）或云。是尚結贊男女。吐蕃乃收尸歸營。（營字原空闕。據明鈔本補。）有百餘人。行哭隨尸。威儀絕異。使一人立尸旁代語。使一人問。瘡痛乎。代語者曰。痛。卽膏藥塗之。又問曰。食乎。代者曰。食。卽爲具食。又問曰。衣乎。代者曰。衣。卽命裘衣之。又問歸乎。代者曰。歸。卽具輿馬。載尸而去。譯語者傳也。若此異禮。必其國之貴臣也。（出咸通錄。明鈔本作出咸通甸圍錄。）

西北荒

西北荒中。有玉饋之酒。酒泉注焉。廣一丈。深三丈。酒美如肉。淸澄如鏡。上有玉樽玉籩。取一樽。復生焉。與天同休。無乾時。石邊有脯焉。味如麞脯。飮此酒。人不生死。此井間人。與天同生。雖男女不夫婦。故言不生死。出神異記

鶴民

西北海戌亥之地。地字原闕。據陳校本補。有鶴民國。人長三寸。日行千里。而步疾如飛。每爲海鶴所呑。其人亦有君子小人。如君子。性能機巧。每爲鶴患。常刻木木原作吐。據明鈔本改。爲己狀。或數百。聚於荒野水際。以爲小人。呑之而有患。凡百千度。後見眞者過去。亦不能食。人多在山澗溪岸之旁。穿穴爲國。或三十步五十步爲一國。如此不啻千萬。春夏則食路草實。秋冬食草根。値暑則裸形。遇寒則編細草爲衣。亦解服氣。出窮神秘苑

又

一說。四海之外。有鵠國焉。男女皆長七寸。爲人自然有禮。好經論跪拜。其人皆壽三百歲。行千里。百物不敢犯之。雖畏海鶴。陳章與齊桓公言。鵠遇呑之。亦壽三百歲。此人鵠中不死。而鵠亦一擧

千里。陳章與齊桓公所言小人也。出神異錄

契丹

盧文進。幽州人也。至南。封范陽王。嘗云。陷契丹中。屢又絕塞射獵。以給軍食。正晝方獵。忽天色晦黑。衆星粲然。衆皆懼。捕得蕃人問之。至所謂笡却日也。此地以爲常。尋當復矣。頃之乃明。日猶午也。又云。常於無定河。見人胸胸原作腦。據明鈔本改。骨一條。大如柱。長可七尺云。出稽神錄

沃沮

毋丘儉遣王頎追高麗王宫。明鈔本無宫字。按博物志宫作宮。盡沃沮東東界。問其耆老。海東有人不。耆老言。國人嘗乘船捕魚。遭風。見吹數十日。東得一島。上有人。言語不相曉。其俗嘗以七月。取童女沉海。又言有一國。亦在海中。純女無男。又說。得一布衣。從海中浮出。其身如中人衣。其兩袖長二丈。丈原作尺。據明鈔本改。又得一破船。隨浪出。在海岸邊。有一人。項中復有面。生得得原作的。據明鈔本改。之。與語不相通。不食而死。其地皆在沃沮東大海中。出博物志

僬僥

李章武有人腊三寸餘。頭髀肋成就。眉目分明。言是僬僥國人。出酉陽雜俎

太平廣記卷第四百八十一

蠻夷二

新羅

新羅國。東南與日本隣。東與長人國接。長人身三丈。鋸牙鈎爪。不火食。逐禽獸而食之。時亦食人。裸其軀。黑毛覆之。其境限以連山數千里。中有山峽。固以鐵門。謂之鐵關。常使弓弩數千守之。由是不過。（出紀聞）

又新羅國有第一貴（明鈔本貴作國。）族金哥。其遠祖名旁㐌。有弟一人。甚有家財。其兄旁㐌。因分居。乞衣食。國人有與其隙地一畝。乃求蠶穀種于弟。弟蒸而與之。旁㐌不知也。至蠶時。止一生焉。日長寸餘。居旬大如牛。食數樹葉不足。其弟知之。伺（寸餘居旬大如牛食數樹葉不足其弟知之伺十八字原空闕。據黃本補。）間。殺其蠶。經日。四方百里內蠶。悉飛集其家。國人謂之巨蠶。意其蠶之王也。四隣共繰之。不供。穀唯一莖植焉。其穗長尺餘。旁㐌常守之。忽爲鳥所折。銜去。旁㐌逐之。上山五六里。鳥入一石罅。日沒徑黑。旁㐌因止石側。至夜半月明。見群小兒。赤衣共戲。一小兒曰。汝要何物。一曰要酒。小兒出一金錐子。擊石。酒及罇悉具。一曰要食。又擊之。餅餌羹炙。羅于石上。良久。飲食而去。去原作久。據明鈔本改。以金錐插于石罅。旁㐌大喜。取其錐而還。所欲隨擊而辦。因是富侔國力。常以珠璣贍其弟。弟云。我或如兄得金錐也。旁㐌知其愚。諭之不及。乃如其言。弟蠶之。止得一金如常者。穀種之。復一莖植焉。將熟。亦爲鳥所銜。其弟大悅。隨之入山。至鳥入處。遇群鬼。怒曰。是竊余錐者。乃執之。謂曰。爾欲爲我築糖三版乎。爾欲鼻長一丈乎。其弟請築糖三版。三日。饑困不成。求哀于鬼。鬼乃拔其鼻。鼻如象而歸。國人怪而聚觀之。慚恚而卒。其後子孫戲錐求狼糞。因雷震。錐失所在。出酉陽雜俎

又登州賈者馬行餘轉海。擬取昆山路適桐廬。時遇西風。而吹到新羅國。新羅國君聞行餘中國而至。接以賓禮。乃曰。吾雖夷狄之邦。歲有習儒者。舉于天闕。登第榮歸。吾必祿之甚厚。乃知孔子之道。被于華夏乎。因與行餘論及經籍。行餘避位曰。庸陋賈豎。長養雖在中華。但聞土地所宜。不讀詩書之義。熟詩書。明禮義者。其唯士大夫乎。非小人之事也。乃辭之。新羅君訝曰。吾以中國之人。盡聞典教。不謂尚有無知之俗歟。行餘還至鄉井。自慚以貪客衣食。愚昧不知學道。爲夷狄所嗤。況哲英乎。出雲溪友議

又天寶初。使贊善大夫魏曜使新羅。策立幼主。曜年老。深憚之。有客曾到新羅。因訪其行路。客曰。永徽中。新羅日本皆通好。遣使兼報之。使人既達新羅。將赴日本國。海中遇風。波濤大起。數十日不止。隨波漂流。不知所屆。忽風止波靜。至海岸邊。日方欲暮。時同志數船。乃維舟登岸。約百有餘人。岸高二三十丈。望見屋宇。爭往趨之。有長人出。長二丈。身具衣服。言語不通。見唐人

至。大喜。于是遮擁令入宅中。以石塡門。而皆出去。俄有種類百餘。相隨而到。乃簡閱唐人膚體肥充者。得五十餘人。盡烹之。相與食啖。兼出醇酒。同爲宴樂。夜深皆醉。諸人因得至諸院。後院有婦人三十人。皆前後風漂。爲所擄者。自言男子盡被食之。唯留婦人。使造衣服。汝等今乘其醉。何爲不去。吾請道焉。衆悅。婦人出其練縷數百匹負之。然後取刀。盡斷醉者首。乃行至海岸。岸高。昏黑不可下。皆以帛繫身。自縋而下。諸人更相縋下。至水濱。皆得入船。及天曙船發。聞山頭叫聲。顧來處。已有千餘矣。絡繹下山。須臾至岸。既不及船。虓吼振騰。使者及婦人並得還。出紀聞

又近有海客往新羅。次至一島上。滿地悉是黑漆匙筯。其處多大木。客仰窺匙筯。乃木之花與鬚也。因拾百餘雙還。用之。肥不能使。偶取攪茶。隨攪隨消焉。出酉陽雜俎

又六軍使西門思恭。常銜命使于新羅。風水不便。累月漂泛于滄溟。罔知邊際。忽南抵一岸。亦有田疇物景。遂登陸四望。俄有一大人。身長五六丈。衣裾差異。聲如震雷。下顧西門。有如驚歎。于時以五指撮而提行百餘里。入一巖洞間。見其長幼群聚。遞相呼集。競來看玩。言語莫能辨。皆有歡喜之容。如獲異物。遂掘一坑而寘之。亦來看守之。信宿之後。遂攀緣躍出其坑。逕尋舊路而竄。纔跳入船。大人已逐而及之矣。便以巨手攀其船舷。于是揮劒。斷下三指。指粗于今槌帛棒。大人失指而退。遂解纜。舟中水盡糧竭。經月無食。以身上衣服。嚙而啗之。後得達北岸。遂進其三指。漆而藏于內庫。洎拜主軍。寧以金玉遺人。平生不以飲饌食客。爲省其絕糧之難也。出玉堂閒話

東女國

東女國。西羌別種。俗以女爲王。王原作土。據明鈔本改。與茂州隣。有八十餘城。以所居名康延州。中有弱水。南流。用牛皮爲船以渡。戶口兵萬人。散山谷。號曰賓就。有女官。號曰高霸。平議國事。在外官僚。並男夫爲之。五日一聽政。王侍左右女數百人。王死。國中多斂物。至數萬。更於王族中。求令女二人而立之。大者爲大王。小者爲小王。大王死。則小王位之。或姑死婦繼。無墓。所居皆重屋。王至九重。國人至六層。其王服青毛裙。平平原作下。據明鈔本改。領衫。其袖委地。以文錦爲小髻。飾以金耳垂璫。足履素鞾。重婦人而輕丈夫。文字同於天竺。以十一月爲正。每十月。令巫者賫酒餚。詣山中。散糟麥於空。大呪呼鳥。俄有鳥如雉。飛入巫者之懷。因剖腹視之。有穀。來歲必登。若有霜雪。必有大災。其俗名爲鳥卜。鳥卜原作鳥上。據新唐書卷二二一上改。人死則納骨肉金瓶中。和金屑屑字原空闕。據明鈔本補。而埋之。出神異記

廩君

李時。字玄休。廩君之後。昔武落鍾離山崩。有石穴。一赤如丹。一黑如漆。有人出於丹穴者。名務相。姓巴巴原作巳。據錄異記改。氏。有出於黑穴者。凡四姓。𡟰氏。樊氏。柏氏。鄭氏。五姓出而爭焉。於是務相以矛刺穴。能著者爲廩君。四姓莫著。而務相之劍懸。又以土爲船。雕畫之。而浮水

中。曰。若其船浮者爲廩君。務相船又獨浮。於是遂稱廩君。乘其土船。將其徒卒。當夷水而下。至於鹽陽。水神女子止廩君曰。此魚鹽所有。地又廣大。與君俱生。可無行。廩君曰。（曰原作君。據明鈔本改。）我當爲君。求廩地。不能止也。鹽神夜從廩君宿。旦輒去爲飛虫。諸神皆從。其飛蔽日。廩君欲殺之。不可別。又不知天地東西。如此者十日。廩君卽以青縷遺鹽神曰。嬰此卽宜之。與汝俱生。不宜。將去汝。鹽神受而嬰之。廩君至碭石上。望膺有青縷者。跪而射之。中鹽神。鹽神死。群神與俱飛者皆去。天乃開朗。廩君復乘土船。下（下原作不。據錄異記改。）及夷城。石岸曲。泉水亦曲。望之如穴狀。廩君歎曰。我新從穴中出。今又入此。奈何。岸卽爲崩。廣三丈餘。而階階相承。廩君登之。岸上有平石。長五尺。方一丈。廩君休其上。投策計算。皆著石焉。因立城其旁。有而居之。其後種類遂繁。秦幷天下。以爲黔中郡。薄賦斂之。歲出錢四十萬。巴人以賦爲賨。因謂之賨人焉。（出錄異記）

大食國

大食西南二千里有國。山谷間。樹枝上生花如人首。但不語。人借問。笑而已。頻笑輒落。（出酉陽雜俎）

私阿修國

私阿修國金遼山寺中。有石鼉。衆僧飲食將盡。向石鼉作禮。於是飲食悉具。（出酉陽雜俎）

俱振提國

俱振提國尙鬼神。城北隔眞珠江二十里。有神。春秋之時。國王所須什物金銀器。神廚中自然而出。祠畢亦滅。天后使人驗之。不妄。出酉陽雜俎

牂牁

獠在牂牁。其婦人七月生子。死則豎棺埋之。木耳夷。舊牢西。以鹿角爲器。其死則屈而燒。而埋其骨。木耳夷人。黑如漆。小寒則焙沙自處。但出其面。出酉陽雜俎

龜茲

古龜茲國主阿主兒者。有神異力。能降伏毒蛇龍。時有人買市人金銀寶貨。至夜中。錢並化爲炭。境內數百家。皆失金寶。王有男先出家。成阿羅漢果。王問之。羅漢曰。此龍所爲。居北山。其頭若虎。今在某處眠耳。王乃易衣持劍。默至龍所。見龍臥。將斬之。思曰。吾斬寐龍。誰知吾有神力。遂叱龍。龍驚起。化爲獅子。王卽乘其上。龍怒。作雷聲。騰空。至城北二十里。王謂龍曰。爾不降。當斷爾頭。龍懼王神力。人語曰。勿殺我。我當與王爲乘。欲有所向。隨心卽至。王許之。後遂乘龍而行。出酉陽雜俎

葱嶺以東。人好淫僻。故龜茲于闐置女市。以收錢。出十三州志

龜茲。元日鬬羊馬駝。爲戲七日。觀勝負。以占一年羊馬減耗繁息也。婆邏遮。並服狗頭猴面。男女

無晝夜歌舞。八月十五日。行像及透索爲戲。焉耆。元日二月八日婆摩遮。三日野祀。四月十五日遊林。五月五日彌勒下生。七月七日祀生祖。九月九日麻撒。十月十日。王爲厭法。王領家出宮。首領代王焉。一日一夜。處分王事。十月十四日。每日作樂。至歲窮。拔汗那。十二月及元日。王及首領。分爲兩朋。各出一人。著甲。衆人執瓦石棒棍。東西互擊。甲人先死卽止。以占當年豊儉。出酉陽雜俎

乾陀國

乾陀國。昔有王神勇多謀。號伽當。討襲諸國。所向悉降。至五天竺國。得上細緤二條。自留一。一與妃。妃因衣其緤謁王。緤當妃乳上。有鬱金香手印跡。王見驚恐。謂妃曰。爾忽衣此手跡衣服何也。妃言向王所賜之緤。王怒。問藏臣。藏臣曰。緤本有是。非臣之咎。王追商者問之。商言天竺國娑陀婆恨王。有宿願。每年所賦細緤。並重疊積之。手染鬱金。柘於緤上。千萬重手印卽透。丈夫衣之。手印當背。婦人衣之。手印當乳。王令左右披之。皆如商者。王因叩劒曰。吾若不以此劒裁娑陀恨王手足。無以寢食。乃遣使就南天竺。索娑陀婆恨王手足。使至其國。娑陀婆恨王與群臣紿報曰。我國雖有王名娑陀婆恨。元無王也。但以金爲王。設於殿上。凡統領敎習。皆臣下耳。王遂起象馬兵。南討其國。國隱其王於地窟中。鑄金人。來迎伽王。伽王知其僞。且自恃神力。因斷金人手足。娑陀婆恨王於窟中。手足悉皆自落。出酉陽雜俎

乾陀國者。尸毘王倉庫。爲火所燒。其中粳米燋者。於今尙存。服一粒。永不患瘧。出酉陽雜俎

太平廣記卷第四百八十二

蠻夷三

苗民

西荒中有人焉。面目手足皆人形。而腋下有翼。不能飛。名曰苗民。書曰。竄三苗于三危。四（神異經四作西。）裔。爲人饕餮。淫佚無理。舜竄之於此。（出神異經）

奇肱

奇肱國。其民善爲機巧。以殺百禽。能爲飛車。從風遠行。湯時。西風久下。奇肱人車至于豫州界

中。湯破其車。不以示民。後十年。東風復至。乃使乘車遣歸。其國去玉門西萬里。出博物志

西北荒小人

西北荒中有小人長一寸。其君朱衣玄冠。乘輅車。馬引。爲威儀居處。人遇其乘車。抵而食之。其味辛。終年不爲物所咋（物字咋字原空闕。據許本、黃本補。）幷識萬物名字。又殺腹中三蟲。三蟲死。便可食仙藥也。出博物志

于闐

後魏。宋云（明鈔本云作雲。）使西域。行至于闐國。國王頭著金冠。以雞幘。頭垂二尺生絹。廣五寸。以爲飾。威儀有鼓角金鉦。弓箭一具。（具原作門。據明鈔本改。）戟二枚。槊五張。左右帶刀。不過百人。其俗婦人袴衫束帶。乘馬馳走。與丈夫無異。死者以火焚燒。收骨葬之。上起浮圖。居喪者剪髮。長四寸。卽就平常。唯王死不燒。置之棺中。遠葬于野。出洛陽伽藍記

烏萇

烏萇國。四熟之稻。苗高沒駱駝。米大如小兒指。出洽聞記

又烏萇國民。有死罪。不立殺刑。唯徙空山。任其飲啄。事涉疑似。以藥服之。清濁則驗。隨事輕

重。則當時卽決。出洛陽伽藍記

漢槃陀國

漢槃陀國正在山頂。山頂原作須山。據洛陽伽藍記改。自葱嶺已西。水皆西流。明鈔本流下有入西海三字。世人云。是天地之中。其土人民。決水以種。聞中國待雨而種。笑曰。天何由可期也。出洛陽伽藍記

蘇都識匿國

蘇都識匿國有野叉城。城舊有野叉。其窟見在。人近窟住者五百餘家。窟口作舍。設關鑰。一年再祭。人有逼窟口。煙氣出。先觸者死。因以尸擲窟中。其窟不知深淺。出酉陽雜俎

馬留

馬伏波有餘兵十餘家。不返。居壽洽據水經注三十六。洽當作冷。縣。自相婚姻。有二百戶。以其流寓。號馬留。飲食與華同。山川移銅柱入海。以此民爲識耳。出酉陽雜俎

武寧蠻

峽峽字據酉陽雜俎卷四補。中俗。夷風不改。武寧蠻好著芒心接離。名曰亭綏。以稻記年月葬時。稻記年三字

及葬時二字原空闕。據黃本補。以笄向天。謂之刺北斗。相傳磐瓠初死。置於樹上。樹上二字原空闕。據黃本補。以笄刺之。其後化其後化三字原空闕。據黃本補。爲象。臨邑縣有鴈翅以禦者。按酉陽雜俎卷四臨邑縣有鴈翅以禦者九字係另條。疑鈔纂時誤寫入。　出酉陽雜俎

懸渡國

烏耗西有懸渡國。山溪不通。引繩而渡。朽索相引二千里。土人佃于石間。壘石爲室。接手而飲。所謂猿飲也。出酉陽雜俎

飛頭獠

鄯鄯之東。龍城之西南。地廣千里。皆爲鹽田。行人所經。牛馬皆布氈臥焉。嶺南溪洞中。往往有飛頭者。故有飛頭獠子之號。頭飛一日前。頸有痕。匝項如紅縷。妻子遂看守之。其人及夜。狀如病。頭忽離身而去。乃于岸泥。尋蟹蚓之類食之。將曉飛還。如夢覺。其腹實矣。梵僧菩薩勝又言。闍婆國中有飛頭者。其人無目瞳子。聚落時。有一人據于民志怪。南方落民。其頭能飛。其俗所祠。名曰蟲落。因號落民。昔朱桓有一婢。其頭夜飛。王子年拾遺言。漢武時。因墀國有南方有解形之民。能先使頭飛南海。左手飛東海。右手飛西海。至暮。頭還肩上。兩手遇疾風。飄於海外。出酉陽雜俎

又南方有落頭民。其頭能飛。以耳爲翼。將曉。還復著體。吳時往往得此人也。出博物志

蹄羌

蹄羌之國。其人自膝已下。有毛。如馬馬原作水。據明鈔本改。蹄。常自鞭其脛。日行百里。出博物志

扶樓

周成王七年。南垂有扶樓之國。其人能機巧變化。易形改服。大則興雲起霧。小則入於纖毫之裏。綴金玉毛羽爲衣裳。能吐雲噴火。鼓腹則如雷霆之聲。或化爲巨象獅子龍蛇犬馬之狀。或變虎。或口中吐人於掌中。備百獸之樂。旋轉屈曲于指間。見人形。或長數分。或復數寸。神怪欻忽。衒于時。樂府皆傳此伎。代代不絕。故俗謂婆侯伎。則扶樓之音訛替也。出王子年拾遺記

交趾

交趾之地。頗爲膏腴。從民居之。始知播植。厥土惟黑壤。厥氣惟雄。故今稱其田爲雄田。其民爲雄民。有君長。亦曰雄王。有輔佐焉。亦曰雄侯。分其地以爲雄將。出南越志

南越

南越民不恥寇盜。其時尉陀治番禺。乃興兵攻之。有神人適下。輔佐之。家爲造弩一張。一放。殺越

軍萬人。三放。三萬人。陀知其故。却壘息卒。還戎武寧縣下。乃遣其子始爲質。請通好焉。出南越志

尺郭

南有人焉。周行天下。其長七丈。腹圍如其長。朱衣縞帶。以赤蛇繞其項。項原作頂。據明鈔本改。不飲不食。朝呑惡鬼三千。暮呑三百。此人以鬼爲食。以霧爲漿。名曰尺郭。一名食邪。一名黄父。出神異經

頓遜

頓遜國。梁武朝。時貢方物。其國在海島上。地方千里。屬扶南北三千里。其俗。人死後鳥葬。將死。親賓歌舞送于郭外。有鳥如鵝而色紅。飛來萬萬。家人避之。鳥啄啄原作之。據明鈔本改。肉盡。乃去。卽燒骨而沉海中也。出窮神秘苑

墮婆登國

墮婆登國在林邑東。南接訶陵。西接述黎。種稻。每月一熟。有文字。書于貝多葉。死者口實以金缸。貫于四支。然後加以婆律膏及檀沉龍腦。積薪燔之。出神異經

哀牢夷

哀牢夷。其先有婦人名沙壺。居牢山。捕魚水中。若有所感。若有所感四字原空闕。據黃本補。妊孕十月而生十子。今西南夷其裔也。出獨異志

訶陵國

訶陵在眞臘國之南。南海洲中。東婆利。西墮婆。北大海。竪木爲城。造大屋重閣。以㯶皮覆之。以象牙爲牀。以柳花爲酒。飲之亦醉。以手撮食。有毒。與常人居止宿處。卽令身上生瘡。與之交會。卽死。若旋液。沾著草木卽枯。俗以椰樹爲酒。味甘。飲之亦醉。出神異錄

眞臘國

眞臘國在驩州南五百里。其俗。有客設檳榔龍腦香蛤屑等。以爲賞宴。其酒比之淫穢。私房與妻共飲。對尊者避之。又行房。不欲令人見。此俗與中國同。國人不着衣服。見衣服者。共笑之。俗無鹽鐵。以竹弩射虫鳥。出朝野僉載

留仇國

煬帝令朱寬征留仇國。還。獲男女口千餘人並雜物產。與中國多不同。緝木皮爲布。甚細白。幅闊三尺二三寸。亦有細斑布。幅闊一尺許。又得金荆榴數十斤。木色如眞金。密緻。而文彩盤蹙有如美

錦。甚香極精。可以爲枕及案面。雖沉檀不能及。彼土無鐵。朱寬還至南海郡。留仇中男夫壯者。多加以鐵鉗鏁。恐其道逃叛。還至江都。將見。爲解脫之。皆手把鉗。叩頭惜脫。甚于中土貴金。人形短小。似崑崙。出朝野僉載

木客

郭仲產湘州記云。平樂縣西七十里。有滎山。上多有木客。形似小兒。歌哭衣裳。不異于人。而伏狀隱現不測。現不測三字原空闕。據黃本補。宿至精巧。時市易作器。與人無別。就人換物亦不計其值。物亦不計其值六字原空闕。據黃本補。今昭州平樂縣。出洽聞記

繳濮國

永昌郡西南一千五百里。有繳濮國。其人有尾。欲坐。輒先穿地作穴。以安其尾。若邂逅誤折其尾。卽死也。出廣州記

木飲州

木飲州。朱崖一州。其地無泉。民不作井。皆仰樹汁爲用。出酉陽雜俎

阿薩部

阿薩部。多獵虫鹿。剖其肉。重疊之。以石壓瀝汁。稅波斯拂林等國米及草子釀于肉汁之中。經數日。卽變成酒。飲之可醉。出酉陽雜俎

孝憶國

孝憶國。界周三千餘里。在平川中。以木爲柵。周十餘里。柵內百姓二千餘家。周國木柵五百餘所。氣候常暖。冬不凋落。宜羊馬。無駝牛。俗性質直。好客侶。軀貌長大。褰鼻。黄髮綠睛。赤髭被髮。面如血色。戰具唯矟一色。宜五穀。出金鐵。衣麻布。舉俗事妖。不識佛法。有妖祠三百餘所。馬步兵一萬。不尙商販。自稱孝憶人。丈夫婦人俱佩帶。每一日造食。一月食之。常吃宿食。仍通國無井及河澗。所有種植。待雨而生。以纊鋪地。承雨水用之。穿井卽苦。海水又鹹。土俗伺海潮落之後。平地收魚以爲食。出酉陽雜俎

婆彌爛國

婆彌爛國去京師二萬五千五百五十里。此國西有山。巉岩峻嶮。上多猿。猿形絕長大。常暴田種。每年有二三十萬。國中起春已後。屯集甲兵。與猿戰。雖歲殺數萬。不能盡其巢穴。出酉陽雜俎

撥拔力國

撥拔力國在西南海中。畧不識五穀。食肉而已。常針牛畜脈取血。和乳生飲。無衣。唯腰下用羊皮掩之。其婦人潔白端正。國人自掠賣與外國商人。其價數倍。土地唯有象牙及阿末香。香原作看。據酉陽雜俎改。波斯商人欲入此國。團集數千人。齎緤布。沒老幼共刺血立誓。乃市其物。自古不屬外國。戰用象牙排。野牛角矟。衣甲弓矢之器。步兵二十萬。大食頻討襲之。出酉陽雜俎

昆吾

昆吾陸鹽。周十餘里。無水。自生生原作坐。據明鈔本改。朱鹽。月滿則如積雪。味甘。月虧則如薄霜。味苦。月盡。鹽亦盡。又其國累塹塹字原空闕。據明鈔本改。爲丘。象浮圖。有三層。層原作僧。據明鈔本改。尸乾居上。尸濕居下。以近葬爲至孝。集大毡屋。中懸衣服綵繒。哭化之。出酉陽雜俎

繡面獠子

越人習水。必鏤身以避蛟龍之患。今南中有繡面獠子。蓋雕題之遺俗也。出酉陽雜俎

五溪蠻

五溪蠻。父母死。于村外閣其尸。三年而葬。打鼓路歌。親屬飲宴舞戲。一月餘日。盡產爲棺。餘黃本餘作飲。臨江高山。半助朝野僉載助作肋。鑿龕以葬之。山上懸索下柩。彌高者以爲至孝。卽終身不復祠祭。初遭喪。三年不食鹽。出朝野僉載

墮雨兒

魏時。河間王子充家。雨中有小兒八九枚。墮于庭。長五六寸許。自云。家在海東南。因有風雨。所飄至此。與之言。甚有所知。皆如史傳所述。出述異記

太平廣記卷第四百八十三　蠻夷四

狗國

陵州刺史周遇不茹葷血。嘗語劉恂云。頃年自青杜明鈔本杜作社。之海。歸閩。遭惡風。飄五日夜。不知行幾千里也。凡歷六國。第一狗國。同船有新羅。云是狗國。逡巡。果見如人裸形。抱狗而出。見船驚走。又經毛毛原作七。據許本改。人國。形小。皆被髮蔽蔽字原在毛字下。據明鈔本移上。面。身有毛如狖。又到野叉國。船抵暗石而損。遂般人物上岸。伺潮落。闔船而修之。初不知在此國。有數人同入深林採野蔬。忽爲野叉所逐。一人被擒。餘人驚走。回顧。見數輩野叉。同食所得之人。同舟者驚怖無計。頃刻。有百餘野叉。皆赤髮裸形。呀口怒目而至。有執木鎗者。有雌而挾子者。篙工賈客五十餘人。遂齊將弓弩鎗劍以敵之。果射倒二野叉。卽舁拽明嘯而遁。既去。遂伐木下寨。以防再來。野叉畏弩。亦不復至。駐兩日。修船方畢。隨風而逝。又經大人國。其人悉長大而野。見船上鼓噪。卽驚走不出。又經流虬國。其國人么麽。一概皆服麻布而有禮。競將食物。求易釘鐵。新羅客亦半譯其語。遣客速過。言此國遇華人飄泛至者。慮有災禍。既而又行。經小人國。其人裸形。小如五六歲兒。船人食盡。遂相率尋其巢穴。俄頃。果見捕得三四十枚以歸。烹而充食。後行兩日。遇一洲島而取水。忽有羣山羊。見人但聳視。都不驚避。既肥且偉。初疑島上有人牧養。而又絶無人踪。捕之。僅獲百口。皆食之。出嶺表錄異

南蠻

南道之酋豪多選鵝之細毛。夾以布帛。絮而爲被。復縱橫納之。其温柔不下于挾纊也。俗云。鵝毛柔暖而性冷。偏宜覆嬰兒。辟驚癇也。出嶺表錄異

縛婦民

縛婦民喜他室女者。率少年持白梃。往趨墟路值之。俟過。即共擒縛歸。一二月。與其妻首罪。俗謂之縛婦也。出南海異事

南海人

南海男子女人皆縝髮。每沐。以灰投流水中。就水以沐。以彘膏其髮。至五六月。稻禾熟。民盡髠鬻於市。既髠。復取彘膏塗。來歲五六月。又可鬻。出南海異事

南海解牛。多女人。謂之屠婆屠娘。皆縛牛于大木。執刀以數罪。某時牽若耕。不得前。某時乘若渡水。不時行。今何免死耶。以策舉頸。揮刀斬之。出南海異事

南海貧民妻方孕。則詣富室。指腹以賣之。俗謂指腹賣。或己子未勝衣。隣之子稍可賣。往貸取以鬻。折杖以識其短長。俟己子長與杖等。即償貸者。鬻男女如糞壤。父子兩不戚戚。出南海異事

日南

天寶實錄云。日南厩山。連接不知幾千里。裸人所居。白民之後也。刺其胸前作花。有物如粉而紫色。畫其兩目下。去前二齒。以爲美飾。出酉陽雜俎

拘彌國

順宗即位年。拘彌之國貢却火雀。一雌一雄。履水珠。常堅冰。變晝草。其却火雀。純黑。大小類燕。其聲淸亮。不並尋常禽鳥。置于烈火中。而火自散。上嘉其異。遂盛于火精籠。懸于寢殿。夜則宮人併蠟炬燒之。終不能損其毛羽。履水珠。色黑類鐵。大如雞卵。其上鱗皴。其中有竅。云將入江海。可長行洪波之上下。上始不謂之實。遂命善游者。以五色絲貫之。繫之於左臂。毒龍畏之。遣入龍池。其人則步驟于波上。若在平地。亦潛于水中。良久復出。而遍體略無沾濕。上奇之。因以御饌賜使人。至長慶中。嬪御試弄于海池上。遂化爲異龍。入于池內。俄而云烟暴起。不復追討矣。常堅

冰。云其國有大凝山。其中有冰。千年不釋。及賫至京師。潔冷如故。雖盛暑赫日。終不消。嚼之。卽與中國冰凍無異。變晝草。類芭蕉。可長數尺。而一莖千葉。樹之則百步內昏黑如夜。始藏于百寶匣。其上緘以胡晝。及上見而怒曰。背明向暗。此草何足貴也。命并匣焚之于使前。使初不爲樂。及退。謂鴻臚曰。本國以變晝爲異。今皇帝以向暗爲非。可謂明德矣。出杜陽編

南詔

南詔以十二月十六日。謂之星回節日。遊于避風臺。命清平官賦詩。驃信詩曰。避風善闡臺。極目見藤越。（鄰國之名也。）悲哉古與今。依然烟與月。自我居震旦。（謂天子爲震旦。）翊衛類夔、契。伊昔經皇運。艱難仰忠烈。不覺歲云暮。感極星回節。元昶（謂朕曰元。謂卿曰昶。）同一心。子孫堪貽厥。清平官趙叔達曰。（謂詞臣爲清平官。）法駕避星回。波羅毘勇猜。（波羅虎也。毘勇野馬也。驃信昔年幸此。獲射野馬并虎。）河潤冰難合。地暖梅先開。下令俚柔洽。（俚柔百姓也。）獻睬弄揀（國名。）來。願將不才賢。千載侍遊臺。出玉谿編事

獠婦

南方有獠婦。生子便起。其夫臥牀褥。飲食皆如乳婦。稍不衛護。其孕婦疾皆生焉。其妻亦無所苦。炊爨樵蘇自若。又云。越俗。其妻或誕子。經三日。便澡身于溪河。返。具糜以餉壻。壻擁衾抱雛。坐于寢榻。稱爲產翁。其顚倒有如此。出南楚新聞

南中僧

南人率不信釋氏。雖有一二佛寺。吏課其爲僧。以督責釋之十田及施財。間有一二僧。喜擁婦食肉。但居其家。不能少解佛事。士人以女配僧。呼之爲師郎。或有疾。以紙爲圓錢。置佛像旁。或請僧設食。翌日。宰羊豕以啗之。目曰除齋。出投荒雜錄

又南中小郡。多無緇流。每宣德音。須假作僧道陪位。唐昭宗卽位。柳韜爲容廣宣告使。赦文到。下屬州。崖州自來無僧。皆皆原作家。據明鈔本改。臨事差攝。宣時。有一假僧不伏排位。太守王弘夫怪而問之。僧曰。役次未當。差遣編併。去歲已曾攝文宣王。今年又差作和尙。見者莫不絕倒。出嶺表錄異

番禺

廣州番禺縣常有部民諜訴云。前夜亡失蔬圃。今認得在于某處。請縣宰判狀往取之。有北客駭其說。因詰之。民云。海之淺水中有藻荇之屬。被風吹。沙與藻荇相雜。其根旣浮。其沙或厚三五尺處。可以耕墾。或灌或圃故也。夜則被盜者盜之百餘里外。若桴筏之乘流也。以是植蔬者。海上往往有之。出玉堂閒話

有在番禺逢端午。聞街中喧然。賣相思藥聲。訝笑觀之。乃老嫗荷荷原作舊。據明鈔本改。揭山中異草。

鬻于富婦人。爲媚男藥。用此日採取爲神。又云。採鵲巢中。獲兩小石。號鵲枕。此日得之者佳。婦人遇之。有抽金簪解耳璫而償其直者。出投荒錄

嶺南女工

嶺南無問貧富之家。敎女不以針縷績紡爲功。但躬庖廚。勤刀機而已。善醯醢葅鮓者。得爲大好女矣。斯豈遐裔之天性歟。故俚俚原作偶。據明鈔本改。民爭婚聘者。相與語曰。我女裁袍補襖。即灼然不會。若修治水蛇黃鱔。即一條必勝一條矣。出投荒錄

芋羹

百越人好食蝦蟆。凡有筵會。斯爲上味。先于釜中置水。次下小芋烹之。候湯沸如魚眼。即下其蛙。乃一一捧芋而熟。如此呼爲抱芋羹。又或先于湯內安笋笴。後投蛙。及進于筵上。皆執笋笴。瞪目張口。而座客有戲之曰。賣燈心者。又云。疥皮者最佳。擲于沸湯。即躍出。其皮自脫矣。皮既脫。乃可以修饌。時有一叟聞兹語。大以爲不可。云。切不得除此錦襖子。其味絕珍。聞之者莫不大笑。出南楚新聞

蜜唧

嶺南僚民好爲蜜唧。卽鼠胎未瞬。通身赤蠕者。飼之以蜜。釘之筵上。囁囁而行。以筯挾取。咬之。唧唧作聲。故曰蜜唧。出朝野僉載

南州

王蜀有劉隱者善于篇章。嘗說。少年賫益部監軍使書。索（索原作案。據明鈔本改。）于黔巫之南。謂之南州。州多山險。路細不通乘騎。貴賤皆策杖而行。其囊橐悉皆差夫背負。夫役不到處。便遣縣令主簿自荷而行。將至南州。州牧差人致書迓之。至則有一二人背籠而前。將隱入籠內。掉手而行。凡登山入谷。皆絕高絕深者。日至百所。皆用指爪攀緣。寸寸而進。在于籠中。必與負荷者相背而坐。此卽彼中車馬也。洎至近州。州牧亦坐籠而迓于郊。其郡在桑林之間。茅屋數間而已。牧守皆華人。甚有心義。翌日牧曰。須略謁諸大將乎。遂差人引之衙院。衙各相去十餘里。亦在林木之下。一茅齋。大校三五人。逢迎極至。于是烹一犢兒。乃先取犢兒結腸中細糞。置在盤筵。以筯和（和字原闕。據黃本補。）調在醯中。方餐犢肉。彼人謂細糞爲聖齏。若無此一味者。卽不成局筵矣。諸味將半。然後下麻蟲裹蒸。裹蒸乃取麻蕨蔓上蟲。如今之刺猱者是也。以荷葉裹而蒸之。隱勉强餐之。明日所遺甚多。出玉堂閒話

太平廣記卷第四百八十四　雜傳記一

李娃傳

李娃傳

汧國夫人李娃。長安之倡女也。節行瓌奇。有足稱者。故監察御史白行簡爲傳述。天寶中。有常州刺史滎陽公者。畧其名氏。不書。時望甚崇。家徒甚殷。知命之年。有一子。始弱冠矣。雋朗有詞藻。迥然不羣。深爲時輩推伏。其父愛而器之。曰。此吾家千里駒也。應鄉賦秀才舉。將行。乃盛其服玩車馬之飾。計其京師薪儲之費。謂之曰。吾觀爾之才。當一戰而霸。今備二載之用。且豐爾之給。將爲其志也。生亦自負視上第如指掌。自毘陵發。月餘抵長安。居于布政里。嘗遊東市還。自平康東門入。將訪友于西南。至鳴珂曲。見一宅。門庭不甚廣。而室宇嚴邃。闔一扉。有娃方凭一雙鬟青衣立。妖姿要妙。絕代未有。生忽見之。不覺停驂久之。徘徊不能去。乃詐墜鞭于地。候其從者。勑取之。累眄于娃。娃回眸凝睇。情甚相慕。竟不敢措辭而去。生自爾意若有失。乃密徵其友遊長安之熟者以訊之。友曰。此狹邪女李氏宅也。曰。娃可求乎。對曰。李氏頗贍。前與通之者。多貴戚豪族。所得甚廣。非累百萬。不能動其志也。生曰。苟患其不諧。雖百萬。何惜。他日。乃潔其衣服。盛賓從而往。扣其門。俄有侍兒啓扃。生曰。此誰之第耶。侍兒不答。馳走大呼曰。前時遺策郎也。娃大悅曰。爾姑止之。吾當整粧易服而出。生聞之。私喜。乃引至蕭墻間。見一姥垂白上僂。卽娃母也。生跪拜前致詞曰。聞茲地有隙院。願稅以居。信乎。姥曰。懼其淺陋湫隘。不足以辱長者所處。安敢言直耶。延生于遲賓之館。館宇甚麗。與生偶坐。因曰。某有女嬌小。技藝薄劣。欣見賓客。願將見之。乃命娃出。明眸皓腕。舉步艷冶。生遽驚起。莫敢仰視。與之拜畢。叙寒燠。觸類妍媚。目所未覩。復坐。烹茶斟酒。器用甚潔。久之日暮。鼓聲四動。姥訪其居遠近。生紿之曰。在延平門外數里。冀其遠而見留也。姥曰。鼓已發矣。當速歸。無犯禁。生曰。幸接歡笑。不知日之云夕。道里遼闊。城內又無親戚。將若之何。娃曰。不見責僻陋。方將居之。宿何害焉。生數目姥。姥曰。唯唯。生乃召其家僮。持雙縑。請以備一宵之饌。娃笑而止之曰。賓主之儀。且不然也。今夕之費。願以貧窶之家。隨其粗糲以進之。其餘以俟他辰。固辭。終不許。俄徙坐西堂。帷幙簾榻。煥然奪目。粧奩衾枕。亦皆侈麗。乃張燭進饌。品味甚盛。徹饌。姥起。生娃談話方切。詼諧調笑。無所不至。生曰。前偶過卿門。遇卿適在屏間。厥後心常勤念。雖寢與食。未嘗或捨。娃答曰。我心亦如之。生曰。今之來。非直求居而已。願償平生之志。但未知命也若何。言未終。姥至。詢其故。具以告。姥笑曰。男女之際。大欲存焉。情苟相得。雖父母之命。不能制也。女子固陋。曷足以薦君子之枕席。生遂下階。拜而謝之曰。願以己爲厮養。姥遂目之爲郎。飲酣而散。及旦。盡徙其囊橐。因家于李之第。自是生屛跡戢身。不復與親知相聞。日會倡優儕類。狎戲遊宴。囊中盡空。乃鬻駿乘及其家童。歲餘。資財僕馬蕩然。邇來姥意漸怠。娃情彌篤。他日。娃謂生曰。與郎相知一年。尚無孕嗣。常聞竹林神者。報應如響。將致薦酹求之。可乎。生不知其計。大喜。乃質衣于肆。以備牢醴。與娃同謁祠宇而禱祝焉。信宿而返。策驢而後。至里北門。娃謂生曰。此東轉小曲中。某之姨宅也。將憩而覲之。可乎。生如其言。前行不踰百步。果見一車門。窺其際。甚弘敞。其青衣自車後止之曰。至矣。生下。適有一人出訪曰。誰。曰。李娃也。乃入告。俄有一嫗至。年可四十餘。與生相迎曰。吾甥來否。娃下車。嫗逆訪之曰。何久踈絕。相視而笑。娃引生拜之。既見。遂偕入西戟門偏院。中有山亭。竹樹葱蒨。池榭幽絕。生謂娃曰。此姨之私第耶。笑而不答。以他語對。俄獻茶果。甚珍奇。食頃。有一人控大宛。汗流馳至曰。姥遇暴疾頗甚。殆不識人。宜速歸。娃謂姨曰。方寸亂矣。某騎而前去。當令返乘。便與郎偕來。生擬隨之。其姨與侍兒偶語。以手揮之。令生止于戶外。曰。姥且歿矣。當與某議喪事。以濟其急。奈何遽相隨而去。乃止。共計其凶儀齋祭之用。日晚。乘不至。姨言曰。無復命何也。郎驟往覘之。某當繼至。生遂往。至舊宅。門扃鑰甚密。以泥緘之。生大駭。詰其隣人。隣人曰。李本稅此而居。約已周矣。第主自收。姥徙居而且再宿矣。徵徙何處。曰。不詳其所。生將馳赴宣陽。以詰其姨。日已晚矣。計程不能達。乃弛其裝服。質饌而食。賃榻而寢。生恚怒方甚。自昏達旦。目不交睫。質明。乃策蹇而去。既至。連扣其扉。食頃無人應。生大呼數四。有宦者徐出。生遽訪之。姨氏在乎。曰。無之。生曰。昨暮在此。何故匿之。訪其誰氏之第。曰。此崔尚書宅。昨者有一人稅此院。云遲中表之遠至者。未暮去矣。生惶惑發狂。罔知所措。因返訪布政舊邸。邸主哀而進膳。生怨懣。絕食三日。遘疾甚篤。旬餘愈甚。邸主懼其不起。徙之于凶肆之中。綿綴移時。合肆之人。共傷嘆而互飼之。後稍愈。杖而能起。由是凶肆日假之。令執繐帷。獲其直以自給。累月。漸復壯。每聽其哀歌。自歎不及逝者。輒嗚咽流涕。不能自止。歸則効之。生聰敏者也。無何。曲盡其妙。雖長安無有倫比。初。二肆之傭凶器者。互爭勝負。其東肆車轝皆奇麗。殆不敵。唯哀挽劣焉。其東肆長知生妙絕。乃醵錢二萬索顧焉。其黨耆舊。共較其所能者。陰教生新聲。而相讚和。累旬。人莫知之。其二肆長相謂曰。我欲各閱所傭之器于天門街。以較優劣。不勝者。罰直五萬。以備酒饌之用。可乎。二肆許諾。乃邀立符契。署以保證。然後閱之。士女大和會。聚至數萬。於是里胥告于賊曹。賊曹聞于京尹。四方之士。盡赴趨焉。巷無居人。自旦閱之。及亭午。歷舉輦轝威儀之具。西肆皆不勝。師有慚色。乃置層榻于南隅。有長髯者。擁鐸而進。翊衛數人。於是奮髯揚眉。扼腕頓顙而登。乃歌白馬之詞。恃其夙勝。顧眄左右。旁若無人。齊聲讚揚之。自以爲獨步一時。不可得而屈也。有頃。東肆長于北隅上設連榻。有烏巾少年。左右五六人。秉翣而至。卽生也。整衣服。俯仰甚徐。申喉發調。容若不勝。乃歌薤露之章。擧聲清越。響振林木。曲度未終。聞者歔欷掩泣。西肆長爲衆所誚。益慚耻。密置所輸之直于前。乃潛遁焉。四座愕眙。莫之測也。先是天子方下詔。俾外方之牧。歲一至闕下。謂之入計。時也。適遇生之父在京師。與同列者易服章。竊往觀焉。有老豎。卽生乳母壻也。見生之擧措辭氣。將認之而未敢。乃泫然流涕。生父驚而詰之。因告曰。歌者之貌。酷似郎之亡子。父曰。吾子以多財爲盜所害。奚至是耶。言訖。亦泣。及歸。豎間馳往。訪于同黨曰。向歌者誰。若斯之妙歟。皆曰。某氏之子。徵其名。且易之矣。豎凜然大驚。徐往。迫而察之。生見豎。色動回翔。將匿于衆中。豎遂持其袂曰。豈非某乎。相持而泣。遂載以歸。至其室。父責曰。志行若此。汚辱吾門。何施面目。復相見也。乃徒行出。至曲江西杏園東。去其衣服。以馬鞭鞭之數百。生不勝其苦而斃。父棄之而去。其師命相狎暱者。陰隨之。歸告同黨。共加傷歎。令二人齎葦席瘞焉。至則心下微溫。舉之良久。氣稍通。因共荷而歸。以葦筒灌勺飲。經宿乃活。月餘。手足不能自舉。其楚撻之處皆潰爛。穢甚。同輩患之。一夕棄於道周。行路咸傷之。往往投其餘食。得以充腸。十旬。方杖策而起。被布裘。裘有百結。繿縷如懸鶉。持一破甌巡于閭里。以乞食爲事。自秋徂冬。夜入于糞壤窟室。晝則周遊廛肆。一旦大雪。生爲凍餒所驅。冒雪而出。乞食之聲甚苦。聞見者莫不悽惻。時雪方甚。人家外戶多不發。至安邑東門。循里里原作理。據明鈔本改。垣。北轉第七八。有一門獨啓左扉。卽娃之第也。生不知之。遂連聲疾呼。饑凍之甚。音響悽切。所不忍聽。娃自閤中聞之。謂侍兒曰。此必生也。我辨其音矣。連步而出。見生枯瘠疥癘。殆非人狀。娃意感焉。乃謂曰。豈非某郎也。生憤懣絕倒。口不能言。頷頤而已。娃前抱其頸。以繡襦擁而歸于西廂。失聲長慟曰。令子一朝及此。我之罪也。絕而復蘇。姥大駭奔至。曰。何也。娃曰。某郎。姥遽曰。當逐之。奈何令至此。娃斂容却睇曰。不然。此良家子也。當昔驅高車。持金裝。至某之室。不踰期而蕩盡。且互設詭計。捨而逐之。殆非人行。令其失志。不得齒于人倫。父子之道。天性也。使其情絕。殺而棄之。又困躓若此。天下之人。盡知爲某也。生親戚滿朝。一旦當權者熟察其本末。禍將及矣。況欺天負人。鬼神不祐。無自貽其殃也。某爲姥子。迨今有二十歲矣。計其貲。不啻直千金。今姥年六十餘。願計二十年衣食之用以贖身。當與此子別卜所詣。所詣非遙。晨昏得以溫凊。某願足矣。姥度其志不可奪。因許之。給姥之餘。有百金。北隅四五家。稅一隙院。乃與生沐浴。易其衣服。爲湯粥通其腸。次以酥乳潤其臟。旬餘。方薦水陸之饌。頭巾履襪。皆取珍異者衣之。未數月。肌膚稍腴。卒歲。平愈如初。異時。娃謂生曰。體已康矣。志已壯矣。淵思寂慮。默想曩昔之藝業。可溫習乎。生思之曰。十得二三耳。娃命車出遊。生騎而從。至旗亭南偏門鬻墳典之肆。令生揀而市之。計費百金。盡載以歸。因令生斥棄百慮以志學。俾夜作晝。孜孜矻矻。娃常偶坐。宵分乃寐。伺其疲倦。卽諭之綴詩賦。二歲而業大就。海內文籍。莫不該覽。生謂娃曰。可策名試藝矣。娃曰。未也。且令精熟。以俟百戰。更一年。曰。可行矣。於是遂一上登甲科。聲振禮闈。雖前輩見其文。罔不斂袵敬羨。願友友原作女。據明鈔本改。之而不可得。娃曰。未也。今秀士苟獲擢一科第。則自謂可以取中朝之顯職。擅天下之美名。子行穢跡鄙。不侔于他士。當礱淬利器。以求再捷。方可以連衡多士。爭霸群英。生由是益自勤苦。聲價彌甚。其年遇大比。詔徵四方之雋。生應直言極諫策科。名第一。授成都府參軍。三事以降。皆其友也。將之官。娃謂生曰。今之復子本軀。某不相負也。願以殘年。歸養老姥。君當結媛鼎族。以奉蒸嘗。中外婚媾。無自黷也。勉思自愛。某從此去矣。生泣曰。子若棄我。當自剄以就死。娃固辭不從。生勤請彌懇。娃曰。送子涉江。至于劍門。當令我回。生許諾。月餘。至劍門。未及發而除書至。生父由常州詔入。拜成都尹。兼劍南採訪使。使原作役。據明鈔本改。浹辰。父到。生因投刺。謁于郵亭。父不敢認。見其祖父官諱。方大驚。命登階。撫背慟哭移時。曰。吾與爾父子如初。因詰其由。具陳其本末。大奇之。詰娃安在。曰。送某至此。當令復還。父曰。不可。翌日。命駕與生先之成都。留娃于劒門。築別館以處之。明日。命媒氏通二姓之好。備六禮以迎之。遂如秦晉之偶。娃既備禮。歲時伏臘。婦道甚修。治家嚴整。極爲親所眷尙。尙原作向。據明鈔本改。後數歲。生父母偕歿。持孝甚至。有靈芝產于倚廬。一穗三秀。本道上聞。又有白鷰數十。巢其層甍。天子異之。寵錫加等。終制。累遷淸顯之任。十年間。至數郡。娃封汧國夫人。有四子。皆爲大官。其卑者猶爲太原尹。弟兄姻媾皆甲門。內外隆盛。莫之與京。嗟乎。倡蕩之姬。節行如是。雖古先烈女。不能踰也。焉得不爲之歎息哉。予伯祖嘗牧晉州。轉戶部。爲水陸運使。三任皆與生爲代。故諳詳其事。貞元中。予與隴西公佐。話婦人操烈之品格。因遂述汧國之事。公佐拊掌竦聽。命予爲傳。乃握管濡翰。疏而存之。時乙亥歲秋八月。太原白行簡云。出異聞集

太平廣記卷第四百八十五

雜傳記二

東城老父傳（陳鴻譔）

老父姓賈名昌。長安宣陽里人。開元元年癸丑生。元和庚寅歲。九十八年矣。視聽不衰。言甚安徐。心力不耗。語太平事。歷歷可聽。父忠。長九尺。力能倒曳牛。以材官爲中宮幕士。景龍四年。持幕竿。隨玄宗入大明宮誅韋氏。奉睿宗朝群后。遂爲景雲功臣。以長刀備親衛。詔徙家東雲龍門。昌生七歲。趫捷過人。能搏柱乘梁。善應對。解鳥語音。玄宗在藩邸時。樂民間清明節鬭雞戲。及卽位。治（治原作泊。據明鈔本改。）雞坊於兩宮間。索長安雄雞。金毫鐵距。高冠昂尾千數。養於雞坊。選六軍小兒五百人。使馴擾教飼。上之好之。民風尤甚。諸王世（明鈔本世作子。）家。外戚家。貴主家。侯家。傾帑破產市雞。以償雞直。都中男女以弄雞爲事。貧者弄假雞。帝出遊。見昌弄木雞於雲龍門道旁。召入爲雞坊小兒。衣食右龍武軍。三尺童子入雞群。如狎群小。壯者弱者。勇者怯者。水穀之時。疾病之候。悉能知之。舉二雞。雞畏而馴。使令如人。護雞坊中謁者王承恩言於玄宗。召試殿庭。皆中玄宗意。卽日爲五百小兒長。加之以忠厚謹密。天子甚愛幸之。金帛之賜。日至其家。開元十三年。籠雞三百從封東岳。父忠死太山下。得子禮奉尸歸葬雍州。縣官爲葬器。喪車乘傳洛陽道。十四年三月。衣鬭雞服。會玄宗於溫泉。當時天下號爲神雞童。時人爲之語曰。生兒不用識文字。鬪雞走馬勝讀書。賈家小兒年十三。富貴榮華代不如。能令金距期勝負。白羅繡衫隨軟轝。父死長安千里外。差夫持道輓喪車。昭成皇后之在相王府。誕聖於八月五日。中興之後。制爲千秋節。賜天下民牛酒樂三日。命之曰酺。以爲常也。大合樂於宮中。歲或酺於洛。元會與清明節。率皆在驪山。每至是日。萬樂具舉。六宮畢從。昌冠鵰翠金華冠。錦袖繡襦袴。執鐸拂。導（導原作道。據明鈔本改。）群雞。叙立於廣場。顧眄如神。指揮風生。樹毛振翼。礪吻磨距。抑怒待勝。進退有期。隨鞭指低昂。不失昌度。勝負既決。强者前。弱者後。隨昌鴈行。歸於雞坊。角觝萬夫。跳劍尋橦。蹴毬踏繩。舞於竿顚者。索氣沮色。逡巡不敢入。豈敎猱擾龍之徒歟。二十三年。玄宗爲娶梨園弟子潘大同女。男服珮玉。女服繡襦。皆出御府。昌男至信、至德。天寶中。妻潘氏以歌舞重幸於楊貴妃。夫婦席寵四十年。恩澤不渝。豈不敏於伎。謹於心乎。上生於乙酉雞辰。使人朝服鬪雞。兆亂於太平矣。上心不悟。十四載。胡羯陷洛。潼關不守。大駕幸成都。奔衛乘轝。夜出便門。馬踣道穽。傷足不能進。杖入南山。每進雞之日。則向西南大哭。祿山往年朝於京師。識昌於橫門外。及亂二京。以千金購昌長安洛陽市。昌變姓名。依於佛舍。除地擊鐘。施力於佛。洎太上皇歸興慶宮。肅宗受命於別殿。昌還舊里。居室爲兵掠。家無遺物。布衣顦顇。不復得入禁門矣。明日。復出長安南門道。見妻兒於招國里。菜色黯焉。兒荷薪。妻負故絮。昌聚哭。訣於道。遂長逝。息長安佛寺。學大師佛旨。大曆元年。依資聖寺大德僧運平住東市海池。立陁羅尼石幢。書能紀姓名。讀釋氏經。亦能了其深義至道。以善心化市井人。建僧房佛舍。植美草甘木。晝把土擁根。汲水灌竹。夜正觀於禪室。建中三年。僧運平人壽盡。服禮畢。奉舍利塔於長安東門外鎭國寺東偏。手植松柏百株。構小舍。居於塔下。朝夕焚香灑掃。事師如生。順宗在東宮。捨錢三十萬。爲昌立大師影堂及齋舍。又立外屋。居游民。取傭給。昌因日食粥一杯。漿水一升。臥草席。絮衣。過是悉歸於佛。妻潘氏後亦不知所往。貞元中。長子至信。依幷州甲。隨大司徒燧入覲。省昌於長壽里。昌如已不生。絕之使去。次子至德歸。販繒洛陽市。來往長安間。歲以金帛奉昌。皆絕之。遂俱去。不復來。元和中。潁川陳洪祖携明鈔本無携字。友人出春明門。見竹柏森然。香煙聞於道。下馬覲昌於塔下。聽其言。忘日之暮。宿鴻祖於齋舍。話身之出處。皆有條貫。遂及王制。鴻祖問開元之理亂。昌曰。老人少時。以鬭雞求媚於上。上倡優畜之。家於外宮。安足以知朝廷之事。然有以爲吾子言者。老人見黃門侍郎杜暹。出爲磧西節度。攝御史大夫。始假風憲以威遠。見哥舒翰之鎭涼州也。下石堡。戍青海城。出白龍。逾葱嶺。界鐵關。總管河左道。七命始攝御史大夫。見張說之領幽州也。每歲入關。輒長轅輓輻車。輦河間薊州傭調繒布。駕轊連軏。坌入關門。輸於王府。江淮綺縠。巴蜀錦繡。後宮玩好而已。河州燉煌道。歲屯田。實邊食。餘粟轉輸靈州。漕下黃河。入太原倉。備關中凶年。關中粟麥麥原作米。據明鈔本改。藏於百姓。天子幸五嶽。從官千乘萬騎。不食於民。老人歲時伏臘得歸休。行都市間。見有賣白衫白疊布。行隣比鄽間。有人禳病。法用皁布一匹。持重價不克致。竟以幞頭羅代之。近者老人扶杖出門。閱街衢中。東西南北視之。見白衫者不滿百。豈天下之人。皆執兵乎。開元十二年。詔三省侍郎有缺。先求曾任刺史者。郎官缺。先求曾任縣令者。及老人見明鈔本無見字。四十。三省郎吏。有理刑才名。大者出刺郡。小者鎮縣。自老人居大道旁。往往有郡太守休馬於此。皆慘然。不樂朝廷沙汰使治郡。開元取士。孝弟理人而已。不聞進士宏詞拔萃之爲其得人也。大略如此。因泣下。復言曰。上皇北臣穹廬。東臣雞林。南臣滇池。西臣昆夷。三歲一來會。朝覲之禮容。臨照之恩澤。衣之錦絮。飼之酒食。使展事而去。都中無留外國賓。今北胡與京師雜處。娶妻生子。長安中少年有胡心矣。吾子視首飾靴服之制。不與向同。得非物妖乎。鴻祖默不敢應而去。

柳氏傳許堯佐撰

天寶中。昌黎韓翊有詩名。性頗落托。羈滯貧甚。有李生者。與翊友善。家累千金。負氣愛才。其幸姬曰柳氏。艷絕一時。喜談謔。善謳詠。李生居之別第。與翊爲宴歌之地。而館翊於其側。翊素知名。其所候問。皆當時之彥。柳氏自門窺之。謂其侍者曰。韓夫子豈長貧賤者乎。遂屬意焉。李生素重翊。無所悋惜。後知其意。乃具饍請翊飲。酒酣。李生曰。柳夫人容色非常。韓秀才文章特異。欲以柳薦枕於韓君。可乎。翊驚慄避席曰。蒙君之恩。解衣輟食久之。豈宜奪所愛乎。李堅請之。柳氏知其意誠。乃再拜。引衣接席。李坐翊於客位。引滿極歡。李生又以資三十萬。佐翊之費。翊仰柳氏之色。柳氏慕翊之才。兩情皆獲。喜可知也。明年。禮部侍郎楊度擢翊上第。屏居間歲。柳氏謂翊曰。榮名及親。昔人所尚。豈宜以濯浣之賤。稽採蘭之美乎。且用器資物。足以待君之來也。翊於是省家於淸池。歲餘。乏食。鬻粧具以自給。天寶末。盜覆二京。士女奔駭。柳氏以艷獨異。且懼不免。乃剪髮毀形。寄跡法靈寺。是時侯希逸自平盧節度淄青。素藉翃名。請爲書記。洎宣皇帝以神武返正。翃乃遣使間行。求柳氏。以練囊盛麩金。題之曰。章臺柳。章臺柳。昔日青青今在否。縱使長條似舊垂。亦應攀折他人手。柳氏捧金嗚咽。左右悽憫。答之曰。楊柳枝。芳菲節。所恨年年贈離別。一葉隨風忽報秋。縱使君來豈堪折。無何。有蕃將沙吒利者。初立功。竊知柳氏之色。劫以歸第。寵之專房。及希逸除左僕射入覲。翃得從行。至京師。已失柳氏所止。歎想不已。偶於龍首岡。見蒼頭以駮牛駕輜軿。從兩女奴。翃偶隨之。自車中問曰。得非韓員外乎。某乃柳氏也。使女奴竊言失身沙吒利。阻同車者。請詰旦幸相待於道政里門。及期而往。以輕素結玉合。實以香膏。自車中授之。曰。當遂永訣。願寘誠念。乃回車。以手揮之。輕袖搖搖。香車轔轔。目斷意迷。失於驚塵。翃大不勝情。會淄青諸將合樂酒樓。使人請翃。翃强應之。然意色皆喪。音韻悽咽。有虞候許俊者。以材力自負。撫劍言曰。必有故。願一效用。翃不得已。具以告之。俊曰。請足下數字。當立致之。乃衣縵胡。佩雙鞬。從一騎。徑造沙吒利之第。候其出行里餘。乃被衽執轡。犯關排闥。急趨而呼曰。將軍中惡。使召夫人。僕侍辟易。無敢仰視。遂升堂。出翃札示柳氏。挾之跨鞍馬。逸塵斷鞅。倏忽乃至。引裾而前曰。幸不辱命。四座驚歎。柳氏與翃。執手涕泣。相與罷酒。是時沙吒利恩寵殊等。翃、俊懼禍。乃詣希逸。希逸大驚曰。吾平生所爲事。俊乃能爾乎。遂獻狀曰。檢校尚書金部員外郎兼御史韓翃久列參佐。累彰勳効。頃從鄉賦。有妾柳氏阻絕凶寇。依止名尼。今文明撫運。遐邇率化。將軍沙吒利兇恣撓法。憑恃微功。驅有志之妾。干無爲之政。臣部將兼御史中丞許俊。族本幽薊。雄心勇決。却奪柳氏。歸於韓翃。義切中抱。雖昭感激之誠。事不先聞。固乏訓齊之令。尋有詔。柳氏宜還韓翃。沙吒利賜錢二百萬。柳氏歸翃。翃後累遷至中書舍人。然卽柳氏志防閑而不克者。許俊慕感激而不達者也。向使柳氏以色選。則當熊辭輦之誠可繼。許俊以才舉。則曹柯澠池之功可建。夫事由跡彰。功待事立。惜鬱堙不偶。義勇徒激。皆不入於正。斯豈變之正乎。蓋所遇然也。

太平廣記卷第四百八十六　雜傳記三

長恨傳 陳鴻撰

唐開元中。泰階平。四海無事。玄宗在位歲久。勌於旰食宵衣。政無大小。始委於丞相。稍深居遊宴。以聲色自娛。先是。元獻皇后武淑妃皆有寵。相次卽世。宮中雖良家子千萬數。無悅目者。上心忽忽不樂。時每歲十月。駕幸華清宮。內外命婦。焜燿景從。浴日餘波。賜以湯沐。春風靈液。淡蕩其間。上心油然。恍若有遇。顧左右前後。粉色如土。詔（詔原作謅。據明鈔本改。）高力士。潛搜外宮。得弘農楊玄琰女於壽邸。既笄矣。鬒髮膩理。纖穠中度。舉止閑冶。如漢武帝李夫人。別疏湯泉。詔賜澡瑩。既出水。體弱力微。若不任羅綺。光彩煥發。轉動照人。上甚悅。進見之日。奏霓裳羽衣以導之。定情之夕。授金釵鈿合以固之。又命戴步搖。垂金璫。明年。冊爲貴妃。半后服用。由是治其容。敏其詞。婉孌萬態。以中上意。上益嬖焉。時省風九州。泥金五嶽。驪山雪夜。上陽春朝。與上行同輦。止同室。宴專席。寢專房。雖有三夫人。九嬪。二十七世婦。八十一御妻。暨後宮才人。樂府妓女。使天子無顧盼意。自是六宮無復進幸者。非徒殊艷尤態。獨能致是。蓋才知明慧。善巧便佞。先意希旨。有不可形容者焉。叔父昆弟皆列在清貴。爵爲通侯。姊妹封國夫人。富埒主室。車服邸第。與大長公主侔。而恩澤勢力。則又過之。出入禁門不問。京師長吏爲之側目。故當時謠詠有云。生女勿悲酸。生男勿歡喜。又曰。男不封侯女作妃。君看女却爲門楣。其爲人心羨慕如此。天寶末。兄國忠盜丞相位。愚弄國柄。及安祿山引兵向闕。以討楊氏爲辭。潼關不守。翠華南幸。出咸陽道。次馬嵬。六軍徘徊。持戟不進。從官郎吏伏上馬前。請誅錯以謝天下。國忠奉氂纓盤水。死於道周。左右之意未快。上問之。當時敢言者。請以貴妃塞天下之怒。上知不免。而不忍見其死。反袂掩面。使牽而去之。倉皇展轉。竟就絕於尺組之下。旣而玄宗狩成都。肅宗禪靈武。明年。大兇歸元。大駕還都。尊玄宗爲太上皇。就養南宮。自南宮遷於西內。時移事去。樂盡悲來。每至春之日。冬之夜。池蓮夏開。宮槐秋落。梨園弟子。玉管發音。聞霓裳羽衣一聲。則天顏不怡。左右欷歔。三載一意。其念不衰。求之夢魂。杳杳而不能得。適有道士自蜀來。知上心念楊妃如是。自言有李少君之術。玄宗大喜。命致其神。方士乃竭其術以索之。不至。又能遊神馭氣。出天界。沒地府。以求之。又不見。又旁求四虛上下。東極絕天涯。跨蓬壺。見最高仙山。上多樓閣。西廂下有洞戶。東向。闔其門。署曰玉妃太眞院。方士抽簪扣扉。有雙鬟童出應門。方士造次未及言。而雙鬟復入。俄有碧衣侍女至。詰其所從來。方士因稱唐天子使者。且致其命。碧衣云。玉妃方寢。請少待之。於時雲海沈沈。洞天日晚。瓊戶重闔。悄然無聲。方士屏息斂足。拱手門下。久之而碧衣延入。且曰。玉妃出。俄見一人。冠金蓮。披紫綃。珮紅玉。曳鳳舃。左右侍者七八人。揖方士。問皇帝安否。次問天寶十四載已還事。言訖憫然。指碧衣女。取金釵鈿合。各拆其半。授使者曰。爲謝太上皇。謹獻是物。尋舊好也。方士受辭與信。將行。色有不足。玉妃因徵其意。復前跪致詞。乞當時一事。不聞於他人者。驗於太上皇。不然。恐鈿合金釵。罹新垣平之詐也。玉妃茫然退立。若有所思。徐而言曰。昔天寶十年。侍輦避暑驪山宮。秋七月。牽牛織女相見之夕。秦人風俗。夜張錦繡。陳飲食。樹花燔香於庭。號爲乞巧。宮掖間尤尚之。時夜始半。休侍衞於東西廂。獨侍上。上憑肩而立。因仰天感牛女事。密相誓心。願世世爲夫婦。言畢。執手各嗚咽。此獨君王知之耳。因自悲曰。由此一念。又不得居此。復於下界。且結後緣。或在天。或在人。決再相見。好合如舊。因言太上皇亦不久人間。幸唯自安。無自苦也。使者還奏太上皇。上心嗟悼久之。餘具國史。至憲宗元和元年。盩厔縣尉白居易爲歌。以言其事。並前秀才陳鴻作傳。冠於歌之前。目爲長恨歌傳。居易歌曰。

漢皇重色思傾國。御宇多年求不得。楊家有女初長成。養在深閨人不識。天生麗質難自棄。一朝選在君王側。回眸一笑百媚生。六宮粉黛無顏色。春寒賜浴華淸池。溫泉水滑洗凝脂。侍兒扶起嬌無力。始是新承恩澤時。雲鬢花顏金步搖。芙蓉帳暖度春宵。春宵苦短日高起。從此君王不早朝。承歡侍宴無閑暇。春從春遊夜專夜。漢宮佳麗三千人。三千寵愛在一身。金屋粧成嬌侍夜。玉樓宴罷醉和春。姊妹弟兄皆列土。可憐光彩生門戶。遂令天下父母心。不重生男重生女。驪宮高處入青雲。仙樂風飄處處聞。緩歌慢舞凝絲竹。盡日君王看不足。漁陽鞞鼓動地來。驚破霓裳羽衣曲。九重城闕煙塵生。千乘萬騎西南行。翠華搖搖行復止。西出都門百餘里。六軍不發無奈何。宛轉蛾眉馬前死。花鈿委地無人收。翠翹金雀玉搔頭。君王掩面救不得。回看血淚相和流。黃埃散漫風蕭索。雲棧縈廻登劍閣。峨眉山下少行人。旌旗無光日色薄。蜀江水碧蜀山青。聖主朝朝暮暮情。行宮見月傷心色。夜雨聞鈴腸斷聲。天旋日轉回龍馭。到此躊躇不能去。馬嵬坡下泥土中。不見玉顏空死處。君臣相顧盡沾衣。東望都門信馬歸。歸來池苑皆依舊。太液芙蓉未央柳。芙蓉如面柳如眉。對此如何不淚垂。春風桃李花開夜。秋雨梧桐葉落時。西宮南苑多秋草。落葉滿堦紅不掃。梨園弟子白髮新。椒房阿監青娥老。夕殿螢飛思悄然。孤燈挑盡未成眠。遲遲鐘漏初長夜。耿耿星河欲曙天。鴛鴦瓦冷霜華重。翡翠衾寒誰與共。悠悠生死別經年。魂魄不曾來入夢。臨卭道士鴻都客。能以精誠致魂魄。爲感君王展轉思。遂令方士殷勤覔。排空馭氣奔如電。昇天入地求之遍。上窮碧落下黃泉。兩處茫茫皆不見。忽聞海上有仙山。山在虛無縹緲間。樓殿玲瓏五雲起。其中綽約多仙子。中有一人名太眞。雪膚花貌參差是。金闕西廂叩玉扃。轉教小玉報雙成。聞道漢家天子使。九華帳裏夢魂驚。攬衣推枕起徘徊。珠箔銀屏迤邐開。雲鬢半偏新睡覺。花冠不整下堂來。風吹仙袂飄飄舉。猶似霓裳羽衣舞。玉容寂寞淚闌干。梨花一枝春帶雨。含情凝睇謝君王。一別音容兩渺茫。昭陽殿裡恩愛絕。蓬萊宮中日月長。回頭下望人寰處。不見長安見塵霧。空將舊物表深情。鈿合金釵寄將去。釵留一股合一扇。釵劈黃金合分鈿。但令心似金鈿堅。天上人間會相見。臨別殷勤重寄詞。詞中有誓兩心知。七月七日長生殿。夜半無人私語時。在天願爲比翼鳥。在地願爲連理枝。天長地久有時盡。此恨綿綿無絕期。

無雙傳 薛調撰

唐王仙客者。建中中朝臣劉震之甥也。初、仙客父亡。與母同歸外氏。震有女曰無雙。小仙客數歲。皆幼稚。戲弄相狎。震之妻常戲呼仙客爲王郎子。如是者凡數歲。而震奉孀姊及撫仙客尤至。一旦。王氏姊疾。且重。召震約曰。我一子。念之可知也。恨不見其婚宦。無雙端麗聰慧。我深念之。異日無令歸他族。我以仙客爲託。爾誠許我。瞑目無所恨也。震曰。姊宜安靜自頤養。無以他事自撓。其姊竟不痊。仙客護喪。歸葬襄鄧。服闋。思念身世。孤孑如此。宜求婚娶。以廣後嗣。無雙長成矣。我舅氏豈以位尊官顯而廢舊約耶。於是飾裝抵京師。時震爲尙書租庸使。門館赫奕。冠蓋塡塞。仙客旣覲。置於學舍。弟子爲伍。舅甥之分。依然如故。但寂然不聞選取之議。又於窗隙間窺見無雙。姿質明豔。若神仙中人。仙客發狂。唯恐姻親之事不諧也。遂鬻囊橐。得錢數百萬。舅氏舅母左右給使。達於廝養。皆厚遺之。又因復設酒饌。中門之內。皆得入之矣。諸表同處。悉敬事之。遇舅母生日。市新奇以獻。雕鏤犀玉。以爲首飾。舅母大喜。又旬日。仙客遣老嫗。以求親之事。聞於舅母。舅母曰。是我所願也。卽當議其事。又數夕。有靑衣告仙客曰。娘子適以親情事言於阿郎。阿郎云。向前亦未許之。模樣云云。恐是參差也。仙客聞之。心氣俱喪。達旦不寐。恐舅氏之見棄也。然奉事不敢懈怠。一日。震趨朝。至日初出。忽然走馬入宅。汗流氣促。唯言鏁却大門。鏁却大門。一家惶駭。不測其由。良久乃言。涇原兵士反。姚令言領兵入含元殿。天子出苑北門。百官奔赴行在。我以妻女爲念。略歸部署。疾召仙客。與我勾當家事。我嫁與爾無雙。仙客聞命。驚喜拜謝。乃裝金銀羅錦二十馱。謂仙客曰。汝易衣服。押領此物。出開遠門。覓一深隙店安下。我與汝舅母及無雙。出啓夏門。遶城續至。仙客依所教。至日落。城外店中待久不至。城門自午後扃鎖。南望目斷。遂乘驄。秉燭遶城。至啓夏門。門亦鎖。守門者不一。持白棓。或立或坐。仙客下馬徐問曰。城中有何事如此。又問今日有何人出此。門者曰。朱太尉已作天子。午後有一人重戴。領婦人四五輩。欲出此門。街中人皆識。云是租庸使劉尙書。門司不敢放出。近夜追騎至。一時驅向北去矣。仙客失聲慟哭。却歸店。三更向盡。城門忽開。見火炬如晝。兵士皆持兵挺刃。傳呼斬斫使出城。搜城外朝官。仙客捨輜騎驚走。歸襄陽。村居三年。後知剋復。京師重整。海內無事。乃入京。訪舅氏消息。至新昌南街。立馬彷徨之際。忽有一人馬前拜。熟視之。乃舊使蒼頭塞鴻也。鴻本王家生。其舅常使得力。遂留之。握手垂涕。仙客謂鴻曰。阿舅舅母安否。鴻云。並在興化宅。仙客喜極云。我便過街去。鴻曰。某已得從良。客戶有一小宅子。販繒爲業。今日已夜。郎君且就客戶一宿。來早同去未晚。遂引至所居。飲饌甚備。至昏黑。乃聞報曰。尙書受僞命官。與夫人皆處極刑。無雙已入掖庭矣。仙客哀寃號絕。感動隣里。謂鴻曰。四海至廣。舉目無親戚。未知託身之所。又問曰。舊家人誰在。鴻曰。唯無雙所使婢採蘋者。今在金吾將軍王遂中宅。仙客曰。無雙固無見期。得見採蘋。死亦足矣。由是乃刺謁。以從姪禮見遂中。具道本末。願納厚價。以贖採蘋。遂中深見相知。感其事而許之。仙客稅屋。與鴻蘋居。塞鴻每言郎君年漸長。合求官職。悒悒不樂。何以遣時。仙客感其言。以情懇告遂中。遂中薦見仙客於京兆尹李齊運。齊運以仙客前御爲富平縣尹。知長樂驛。累月。忽報有中使押領內家三十人往園陵。以備灑掃。宿長樂驛。氈車子十乘下訖。仙客謂塞鴻曰。我聞宮嬪選在掖庭。多是衣冠子女。我恐無雙在焉。汝爲我一窺。可乎。鴻曰。宮嬪數千。豈便及無雙。仙客曰。汝但去。人事亦未可定。因令塞鴻假爲驛吏。烹茗於簾外。仍給錢三千。約曰。堅守茗具。無暫捨去。忽有所覩。卽疾報來。塞鴻唯唯而去。宮人悉在簾下。不可得見之。但夜語喧譁而已。至夜深　羣動皆息。塞鴻滌器搆火。不敢輒寐。忽聞簾下語曰。塞鴻塞鴻。汝爭得知我在此耶。郎健否。言訖嗚咽。塞鴻曰。郎君見知此驛。今日疑娘子在此。令塞鴻問候。又曰。我不久語。明日我去後。汝於東北舍閤子中紫褥下。取書送郎君。言訖便去。忽聞簾下極鬧。云。內家中惡。中使索湯藥甚急。乃無雙也。塞鴻疾告仙客。仙客驚曰。我何得一見。塞鴻曰。今方修渭橋。郎君可假作理橋官。車子過橋時。近車子立。無雙若認得。必開簾子。當得瞥見耳。仙客如其言。至第三車子。果開簾子。窺見。眞無雙也。仙客悲感怨慕。不勝其情。塞鴻於閤子中褥下得書。送仙客。花牋五幅。皆無雙眞迹。詞理哀切。敍述周盡。仙客覽之。茹恨涕下。自此永訣矣。其書後云。常見敕使說。富平縣古押衙。人間有心人。今能求之否。仙客遂申府。請解驛務。歸本官。遂尋訪古押衙。則居於村墅。仙客造謁。見古生。生所願。必力致之。繒綵寶玉之贈。不可勝紀。一年未開口。秩滿。閑居於縣。古生忽來。謂仙客曰。洪一武夫。年且老。何所用。郎君於某竭分。察郎君之意。將有求於老夫。老夫乃一片有心人也。感郎君之深恩。願粉身以答效。仙客泣拜。以實告古生。古生仰天。以手拍腦數四曰。此事大不易。然與郎君試求。不可朝夕便望。仙客拜曰。但生前得見。豈敢以遲晚爲限耶。半歲無消息。一日扣門。乃古生送書。書云。茅山使者回。且來此。仙客奔馬去。見古生。生乃無一言。又啓使者。復云。殺却也。且吃茶。夜深。謂仙客曰。宅中有女家人識無雙否。仙客以采蘋對。仙客立取而至。古生端相。且笑且喜云。借留三五日。郎君且歸。後累日。忽傳說曰。有高品過。處置園陵宮人。仙客心甚異之。令塞鴻探所殺者。乃無雙也。仙客號哭。乃歎曰。本望古生。今死矣。爲之柰何。流涕歔欷。不能自已。是夕更深。聞叩門甚急。及開門。乃古生也。領一篼子入。謂仙客曰。此無雙也。今死矣。心頭微暖。後日當活。微灌湯藥。切須靜密。言訖。仙客抱入閤子中。獨守之。至明。遍體有暖氣。見仙客。哭一聲遂絕。救療至夜方愈。古生又曰。暫借塞鴻。於舍後掘一坑。坑稍深。抽刀斷塞鴻頭於坑中。仙客驚怕。古生曰。郎君莫怕。今日報郎君恩足矣。比聞茅山道士有藥術。其藥服之者立死。三日却活。某使人專求得一丸。昨令採蘋假作中使。以無雙逆黨。賜此藥令自盡。至陵下。託以親故。百縑贖其尸。凡道路郵傳。皆厚賂矣。必免漏泄。茅山使者及舁篼人。在野外處置訖。老夫爲郎君。亦自刎。君不得更居此。門外有檐子一十人。馬五匹。絹二百匹。五更挈無雙便發。變姓名浪迹以避禍。言訖。舉刀。仙客救之。頭已落矣。遂並尸蓋覆訖。未明發。歷四蜀下峽。寓居於渚宮。悄不聞京兆之耗。乃挈家歸襄鄧別業。與無雙偕老矣。男女成羣。噫。人生之契闊會合多矣。罕有若斯之比。常謂古今所無。無雙遭亂世籍沒。而仙客之志。死而不奪。卒遇古生之奇法取之。寃死者十餘人。艱難走竄後。得歸故鄉。爲夫婦五十年。何其異哉。

太平廣記卷第四百八十七　雜傳記四

霍小玉傳 蔣防撰

大曆中。隴西李生名益。年二十。以進士擢（擢原作推。據明鈔本改。）第。其明年。拔萃。俟試於天官。夏六月。至長安。舍於新昌里。生門族清華。少有才思。麗詞嘉句。時謂無雙。先達丈人。翕然推伏。每自矜風調。思得佳偶。博求名妓。久而未諧。長安有媒鮑十一娘者。故薛駙馬家青衣也。折券從良。十餘年矣。性便僻。巧言語。豪家戚里。無不經過。追風挾策。推爲渠帥。常受生誠託厚賂。意頗德之。經數月。李方閑居舍之南亭。申未間。忽聞扣門甚急。云是鮑十一娘至。攝衣從之。迎問曰。鮑卿。今日何故忽然而來。鮑笑曰。蘇姑子作好夢也未。有一仙人。謫在下界。不邀財貨。但慕風流。如此色目。共十郎相當矣。生聞之驚躍。神飛體輕。引鮑手且拜且謝曰。一生作奴。死亦不憚。因問其名居。鮑具說曰。故霍王小女字小玉。王甚愛之。母曰淨持。淨持卽王之寵婢也。王之初薨。諸弟兄以其出自賤庶。不甚收錄。因分與資財。遣居於外。易姓爲鄭氏。人亦不知其王女。姿質穠艷。一生未見。高情逸態。事事過人。音樂詩書。無不通解。昨遣某求一好兒郎。格調相稱者。某具說十郎。他亦知有李十郎名字。非常歡愜。住在勝業坊古寺曲。甫上車門宅是也。已與他作期約。明日午時。但至曲頭覓桂子。卽得矣。鮑既去。生便備行計。遂令家僮秋鴻。於從兄京兆參軍尙公處。假青驪駒。黃金勒。其夕。生澣衣沐浴。修飾容儀。喜躍交并。通夕不寐。遲明。巾幘。引鏡自照。惟懼不諧也。徘徊之間。至於亭午。遂命駕疾驅。直抵勝業。至約之所。果見青衣立候。迎問曰。莫是李十郎否。卽下馬。令牽入屋底。急急鎖門。見鮑果從內出來。遙笑曰。何等兒郎造次入此。生調誚未畢。引入中門。庭間有四櫻桃樹。西北懸一鸚鵡籠。見生入來。卽語曰。有人入來。急下簾者。生本性雅淡。心猶疑懼。忽見鳥語。愕然不敢進。逡巡。鮑引淨持下堦相迎。延入對坐。年可四十餘。綽約多姿。談笑甚媚。因謂生曰。素聞十郎才調風流。今又見容儀雅秀。名下固無虛士。某有一女子。雖拙敎訓。顏色不至醜陋。得配君子。頗爲相宜。頻見鮑十一娘說意旨。今亦便令永奉箕帚。生謝曰。鄙拙庸愚。不意顧盼。倘垂採錄。生死爲榮。遂命酒饌。卽令小玉自堂東閤子中而出。生卽拜迎。但覺一室之中。若瓊林玉樹。互相照曜。轉盼精彩射人。旣而遂坐母側。母謂曰。汝嘗愛念開簾風動竹。疑是故人來。卽此十郎詩也。爾終日吟想。何如一見。玉乃低鬟微笑。細語曰。見面不如聞名。才子豈能無貌。生遂連起拜曰。小娘子愛才。鄙夫重色。兩好相暎。才貌相兼。母女相顧而笑。遂舉酒數巡。生起。請玉唱歌。初不肯。母固强之。發聲清亮。曲度精奇。酒闌及暝。鮑引生就西院憩息。閑庭邃宇。簾幕甚華。鮑令侍兒桂子、浣沙。與生脫靴解帶。須臾玉至。言敍溫和。辭氣宛媚。解羅衣之際。態有餘妍。低幃暱枕。極其歡愛。生自以爲巫山洛浦不過也。中宵之夜。玉忽流涕觀生曰。妾本倡家。自知非匹。今以色愛。托其仁賢。但慮一旦色衰。恩移情替。使女蘿無托。秋扇見捐。極歡之際。不覺悲至。生聞之。不勝感歎。乃引臂替枕。徐謂玉曰。平生志願。今日獲從。粉骨碎身。誓不相捨。夫人何發此言。請以素縑。著之盟約。玉因收淚。命侍兒櫻桃。褰幄執燭。授生筆研。玉管絃之暇。雅好詩書。筐箱筆研。皆王家之舊物。遂取繡囊。出越姬烏絲欄素縑三尺以授生。生素多才思。援筆成章。引諭山河。指誠日月。句句懇切。聞之動人。染畢。命藏於寶篋之內。自爾婉孌相得。若翡翠之在雲路也。如此二歲。日夜相從。其後年春。生以書判拔萃登科。授鄭縣主簿。至四月。將之官。便拜慶於東洛。長安親戚。多就筵餞。時春物尚餘。夏景初麗。酒闌賓散。離思縈懷。玉謂生曰。以君才地名聲。人多景慕。願結婚媾。固亦衆矣。況堂有嚴親。室無冢婦。君之此去。必就佳姻。盟約之言。徒虛語耳。然妾有短願。欲輒指陳。永委君心。復能聽否。生驚怪曰。有何罪過。忽發此辭。試說所言。必當敬奉。玉曰。妾年始十八。君纔二十有二。迨君壯室之秋。猶有八歲。一生歡愛。願畢此期。然後妙選高門。以諧秦晉。亦未爲晚。妾便捨棄人事。剪髮披緇。夙昔之願。於此足矣。生且媿且感。不覺涕流。因謂玉曰。皎日之誓。死生以之。與卿偕老。猶恐未愜素志。豈敢輒有二三。固請不疑。但端居相待。至八月。必當却到華州。尋使奉迎。相見非遠。更數日。生遂訣別東去。到任旬日。求假往東都覲親。未至家日。太夫人已與商量表妹盧氏。言約已定。太夫人素嚴毅。生逡巡不敢辭讓。遂就禮謝。便有近期。盧亦甲族也。嫁女於他門。聘財必以百萬爲約。不滿此數。義在不行。生家素貧。事須求貸。便托假故。遠投親知。涉歷江淮。自秋及夏。生自以孤負盟約。大愆回期。寂不知聞。欲斷其望。遙託親故。不遺漏言。玉自生逾期。數訪音信。虛詞詭說。日日不同。博求師巫。遍詢卜筮。懷憂抱恨。周歲有餘。羸臥空閨。遂成沈疾。雖生之書題竟絕。而玉之想望不移。賂遺親知。使通消息。尋求既切。資用屢空。往往私令侍婢潛賣篋中服玩之物。多託於西市寄附鋪侯景先家貨賣。曾令侍婢浣沙。將紫玉釵一隻。詣景先家貨之。路逢內作老玉工。見浣沙所執。前來認之曰。此釵吾所作也。昔歲霍王小女。將欲上鬟。令我作此。酬我萬錢。我嘗不忘。汝是何人。從何而得。浣沙曰。我小娘子卽霍王女也。家事破散。失身於人。夫壻昨向東都。更無消息。悒怏成疾。今欲二年。令我賣此。賂遺於人。使求音信。玉工悽然下泣曰。貴人男女。失機落節。一至於此。我殘年向盡。見此盛衰。不勝傷感。遂引至延先公主宅。具言前事。公主亦爲之悲歎良久。給錢十二萬焉。時生所定盧氏女在長安。生既畢於聘財。還歸鄭縣。其年臘月。又請假入城就親。潛卜靜居。不令人知。有明經崔允明者。生之中表弟也。性甚長厚。昔歲常與生同歡於鄭氏之室。盃盤笑語。曾不相間。每得生信。必誠告於玉。玉常以薪芻衣服。資給於崔。崔頗感之。生既至。崔具以誠告玉。玉恨歎曰。天下豈有是事乎。遍請親朋。多方召致。生自以愆期負約。又知玉疾候沈綿。慙耻忍割。終不肯往。晨出暮歸。欲以迴避。玉日夜涕泣。都忘寢食。期一相見。竟無因由。寃憤益深。委頓牀枕。自是長安中稍有知者。風流之士。共感玉之多情。豪俠之倫。皆怒生之薄行。時已三月。人多春遊。生與同輩五六人詣崇敬寺翫牡丹花。步於西廊。遞吟詩句。有京兆韋夏卿者。生之密友。時亦同行。謂生曰。風光甚麗。草木榮華。傷哉鄭卿。銜寃空室。足下終能棄置。寔是忍人。丈夫之心。不宜如此。足下宜爲思之。歎讓之際。忽有一豪士。衣輕黃紵衫。挾朱（朱原作未。據明鈔本改。）彈。丰神雋美。衣服輕華。唯有一剪頭胡雛從後。潛行而聽之。俄而前揖生曰。

公非李十郎者乎。某族本山東。姻連外戚。雖乏文藻。心嘗樂賢。仰公聲華。常思覯止。今日幸會。得覩淸揚。某之敝居。去此不遠。亦有聲樂。足以娛情。妖姬八九人。駿馬十數匹。唯公所欲。但願一過。生之儕輩。共聆斯語。更相歎美。因與豪士策馬同行。疾轉數坊。遂至勝業。生以近鄭之所止。意不欲過。便託事故。欲回馬首。豪士曰。敝居咫尺。忍相棄乎。乃輓挾其馬。牽引而行。遷延之間。已及鄭曲。生神情恍惚。鞭馬欲回。豪士遽命奴僕數人。抱持而進。疾走推入車門。便令鎖却。報云。李十郎至也。一家驚喜。聲聞於外。先此一夕。玉夢黃衫丈夫抱生來。至席。使玉脫鞋。驚寤而告母。因自解曰。鞋者諧也。夫婦再合。脫者解也。既合而解。亦當永訣。由此徵之。必遂相見。相見之後。當死矣。凌晨。請母粧梳。母以其久病。心意惑亂。不甚信之。僶勉之間。强爲粧梳。粧梳纔畢。而生果至。玉沈綿日久。轉側須人。忽聞生來。欻然自起。更衣而出。恍若有神。遂與生相見。含怒凝視。不復有言。羸質嬌姿。如不勝致。時復掩袂。返顧李生。感物傷人。坐皆欷歔。頃之。有酒餚數十盤。自外而來。一座驚視。遽問其故。悉是豪士之所致也。因遂陳設。相就而坐。玉乃側身轉面。斜視生良久。遂擧杯酒酧地曰。我爲女子。薄命如斯。君是丈夫。負心若此。韶顏稚齒。飮恨而終。慈母在堂。不能供養。綺羅絃管。從此永休。徵痛黃泉。皆君所致。李君李君。今當永訣。我死之後。必爲厲鬼。使君妻妾。終日不安。乃引左手握生臂。擲盃於地。長慟號哭數聲而絕。母乃擧尸寘於生懷。令喚之。遂不復蘇矣。生爲之縞素。旦夕哭泣甚哀。將葬之夕。生忽見玉繐帷之中。容貌姸麗。宛若平生。着石榴裙。紫𧞣襠。紅綠帔子。斜身倚帷。手引繡帶。顧謂生曰。

媿君相送。尚有餘情。幽冥之中。能不感歎。言畢。遂不復見。明日。葬於長安御宿原。生至墓所。盡哀而返。後月餘。就禮於盧氏。傷情感物。鬱鬱不樂。夏五月。與盧氏偕行。歸於鄭縣。至縣旬日。生方與盧氏寢。忽帳外叱叱作聲。生驚視之。則見一男子。年可二十餘。姿狀溫美。藏身暎幔。連招盧氏。生惶遽走起。遶幔數匝。倏然不見。生自此心懷疑惡。猜忌萬端。夫妻之間。無聊生矣。或有親情。曲相勸喻。生意稍解。後旬日。生復自外歸。盧氏方鼓琴於牀。忽見自門拋一斑犀鈿花合子。方圓一寸餘。中有輕絹。作同心結。墜於盧氏懷中。生開而視之。見相思子二。叩頭蟲一。發殺觜一。驢駒媚少許。生當時憤怒叫吼。聲如豺虎。引琴撞擊其妻。詰令實告。盧氏亦終不自明。爾後往往暴加捶楚。備諸毒虐。竟訟於公庭而遣之。盧氏既出。生或侍婢媵妾之屬。蹔同枕席。便加妒忌。或有因而殺之者。生嘗遊廣陵。得名姬曰營十一娘者。容態潤媚。生甚悅之。每相對坐。嘗謂營曰。我嘗於某處得某姬。犯某事。我以某法殺之。日日陳說。欲令懼己。以肅淸閨門。出則以浴斛覆營於牀。周廻封署。歸必詳視。然後乃開。又畜一短劍。甚利。顧謂侍婢曰。此信州葛溪鐵。唯斷作罪過頭。大凡生所見婦人。輒加猜忌。至於三娶。率皆如初焉。

太平廣記卷第四百八十八

雜傳記五

鶯鶯傳 元稹撰

唐貞元中。有張生者。性溫茂。美風容。內秉堅孤。非禮不可入。或朋從遊宴。擾雜其間。他人皆洶洶拳拳。若將不及。張生容順而已。終不能亂。以是年二十三。未嘗近女色。知者詰之。謝而言曰。登徒子非好色者。是有兇行。余眞好色者。而適不我値。何以言之。大凡物之尤者。未嘗不留連於心。是知其非忘情者也。詰者識之。無幾何。張生遊於蒲。蒲之東十餘里。有僧舍曰普救寺。張生寓焉。適有崔氏孀婦。將歸長安。路出於蒲。亦止茲寺。崔氏婦。鄭女也。張出於鄭。緒其親。乃異派之從母。是歲。渾瑊薨於蒲。有中人丁文雅。不善於軍。軍人因喪而擾。大掠蒲人。崔氏之家。財產甚厚。多奴僕。旅寓惶駭。不知所托。先是張與蒲將之黨有善。請吏護之。遂不及於難。十餘日。廉使杜確將天子命以總戎節。令於軍。軍由是戢。鄭厚張之德甚。因飾饌以命張。中堂宴之。復謂張曰。姨之孤嫠未亡。提攜幼稚。不幸屬師徒大潰。寔不保其身。弱子幼女。猶君之生。豈可比常恩哉。今俾以仁兄禮奉見。冀所以報恩也。命其子。曰歡郎。可十餘歲。容甚溫美。次命女。出拜爾兄。爾兄活爾。久之辭疾。鄭怒曰。張兄保爾之命。不然。爾且擄矣。能復遠嫌乎。久之乃至。常服睟容。不加新飾。垂鬟接黛。雙臉銷紅而已。顏色艷異。光輝動人。張驚爲之禮。因坐鄭旁。以鄭之抑而見也。

凝睇怨絕。若不勝其體者。問其年紀。鄭曰。今天子甲子歲之七月。終於貞元庚辰。生年十七矣。張生稍以詞導之。不對。終席而罷。張自是惑之。願致其情。無由得也。崔之婢曰紅娘。生私爲之禮者數四。乘間遂道其衷。婢果驚沮。腆然而奔。張生悔之。翼日。婢復至。張生乃羞而謝之。不復云所求矣。婢因謂張曰。郎之言。所不敢言。亦不敢泄。然而崔之姻族。君所詳也。何不因其德而求娶焉。張曰。余始自孩提。性不苟合。或時紈綺間居。曾莫流盼。不爲當年。終有所蔽。昨日一席間。幾不自持。數日來。行忘止。食忘飽。恐不能逾旦暮。若因媒氏而娶。納采問名。則三數月間。索我於枯魚之肆矣。爾其謂我何。婢曰。崔之貞愼自保。雖所尊不可以非語犯之。下人之謀。固難入矣。然而善屬文。往往沈吟章句。怨慕者久之。君試爲喻情詩以亂之。不然則無由也。張大喜。立綴春詞二首以授之。是夕。紅娘復至。持綵牋以授張曰。崔所命也。題其篇曰明月三五夜。其詞曰。待月西廂下。近風戶半開。拂墻花影動。疑是玉人來。張亦微喻其旨。是夕。歲二月旬有四日矣。崔之東有杏花一株。攀援可踰。既望之夕。張因梯其樹而踰焉。達於西廂。則戶半開矣。紅娘寢於牀。生因驚之。紅娘駭曰。郎何以至。張因紿之曰。崔氏之牋召我也。爾爲我告之。無幾。紅娘復來。連曰。至矣。至矣。張生且喜且駭。必謂獲濟。及崔至。則端服嚴容。大數張曰。兄之恩。活我之家。厚矣。是以慈母以弱子幼女見託。柰何因不令之婢。致淫逸之詞。始以護人之亂爲義。而終掠亂以求之。是以亂易亂。其去幾何。誠欲寢其詞。則保人之姦。不義。明之於母。則背人之惠。不祥。將寄於婢僕。又懼不得發其眞誠。是用託短章。願自陳啓。猶懼兄之見難。是用鄙靡之詞。以求其必至。非禮之動。能不媿心。特願以禮自持。無及於亂。言畢。翻然而逝。張自失者久之。復踰而出。於是絕望。數夕。張生臨軒獨寢。忽有人覺之。驚駭而起。則紅娘斂衾攜枕而至。撫張曰。至矣。至矣。睡何爲哉。並枕重衾而去。張生拭目危坐久之。猶疑夢寐。然而修謹以俟。俄而紅娘捧崔氏而至。至則嬌羞融冶。力不能運支體。曩時端莊。不復同矣。是夕旬有八日也。斜月晶瑩。幽輝半牀。張生飄飄然。且疑神仙之徒。不謂從人間至矣。有頃。寺鐘鳴。天將曉。紅娘促去。崔氏嬌啼宛轉。紅娘又捧之而去。終夕無一言。張生辨色而興。自疑曰。豈其夢邪。及明。覩粧在臂。香在衣。淚光熒熒然。猶瑩於茵席而已。是後又十餘日。杳不復知。張生賦會眞詩三十韻。未畢。而紅娘適至。因授之。以貽崔氏。自是復容之。朝隱而出。暮隱而入。同安於曩所謂西廂者。幾一月矣。張生常詰鄭氏之情。則曰。我 明鈔本我作知。 不可奈何矣。因欲就成之。無何。張生將之長安。先以情諭之。崔氏宛無難詞。然而愁怨之容動人矣。將行之再夕。不可復見。而張生遂西下。數月。復遊於蒲。會於崔氏者又累月。崔氏甚工刀札。善屬文。求索再三。終不可見。往往張生自以文挑。亦不甚覩覽。大畧崔之出人者。藝必窮極。而貌若不知。言則敏辯。而寡於酬對。待張之意甚厚。然未嘗以詞繼之。時愁艷幽邃。恒若不識。喜慍之容。亦罕形見。異時獨夜操琴。愁弄悽惻。張竊聽之。求之。則終不復鼓矣。以是愈惑之。張生俄以文調及期。又當西去。當去之夕。不復自言其情。愁歎於崔氏之側。崔已陰知將訣矣。恭貌怡聲。徐謂張曰。始亂之。終棄之。固其宜矣。愚不敢恨。必也君亂之。君終之。君之惠也。則歿身之誓。其有終矣。又何必深感於此行。然而君既不懌。無以奉寧。君常謂我善鼓琴。向時羞顏。所不能及。今且往矣。既君此誠。因命拂琴。鼓霓裳羽衣序。不數聲。哀音怨亂。不復知其是曲也。左右皆歔欷。崔亦遽止之。投琴。泣下流連。趨歸鄭所。遂不復至。明旦而張行。明年。文戰不勝。張遂止於京。因貽書於崔。以廣其意。崔氏緘報之詞。粗載於此。曰。捧覽來問。撫愛過深。兒女之情。悲喜交集。兼惠花勝一合。口脂五寸。致耀首膏唇之飾。雖荷殊恩。誰復爲容。睹物增懷。但積悲歎耳。伏承使於京中就業。進修之道。固在便安。但恨僻陋之人。永以遐棄。命也如此。知復何言。自去秋已來。常忽忽如有所失。於諠譁之下。或勉爲語笑。閑宵自處。無不淚零。乃至夢寐之間。亦多感咽。離憂之思。綢繆繾綣。暫若尋常。幽會未終。驚魂已斷。雖半衾如暖。而思之甚遙。一昨拜辭。倏逾舊歲。長安行樂之地。觸緒牽情。何幸不忘幽微。眷念無斁。鄙薄之志。無以奉酬。至於終始之盟。則固不忒。鄙昔中表相因。或同宴處。婢僕見誘。遂致私誠。兒女之心。不能自固。君子有援琴之挑。鄙人無投梭之拒。及薦寢席。義盛意深。愚陋之情。永謂終託。豈期既見君子。而不能定情。致有自獻之羞。不復明侍巾幘。沒身永恨。含歎何言。倘仁人用心。俯遂幽眇。雖死之日。猶生之年。如或達士略情。捨小從大。以先配爲醜行。以要盟爲可欺。則當骨化形銷。丹誠不泯。因風委露。猶託清塵。存沒之誠。言盡於此。臨紙嗚咽。情不能申。千萬珍重。珍重千萬。玉環一枚。是兒嬰年所弄。寄充君子下體所佩。玉取其堅潤不渝。環取其終始不絕。兼亂絲一絇。文竹茶碾子一枚。此數物不足見珍。意者欲君子如玉之眞。獘志如環不解。淚痕在竹。愁緒縈絲。因物達情。永以爲好耳。心邇身遐。拜會無期。幽憤所鍾。千里神合。千萬珍重。春風多厲。强飯爲嘉。愼言自保。無以鄙爲深念。張生發其書於所知。由是時人多聞之。所善楊巨源好屬詞。因爲賦崔娘詩一絕云。清潤潘郎玉不如。中庭蕙草雪銷初。風流才子多春思。腸斷蕭娘一紙書。河南元稹。亦續生會眞詩三十韻。詩曰。

微月透簾櫳。螢光度碧空。遙天初縹緲。低樹漸葱朧。龍吹過庭竹。鸞歌拂井桐。羅綃垂薄霧。環珮響輕風。絳節隨金母。雲心捧玉童。更深人悄悄。晨會雨濛濛。珠瑩光文履。花明隱繡龍。瑤釵行綵鳳。羅帔掩丹虹。言自瑤華浦。將朝碧玉宮。因遊洛城北。偶向宋家東。戲調初微拒。柔情已暗通。低鬟蟬影動。回步玉塵蒙。轉面流花雪。登牀抱綺叢。鴛鴦交頸舞。翡翠合歡籠。眉黛羞偏聚。脣朱暖更融。氣清蘭蕊馥。膚潤玉肌豐。無力傭移腕。多嬌愛斂躬。汗流珠點點。髮亂綠葱葱。方喜千年會。俄聞五夜窮。留連時有恨。繾綣意難終。慢臉含愁態。芳詞誓素衷。贈環明運合。留結表心同。啼粉流宵鏡。殘燈遠暗蟲。華光猶苒苒。旭日漸曈曈。乘鶩還歸洛。吹簫亦上嵩。衣香猶染麝。枕膩尚殘紅。冪冪臨塘草。飄飄思渚蓬。素琴鳴怨鶴。清漢望歸鴻。海闊誠難渡。天高不易冲。行雲無處所。蕭史在樓中。

張之友聞之者。莫不聳異之。然而張志亦絕矣。稹特與張厚。因徵其詞。張曰。大凡天之所命尤物也。不妖其身。必妖於人。使崔氏子遇合富貴。乘寵嬌。不爲雲。不爲雨。爲蛟爲螭。吾不知其所變化矣。昔殷之辛。周之幽。據百萬之國。其勢甚厚。然而一女子敗之。潰其衆。屠其身。至今爲天下僇笑。予之德不足以勝妖孽。是用忍情。於時坐者皆爲深歎。後歲餘。崔已委身於人。張亦有所娶。

適經所居。乃因其夫言於崔。求以外兄見。夫語之。而崔終不爲出。張怨念之誠。動於顏色。崔知之。潛賦一章詞曰。自從消瘦減容光。萬轉千廻懶下牀。不爲旁人羞不起。爲郎憔悴却羞郎。竟不之見。後數日。張生將行。又賦一章以謝絕云。棄置今何道。當時且自親。還將舊時意。憐取眼前人。自是絕不復知矣。時人多許張爲善補過者。予常於朋會之中。往往及此意者。夫使知者不爲。爲之者不惑。貞元歲九月。執事李公垂。宿於予靖安里第。語及於是。公垂卓然稱異。遂爲鶯鶯歌以傳之。崔氏小名鶯鶯。公垂以命篇。

太平廣記卷第四百八十九

雜傳記六

周秦行記 牛僧孺譔

余貞元中。舉進士落第。歸宛葉間。至伊闕南道鳴臯山下。將宿大安民舍。會暮。失道不至。更十餘里。行一道甚易。夜月始出。忽聞有異氣如貴香。因趨進行。不知厭遠。見火明。意莊家。更前驅。至一宅。門庭若富家。有黃衣閽人曰。郎君何至。余答曰。僧孺姓牛。應進士落第。本往大安民舍。誤道來此。直乞宿。無他。中有小髻青衣出。責黃衣曰。門外謂誰。黃衣曰。有客有客。黃衣入告。少時出曰。請郎君入。余問誰大宅。黃衣曰。但進。無須問。入十餘門。至大殿。蔽以珠簾。有朱衣黃衣閽人數百。立階。左右曰。拜。簾中語曰。妾漢文帝母薄太后。此是廟。郎君不當來。何辱至此。余曰。臣家宛葉。將歸失道。恐死豺虎。敢託命。語訖。太后命使軸簾避席曰。妾故漢室老母。君唐朝名士。不相君臣。幸希簡敬。便上殿來見。太后着練衣。狀貌瑰瑋。不甚年高。勞余曰。行役無苦乎。召坐。食頃。聞殿內有笑聲。太后曰。今夜風月甚佳。偶有二女伴相尋。況又遇嘉賓。不可不成一會。呼左右屈二娘子出見秀才。良久。有女子二人從中至。從者數百。前立者一人。狹腰長面。多髮不粧。衣青衣。僅可二十餘。太后曰。高祖戚夫人。余下拜。夫人亦拜。更一人。柔肌穩身。貌舒態逸。光彩射遠近。多服花繡。年低太后。后曰。此元帝王嬙。余拜如戚夫人。王嬙復拜。各就坐。坐定。太后使紫衣中貴人曰。迎楊家潘家來。久之。空中見五色雲下。聞笑語聲寖近。太后曰。楊家至矣。忽車音馬跡相雜。羅綺煥燿。旁視不給。有二女子從雲中下。余起立於側。見前一人。織腰修眸。儀容甚麗。衣黃衣。冠玉冠。年三十許。太后曰。此是唐朝太眞妃子。予卽伏謁。拜如臣禮。太眞曰。妾得罪先帝。先帝謂肅宗也。皇朝不置妾在后妃數中。設此禮。豈不虛乎。不敢受。却答拜。更一人。厚肌斂視。小質潔白。齒極卑。被寬博衣。太后曰。齊潘淑妃。余拜之如妃子。既而太后命進饌。少時饌至。芳潔萬端。皆不得名。余但欲充腹。不能足食。已更具酒。其器用盡如王者。太后語太眞曰。何久不來相看。太眞謹容對曰。三郎天寶中。宮人呼玄宗多曰三郎。數幸華清宮。扈從不得至。太后又謂潘妃曰。子亦不來。何也。潘妃匿笑不禁。不成對。太眞乃視潘妃而對曰。潘妃向玉奴太眞名也。說。懊惱東昏侯踈狂。終日出獵。故不得時謁耳。太后問余。今天子爲誰。余對曰。今皇帝先帝長子。太眞笑曰。沈婆兒作天子也。大奇。太后曰。何如主。余對曰。小臣不足以知君德。太后曰。然無嫌。但言之。余曰。民間傳聖武。太后首肯三四。太后命進酒加樂。樂妓皆年少女子。酒環行數周。樂亦隨輟。太后請戚夫人鼓琴。夫人約指玉環。光照於座。西京雜記云。高祖與夫人環。照見指骨也。引琴而鼓。其聲甚怨。太后曰。牛秀才邂逅到此。諸娘子又偶相訪。今無以盡平生歡。牛秀才固才士。盍各賦詩言志。不亦善乎。遂各授與牋筆。逡巡詩成。太后詩曰。月寢花宮得奉君。至今猶媿管夫人。漢家舊是笙歌處。煙草幾經秋復春。王嬙詩曰。雪裡穹廬不見春。漢衣雖舊淚痕新。如今最恨毛延壽。愛把丹青錯畫人。戚夫人詩曰。自別漢宮休楚舞。不能粧粉恨君王。無金豈得迎商叟。呂氏何曾畏木强。太眞詩曰。金釵墮地別君王。紅淚流珠滿御牀。雲雨馬嵬分散後。驪宮不復舞霓裳。潘妃詩曰。秋月春風幾度歸。江山猶是業宮非。東昏舊作蓮花地。空想曾披金縷衣。再三邀余作詩。余不得辭。遂應命作詩曰。香風引到大羅天。月地雲階拜洞仙。共道人間惆悵事。不知今夕是何年。別有善笛女子。短髮麗服。貌甚美。而且多媚。潘妃偕來。太后以接座居之。時令吹笛。往往亦及酒。太后顧而問曰。識此否。石家綠珠也。潘妃養作妹。故潘妃與俱來。太后因曰。綠珠豈能無詩乎。綠珠乃謝而作詩曰。此日人非昔日人。笛聲空怨趙王倫。紅殘翠碎花樓下。金谷千年更不春。詩畢。酒既至。太后曰。牛秀才遠來。今夕誰人爲伴。戚夫人先起辭曰。如意成長。固不可。且不可如此。潘妃辭曰。東昏以玉兒身死國除。玉兒不宜負也。明鈔本也作他。綠珠辭曰。石衛尉性嚴急。今有死。不可及亂。太后曰。太眞今朝先帝貴妃。不可言其他。乃顧謂王嬙曰。昭君始嫁呼韓單于。復爲株纍弟單于婦。固自用。用原作困。據明鈔本改。且苦寒地胡鬼何能爲。昭君幸無辭。昭君不對。低眉羞恨。俄各歸休。余爲左右送入昭君院。會將旦。侍人告起。昭君垂泣持別。忽聞外有太后命。余遂出見太后。太后曰。此非郎君久留地。宜亟還。便別矣。幸無忘向來歡。更索酒。酒再行已。戚夫人、潘妃、綠珠皆泣下。竟辭去。太后使朱衣送往大安。抵西道。旋失使人所在。時始明矣。余就大安里。問其里人。里人云。此十餘里。有薄后廟。余却回。望廟宇。荒毀不可入。非向者所見矣。余衣上香經十餘日不歇。竟不知其何如。

冥音錄

盧江尉李侃者。隴西人。家於洛之河南。太和初。卒於官。有外婦崔氏。本廣陵倡家。生二女。既孤且幼。孀母撫之以道。近於成人。因寓家盧江。侃既死。雖侃之宗親居顯要者。絕不相聞。盧江之人。咸哀其孤藐而能自强。崔氏性酷嗜音。雖貧苦求活。常以弦歌自娛。有女弟菃奴。風容不下。善鼓箏。爲古今絕妙。知名於時。年十七。未嫁而卒。人多傷焉。二女幼傳其藝。長女適邑人丁玄夫。性識不甚聰慧。幼時。每教其藝。小有所未至。其母輒加鞭箠。終莫究其妙。每心念其姨曰。我姨之甥也。今乃死生殊途。恩愛久絕。姨之生乃聰明。死何蔑然。而不能以力祐助。使我心開目明。粗及流輩哉。每至節朔。輒擧觴酹地。哀咽流涕。如此者八歲。母亦亦原作玄。據明鈔本改。哀而憫焉。開成五年。四月三日。因夜寐。驚起號泣。謂其母曰。向者夢姨執手泣曰。我自辭人世。在陰司簿屬教坊。授曲於博士李元憑。元憑屢薦我於憲宗皇帝。帝召居宮一年。以我更直穆宗皇帝宮中。以箏導諸妃。出入一年。上帝誅鄭注。天下大酺。唐氏諸帝宮中互選妓樂。以進神堯、太宗二宮。我復得侍憲宗。每一月之中。五日一直長秋殿。餘日得肆遊觀。但不得出宮禁耳。汝之情懇。我乃知也。但無由得來。近日襄陽公主以我爲女。思念頗至。得出入主第。私許我歸。成汝之願。汝早圖之。陰中法嚴。帝或聞之。當獲大譴。亦上累於主。復與其母相持而泣。翼日。乃灑掃一室。列虛筵。設酒果。髣髴如有所見。因執箏就坐。閉目彈之。隨指有得。初授人間之曲。十日不得一曲。此一日獲十曲。

曲之名品。殆非生人之意。聲調哀怨。幽幽然鶚啼鬼嘯。聞之者莫不歔欷。曲有迎君樂。正商調。二十八疊。槲林歎。分絲調。四十四疊。秦王賞金歌。小石調。二十八疊。廣陵散。正商調。二十八疊。行路難。正商調。二十八疊。上江虹。正商調。二十八疊。晉城仙。小石調。二十八疊。絲竹賞金歌。小石調。二十八疊。紅窗影。雙柱調。四十疊。十曲畢。慘然謂女曰。此皆宮闈中新翻曲。帝尤所愛重。槲林歎紅窗影等。每宴飲。卽飛毬舞盞。爲佐酒長夜之歡。穆宗敕修文舍人元稹撰其詞數十首。甚美。醼酣。令宮人遞歌之。帝親執玉如意。擊節而和之。帝祕其調極切。恐爲諸國所得。故不敢泄。歲攝提。地府當有大變。得以流傳人世。幽明路異。人鬼道殊。今者人事相接。亦萬代一時。非偶然也。會以吾之十曲。獻陽地天子。不可使無聞於明代。於是縣白州。州白府。刺史崔璹親召試之。則絲桐之音。鎗鏦可聽。其差琴調不類秦聲。乃以衆樂合之。則宮商調殊不同矣。母令小女再拜。求傳十曲。亦備得之。至暮訣去。數日復來曰。聞揚州連帥欲取汝。恐有謬誤。汝可一一彈之。又留一曲曰思歸樂。無何。州府果令送至揚州。一無差錯。廉使故相李德裕議表其事。女尋卒。

太平廣記卷第四百九十　雜傳記七

東陽夜怪錄

前進士王洙字學源。其先琅琊人。元和十三年春擢第。嘗居鄒魯間名山習業。洙自云。前四年時。因隨籍入貢。暮次滎陽逆旅。值彭城客秀才成自虛者。以家事不得就舉。言旋故里。遇洙。因話辛勤往復之意。自虛字致本。語及人間目覩之異。是歲。自虛十有一月八日東還。乃元和八年也。翼日。到渭南縣。方屬陰曀。不知時之早晚。縣宰黎謂留飲數巡。自虛恃所乘壯。乃命僮僕輜重。悉令先於赤水店俟宿。聊踟躕焉。東出縣郭門。則陰風刮地。飛雪霧天。行未數里。迨將昏黑。自虛僮僕。既悉令前去。道上又行人已絕。無可問程。至是不知所屆矣。路出東陽驛南。尋赤水谷口道。去驛不三四里。有下塢。林月依微。略辨佛廟。自虛啓扉。投身突入。雪勢愈甚。自虛竊意佛宇之居。有住僧。將求委焉。則策馬入。其後纔認北横數間空屋。寂無燈燭。久之傾聽。微似有人喘息聲。遂繫馬於西面柱。連問院主和尚。今夜慈悲相救。徐聞人應。老病僧智高在此。適僮僕已出使村中敎化。無從以致火燭。雪若是。復當深夜。客何爲者。自何而來。四絶親鄰。何以取濟。今夕脫不惡其病穢。且此相就。則免暴露。兼撤所藉芻藁分用。委質可矣。自虛他計既窮。聞此內亦頗喜。乃問高公生緣何鄉。何故棲此。又俗姓云何。既接恩容。當還審其出處。曰。貧道俗姓安。以本身肉鞍之故也。生在磧西。本因捨力。隨緣來詣中國。到此未幾。房院踈蕪。秀才卒降。無以供待。不垂見怪爲幸。自虛如此問答。頗忘前倦。乃謂高公曰。方知探寶化城。城原作成。據明鈔本改。如來非妄立喻。今高公是我導師矣。高公本宗。固有如是降伏其心之教。俄則沓沓然若數人聯步而至者。遂聞云。極好雪。師丈在否。高公未應間。聞一人云。曹長先行。或曰。朱八丈合先行。又聞人曰。路甚寬。曹長不合苦讓。偕行可也。自虛竊謂人多。私心益壯。有頃。即似悉造座隅矣。內謂一人曰。師丈此有宿客乎。高公對曰。適有客來詣宿耳。自虛昏昏然。莫審其形質。唯最前一人。俯簷映雪。彷彿若見着皁裘者。背及肋有搭白補處。其人先發問自虛云。客何故瑀瑀丘圭反。然犯雪。昏夜至此。自虛則具以實告。其人因請自虛姓名。對曰。進士成自虛。自虛亦從而語曰。暗中不可悉揖清揚。他日無以爲子孫之舊。請各稱其官及名氏。便聞一人云。前河陰轉運巡官。試左驍衛胄曹參軍盧倚馬。次一人云。桃林客。副輕車將軍朱中正。次一人曰。去文姓敬。次一人曰。銳金姓奚。此時則似周坐矣。初因成公應舉。倚馬旁及論文。倚馬曰。某兒童時。即聞人詠師丈聚雪爲山詩。今猶記得。今夜景象。宛在目中。師丈有之乎。高公曰。其詞謂何。試言之。倚馬曰。所記云。誰家掃雪滿庭前。萬壑千峰在一拳。吾心不覺侵衣冷。曾向此中居幾年。自虛茫然如失。口呿眸眙。尤所不測。高公乃曰。雪山是吾家山。往年偶見小兒聚雪。屹有峯巒山狀。西望故國悵然。因作是詩。曹長大聰明。如何記得。貧道舊時惡句。不因曹長誠念在口。實亦遺忘。倚馬曰。師丈騁逸步於遐荒。脫塵機機當爲羈。於維縶。巍巍道德。可謂首出儕流。如小子之徒。望塵奔走。曷曷當爲褐。用毛色而譏之。敢窺其高遠哉。倚馬今春以公事到城。受性頑鈍。闕下桂玉。煎迫不堪。旦夕羈羈當爲饑。旅。雖勤勞夙夜。料入況微。負荷非輕。常懼刑責。近蒙本院轉一虛銜。謂空驅作替驢。意在苦求脫免。昨晚出長樂城下宿。自悲塵中勞役。慨然有山鹿野麋之志。因寄同侶。成兩篇惡詩。對諸作者。輒欲口占。去就未敢。自虛曰。今夕何夕。得聞佳句。倚馬又謙曰。不揆荒淺。況師丈文宗在此。敢呈醜拙邪。自虛苦請曰。願聞。願聞。倚馬因朗吟其詩曰。長安城東洛陽道。車輪不息塵浩浩。爭利貪前競着鞭。相逢盡是塵中老。其一。日晚長川不計程。離羣獨步不能鳴。賴有青青河畔草。春來猶得慰慰當作餵。羈羈當作饑。情。合座咸曰。大高作。倚馬謙曰。拙惡。拙惡。中正謂高公曰。比聞朔漠之士。吟諷師丈佳句絕多。今此是潁川。況側聆盧曹長所念。開洗昏鄙。意爽神清。新製的多。滿座渴咏。豈不能見示三兩首。以沃羣矚。高公請俟他日。中正又曰。眷彼名公悉至。何惜兎園。雅論高談。抑一時之盛事。今去市肆若遠。夜艾興餘。杯觴固不可求。炮炙無由而致。賓主禮闕。慙恧空多。吾輩方以觀心朶頤。謂齕草之性。與師丈同。而諸公通宵無以充腹。赧然何補。高公曰。吾聞嘉話可以忘乎饑渴。秖如八郎。力濟生人。動循軌轍。攻城犒士。爲己所長。但以十二因緣。皆從觴明鈔本觴作觸。起。茫茫苦海。煩惱隨生。何地而可見菩提。提當爲蹄。何門而得離火宅。亦用車讖之。中正對曰。以愚所謂。覆轍相尋。輪廻惡道。先後報應。事甚分明。引領修行。義歸於此。高公大笑。乃曰。釋氏尚其清淨。道成則爲正覺。覺當爲角。覺則佛也。如八郎向來之談。深得之矣。倚馬大笑。自虛又曰。適來朱將軍再三有請和尚新製。在小生下情。寔願觀寶。和尚豈以自虛遠客。非我法中而見鄙之乎。且和尚器識非凡。岸谷深峻。必當格韻才思。貫絕一時。妍妙清新。擺落俗態。豈終祕咳唾之餘思。不吟一兩篇。以開耳目乎。高公曰。深荷秀才苦請。事則難於固違。況老僧殘疾衰羸。習讀久廢。章句之道。本非所長。却是朱八無端挑抉吾短。然於病中偶有兩篇自述。匠石能聽之乎。曰。願聞。其詩曰。擁褐藏名無定蹤。流沙千里度衰容。傳得南宗心地後。此身應便老雙峰。爲有閻浮珍重因。遠離西國赴咸秦。自從無力休行道。且作頭陀不繫身。又聞滿座稱好聲。移時不定。去文忽於座內云。昔王子猷訪戴安道於山陰。雪夜皎然。及門而返。遂傳何必見戴之論。當時皆重逸興。今成君可謂以文會友。下視袁安、蔣詡。吾少年時。頗負儁氣。性好鷹鸇。曾於此時。畋遊馳騁。吾故林在長安之巽維。御宿川之東時。此處地名苟家觜也。詠雪有獻曹州房一篇。不覺詩狂所攻。輒污泥高鑒耳。因吟詩曰。愛此飄颻六出公。輕瓊洽絮舞長空。當時正逐秦丞相。騰躑川原喜北風。獻詩訖。曹州房頗甚賞僕此詩。因難云。呼雪爲公。得無檢束乎。余遂徵古人尙有呼竹爲君。後賢以爲名論。用以證之。曹州房結舌。莫知所對。然曹州房素非知詩者。烏大嘗謂吾曰。難得臭味同。斯言不妄。今涉彼遠官。參東州軍事。義見古今注。相去數千。苗十以五五之數。故第十。氣候啞吒。憑恃羣親。索人承事。魯無君子者。斯焉取諸。銳金曰。安敢當。不見苗生幾日。曰。涉旬矣。然則苗子何在。去文曰。亦應非遠。知吾輩會於此。計合解來。居無幾。苗生遽至。去文僞爲喜意。拊背曰。適我願兮。去文遂引苗生與自虛相揖。自虛先稱名氏。苗生曰。介立姓苗。賓主相諭之詞。頗甚稠沓。銳金居其側曰。此時則苦吟之矣。諸公皆由。老奚詩病又發。如何如何。自虛曰。向者承奚生眷與之分非淺。何爲尙吝瑰寶。大失所望。銳金退而逡巡曰。敢不貽廣席一噱乎。輒念三篇近詩云。舞鏡爭鸞綵。臨場定鶻拳。正思仙仗日。翹首仰樓前。養鬬形如木。迎春質似泥。信如風雨在。何憚跡卑棲。爲脫田文難。常懷紀涓恩。欲知躁野態。霜曉叫荒村。銳金吟訖。暗中亦大聞稱賞聲。高公曰。諸賢勿以武士見待朱將軍。此公甚精名理。又善屬文。而乃猶無所言。皮裹臧否吾輩。抑將不可。況成君遠客。一夕之聚。空門所謂多生有緣。宿鳥同樹者也。得不因此留異時之談端哉。中正起曰。師丈此言。乃與中正樹荊棘耳。苟衆情疑阻。敢不唯命是聽。然盧探手作事。自貽伊戚。如何。高公曰。請諸賢靜聽。中正詩曰。亂魯負虛名。遊秦感甯生。候驚丞相喘。用識葛盧鳴。黍稷滋農興。軒車乏道情。近來筋力退。一志在歸耕。高公歎曰。朱八文華若此。未離散秩。引駕者又何人哉。屈甚。屈甚。倚馬曰。扶風二兄。偶有所繫。（意屬自虛所乘。）吾家龜茲蒼文斃甚。樂喧厭靜。好事揮霍。興在結束。勇於前驅。（謂般輕貨首隊頭驢。）此會不至。恨可知也。去文謂介立曰。胃家兄弟。居處匪遙。莫往莫來。安用尙志。詩云。朋友攸攝。而使尙有遐心。必須折簡見招。鄙意頗成其美。介立曰。某本欲訪胃大去。方以論文興酣。不覺遲遲耳。敬君命予。今且請諸公不起。介立略到胃家即回。不然。便拉胃氏昆季同至。可乎。皆曰。諾。介立乃去。無何。去文於衆前。竊是非介立曰。蠢茲爲人。有甚爪距。頗聞潔廉。善主倉庫。其如蜡姑之醜。難以掩於物論何。殊不知介立與胃氏相攜而來。及門。瞥聞其說。介立攘袂大怒曰。天生苗介立。鬬伯比之直下。得姓於楚遠祖棼皇茹。分二十族。祀典配享。至於禮經。（謂郊特牲八蜡。迎虎迎猫也。）奈何一敬去文。盤瓠之餘。長細無別。非人倫所齒。只合馴狎稚子。獰守酒旗。諂同妖狐。竊脂媚竈。安敢言人之長短。我若不呈薄藝。敬子謂我咸秩無文。使諸人異日藐我。今對師丈念一篇惡詩。且看如何。詩曰。爲慙食肉主恩深。日晏蟠蜿臥錦衾。且學志人知白黑。那將好爵動吾心。自虛頗甚佳歎。去文曰。卿不詳本末。厚加矯誣。我實春秋向戌之後。卿以我爲盤瓠裔。如辰陽比房。於吾殊所華潤。中正深以兩家獻酬未絕爲病。乃曰。吾願作宜僚以釋二忿。可乎。昔我逢丑父。實與向家棼皇。春秋時屢同盟會。今座上有名客。二子何乃互毀祖宗。語中忽有綻露。是取笑於成公齒冷也。且盡吟詠。固請息喧。於是介立卽引胃氏昆仲與自虛相見。初襜襜然若自色。二人來前。長曰胃藏瓠。次曰藏立。自虛亦稱姓名。藏瓠又巡座云。令兄令弟。介立乃於廣衆延譽胃氏昆弟。潛跡草野。行著及於名族。上參列宿。親密內達肝膽。況秦之八水。實貫天府。故林二十族。多是咸京。聞弟新有題舊業詩。時稱甚美。如何得聞乎。藏瓠對曰。小子謬厠賓筵。作者雲集。欲出口吻。先增慙怍。今不得已。塵汙諸賢耳目。詩曰。鳥鼠是家川。周王昔獵賢。一從離子卯。鼠兎皆變爲蝟也。應見海桑田。介立稱好。弟他日必負重名。公道若存。斯文不朽。藏瓠斂躬謝曰。藏瓠幽蟄所宜。幸陪群彥。兄揄揚太過。小子謬當重言。若負芒刺。座客皆笑。時自虛方聆諸客嘉什。不暇自念己文。但曰。諸公淸才綺靡。皆是目牛遊刃。中正將謂有譏。潛然遁去。高公求之不得。曰。朱八不告而退。何也。倚馬對曰。朱八世與炮氏爲讐。惡聞發硎之說而去耳。自虛謝不敏。此時去文獨與自虛論詰。語自虛曰。凡人行藏卷舒。君子尙其達節。搖尾求食。猛虎所以見幾。或爲知己吠鳴。不可以主人無德。而廢斯義也。去文不才。亦有兩篇言志奉呈。詩曰。事君同樂義同憂。那校糟糠滿志休。不是守株空待兎。終當逐鹿出林丘。少年嘗負饑鷹用。內願曾無寵鶴心。秋草毆除思去宇。平原毛血興從禽。自虛賞激無限。全忘一夕之苦。方欲自誇舊制。忽聞遠寺撞鐘。則比膊鍧然聲盡矣。注目略無所覩。但覺風雪透窗。臊穢撲鼻。唯窣颯如有動者。而厲聲呼問。絕無由答。自虛心神恍惚。未敢遽前捫摸。退尋所繫之馬。宛在屋之西隅。鞍韉被雪。馬則齕柱而立。遲疑間。曉色已將辨物矣。乃於屋壁之北。有橐駝一。貼腹跪足。儑耳齝口。自虛覺夜來之異。得以遍求之。室外北軒下。俄又見一瘁瘠烏驢。連脊有磨破三處。白毛茁然將滿。舉視屋之北拱。微若振迅有物。乃見一老雞蹲焉。前及設像佛宇塌座之北。東西有隙地數十步。牖下皆有彩畫處。土人曾以麥穩（明鈔本穩作䴬。）之長者。積於其間。見一大駁猫兒眠於上。咫尺又有盛餉田漿破瓠一。次有牧童所棄破笠一。自虛因蹴之。果獲二刺蝟。蠕然而動。自虛周求四顧。悄未有人。又不勝一夕之凍乏。乃攬轡振雪。上馬而去。繞（繞原作周。據明鈔本改。）出村之北。道左經柴欄舊圃。覩一牛踣雪齕草。次此不百餘步。合村悉輦糞幸此蘊崇。自虛過其下。群犬喧吠。中有一犬。毛悉齊褁。其狀甚異。睥睨自虛。自虛驅馬久之。值一叟。闢荊扉。晨興開徑雪。自虛駐馬訊焉。對曰。此故友右軍彭特進莊也。郎君昨宵何止。行李間有似迷途者。自虛語及夜來之見。叟倚篲驚訝曰。極差。極差。昨晚天氣風雪。莊家先有一病橐駝。慮其為所斃。遂覆之佛宇之北。念佛社屋下。有數日前。河陰官脚過。有乏驢一頭。不任前去。某哀其殘命未捨。以粟斛易留之。亦不羈絆。彼欄中瘠牛。皆莊家所畜。適聞此說。不知何緣如此作怪。自虛曰。昨夜已失鞍馱。今餒凍且甚。事有不可率話者。大略如斯。難於悉述。遂策馬奔去。至赤水店。見僮僕。方訝其主之相失。始忙於求訪。自虛慨（明鈔本慨作憮。）然。如喪魂者數日。

太平廣記卷第四百九十一　雜傳記八

謝小娥傳 李公佐譔

小娥姓謝氏。豫章人。估客女也。生八歲喪母。嫁歷陽俠士段居貞。居貞負氣重義。交遊豪俊。小娥父畜巨產。隱名商賈間。常與段壻同舟貨。往來江湖。時小娥年十四。始及笄。父與夫俱爲盜所殺。盡掠金帛。段之弟兄。謝之生姪。與童僕輩數十悉沉於江。小娥亦傷胸折足。漂流水中。爲他船所獲。經夕而活。因流轉乞食至上元縣。依妙果寺尼淨悟之室。初父之死也。小娥夢父謂曰。殺我者。車中猴。門東草。又數日。復夢其夫謂曰。殺我者。禾中走。一日夫。小娥不自解悟。常書此語。廣求智者辨之。歷年不能得。至元和八年春。余罷江西從事。扁舟東下。淹泊建業。登瓦官寺閣。有僧齊物者。重賢好學。與余善。因告余曰。有孀婦名小娥者。每來寺中。示我十二字謎語。某不能辨。余遂請齊公書於紙。乃憑檻書空。凝思默慮。坐客未倦。了悟其文。令寺童疾召小娥前至。詢訪其由。小娥嗚咽良久。乃曰。我父及夫。皆爲賊所殺。邇後嘗夢父告曰。殺我者車中猴。門東草。又夢夫告曰。殺我者。禾中走。一日夫。歲久無人悟之。余曰。若然者。吾審詳矣。殺汝父是申蘭。殺汝夫是申春。且車中猴。車字。去上下各一畫。是申字。又申屬猴。故曰車中猴。草下有門。

門中有東。乃蘭字也。又禾中走。是穿田過。亦是申字也。一日夫者。夫上更一畫。下有日。是春字也。殺汝父是申蘭。殺汝夫是申春。足可明矣。小娥慟哭再拜。書申蘭、申春四字於衣中。誓將訪殺二賊。以復其冤。娥因問余姓氏官族。垂涕而去。爾後小娥便爲男子服。傭保於江湖間。歲餘。至潯陽郡。見竹戶上有紙牓子。云召傭者。小娥乃應召詣門。問其主。乃申蘭也。蘭引歸。娥心憤貌順。在蘭左右。甚見親愛。金帛出入之數。無不委娥。已二歲餘。竟不知娥之女人也。先是謝氏之金寶錦繡。衣物器具。悉掠在蘭家。小娥每執舊物。未嘗不暗泣移時。蘭與春。宗昆弟也。時春一家住大江北獨樹浦。與蘭往來密洽。蘭與春同去經月。多獲財帛而歸。每留娥與蘭妻（妻原作宴。據許本改。）蘭（陳校本蘭作染。）氏同守家室。酒肉衣服。給娥甚豐。或一日。春携文鯉兼酒詣蘭。娥私歎曰。李君精悟玄鑒。皆符夢言。此乃天啓其心。志將就矣。是夕。蘭與春會。羣賊畢至。酣飲。暨諸兇既去。春沉醉。臥於內室。蘭亦露寢于庭。小娥潛鏁春於內。抽佩刀。先斷蘭首。呼號鄰人並至。春擒於內。蘭死於外。獲贓收貨。數至千萬。初。蘭、春有黨數十。暗記其名。悉擒就戮。時潯陽太守張公。善娥節（娥節二字原空闕。據陳校本補。）行。爲具其事上（爲具其事上五字原空闕。據黃本補。）旌表。乃得免死。時元和十二年夏歲也。復父夫之讐畢。歸本里。見親屬。里中豪族爭求聘。娥誓心不嫁。遂剪髮披褐。訪道於牛頭山。師事大士尼蔣（蔣原作將。據陳校本改。）律師。娥志堅行苦。霜春雨薪。不倦筋力。十三年四月。始受具戒於泗州開元寺。竟以小娥爲法號。不忘本也。其年夏月。余始歸長安。途經泗濱。過善義寺。謁大德尼令操。見新戒（見新戒原作戒新見。據陳校本改。）者數十。淨髮鮮帔。威儀雍容。列侍師之左右。

中有一尼問師曰。此官豈非洪州李判官二十三郎者乎。師曰。然。曰。使我獲報家仇。得雪寃耻。是判官恩德也。顧余悲泣。余不之識。詢訪其由。娥對曰。某名小娥。頃乞食孀婦也。判官時爲辨申蘭、申春二賊名字。豈不憶念乎。余曰。初不相記。今卽悟也。娥因泣。具寫記申蘭、申春。復父夫之仇。志願粗粗原作相。據陳校本改。畢。經營終始艱苦之狀。小娥又謂余曰。報判官恩。當有日矣。豈徒然哉。嗟乎。余能辨二盜之姓名。小娥又能竟復父夫之讐寃。神道不昧。昭然可知。小娥厚貌深辭。聰敏端特。鍊指跛足。誓求眞如。爰自入道。衣無絮帛。齋無鹽酪。非律儀禪理。口無所言。後數日。告我歸牛頭山。扁舟汎淮。雲遊南國。不復再遇。君子曰。誓志不捨。復父夫之讐。節也。傭保雜處。不知女人。貞也。女子之行。唯貞與節。能終始全之而已。如小娥。足以儆天下逆道亂常之心。足以觀天下貞夫孝婦之節。余備詳前事。發明隱文。暗與冥會。符於人心。知善不錄。非春秋之義也。故作傳以旌美之。

楊娼傳 房千里譔

楊娼者。長安里中之殊色也。態度甚都。復以冶容自喜。王公鉅人享客。競邀致席上。雖不飮者。必爲之引滿盡歡。長安諸兒一造其室。殆至亡生破產而不悔。由是娼之名冠諸籍中。大售於時矣。嶺南帥甲。貴遊子也。妻本戚里女。遇帥甚悍。先約。設有異志者。當取死白刃下。帥幼貴。喜媱。內苦其妻。莫之措意。乃陰出重賂。削去娼之籍。而挈之南海。館之他舍。公餘而同。夕隱而歸。娼有慧性。事帥尤謹。平居以女職自守。非其理。不妄發。復厚帥之左右。咸能得其歡心。故帥益嬖之。會間歲。帥得病。且不起。思一見娼。而憚其妻。帥素與監軍使厚。密遣導意。使爲方略。監軍乃紿其妻曰。將軍病甚。思得善奉侍煎調者視之。瘳當速矣。某有善婢。久給事貴室。動得人意。請夫人聽以婢安將軍四體。如何。妻曰。中貴人信人也。果然。於吾無苦耳。可促召婢來。監軍卽命娼冒爲婢以見帥。計未行而事洩。帥之妻乃擁健婢數十。列白挺。熾膏鑊於廷而伺之矣。須其至。當投之沸鬲。帥聞而大恐。促命止娼之至。且曰。此自我意。幾累於渠。今幸吾之未死也。必使脫其虎喙。不然。且無及矣。乃大遺其奇寶。命家僮傍輕舠。衛娼北歸。自是帥之憤益深。不踰旬而物故。娼之行適及洪矣。問至。娼乃盡返帥之賂。設位而哭曰。將軍由妾而死。將軍且死。妾安用生爲。妾豈孤將軍者耶。卽撤奠而死之。夫娼以色事人者也。非其利則不合矣。而楊能報帥以死。義也。却帥之賂。廉也。雖爲娼。差足多乎。

非煙傳 皇甫枚撰

臨淮武公業。咸通中。任河南府功曹參軍。愛妾曰非煙。姓步氏。容止纖麗。若不勝綺羅。善秦聲。好文筆。尤工擊甌。其韻與絲竹合。公業甚嬖之。其比鄰天水趙氏第也。亦衣纓之族。不能斥言。其子曰象。秀端有文。纔弱冠矣。時方居喪禮。忽一日。於南垣隙中。窺見非煙。神氣俱喪。廢食忘寐。乃厚賂公業之閽。以情告之。閽有難色。復爲厚利所動。乃令其妻伺非煙間處。具以象意言焉。

非煙聞之。但含笑凝睇而不答。門媼盡以語象。象發狂心蕩。不知所持。乃取薛濤牋。題絕句曰。一覩傾城貌。塵心只自猜。不隨蕭史去。擬學阿蘭來。以所題密緘之。祈門媼達非煙。煙讀畢。吁嗟良久。謂媼曰。我亦曾窺見趙郎。大好才貌。此生薄福。不得當之。蓋鄙武生麤悍。非良配耳。乃復酬篇。寫於金鳳牋曰。綠慘雙娥不自持。只緣幽恨在新詩。郎心應似琴心怨。脈脈春情更擬誰。封付門媼。令遺象。象啓緘。吟諷數四。拊掌喜曰。吾事諧矣。又以剡溪玉葉紙。賦詩以謝曰。珍重佳人贈好音。綵牋芳翰兩情深。薄於蟬翼難供恨。密似蠅頭未寫心。疑是落花迷碧洞。只思輕雨灑幽襟。百回消息千回夢。裁作長謠寄綠琴。詩去旬日。門媼不復來。象憂恐事泄。或非煙追悔。春夕。於前庭獨坐。賦詩曰。綠暗紅藏起暝煙。獨將幽恨小庭前。沉沉良夜與誰語。星隔銀河月半天。明日。晨起吟際。而門媼來傳非煙語曰。勿訝旬日無信。蓋以微有不安。因授象以連蟬錦香囊。並碧苔牋詩曰。無力嚴粧倚繡櫳。暗題蟬錦思難窮。近來嬴得傷春病。柳弱花欹怯曉風。象結錦囊於懷。細讀小簡。又恐煙幽思增疾。乃剪烏絲闌爲回簡曰。春日遲遲。人心悄悄。自因窺覯。長役夢魂。雖羽駕塵襟。難於會合。而丹誠皎日。誓以周旋。況又聞乘春多感。芳履違和。耗冰雪之妍姿。鬱蕙蘭之佳氣。憂抑之極。恨不翻飛。企望寬情。無至憔悴。莫孤短韻。寧爽後期。恍惚寸心。書豈能盡。兼持菲什。仰繼華篇。詩曰。見說傷情爲見春。想封蟬錦綠蛾顰。叩頭爲報煙卿道。第一風流最損人。門媼既得回簡。徑齎詣煙閤中。武生爲府掾屬。公務繁夥。或數夜一直。或竟日不歸。是時適值生入府曹。煙拆書。得以款曲尋繹。既而長太息曰。丈夫之志。女子之心。情契魂交。視遠如近也。於是闔戶垂幌。

爲書曰。下妾不幸。垂髫而孤。中間爲媒妁所欺。遂匹合於瑣類。每至清風朗月。移玉柱柱原作桂。據陳校本改。以增懷。秋帳冬釭。泛金徽而寄恨。豈期公子。忽貽好音。發華緘而思飛。諷麗句而目斷。所恨洛川波隔。賈午墻高。聯雲不及於秦臺。薦夢尙遙於楚岫。猶望天從素懇。神假微機。一拜清光。九殞無恨。兼題短什。用寄幽懷。詩曰。畫簷春燕須同宿。洛浦雙鴛肯獨飛。長恨桃源諸女伴。等閑花裏送郎歸。封訖。召門媼。令達于象。象覽書及詩。以煙意稍切。喜不自持。但靜室焚香。虔禱以俟息。一日將夕。門媼促步而至。笑且拜曰。趙郎願見神仙否。象驚。連問之。傳烟語曰。今夜功曹直府。可謂良時。妾家後庭。郎君之前垣也。若不踰惠好。專望來儀。方寸萬重。悉俟晤語。既曛黑。象乃躋梯而登。煙已令重榻於下。既下。見煙靚粧盛服。立於花下。拜訖。俱以喜極不能言。乃相携自後門入堂中。遂背釭解幌。盡繾綣之意焉。及曉鐘初動。復送象於垣下。煙執象泣曰。今日相遇。乃前生因緣耳。勿謂妾無玉潔松貞之志。放蕩如斯。直以郎之風調。不能自顧。願深鑒之。象曰。挹希世之貌。見出人之心。已誓幽庸。永奉歡狎。言訖。象踰垣而歸。明日。託門媼贈煙詩曰。十洞三清雖路阻。有心還得傍瑤臺。瑞香風引思深夜。知是蘂宮仙馭來。煙覽詩微笑。因復贈象詩曰。相思只怕不相識。相見還愁却別君。願得化爲松下鶴。一雙飛去入行雲。封付門媼。仍令語象曰。賴妾有小小篇詠。不然。君作幾許大才面目。茲不盈旬。常得一期於後庭。展微密之思。罄宿昔之心。以爲鬼神不知。天人相助。或景物寓目。謌詠寄情。來往頻繁。不能悉載。如是者周歲。無何。煙數以細過撻其女奴。奴陰銜之。乘間盡以告公業。公業曰。汝愼言。我當伺察之。後至直日。

乃僞陳狀請假。迨夕。如常入直。遂潛於里門。街鼓既作。匍伏而歸。循墻至後庭。見煙方倚戶微吟。象則據垣斜睇。公業不勝其忿。挺前欲擒。象覺跳去。業搏之。得其半襦。乃入室。呼煙詰之。煙色動聲戰。而不以實告。公業愈怒。縛之大柱。鞭楚血流。但云。生得相親。死亦何恨。深夜。公業怠而假寐。煙呼其所愛女僕曰。與我一盃水。水至。飲盡而絕。公業起。將復笞之。已死矣。乃解縛舉置閤中。連呼之。聲言煙暴疾致殞。後數日。窆於北邙。而里巷間皆知其强死矣。象因變服易名。遠竄江浙間。洛陽才士有崔李二生。常與武掾游處。崔賦詩末句云。恰似傳花人飲散。空牀拋下最繁枝。其夕。夢煙謝曰。妾貌雖不迨桃李。而零落過之。捧君佳什。媿仰無已。李生詩末句云。艷魄香魂如有在。還應羞見墜樓人。其夕。夢煙戟（戟原作戳。據明鈔本改。）手而言曰。士有百行。君得全乎。何至矜片言苦相詆斥。當屈君於地下面證之。數日。李生卒。時人異焉。

太平廣記卷第四百九十二

雜傳記九

靈應傳

涇州之東二十里。有故薛舉城。城之隅有善女湫。廣袤數里。蒹葭叢翠。古木蕭疎。其水湛然而碧。莫有測其淺深者。水族靈怪。往往見焉。鄉人立祠於旁。曰九娘子神。歲之水旱祓禳。皆得祈請焉。又州之西二百餘里。朝那鎭之北。有湫神。因地而名。曰朝那神。其肸蠁靈應。則居善女之右矣。乾符五年。節度使周寶在鎭日。自仲夏之初。數數有雲氣。狀如奇峰者。如美女者。如鼠如虎者。由二湫而興。至於激迅風。震雷電。發屋拔樹。數刻而止。傷人害稼。其數甚多。寶責躬勵己。謂爲政之未敷。致陰靈之所譴也。至六月五日。府中視事之暇。昏然思寐。因解巾就枕。寢猶未熟。見一武士冠鍪被鎧。持鉞而立於階下。曰。有女客在門。欲申參謁。故先聽命。寶曰。爾爲誰乎。曰。某卽君之閽者。效役有年矣。寶將詰其由。已見二青衣歷階而昇。長跪於前曰。九娘子自郊墅特來告謁。故先使下執事致命於明公。寶曰。九娘子非吾通家親戚。安敢造次相面乎。言猶未終。而見祥雲細雨。異香襲人。俄有一婦人。年可十七八。衣裙素淡。容質窈窕。憑空而下。立庭廡之間。容儀綽約。有絕世之貌。侍者十餘輩。皆服飾鮮潔。有如妃主之儀。顧步徊翔。漸及臥所。寶將少避之。以候其意。侍者趨進而言曰。貴主以君之高義。可申誠信之託。故將冤抑之懷。訴諸明公。明公忍不救其急難乎。寶遂命昇階相見。賓主之禮。頗甚肅恭。登榻而坐。祥煙四合。紫氣充庭。歛態低鬟。若有憂戚之貌。寶命酌醴設饌。厚禮以待之。俄而歛袂離席。逡巡而言曰。妾以寓止郊園。綿歷多祀。醉酒飽德。蒙惠誠深。雖以孤枕寒床。甘心沒齒。煢嫠有託。負荷逾多。但以顯晦殊途。行止乖互。今乃迫於情禮。豈暇緘藏。倘鑒幽情。當敢披露。寶曰、願聞其說。所冀識其宗系、苟可展分、安敢以幽顯爲辭。君子殺身以成仁。狥其毅烈。蹈赴湯火。旁雪不平。乃寶之志也。對曰。妾家世會稽之鄮縣。卜築於東海之潭。桑榆墳隴、百有餘代。其後遭世不造。瞰室貽災。五百人皆遭庾氏焚炙之禍。纂紹幾絕。不忍戴天。潛遁幽巖。沈冤莫雪。至梁天監中。武帝好奇。召人通龍宮。入枯桑島。以燒燕奇味。結好於洞庭君寶藏主第七女。以求異寶。尋聞家仇庾毗羅。自鄮縣白水郎。棄官解印。欲承命請行。陰懷不道。因使得入龍宮。假以求貨。覆吾宗嗣。賴杰公敏鑒。知渠挾私請行。欲肆無辜之害。慮其反貽伊戚、辱君之命。言於武帝。武帝遂止。乃令合浦郡落黎縣歐越羅子春代行。妾之先宗。羞共戴天。慮其後患。乃率其族、韜光滅跡。易姓變名。避仇於新平眞寧縣安村。披榛鑿穴、築室於茲。先人弊廬。殆成胡越。今三世卜居。先爲靈應君。尋受封應聖侯。後以陰靈普濟。功德及民。又封普濟王。威德臨人。爲世所重。妾卽王之第九女也。笄年配於象郡石龍之少子、良人以世襲猛烈。血氣方剛、憲法不拘。嚴父不禁。殘虐視事。禮敎蔑聞。未及朞年。果貽天譴。覆宗絕嗣。削跡除名。唯妾一身。僅以獲免。父母抑遣再行。妾終違命。王侯致聘。接軫交轅。誠願既堅、遂欲自劓。父母怒其剛烈。遂遣屏居於茲土之別邑。音問不通。於今三紀。雖慈顔未復。溫凊久違。離羣索居。甚爲得志。近年爲朝那小龍。以季弟未婚。潛行禮聘。甘言厚幣。峻阻復來。滅性毀形。殆將不可。朝那遂通好於家君。欲成其事。遂使其季弟權徙居於王畿之西。將質於我王。以成姻好。家君知妾之不可奪。乃令朝那縱兵相逼。妾亦率其家僮五十餘人。付以兵仗。逆戰郊原。衆寡不敵。三戰三北。師徒倦弊。掎角無怙。將欲收拾餘燼。背城借一。而慮晉陽水急。臺城火炎。一旦攻下。爲頑童所辱。縱沒於泉下。無面石氏之子。故詩云。汎彼栢舟。在彼中河。髮彼兩髦。實維我儀。之死矢靡他。母也天只。不諒人只。此衛世子孀婦自誓之詞。又云。誰謂鼠無牙。何以穿我墉。誰謂女無家。何以速我訟。雖速我訟。亦不女從。此邵伯聽訟。衰亂之俗微。微原作興。據陳校本改。貞信之教興。興原作微。據陳校本改。强暴之男。不能侵凌貞女也。今則公之教。可以精通顯晦。晦字原闕。據明鈔本補。貽範古今。貞信之教。故不爲姬奭之下者。幸以君之餘力。少假兵鋒。挫彼兇狂。存其鰥寡。成賤妾終天之誓。彰明公赴難之心。輒具志誠。幸無見阻。寶心雖許之。訝其辨博。欲拒以他事。以觀其詞。乃曰。邊徼事繁。煙塵在望。朝廷以西鄙陷虜。蕪沒者三十餘州。將議擧戈。復其土壤。曉夕恭命。不敢自安。匪夕伊朝。前茅卽擧。空多憤悱。未暇承命。對曰。昔者楚昭王以方城爲城。漢水爲池。盡有荆蠻之地。籍父兄之資。强國外連。三良內助。而吳兵一擧。鳥迸雲奔。不暇嬰城。迫於走兎。寶玉遷徙。宗社淩夷。萬乘之靈。不能庇先王之朽骨。至申胥乞師於嬴氏。血淚汚於秦庭。七日長號。晝夜靡息。秦伯憫其禍敗。竟爲出師。復楚退吳。僅存亡國。況芊氏爲春秋之强國。申胥乃衰楚之大夫。而以矢盡兵窮。委身折節。肝腦塗地。感動於强秦。矧妾一女子。父母斥其孤貞。狂童淩其寡弱。綴旋之急。安得不少動仁人之心乎。寶曰。九娘子靈宗異派。呼吸風雲。蠢爾黎元。固在掌握。又焉得示弱於世俗之人。而自困如是者哉。對曰。妾家族望。海內咸知。只如彭蠡洞庭。皆外祖也。陵水羅水。皆中表也。內外昆季。百有餘人。散居吳越之間。各分地土。咸京八水。半是宗親。若以遣一介之使。飛咫尺之書。告彭蠡洞庭。召陵水羅水。率維揚之輕銳。徵八水之鷹揚。然後檄馮夷。說巨靈。鼓子胥之波濤。混陽侯之鬼怪。鞭驅列缺。指揮豐隆。扇疾風。翻暴浪。百道俱進。六師鼓行。一戰而成功。則朝那一鱗。立爲虀粉。涇城千里。坐變污瀦。言下可觀。安敢謬矣。頃者涇陽君與洞庭外祖。世爲姻戚。後以琴瑟不調。棄擲少婦。遭錢塘之一怒。傷生害稼。懷山襄陵。涇水窮鱗。尋斃外祖之牙齒。今涇上車輪馬跡猶在。史傳具存。固非謬也。妾又以夫族得罪於天。未蒙上帝昭雪。所以銷聲避影。而自困如是。君若不悉誠款。終以多事爲詞。則向者之言。不敢避上帝之責也。寶遂許諾。卒爵撤饌。再拜而去。寶及晡方寤。耳聞目覽。恍然如在。翼日。遂遣兵士一千五百人。戍於湫廟之側。是月七日。雞初鳴。寶將晨興。疎牖尚暗。忽於帳前有一人。經行於帷幌之間。有若侍巾櫛者。呼之命燭。竟無酧對。遂厲而叱之。乃言曰。幽明有隔。幸不以燈燭見迫也。寶潛知異。乃屏氣息音。徐謂之曰。得非九娘子乎。對曰。某卽九娘子之執事者也。昨日蒙君假以師徒。救其危患。但以幽顯事別。不能驅策。苟能存其始約。幸再思之。俄而紗窗漸白。注目視之。悄無所見。寶良久思之。方達其義。遂呼吏。命按兵籍。選亡沒者名。得馬軍五百人。步卒一千五百人。數內選押衙孟遠。充行營都虞候。牒送善女湫神。是月十一日。抽廻戍廟之卒。見於廳事之前。轉旋之際。有一甲士仆地。口動目瞬。問無所應。亦不似暴卒者。遂置於廊廡之間。天明方悟。遂使人詰之。對曰。某初見一人。衣青袍。自東而來。相見甚有禮。謂某曰。貴主蒙相公莫大之恩。拯其焚溺。然亦未盡誠款。假爾明敏。再通幽情。幸無辭免也。某急以他詞拒之。遂以袂相牽。懵然顛仆。但覺與青衣者繼踵偕行。俄至其廟。促呼連步。至於帷薄之前。見貴主謂某云。昨蒙相公憫念孤危。俾爾戍於弊邑。往返途路。得無勞止。余近蒙相公再借兵師。深愜誠願。觀其士馬精强。衣甲銛利。然都虞候孟遠。才輕位下。甚無機略。今月九日。有遊軍三千餘。來掠我近郊。遂令孟遠領新到將士。邀擊於平原之上。設伏不密。反爲彼軍所敗。甚思一權謀之將。俾爾速歸。達我情素。言訖。拜辭而出。昏然似醉。餘無所知矣。寶驗其說。與夢相符。意欲質前事。遂差制勝關使鄭承符以代孟遠。是月三日晚。衙於後毬場。瀝酒焚香。牒請九娘子神收管。至十六日。制勝關申云。今月十三日夜。三更已來。關使暴卒。寶驚歎息。使人馳視之。至則果卒。唯心背不冷。暑月停尸。亦不敗壞。其家甚異之。忽一夜。陰風慘冽。吹砂走石。發屋拔樹。禾苗盡偃。及曉而止。雲霧四布。連夕不解。至暮。有迅雷一聲。劃如天裂。承符忽呻吟數息。其家剖棺視之。良久復蘇。是夕。親隣咸聚。悲喜相仍。信宿如故。家人詰其由。乃曰。余初見一人。衣紫綬。乘驪駒。從者十餘人。至門下馬。命吾相見。揖讓周旋。手捧一牒授吾云。貴主得吹塵之夢。知君負命世之才。欲遵南陽故事。思殄邦仇。使下臣持茲禮幣。聊展敬於君子。而冀再康國步。幸不以三顧爲勞也。余不暇他辭。唯稱不敢。酬酢之際。已見聘幣羅於堦下。鞍馬器甲錦綵服翫櫜韃之屬。咸布列於庭。吾辭不獲免。遂再拜受之。即相促登車。

所乘馬異常駿偉。裝飾鮮潔。僕御整肅。倏忽行百餘里。有甲馬三百騎已來。迎候驅殿。有大將軍之行李。余亦頗以爲得志。指顧間。望見一大城。其雉堞穹崇。溝洫深濬。余惚恍不知所自。俄於郊外。備帳樂。設享。讌罷入城。觀者如堵。傳呼小吏。交錯其間。所經之門。不記重數。及至一處。如有公署。左右使余下馬易衣。趨見貴主。貴主使人傳命。請以賓主之禮見。余自謂既受公文器甲臨戎之具。卽是臣也。遂堅辭。具戎服入見。貴主使人復命。請去櫜鞬。賓主之間。降殺可也。余遂捨器仗而趨入。見貴主坐於廳上。余拜謁。一如君臣之禮。拜訖。連呼登堦。余乃再拜。昇自西堦。見紅粧翠眉。蟠龍髻鳳而侍立者。數十餘輩。彈絃握管。穠花異服而執役者。又數十輩。腰金拖紫。曳組攢簪而趨隅者。又非止一人也。輕裘大帶。白玉橫腰。而森羅於堦下者。其數甚多。次命女客五六人。各有侍者十數輩。差肩接跡。累累而進。余亦低視長揖。不敢施拜。坐定。有大校數人。皆令預坐。舉酒酒字原闕。據明鈔本補。進樂。酒至貴主。斂袂舉觴。將欲興詞。敘向來徵聘之意。俄聞烽燧四起。叫噪喧呼云。朝那賊步騎數萬人。今日平明。攻破堡寨。尋已入界。數道齊進。煙火不絕。請發兵救應。侍坐者相顧失色。諸女不及敘別。狼狽而散。及諸校降階拜謝。佇立聽命。貴主臨軒謂余曰。吾受相公非常之惠。憫其孤惸。繼發師徒。拯其患難。然以車甲不利。權略是思。今不棄弊陋。所以命將軍者。正爲此危急也。幸不以幽僻爲辭。少匡不逮。遂別賜戰馬二疋。黃金甲一副。旌旗旄鉞。珍寶器用。充庭溢目。不可勝計。彩女二人。給以兵符。錫賚甚豐。余拜捧而出。傳呼諸將。指揮部伍。內外響應。是夜出城。相次探報。皆云。賊勢漸雄。余素諳其山川地里。形勢孤虛。遂引軍夜出。去城百餘里。分布要害。明懸賞罰。號令三軍。設三伏以待之。遲明。排布已畢。賊汰其前功。頗甚輕進。猶謂孟遠之統衆也。余自引輕騎。登高視之。見煙塵四合。行陣整肅。余先使輕兵搦戰。示弱以誘之。接以短兵。且戰且行。金革之聲。天裂地坼。余引兵詐北。彼亦盡鋭前趨。鼓噪一聲。伏兵盡起。千里轉戰。四面夾攻。彼軍敗績。死者如麻。再戰再奔。朝那狡童。漏刃而去。從亡之卒。不過十餘人。余選健馬三十騎追之。果生置於麾下。由是血肉染草木。脂膏潤原野。腥穢蕩空。戈甲山積。賊帥以輕車馳送於貴主。貴主登平朔樓受之。舉國士民。咸來會集。引於樓前。以禮責問。唯稱死罪。竟絶他詞。遂令押赴都市腰斬。臨刑。有一使乘傳。來自王所。持急詔。令促赦之。曰。朝那之罪。吾之罪也。汝可赦之。以輕吾過。貴主以父母再通音問。喜不自勝。謂諸將曰。朝那妄動。即父之命也。今使赦之。亦父之命也。昔吾違命。乃貞節也。今若又違。是不祥也。遂命解轉。使單騎送歸。未及朝那。已羞而卒於路。余以克敵之功。大被寵錫。尋備禮拜平難大將軍。食朔方一萬三千戶。别賜第宅。輿馬寶器。衣服婢僕。園林邸第。旌幢鎧甲。次及諸將。賞賚有差。明日大宴。預坐者不過五六人。前者六七女皆來侍坐。風姿艷態。愈更動人。竟夕酣飲。甚歡。酒至貴主。捧觴而言曰。妾之不幸。少處空閨。天賦孤貞。不從嚴父之命。屏居於此三紀矣。蓬首灰心。未得其死。鄰童迫脅。幾至顛危。若非相公之殊恩。將軍之雄武。則息國不言之婦。又爲朝那之囚耳。永言斯惠。終天不忘。遂以七寶鍾酌酒。使人持送鄭將軍。余因避席。再拜而飮。余自是頗動歸心。詞理懇切。遂許給假一月。宴罷出。明日。辭謝訖。擁其麾下三十餘人返於來路。所經之處。聞雞犬。頗甚酸辛。俄頃到家。見家人聚泣。靈帳儼然。麾下一人。令余促入棺縫之中。余欲前。而爲左右所聳。俄聞震雷一聲。醒然而悟。承符自此不事家產。唯以後事付妻孥。果經一月。無疾而終。其初欲暴卒時。告其所親曰。余本機鈐入用。效節戎行。雖奇功蔑聞。而薄效粗立。洎遭釁累。譴謫於茲。平生志氣。鬱而未申。丈夫終當扇長風。摧巨浪。摧（摧字原闕。據明鈔本補。）太山以壓卵。決東海以沃螢。奮其鷹犬之心。爲人雪不平之事。吾朝夕當有所受。與子分襟。固不久矣。其月十三日。有人自薛舉城。晨發十餘里。天初平曉。忽見前有車塵競起。旌旗煥赫。甲馬數百人。中擁一人。氣概洋洋然。逼而視之。鄭承符也。此人驚訝移時。因佇於路左。見瞥如風雲。抵善女湫。俄頃。悄無所見。

太平廣記卷第四百九十三

雜録一

夏侯亶

梁夏侯亶爲九列。家貧而好置樂。妓無衣裝飾。客至。卽令隔簾奏曲。時人以簾爲夏侯妓衣。出獨異志

王肅

後魏尚書令王肅字恭懿。瑯邪人。肅、齊雍州刺史奐之子。贍學多通。才辭美茂。爲齊秘書丞。太和十八年。北歸後魏。時高祖新營洛邑。凡所造制。肅博識舊事。大有裨益。高祖甚重之。常呼曰王生。肅在江南之日。聘謝氏女爲妻。及至京師。復尚公主。其後謝氏入道爲尼。亦來奔肅。見肅尚主。謝作五言詩以贈之。其詩曰。本爲薄上蠶。今作機上絲。得絡逐勝去。頗憶纏緜時。公主代肅答

謝云。針是貫綫物。目中恒任絲。得帛縫新去。何能納故時。肅甚悵恨。遂造正覺寺以憇之。出伽藍記

李延寔

後魏太傅李延寔者。莊帝舅也。永安中。除青州刺史。將行奉辭。帝謂寔曰。懷塼之俗。世號難治。舅宜好用心。副朝廷所委。寔答曰。臣年迫桑榆。氣同朝露。人間稍遠。日近松丘。臣已久乞閒退。陛下渭陽興念。寵及老臣。使夜行非人。裁錦萬里。謹奉明敕。不敢失墮。時黃門侍郎楊寬在帝側。不曉懷塼之義。私問舍人溫子升。子升曰。吾聞至尊兄彭城王作青州刺史。聞其賓客從至青州者云。齊土之民。風俗淺薄。虛論高談。專在榮利。太守初欲入境。百姓皆懷塼叩頭。以美其意。及其代下還家。以塼擊之。言其向背速于反掌。是以京師謠語曰。獄中無繫繫原作擊。據明鈔本改。囚。舍內無青州。假令家道惡。腸中不懷愁。懷塼之義。起在于此也。潁川荀陳校本荀作苟。濟。風流名士。高鑒妙識。獨出當世。淸河崔淑仁稱齊士大夫曰。齊人者。外矯庶幾。內懷鄙悋。輕同毛羽。利等錐刀。好馳虛譽。阿附成名。威勢所在。促共歸之。苟無所資。隨卽舍去。言囂薄之甚也。出伽藍記

李義琛

李義琛。隴西人。居于魏。自咸陽主簿拜監察。少孤貧。唐初草創。無復生業。與再從弟義琰、三從弟上德同居。事從姑。定省如親焉。武德中。俱進士。共有一驢。赴京。次潼關。大雨。投逆旅。主

人鄙其貧。辭以客多。不納。不納原作暗訥。據陳校本改。進退無所舍。徙倚門旁。有咸陽商客見而引之。同舍多喑嗚。嗚原作鳴。據明鈔本改。商客曰。此三人遊學者。今無所止。柰何靚其狼狽。乃引與同寐處。數日方晴。道開。義琛等議鬻驢以一醉。商客竊知。固止之。仍資以道糧。琛既擢第。歷任咸陽。召商客。與之抗禮。商客不復識。但悚懼遜退。琛語其由。乃悟。因引升堂。後任監察。出雲溪友議

劉龍

劉龍後名義節。武德初。進計于高祖曰。今義師數萬。並在京師。樵薪貴而布帛賤。若採街衢及苑中樹木作樵。以易帛。歲取數十萬匹。又藏內繒絹。每匹皆有餘軸之饒。使截剩物。以供雜費。動盈萬段矣。高祖並從之。出譚賓錄

裴玄智

武德中。有沙門信義兩京新記信義作信行。習禪。以三階爲業。于化度寺置無盡盡原作畫。據許本改。藏。貞觀之後。捨施錢帛金玉。積聚不可勝計。常使此僧監當。分爲三分。一分供養天下伽藍增修之備。一分以施天下饑餒悲田之苦。一分以充供養無碍。士女禮懺闐咽。施捨爭次不得。更有連車載錢絹。捨而棄去。不知姓名。貞觀中。有裴玄智者。戒行精勤。入寺灑掃。積十數年。寺內徒衆。以其行無玷缺。使守此藏。後密盜黃金。前後所取。略不知數。寺衆莫之覺也。因僧使去。遂便不還。驚疑所以。觀

其寢處。題詩云。放羊狠頷下。置骨狗前頭。自非阿羅漢。安能免得偸。更不知所之。出辨疑志

度支郎

貞觀中。尚藥奏求杜若。敕下度支。有省郎以謝朓詩云。坊州採杜若。乃委坊州貢之。本州曹官判云。坊州不出杜若。應由讀謝朓詩誤。郎官作如此判事。豈不畏二十八宿笑人耶。太宗聞之大笑。改授雍州司法。出國史。明鈔本、陳校本作出國史纂異。

虞世南

太宗將致櫻桃于鄺公。稱奉則尊。言賜則卑。問于虞世南。世南對曰。昔梁武帝遺齊巴陵王稱餉。從之。出國史。明鈔本、陳校本作出國史纂異。

尉遲敬德

尉遲敬德善奪槊。齊王元吉亦善用槊。高祖于顯德殿前試之。謂敬德曰。聞卿善奪槊。令元吉執槊去刃。敬德曰。雖加刃。亦不能害。于是加刃。頃刻之際。敬德三奪之。元吉大慙。出獨異志

虞世基

虞世南兄世基與許敬宗父善心。同爲宇文化及所害。封德彝時爲內史舍人。備見其事。因謂人曰。世基被戮。世南匍匐以請代。善心之死。敬宗蹈舞以求生。出譚賓錄

來恒

來恒。侍中濟之弟。弟兄相繼秉政。時人榮之。恒父護兒。隋之猛將也。時虞世南子無才術。爲將作大匠。許敬宗聞之。歎曰。事之倒置。乃至于斯。來護兒兒爲宰相。虞世南男作木匠。出大唐新語

歐陽詢

文德皇后喪。百官縗絰。率更令歐陽詢狀貌醜異。衆或指之。中書舍人許敬宗見而大笑。爲御史所劾。左授洪州司馬。出譚賓錄

許敬宗

太宗征遼。作飛梯臨其城。有應募爲梯首者。城中矢石如雨。因競爲先登。英公李世勣指之謂中書舍人許敬宗。此人豈不大健。敬宗曰。非健。要是未解思量。帝聞。將罪之。出國史纂異

元萬頃

元萬頃爲遼東道管記。作檄文。譏議高麗。不知守鴨綠之險。莫离支報云。謹聞命矣。遂移兵守之。

萬頃坐是流于嶺南。出譚賓錄

郭務靜

滄州南皮丞郭務靜性糊塗。與主簿劉思莊宿于逆旅。謂莊曰。從駕大難。靜嘗從駕。失家口三日。于侍官幕下討得之。莊曰。公夫人在其中否。靜曰。若不在中。更論何事。又謂莊曰。今大有賊。昨夜二更後。靜從外來。有一賊。忽從靜房內走出。莊曰。亡何物。靜曰。無之。莊曰。不亡物。安知其賊。靜曰。但見其狼狽而走。不免致疑耳。出朝野僉載

唐臨

唐臨性寬仁。多恕。常欲弔喪。令家僮歸取白衫。僮乃誤持餘衣。懼未敢進。臨察之。謂曰。今日氣逆。不宜哀泣。向取白衫且止。又令煑藥不精。潛覺其故。乃謂曰。今日陰晦。不宜服藥。可棄之。終不揚其過也。出傳載

蘇瓌李嶠子

中宗常召宰相蘇瓌、李嶠子進見。二子皆僮年。上迎撫于前。賜與甚厚。因語二兒曰。爾宜憶所通書。可謂奏吾者言之矣。頲應之曰。木從繩則正。后從諫則聖。嶠子亡其名。亦進曰。斮朝涉之脛。剖賢人之心。上曰。蘇瓌有子。李嶠無兒。出松窻錄

婁師德

天后朝。宰相婁師德溫恭謹愼。未嘗與人有毫髮之隙。弟授代州刺史。戒曰。吾甚憂汝與人相競。弟曰。人唾面。亦自拭之而去。師德曰。只此不了。凡人唾汝面。其人怒也。拭之。是逆其心。何不待其自乾。而其保身遠害。皆類于此也。出獨異志

又則天禁屠殺頗切。吏人弊于蔬菜。師德爲御史大夫。因使至于陝。厨人進肉。師德曰。敕禁屠殺。何爲有此。厨人曰。豺咬殺羊。師德曰。大解事豺。乃食之。又進鱠。復問何爲有此。厨人復曰。豺咬殺魚。師德因大叱之。智短漢。何不道是獺。厨人卽云是獺。師德亦爲薦之。出御史臺記

李晦

李晦爲雍州長史。私第有樓。下臨酒肆。其人嘗候晦言曰。微賤之人。雖則禮所不及。然家有長幼。不欲外人窺之。家逼明公之樓。出入非便。請從此辭。晦卽日毁其樓。出譚賓錄

宋之問

宋之問。天后朝。求爲北門學士。不許。作明河篇以見其意。詩云。明河可望不可親。願得乘槎一問津。更將織女支機石。還訪城都賣卜人。則天見其詩。謂崔融曰。吾非不知之問有才調。但以其有口

過。蓋以之問患齒疾。口常臭故也。之問終身慙憒。出本事詩

陸元方

陸元方爲鸞臺鳳閣侍郎。居相國。則天將有遷除。必先訪之。元方密以進。不露其恩。人莫之知者。先所奏進狀章。緘於函中。子弟未嘗見。臨終。命焚之。曰。吾陰德于人多矣。其後福必不衰也。吾本當壽。但以領選曹。銓擇流品。吾傷心神耳。言畢而終。出御史臺記

陳希閔

司刑司丞陳希閔以非才任官。庶事凝滯。司刑府史。目之爲高手筆。言秉筆之額。半日不下。故名高手筆。又號按孔子。言竄削至多。紙面穿穴。故名按孔。出朝野僉載

李詳

李詳字審己。趙郡人。祖機衡。父顥。代傳儒素。詳有才華膽氣。放蕩不羈。解褐鹽亭尉。詳在鹽亭。因考。爲錄事參軍所擠。詳謂刺史曰。錄事恃糺曹之權。當要害之地。爲其妄褒貶耳。若使詳秉筆。亦有其詞。刺史曰。公試論錄事考狀。遂授筆。詳卽書錄事考曰。怯斷大按。好勾勾原作匃。據明鈔本改。小稽。自隱不淸。言他總濁。階前兩競。鬬困方休。獄裏囚徒。非赦不出。天下以爲談笑之最焉。出御史臺記

太平廣記卷第四百九十四　雜錄二

房光庭

房光庭爲尚書郎。故人薛昭流放。而投光庭。光庭匿之。既敗。御史陸遺逸逼之急。光庭懼。乃見時宰。時宰曰。公郎官。何爲匿此人。曰。光庭與薛昭有舊。以途窮而歸光庭。且所犯非大故。得不納之耶。若擒以送宮。居廟堂者。復何以待光庭。時宰義之。乃出爲慈州刺史。無他累。光庭嘗送親故之葬。出鼎門。際晚且饑。會鬻餻餠者。與同行數人食之。素不持錢。無以酬值。鬻者逼之。光庭命就我取直。鬻者不從。光庭曰。與你官銜。我右臺御史也。可隨取值。時人賞其放逸。原闕出處。陳校本作出御史臺記

崔思兢

崔思兢。則天朝。或告其再從兄宣謀反。付御史張行岌按之。告者先誘藏宣家妾。而云妾將發其謀。

宣乃殺之。投尸于洛水。行岌按。略無狀。則天怒。令重按。行岌奏如初。則天曰。崔宣反狀分明。汝寬縱之。我令俊臣勘。汝毋悔。行岌曰。臣推事不若俊臣。陛下委臣。須實狀。若順旨妄族人。豈法官所守。臣必以爲陛下試臣爾。則天厲色曰。崔宣若實曾殺妾。反狀自然明矣。不獲妾。如何自雪。行岌懼。逼宣家令訪妾。思兢乃于中橋南北。多置錢帛。募匿妾者。數日略無所聞。而其家每竊議事。則告者輒知之。思兢揣家中有同謀者。乃佯謂宣妻曰。須絹三百匹。顧刺客殺告者。而侵晨伏于臺前。宣家有館客姓舒。婺州人。言行無缺。爲宣家服役。宣委之同于子弟。須臾。見其人至臺賂閽人。以通于告者。告者遂稱云。崔家顧人刺我。請以聞。臺中驚憂。思兢素重館客。不知疑。密隨之。到天津橋。料其無由至臺。乃罵之曰。無賴險獠。崔家破家。必引汝同謀。何路自雪。汝幸能出崔家妾。我遺汝五百縑。歸鄉足成百年之業。不然。則亦殺汝必矣。其人悔謝。乃引思兢于告者之家。搜獲其妾。宣乃得免。出大唐新語

崔湜

唐崔湜。弱冠進士登科。不十年。掌貢舉。遷兵部。父挹。亦嘗爲禮部。至是父子累日同省爲侍郎。後三登宰輔。年始三十六。崔之初執政也。方二十七。容止端雅。文詞清麗。嘗暮出端門。下天津橋。馬上自吟。春遊上林苑。花滿洛陽城。張說時爲工部侍郎。望之杳然而嘆曰。此句可效。此位可得。其年不可及也。出翰林盛事

呂太一

呂太一爲戸部員外郎。戸部與吏部鄰司。時吏部移牒。令戸部于牆宇自竪棘。以備銓院之交通。太一答曰。眷彼吏部。銓惣之司。當須簡要清通。通原作同。據陳校本改。何必竪籬種棘。省中賞其清俊。出御史臺記

許誡言

許誡言爲瑯邪太守。有囚縊死獄中。乃執去年修獄典鞭之。修獄典曰。小人主修獄耳。如牆垣不固。狴牢破壞。賊自中出。猶以修治日月久。可矜免。況囚自縊而終。修獄典何罪。誡言猶怒曰。汝胥吏。舉動自合笞。又何訴。出紀聞

杜豐

齊州歷城縣令杜豐。開元十五年。東封泰山。豐供頓。乃造棺器三十枚。寘行宮。諸官以爲不可。豐曰。車駕今過。六宮偕行。忽暴死者。求棺如何可得。若事不預備。其悔可追乎。及置頓使入行宮。見棺木陳于幕下。光彩赫然。驚而出。謂刺史曰。聖主封嶽。祈福祚延長。此棺器者。誰之所造。且將何施。何不祥之甚。將奏聞。刺史令求豐。豐逃于妻臥牀下。詐稱賜死。其家哭之。賴妻兄張摶爲

御史。解之。乃得已。豐子鍾。時爲兗州參軍。都督令掌廄馬芻豆。鍾曰。御馬至多。臨日煮粟。恐不可給。不如先辦。乃以鑊煮粟豆二千餘石。納于窖中。乘其熱封之。及供頓取之。皆臭敗矣。乃走。猶懼不免。命從者市半夏半升。和羊肉煮而食之。取死。藥竟不能爲患而愈肥。時人云。非此父不生此子。出紀聞

修武縣民

開元二十九年二月。修武縣人嫁女。壻家迎婦。車隨之。女之父懼村人之障車也。借俊馬。令乘之。女之弟乘驢從。在車後百步外行。忽有二人出于草中。一人牽馬。一人自後驅之走。其弟追之不及。遂白其父。父與親眷尋之。一夕不能得。去女家一舍。村中有小學。時夜學。生徒多宿。凌晨啓門。門外有婦人。裸形斷舌。陰中血皆淋漓。生問之。女啓齒流血。不能言。生告其師。師出戶觀之。集諸生謂曰。吾聞夫子曰。木石之怪夔魍魎。水之怪龍罔象。土之怪墳羊。吾此居近太行。怪物所生也。將非山精野魅乎。盍擊之。於是投以塼石。女既斷舌。不能言。諸生擊之。竟死。及明。乃非魅也。俄而女家尋求。至而見之。乃執儒及弟子詣縣。縣丞盧峯訊之。實殺焉。乃白於郡。笞儒生及弟子。死者三人。而𧷢竟不得。出紀聞

李元皛

李元皛爲沂州刺史。怒司功鄒承明。命剝之屛外。承明狡猾者也。既出屛。適會博士劉琮璡後至。將入衙。承明以琮璡儒者。則前執而剝之。紿曰。太守怒汝衙遲。使我領人取汝。令便剝將來。琮璡以爲然。遂解衣。承明目吏卒。擒琮璡以入。承明乃逃。元皛見剝至。不知是琮璡也。遂杖之數十焉。琮璡起謝曰。蒙恩賜杖。請示罪名。元皛曰。爲承明所賣。竟無言。遂入戶。出紀聞

王琚

玄宗在藩邸時。每遊戲於城南韋杜之間。嘗因逐狡兎。意樂忘返。與其徒十數人。饑倦甚。因休息村中大樹之下。適有書生。延帝過其家。其家甚貧。止村妻一驢而已。帝坐未久。書生殺驢煮秫。備膳饌。酒肉滂沛。帝顧而甚奇之。及與語。磊落不凡。問其姓。乃王琚也。自是帝每遊韋杜間。必過琚家。琚所語議。合帝意。帝日益親善。及韋氏專制。帝憂甚。獨密言于琚。琚曰。亂則殺之。又何親也。帝遂納琚之謀。戡定內難。累拜琚爲中書侍郎。實預配饗焉。出開天傳信記

李適之

李適之入仕。不歷丞簿。便爲別駕。不歷兩畿官。便爲京兆尹。不歷御史及中丞。便爲大夫。不歷兩省給舍。便爲宰相。不歷刺史。便爲節度使。出獨異志

白履忠

白履忠博涉文史。隱居梁城。王志愔、楊瑒、皆薦之。尋請還鄉。授朝散大夫。鄉人謂履忠曰。吾子家貧。竟不霑一斗米。一匹帛。雖得五品。止是空名。何益於實也。履忠欣然曰。往歲契丹入寇。家家盡署排門夫。履忠特以讀少書籍。縣司放免。至今惶愧。雖不得祿賜。且是五品家。終身高臥。免有徭役。不易得之也。出譚賓錄

夜明簾

姚崇爲相。嘗對於便殿。舉左足。不甚輕利。上曰。卿有足疾耶。崇曰。臣有心腹疾。非足疾也。因前奏張說罪狀數百言。上怒曰。卿歸中書。宜宣與御史中丞共按其事。而說未之知。會吏報午後三刻。說乘馬先歸。崇急呼御史中丞李林甫。以前詔付之。林甫謂崇曰。說多智。是必困之。宜以劇地。崇曰。丞相得罪。未宜太逼。林甫又曰。公必不忍。卽說當無害。林甫止將詔付於小御史。中路以馬墜告。說未遭崇奏前旬月。家有教授書生。通於說侍兒最寵者。會擒得奸狀。以聞於說。說怒甚。將窮獄于京兆。書生厲聲言曰。覩色不能禁。亦人之常情。緩急有用人乎。公何靳於一婢女耶。說奇其言而釋之。兼以侍兒與歸。書生一去數月餘。無所聞知。忽一日。直訪於說。憂色滿面。言曰。某感公之恩。思有以報者久矣。今聞公爲姚相國所擠。外獄將具。公不知之。危將至矣。某願得

公平生所寶者。用計于九公主。可能立釋之。說因自歷指己所寶者。書生皆云。未足解公之難。又凝思久之。忽曰。近者有雞林郡以夜明簾爲寄者。書生曰。吾事濟矣。因請說手札數行。懇以情言。遂急趨出。逮夜。始及九公主第。書生具以說事言。兼用夜明簾爲贄。且謂主曰。上獨不念在東宮時。思必始終終原作春。據陳校本改。恩加於張丞相乎。乎原作矣。據陳校本改。而今反用讒耶。明早。公主上謁。具爲奏之。上感動。因急命高力士就御史臺宣。前所按事。並宜罷之。書生亦不復再見矣。出松窗錄

班景倩

開元中。朝廷選用群官。必推精當。文物既盛。英賢出入。皆薄具外任。雖雄藩大府。由中朝冗員而授。時以爲左遷。班景倩自揚州採訪使。入爲太理少卿。路由大梁。倪若水爲郡守。西郊盛設祖席。宴罷。景倩登舟。若水望其行塵。謂掾吏曰。班公是行。何異登仙乎。爲之騶殿。良所甘心。默然良久。方整回駕。既而爲詩投相府。以道其誠。其詞爲當時所稱賞。出明皇雜錄

薛令之

神龍二年。閩閩原作閒。據陳校本改。長溪人薛令之登第。開元中。爲東宮侍讀。時宮僚閒淡。以詩自悼。書於壁曰。朝日上團團。照見先生盤。盤中何所有。苜蓿上明鈔本、陳校本上作長。闌干。飫澁匙難綰。羹稀箸多寬。只可謀朝夕。何由度歲寒。上因幸東宮。見焉。索筆續之曰。啄木嘴距長。鳳凰毛羽短。若嫌松桂寒。任逐桑榆暖。令之因此引疾東歸。肅宗卽位。詔徵之。已卒。出閩川名仕傳

太平廣記卷第四百九十五　雜錄三

宇文融

玄宗命宇文融爲括田使。融方恣睢。稍不附己者。必加誣譖。密奏以爲盧從愿廣置田園。有地數百頃。帝素器重。亦倚爲相者數矣。而又族望官婚。鼎盛於一時。故帝亦重言其罪。但目從愿爲多田翁。從愿少家相州。應明經。常從五舉。制策三等。授夏縣尉。自前明經至吏部侍郎。纔十年。自吏部員外至侍郎。只七箇月。出明皇雜錄

歌舒翰

天寶中。歌舒翰爲安西節度。控地數千里。甚著威令。故西鄙人歌之曰。北斗七星高。歌舒翰夜帶刀。吐蕃總殺盡。更築築原作策。據陳校本改。兩重濠。時差都知知字原闕。據陳校本補。兵馬使張擢上都奏事。値楊國忠專權黷貨。擢逗留不返。因納賄交結。翰續入入原作又。據陳校本改。朝奏。擢知翰至。懼。求國

忠拔用。國忠乃除擢兼御史大夫。充劍南西川節度使。敕下。就第辭翰。翰命部下捽于庭。數其事。杖而殺之。然後奏聞。帝却賜擢尸。更令翰決尸一百。出乾𦠆子

崔隱甫

梨園弟子有胡雛善吹笛。尤承恩。嘗犯洛陽令崔隱甫。已而走入禁中。玄宗非時。託以他事。召隱甫對。胡雛在側。指曰。就卿乞此。得否。隱甫對曰。陛下此言。是輕臣而重樂人也。臣請休官。再拜而去。玄宗遽曰。朕與卿戲也。遂令曳出。至門外。立杖殺之。俄而復敕釋。已死矣。乃賜隱甫絹百匹。出國史補

蕭嵩

玄宗嘗器重蘇頲。欲倚以爲相。禮遇顧問。與羣臣特異。欲命相前一日。上祕密。不欲令左右知。迨夜艾。乃令草詔。訪于侍臣曰。外庭直宿誰。遂命秉燭召來。至則中書舍人蕭嵩。上卽以頲姓名授嵩。令草制書。旣成。其詞曰。國之瓌寶。上尋繹三四。謂嵩曰。頲。瓌之子。朕不欲斥其父名。卿爲刊削之。上仍命撤帳中屛風與嵩。嵩慙懼流汗。筆不能下者久之。上以嵩杼思移時。必當精密。不覺前席以觀。唯改曰。國之珍寶。他無更易。嵩旣退。上擲其草于地曰。虛有其表耳。嵩長大多髯。上故有是名。左右失笑。上聞。遽起掩其口。曰。嵩雖才藝非長。人臣之貴。亦無與比。前言戲耳。其默

識神覺。皆此類也。出明皇雜錄

陳懷卿

陳懷卿。嶺南人也。養鴨百餘頭。後于鴨欄中除糞。糞中有光爛然。試以盆水沙汰之。得金十兩。乃覘所食處。于舍後山足下。土中有麩金。消得數千斤。時人莫知。卿遂巨富。仕至梧州刺史。出朝野僉載

鄒鳳熾

西京懷德坊南門之東。有富商鄒鳳熾。肩高背曲。有似駱駞。時人號爲鄒駱駞。其家巨富。金寶不可勝計。常與朝貴遊。邸店園宅。遍滿海內。四方物盡爲所收。雖古之猗白。不是過也。其家男女婢僕。錦衣玉食。服用器物。皆一時驚異。嘗因嫁女。邀諸朝士往臨禮席。賓客數千。夜擬供帳。備極華麗。及女郎將出。侍婢圍遶。綺羅珠翠。垂釵曳履。尤艶麗者。至數百人。衆皆愕然。不知孰是新婦矣。又嘗謁見高宗。請市終南山中樹。估絹一匹。自云。山樹雖盡。臣絹未竭。事雖不行。終爲天下所誦。後犯事流瓜州。會赦還。及卒。子孫窮匱。又有王元寶者。年老好戲謔。出入里市。爲人所知。人以錢文有元寶字。因呼錢爲王老。盛流于時矣。出西京記

又一說。玄宗嘗召王元寶。問其家私多少。對曰。臣請以絹一匹。繫陛下南山樹。南山樹盡。臣絹未

窮。又玄宗御含元殿。望南山。見一白龍橫亘山間。問左右。皆言不見。令急召王元寶問之。元寶曰。見一白物。橫在山頂。不辨其狀。左右貴臣啓曰。何故臣等不見。玄宗曰。我聞至富可敵貴。朕天下之貴。元寶天下之富。故見耳。出獨異志

高力士

高力士旣譴于巫州。山州山原作山州。據明鈔本改。谷多薺。而人不食。力士感之。因爲詩寄意。兩京作作原作五。據陳校本改。斤賣。五溪無人採。夷夏雖有殊。氣味終不改。其後會赦。歸至武溪。道遇開元中羽林軍士。坐事謫嶺南。停車訪舊。方知上皇已厭世。力士北望號泣。嘔血而死。出明皇雜錄

王維

天寶末。羣賊陷兩京。大掠文武朝臣。及黃門宮嬪。樂工騎士。每獲數百人。以兵仗嚴衛。送于雒維原作維。據明鈔本改。陽。至有逃于山谷者。而卒能羅捕追脅。授以冠帶。祿山尤致意樂工。求訪頗切。于旬日。獲梨園弟子數百人。羣賊因相與大會于凝碧池。宴僞官數十人。大陳御庫珍寶。羅列于前後。樂旣作。梨園舊人不覺歔欷。相對泣下。羣逆皆露刃持滿以脅之。而悲不能已。有樂工雷海淸者。投樂器于地。西向慟哭。逆黨乃縛海淸于戲馬殿。支解以示衆。聞之者莫不傷痛。王維時爲賊拘于菩提佛寺中。聞之。賦詩曰。萬戶傷心生野烟。百官何日更朝天。秋槐葉落空宮裡。凝碧池頭奏管

絃。出明皇雜錄

史思明

安祿山敗。史思明繼逆。至東都。遇櫻桃熟。其子在河北。欲寄遺之。因作詩同去。詩云。櫻桃一籠子。半已赤。半已黃。一半與懷王。一半與周至。詩成。左右贊美之。皆曰。明公此詩大佳。若能言一半周至。一半懷王。卽與黃字聲勢稍穩。思明大怒曰。我兒豈可居周至之下。思明長驅至永寧縣。爲其子朝義所殺。思明曰。爾殺我太早。祿山尙得至東都。而爾何亟亟原作函。據明鈔本改。也。思明子僞封懷王。周至卽其傅也。出芝田錄

豆穀

至德初。安史之亂。河東大饑。荒地十五里生豆穀。一夕掃而復生。約得五六千石。其實甚圓細美。人皆賴此活焉。出傳載

潤州樓

潤州城南隅。有樓名萬歲樓。俗傳樓上烟出。刺史卽死。不死卽貶。開元已前。以潤州爲凶凶原作店。據明鈔本改。闕。董琬爲江東採訪使。嘗居此州。其時晝日烟出。刺史皆憂懼狼狽。愁情至死。乾元

中。忽然又晝日烟出。圓可一尺餘。直上數丈。有吏密伺之。就視其烟。乃出于樓角隙中。更近而視之。乃蚊子也。樓下有井。井中無水。黑而且深。小虫蠛蠓蛛蝟之類。色黑而小。每晚晴。出自于隙中。作團而上。遙看類烟。以手攬之。卽蚊蚋耳。從此知非。刺史亦無慮矣。出辨疑志

丘爲

丘爲致仕還鄉。特給祿俸之半。旣丁母喪。州郡疑所給。請于觀察使韓滉。滉以爲授官致仕。本不理務。特令給祿。以恩養老臣。不可以在喪爲異。異原作義。據陳校本改。命仍舊給之。唯春秋二時。羊酒之直則不給。雖程式無文。見稱折衷。出譚賓錄

裴佶

朱泚旣亂。裴佶與衣冠數人。佯爲奴。求出城。佶貌寢。自出稱甘草。門兵曰。此數子。必非人奴。如甘草。不疑也。出國史補

李抱貞

李抱貞鎭潞州。軍資匱缺。計無所爲。有老僧。大爲郡人信服。抱貞因請之曰。假和尙之道。以濟軍中。可乎。僧曰。無不可。抱貞曰。但言擇日鞠場焚身。謀當于使宅鑿一地道通連。俟火作。卽潛以

相相原作僧。據明鈔本改。出。僧喜從之。遂陳狀聲言。抱貞命于鞠場積薪貯油。因爲七日道場。晝夜香燈。梵唄雜作。抱貞亦引僧入地道。使之不疑。僧乃升壇執爐。對衆說法。抱貞率監軍僚屬及將吏。膜拜其下。以俸入擅施。堆于其傍。由是士女駢塡。捨財億計。滿七日。遂送柴積。灌油發焰。擊鐘念佛。抱貞密已遣人塡塞地道。俄頃之際。僧薪並灰。數日。籍所得貨財。輦入軍資庫。別求所謂舍利者數十粒。造塔貯焉。出尚書故實

楊志堅

顏眞卿爲撫州刺史。邑人有楊志堅者嗜學而居貧。鄉人未之知也。其妻以資給不充。索書求離。志堅以詩送之曰。當年立志早從師。今日翻成鬢有絲。落托自知求事晚。蹉跎甘道出身遲。金釵任意撩新髮。鸞鏡從他別畫眉。此去便同行路客。相逢卽是下山時。其妻持詩。詣州公牒。以求別適。眞卿判其牘曰。楊志堅早親儒敎。頗負詩名。心雖慕于高科。身未霑于寸祿。愚妻覩其未遇。曾不少留。靡追冀缺之妻。贊成好事。專學買臣之婦。厭棄良人。汚辱鄉閭。傷敗風敎。若無懲誡。孰遏浮囂。妻可笞二十。任自改嫁。楊志堅秀才。餉粟帛。仍署隨軍。四遠聞之。無不悅服。自是江表婦人。無敢棄其夫者。出雲溪友議

太平廣記卷第四百九十六　雜錄四

趙存

馮翊之東窟谷。有隱士趙存者。元和十四年。壽踰九十。服精朮之藥。體甚輕健。自云。父諱君乘。亦享遐壽。嘗事兗公陸象先。言兗公之量。固非凡可以測度。兗公崇信內典。弟景融竊非曰。家兄溺此敎。何利乎。象先曰。若果無冥道津梁。百歲之後。吾固當與汝等。萬一有罪福。吾則分數勝汝。及爲馮翊太守。參軍等多名族子弟。以象先性仁厚。於是與府寮共約戲賭。一人曰。我能旋笏于廳前。硬努眼眶。衡揖使君。唱喏而出。可乎。衆皆曰。誠如是。甘輸酒食一席。其人便爲之。象先視之如不見。又一參軍曰。爾所爲全易。吾能于使君廳前。墨塗其面。着碧衫子。作神舞一曲。慢趨而出。羣寮皆曰。不可。誠敢如此。吾輩當斂俸錢五千。爲所輸之費。其二參軍便爲之。象先亦如不見。皆賽所賭。以爲戲笑。其第三參軍又曰。爾之所爲絕易。吾能于使君廳前。作女人梳粧。學新嫁女拜舅姑四拜。則如之何。衆曰。如此不可。仁者一怒。必遭叱辱。倘敢爲之。吾輩願出俸錢十千。充所輸之費。其第三參軍。遂施粉黛。高髻笄釵。女人衣。疾入。深拜四拜。象先又不以爲怪。景融大怒曰。家兄爲三輔刺史。今乃成天下笑具。象先徐語景融曰。是渠參軍兒等笑具。我豈爲笑哉。初、房琯嘗尉馮翊。象先下孔目官黨芬。于廣衢相遇。避馬遲。琯拽芬下。決脊數十下。芬訴之。象先曰。汝何處人。芬曰。馮翊人。又問。房琯何處官人。芬曰。馮翊尉。象先曰。馮翊尉決馮翊百姓。告我何也。琯又入見。訴其事。請去官。象先曰。如黨芬所犯。打亦得。不打亦得。官人打打原作官。據明鈔本改。了。去亦得。不去亦得。後數年。琯爲弘農湖城令。移攝閿鄉。值象先自江東徵入。次閿鄉。日中遇琯。留迨至昏黑。琯不敢言。忽謂琯曰。携衾裯來。可以宵宵原作賓。據明鈔本改。話。琯從之。竟不交一言。到闕日。薦琯爲監察御史。景融又曰。比年房琯在馮翊。兄全不知之。今別四五年。因途次會。不交一詞。到闕薦爲監察御史。何哉。公曰。汝不自解。房琯爲人。百事不欠。只欠不言。今則不言矣。是以爲用之。班行間大伏其量矣。出乾𦠆子

嚴震

嚴震鎭山南。有一人乞錢三百千。去就過傲。傲原作活。據明鈔本改。震召子公弼等問之。公弼曰。此誠不可。旨輒如此。乃患風耳。大人不足應之。震怒曰。爾必墜吾門。只可勸吾力行善事。奈何勸吾恡惜金帛。且此人不辨。向吾乞三百千。的非凡也。命左右准數與之。於是三川之士。歸心恐後。亦無

造次過求者。原闕出處。明鈔本出因話錄。陳校本出乾𦠆子。

盧杞

盧杞爲相。令李揆入蕃。揆對德宗曰。臣不憚遠。恐死于道路。不達君命。帝惻然憫之。謂盧曰。李揆莫老無。杞曰。和戎之使。且須諳練朝廷事。非揆不可。且使揆去。則羣臣少于揆年者。不敢辭遠使矣。揆旣至蕃。蕃長曰。聞唐家有第一人李揆。公是否。揆曰。非也。他那李揆。爭肯到此。恐爲拘留。以謾之也。揆門地地字原闕。據明鈔本補。第一。文學第一。官職第一。揆致仕歸東都。司徒杜佑罷淮海。入洛見之。言及第一之說。揆曰。若道門戶。門戶有所自。承餘裕也。官職遭遇耳。今形骸凋悴。看卽下世。一切爲空。何第一之有。出嘉話錄

韋臯

韋臯在西川。凡軍士將吏有婚嫁。則以熟錦衣給其夫氏。以銀泥衣給其女氏。各給錢一萬。死喪稱是。訓練稱是。內附者富贍之。遠遊者將迎之。極其賦斂。坐有餘力。以故軍府盛而黎甿重困。及晚年爲月進。終致劉闢之亂。天下譏之。出國史補

陸暢

李白嘗爲蜀道難歌曰。蜀道難。難于上青天。白以刺嚴武也。後陸暢復爲蜀道易曰。蜀道易。易于履平地。暢佞韋皐也。初暢受知于皐。乃爲蜀道易獻之。皐大喜。贈羅八百疋。及韋薨。朝廷欲繩其旣往之事。復閱先所進兵器。刻定秦二字。不相與者。因欲搆成罪名。暢上疏理之云。臣在蜀日。見造所進兵器。定秦者匠名也。由是得釋。出尙書故實

馬暢

馬燧之子暢。以第中大杏饋竇文場。以進德宗。德宗未嘗見。頗怪之。令中使就封杏樹。暢懼進宅。廢爲奉誠園。屋木皆拆入內。出國史補

吳湊

德宗非時召拜吳湊爲京兆尹。便令赴上。湊疾驅。諸客至府。已列筵矣。或問曰。何速。吏曰。兩市日有禮席。舉鐺釜而取之。故三五百人饌。常可立辦。出國史補

袁傪

袁傪之破袁晁。擒其僞公卿數十人。州縣大具桎梏。謂必生致闕下。傪曰。此惡百姓。何足煩人。乃遣笞驅逐之。出國史補

李勉

故相李勉任江西觀察使時。部人有父病蠱。乃爲木偶人。置勉名位。瘞于其壟。或發以告勉。勉曰。爲父禳災。是亦可矜也。捨之。或曰。李勉失守梁城。亦宜貶黜。議曰。不然。當李希烈之怙亂。其鋒不可當。天方厚其罪而降之罰也。踢應變非長。援軍不至。又其時。關輔已俶擾矣。人心搖動矣。以文吏之才。當虎狼之隧。乃全師南奔。非量力者能乎。出譚賓錄

于公異

李晟平朱泚之亂。德宗覽收城露布曰。臣已肅淸宮禁。祗謁寢園。鍾簴不移。廟貌如故。上感涕失聲。左右六宮皆嗚咽。露布乃于公異之辭也。議者以朝廷捷書露布。無如此者。公異後爲陸贄所忌。誣以家行不謹。賜孝經一卷。故坎坷而終。出國史補

邢君牙

貞元初。邢君牙爲隴右臨洮節度。進士劉師老、許堯佐往謁焉。二客方坐。一人儀形甚異。頭大足短。衣𢂁衣而入。都不待賓司引報。直入見君牙。拱手于額曰。進士張汾不敢拜。君牙從戎多年。殊不以爲怪。乃揖汾坐坐字原闕。據明鈔本補。曾不顧堯佐佐下原有汾坐二字。據明鈔本删。師老。俄而有吏過按。宴

設司欠失錢物。君牙閱歷簿書。有五十餘千散落。爲所由隱漏。君牙大怒。方令分折去處。汾乃拂衣而起曰。且奉辭。牙謝曰。某適有（陳校本有作以。）公事。略須決（決原作夬。據陳校本改。）遣。未（未原作來。據陳校本改。）有所失于君子。不知遽告辭何也。汾對曰。汾在京之日。每聞京西有邢君牙上柱天。下柱地。今日于汾前。與設吏論牙三五十千錢。此漢爭中。君牙甚怪。便放設吏。與汾相親。汾謂君牙曰。某在京應舉。每年常用二千貫文。皆出往還。劍南韋二十三。徐州張（張字原空闕。據黃本補。）十三。一日之內。客有數等。上至給舍。即須法味。中至補遺。即須煮鷄豚（雞豚二字原空闕。據黃本補。）或生或鱠。既而指師老、堯佐云。如舉子此公之徒。遠相訪。即膳胡而已。何不如此耶。堯佐矍然。逡巡。二客告辭而退。君牙各贈五縑。張汾洒掃內廳安置。留連月餘。贈五百縑。汾却至武功。堯佐方臥病在館。汾都不相揖。後二年及第。又不肯謁。遂患腰脚疾。武元衡鎮西（西原作四。據陳校本改。）川。哀其龍鍾。奏充安撫巡官。仍攝廣都縣令。一年而殂。出乾𦠆子

張造

貞元中。度支欲取兩京道中槐樹爲薪。更栽小樹。先下符牒華陰。華陰尉張造判牒曰。召伯所憩。尙不翦除。先皇舊遊。豈宜斬伐。乃止。出國史補

呂元膺

呂元膺爲鄂岳團練。夜登城。女墻已鎖。守者曰。軍法夜不可開。乃告之曰。中丞自登。守者又曰。夜中不辨是非。中丞亦不可。元膺乃歸。及明。擢爲大職。出國史補

李章武

李章武學識好古。有名于時。唐太和末。敕僧尼試經若千紙。不通者。勒還俗。章武時爲成都少尹。有山僧來謁云。禪觀有年。未常念經。今被追試。前業棄矣。願長者念之。章武贈詩曰。南宗向許通方便。何處心中更有經。好去苾蒭雲水畔。何山松柏不青青。主者免之。出本事詩

元稹

元稹爲御史。奉使東川。于襄城題黃明府詩。其序云。昔年曾于解縣飲酒。余恒爲觥錄事。嘗于竇少府廳。有一人後至。頻犯語令。連飛十數觥。不勝其困。逃席而去。醒後問人。前虞卿黃丞也。此後絕不復知。元和四年三月。奉使東川。十六日。至褒城。望驛有大池。樓榭甚盛。逡巡。有黃明府見迎。瞻其形容。彷彿以識。問其前銜。卽曩日之逃席黃丞也。說向事。黃生惘然而悟。因饋酒一尊。艤舟邀余同載。余時在諸葛所征之路次。不勝感今懷古。遂作贈黃明府詩云。昔年曾痛飲。黃令困飛觥。觥原作恍。據明鈔本改。席上當時走。馬前今日迎。依稀迷姓字。卽漸識平生。故友身皆遠。他鄉眼暫明。便邀聯榻坐。兼共刺船行。酒思臨風亂。霜稜拂地平。不堪深淺酌。還愴古今情。邐迤七盤

路。坡陁數丈城。花疑褒女笑。棧想武侯征。一種埋幽石。老閒千載名。出本事詩

于頔

丞相牛僧孺應舉時。知于頔奇俊。特詣襄陽求知。住數日。兩見。以游客遇之。牛怒而去。去後。忽召客將問曰。累日前有牛秀才發未。曰。已去。何以贈之。曰。與錢五百。受乎。曰。擲於庭而去。于大恨。恨原作怒。據明鈔本改。謂賓佐曰。某事繁。總蓋有闕遺者。立命小將。賷絹五百疋。書一函。追之。曰。未出界。卽領來。如已出界。卽以書付。小將界外追及。牛不折書。揖回。出幽閒鼓吹

薛尙衍

于頔方熾於襄陽。朝廷以大閹薛尙衍監其軍。尙衍至。頔初不厚待。尙衍晏如也。後旬日。請出遊。及暮歸第。幄幕茵毯什器。一以新矣。又列犢車五十乘。實以綵綾。尙衍領之。亦不言。頔嘆曰。是何祥也。出國史補

太平廣記卷第四百九十七　雜錄五

高逞

高逞陳校本逞作郢。爲中書舍人九年。家無制草。或問曰。前輩皆有制集。焚之何也。答曰。王言不可存于私家。出國史補

呂元膺

呂元膺爲東都留守。常與處士對棊。棊次。有文簿堆擁。元膺方秉筆閱覽。棊侶謂呂必不顧局矣。因私易一子以自勝。呂輒已窺之。而棊侶不悟。翼日。呂請棊處士他適。內外人莫測。棊者亦不安。乃以束帛贐之。如是十年許。呂寢疾將亟。兒姪列前。呂曰。遊處交友。爾宜精擇。吾爲東都留守。有一棊者云云。吾以他事俾去。易一着棊子。亦未足介意。但心跡可畏。亟言之。卽慮其憂懾。終不

言。又恐汝輩滅裂于知聞。言畢。憫然長逝。出芝田錄

王鍔

泓師云。長安永寧坊東南是金盞地。安邑里西是玉盞地。後永寧爲王鍔宅。安邑爲北平王馬燧宅。後王馬皆進入官。王宅累賜韓弘及史及史原作正使。據陳校本改。憲誠、李載義等。所謂金盞破而成焉。馬燧爲奉誠園。所爲玉盞破而不完也。

又一說。李吉甫安邑宅。及牛僧孺新昌宅。泓師號李宅爲玉杯。一破無復可全。金椀或傷。傷原作復。據明鈔本改。庶可再製。牛宅本將作大匠康詧宅。詧自辨岡阜形勢。以其宅當出宰相。後每年命相有按。詧必引頸望之。宅竟爲僧孺所得。李後爲梁新所有。出盧氏雜說

江西驛官

江西有驛官以幹事自任。白刺史。驛已理。請一閱之。乃往。初一室爲酒庫。諸醞畢熟。其外畫神。問曰。何也。曰。杜康。刺史曰。功有餘也。又一室曰茶庫。諸茗畢貯。復有神。問何也。曰。陸鴻漸。刺史益喜。又一室曰葅庫。諸茹畢備。復有神。問何神也。曰。蔡伯喈。刺史大笑曰。君誤矣。出國史補

王仲舒

王仲舒爲郎官。與馬逢友善。每責逢曰。貧不可堪。何不求碑誌相救。逢曰。適見誰家走馬呼醫。吾可待也。出國史補

周愿

元和中。郎吏數人省中縱酒。話平生各有愛尙及憎怕者。或言愛圖畫及博奕。或怕妄與佞。工部員外周愿獨云。愛宣州觀察使。怕大蟲。出傳載

張薦

張薦自筮仕至祕書監。常帶使職。三入蕃。歿于赤嶺。出傳載

蓮花漏

越僧僧澈得蓮花漏于廬山。傳之江西觀察使韋丹。初惠遠以山中不知更漏。乃取銅葉製器。狀如蓮花。置盆水上。底孔漏水。半之則沉。每晝夜十二沉。爲行道之節。雖冬夏短長。雲陰月黑。無所差也。出國史補

唐衢

進士唐衢有文學。老而無成。善哭。每發一聲。音調哀切。遇人事有可傷者。衢輒哭之。聞者涕泣。嘗遊太原。遇享軍。酒酣乃哭。滿坐不樂。主人爲之罷宴。出國史補

脂粉錢

湖南觀察使有夫人脂粉錢者。自顏杲卿妻始之也。柳州刺史亦有此錢。是一軍將爲刺史妻致。不亦謬乎。出嘉話錄

韋執誼

元和初。韋執誼貶崖州司戶參軍。刺史李甲憐其羈旅。乃舉牒云。前件官久在相庭。頗諳公事。幸期佐理。勿憚糜賢。事須請攝軍事衙推。出嶺南異物志

李光顏

李光顏有大功于時。位望通顯。有女未適人。幕客謂其必選嘉壻。因從容。乃盛譽一鄭秀才。詞學門閥。人韻風流。冀光顏以子妻之。他日又言之。光顏乃謝幕客曰。光顏一健兒也。遭逢多難。偶立微

功。豈可妄求名族。以掇流言者乎。某自己選得嘉壻。諸賢未知。乃召一典客小吏。指之曰。此爲某女之匹也。卽擢升近職。仍分財而資之。從事聞之。咸以爲愜當矣。按光顏居鼎盛文朝。慮弓藏之禍。事當遠害。理在避嫌。豈敢結强宗。固隳本志者歟。與夫必娶國高。求婚王謝者。不其遠哉。

出北夢瑣言

李益

長慶初。趙宗儒爲太常卿。贊郊廟之禮。罷相三十餘年。年七十六。衆論其精健。有常侍李益笑曰。趙乃僕爲東府試官所送進士也。出摭言

吳武陵

長慶中。李渤除桂管觀察使。表名儒吳武陵爲副使。故事。副車上任。具櫜鞬通謝。又數日。于毬場致宴。酒酣。吳乃聞婦女于看棚聚觀。意甚耻之。吳旣負氣。欲復其辱。乃上（上原作止。據明鈔本改。）臺盤坐。褰衣裸露以溺。渤旣被酒。見之大怒。命衛士送衙司梟首。時有衙校水（陳校本水作米。下同。）蘭。知其不可。遂以禮而救止。多遣人衛之。渤醉極。扶歸寢。至夜艾而覺。聞家人聚哭甚悲。驚而問焉。乃曰。昨聞設亭諠譟。又聞命衙司斬副使。不知其事。憂及于禍。是以悲耳。渤大驚。亟命遞使問之。水蘭具啓。昨雖奉嚴旨。未敢承命。今副使猶寢在衙院。無苦。渤遲明。早至衙院。卑詞引

過。賓主上下。俱自尅責。益相敬。時未有監軍。於是乃奏水蘭牧于宜州以酧之。武陵雖有文華。而强悍激訐。訐原作許。據明鈔本改。爲人所畏。又嘗爲容州部內刺刺字原闕。據陳校本補。史。贓罪狼籍。敕敕原作刺。據陳校本改。史陳校本無史字。令廣州幕吏鞫之。吏少年。亦自負科第。殊不假貸。持之甚急。武陵不勝其憤。因題詩路左佛堂曰。雀兒來逐颺風高。下視鷹鸇意氣豪。自謂能生千里翼。黃昏依舊入蓬蒿。出本事詩

韋乾度

韋乾度爲殿中侍御史。分司東都。牛僧孺以制科敕敕作刺。據原陳校本改。首。除伊闕尉。臺參。乾度不知僧孺授官之本。問何色出身。僧孺對曰。進士。又曰。安得入畿。僧孺對曰。某制策連捷。忝爲勅頭。僧孺心甚有所訝。歸以告韓愈。愈曰。公誠小生。韋殿中固當不知。愈及第十有餘年。猖狂之名。已滿天下。韋殿中尚不知之。子何怪焉。出乾𦠆子

趙宗儒

趙宗儒檢校左僕射爲太常卿。太常有師子樂。備五方之色。非朝會聘享不作。至是中人掌教坊之樂者。移牒取之。宗儒不敢違。以狀白宰相。宰相以爲事在有司。其事不合關白。宗儒憂恐不已。相座責以懦怯不任事。改換散秩。爲太子少師。出盧氏雜說

席夔

韓愈初貶之制。舍人席夔爲之詞曰。早登科第。亦有聲名。席既物故。友人多言曰。席無令子弟。豈有病陰毒傷寒而與不潔。韓曰。席不吃不潔太遲。人曰。何也。曰。出語不當。豈有陳校本豈有作是蓋。忝責詞云。亦有聲名耳。出嘉話錄

劉禹錫

牛僧孺赴擧之秋。每爲同袍見忽。嘗投贄于補缺劉禹錫。對客展卷。飛筆塗竄其文。且曰。必先輩期至矣。雖拜謝礱礪。礱礪原作礲礪。據陳校本改。終爲怏怏。歷三十餘歲。劉轉汝州。僧孺鎭漢南。枉道駐旌。信宿酒酣。直筆以詩喩之。劉承詩意。才悟往年改牛文卷。因戒子咸佐、陳校本佐作允。承雍等曰。吾立成人之志。豈料爲非。況漢南尙書。高識遠量。罕有其比。昔主父偃家。爲孫弘所夷。嵇叔夜身死鍾會之口。是以魏武戒其子云。吾大忿怒。小過失。愼勿學焉。汝輩修進。守中爲上也。僧孺詩曰。粉署爲郎四十春。向來名輩更無人。休論世上昇沉事。且鬪罇前見在身。珠玉會應成咳唾。山川猶覺露精神。莫嫌恃酒輕言語。會把文章謁後塵。禹錫詩云。昔年曾忝漢朝臣。晚歲空餘老病身。初見相如成賦日。後爲丞相掃門人。追思往事咨嗟久。幸喜清光語笑頻。猶有當時舊冠劍。待公三日拂埃塵。牛吟和詩。前意稍解。曰。三日之事。何敢當焉。宰相三朝主印。可以升降百司。於是移宴竟夕。方整前

驅。出雲溪友議

滕邁

滕倪苦心爲詩。遠之吉州。謁宗人邁。邁以吾家鮮士。此弟則千里之駒也。每吟其詩曰。白髮不能容相國。也同閒客滿頭生。又題鷺障子云。暎水有深意。見人無懼心。邁且曰。魏文酷陳思之學。潘岳褒正叔之文。貴集一家之芳。安以宗從疎遠也。倪旣秋試。捧笈告遊。及留詩一首爲別。滕君得之。悵然曰。此生必不與此子再相見也。乃祖于大皐之閣。別異常情。倪至秋深。逝于商於之館舍。聞者莫不傷悼焉。倪詩曰。秋初江上別旌旗。故國有明鈔本有作無。家淚欲垂。千里未知投足處。前程便是聽猿時。誤攻文字身空老。却返樵漁計已遲。羽翼凋零飛不得。丹霄無路接瑤池。出雲溪友議

太平廣記卷第四百九十八　雜錄六

李宗閔

李德裕在維揚。李宗閔在湖州。拜賓客分司。德裕大懼。遣專使。厚致信好。宗閔不受。取路江西而過。非久。德裕入相。過洛。宗閔憂懼。多方求厚善者致書。乞（乞字原闕。據陳校本補。）一見。欲以解紛。（紛原作分。據陳校本改。）復書曰。怨則不怨。見則無端。初德裕與宗閔早相善。在中外。交致勢力。及位高。稍稍相傾。及宗閔在位。德裕爲兵部尚書。自得歧路。必當大用。宗閔多方沮之。及邢公杜悰入朝。卽宗閔之黨也。時爲京兆尹。一日。詣宗閔。值宗閔深念。杜曰。何念之深也。答曰。君揣我何念。杜曰。得非大戎乎。曰。是也。然何以相救。曰。某則有策。顧相公必不能用耳。曰。請言之。杜曰。大戎有詞學。而不由科第。若與知擧。則必喜矣。宗閔默然。良久曰。更思其次。曰。更有一官。亦可平其慊。宗閔曰。何官。曰。御史大夫。曰。此卽得也。邢公再三與約。乃馳詣曰。適宗相有意旨。令某傳達。遂言亞相之拜。德裕驚喜。雙淚遽落。曰。此大門官也。小子豈敢當此薦拔。寄謝重疊。

杜還報。宗閔復與楊虞卿議之。竟爲所隳。終致後禍。出幽閒鼓吹

馮宿

馮宿。文宗朝。揚歷中外。甚有美譽。垂入相者數矣。又能曲事北司權貴。咸得其懽心焉。一日晚際。中尉封一合。送與之。開之。有烏烏字原空闕。據陳校本改。巾二頂。暨甲煎面藥之屬。時班行結中貴者。將大拜。則必先遺此以爲信。馮大喜。遂以先呈相國楊嗣復。蓋常佐其幕也。馮又性好華楚鮮潔。自夕達曙。重衣數襲。選駿足數疋。鞍韉照地。無與比。馮以既有的信。卽不宜序班。欲窮極稱愜之事。遂修容易服而入。至幕次。吏報有按。則僞爲不知。比就。果有按。謁者捧麻。必相也。將宣。則謁者向殿。執敕罄折。朗呼所除拜大僚之姓名。既而大呼曰。蕭倣。馮乃驚仆于地。扶而歸第。得疾而卒。蓋其夕擬狀。將付學士院之時。文宗謂近臣曰。馮宿之爲人。似非沉靜。蕭倣方判鹽鐵。朕察之。頗得大臣之體。遂以易之。出玉堂閒話

李回

太和初。李回任京兆府參軍。主試。不送魏謩。謩深銜之。會昌中。回爲刑部侍郎。謩爲御史中丞。常與次對官三數人。候對于閣門。謩曰。某頃歲府解。蒙明公不送。何事今日同集於此。回應聲曰。經音頸。如今也不送。謩爲之色變。益懷憤恚。後回謫刺建州。謩大拜。回有啓狀。謩悉不納。既而

回怒一衙官。決杖勒停。建州衙官。能庇徭役。求隸籍者。所費不下數十萬。其人不恚於杖。止恨停廢耳。因亡命至京師。投時相訴冤。諸相皆不問。會亭午。憩於槐陰。顏色憔悴。旁人察其有故。私詰之。其人具述本志。於是誨之曰。建陽相公素與中書相公有隙。子（子原作乎。據明鈔本改。）盍詣之。言訖。見魏導騎自中書而下。其人常懷文狀。卽如所誨。望塵而拜。導從問之。（從問之三字原作騎自中。據明鈔本改。）對曰。建州百姓訴冤。魏聞之。倒持麈尾。敲鞍子令止。及覽狀。所論事二十餘件。第一件。取同姓子女入宅。於是爲魏極力鍛成大獄。時李已量移鄧州刺史。行次九江。遇御史鞫獄。却回建陽。竟坐貶撫州司馬。終於貶所。（出摭言）

周復

元稹在鄂州。周復爲從事。稹嘗賦詩。命院中屬和。復乃簪笏見稹曰。某偶以大人往還。謬獲一第。其實詩賦皆不能。稹嘉之曰。質實如是。賢於能詩者矣。（出幽閒鼓吹）

楊希古

楊希古。靖泰（明鈔本泰作恭。）諸楊也。朋黨連結。率相期以死。權勢燻灼。力不可拔。與同里崔氏相埒。而敦厚（明鈔本、陳校本敦厚作叔季。）過之。希古性迂僻。初應進士擧。以文投丞郎。丞郎奬之。希古乃起而對曰。斯文也。非希古之作也。丞郎訝而話之。曰。此舍弟源嶠爲希古作也。丞郎大異之曰。今子弟之求名者。太半假手也。苟紬一軸。投知於先達。靡不私自衒耀。以爲莫我若也。如子之用意。足以整頓頹波矣。性酷嗜佛法。常置僧於第。陳列佛像。雜以幡蓋。所謂道場者。每凌旦。輒入其內。以身俛地。俾僧據其上。誦金剛經三遍。性又潔淨。內逼如廁。必散衣無所有。然後高屐以往。出玉泉子

劉禹錫

劉禹錫自自字原闕。據明鈔本補。屯田員外左遷朗州司馬。凡十年。始徵還。方春。作贈看花諸君子詩曰。紫陌紅塵拂面來。無人不道看花回。玄都觀裡桃千樹。盡是劉郎去後栽。其詩當日傳於都下。有嫉其名者。白於執政。又誣其有怨憤。他日見日。時宰與坐。慰甚厚。既辭。卽曰。近者新詩。未免其累。奈何。不數日。出爲連連原作運。據明鈔本改。州刺史。禹錫自敘云。貞元二十一年春。予爲屯田員外時。此觀未有花。是歲出牧連州。至荊南。又貶朗州司馬。居十年。詔至京師。人人皆言。有道士手植仙桃。滿觀盛如紅霞。遂有前篇。以志一時之事耳。旋旋原作屬。據明鈔本改。又出牧。于連州至陳校本于連州至四字作于今二字。十四年。始爲主客郎中。重遊玄都。蕩然無復一樹。樹原作時。據明鈔本改。唯兎葵燕麥。動搖搖原作捶。據明鈔本改。於春風耳。因再題二十八字。以俟後遊。時太和二年三月也。詩曰。百畝庭中半是苔。桃花靜盡菜花開。種桃道士今何在。前度劉郎今獨來。出本事詩

催陣使

會昌中。王師討昭義。久未成功。賊之游兵。往往散出山下。剽掠邢洺懷孟。又發輕卒數千。僞爲群羊。散漫山谷。以陷官軍。官軍自遠見之。乃分頭掩捕。因不成列。且無備焉。於是短兵接鬭。蹂踐相乘。凡數十里。王師大敗。是月。東都及境境原作壙。據明鈔本改。上諸州。聞之大震。咸加備戒嚴。都統王宰、石雄等。皆堅壁自守。武宗坐朝不怡。召宰臣李德裕等謂之曰。王宰、石雄。不與朕殺賊。頻遣中使促之。尙聞逗撓依違。豈可使賊黨坐至東都耶。卿今日可爲朕晚歸。別與制置軍前事宜奏來。時宰相陳夷行、鄭肅。拱默聽命。德裕歸中書。卽召御史中丞李回。具言上意。曰。中丞必一行。責戎帥。早見成功。愼無違也。回刻時受命。於是具名以聞。曰。今欲以御史中丞李回爲催陣使。帝曰。可。卽日。李自銀臺戒路。有邸吏五十導從。至於河中。緩轡以進。俟王宰等至河中界迎候。乃行。二帥至翼城東。道左執兵。如外府列校迎候儀。回立馬。受起居寒溫之禮。二帥復前進數步。罄折致詞。回掉鞭。亦不甚顧之。禮成。二帥旁行。俛首俟命。回於馬上厲聲曰。今日當直令史安在。群吏躍馬聽命。回曰。責破賊限狀來。二帥鞠躬流汗。而請以六十日破賊。過約。請行軍中令。於是二帥大懼。率親軍而鼓之。士卒齊進。凡五十八日。攻拔潞城。梟劉稹首以獻。功成。回復命。後六十日。由御史中丞拜中書侍郎平章事。出芝田錄

李群玉

李群玉既解天祿之任。而歸涔陽。經二妃廟。題詩二首曰。小孤洲北浦雲邊。二女明粧尙儼然。野廟向江春寂寂。古碑無字草芊芊。東風近墓吹芳芷。落日深山哭杜鵑。猶似含嚬望巡狩。九疑如黛隔湘川。又曰。黃陵廟前莎草春。黃陵女兒茜裙新。輕舟小楫唱歌去。水遠山長愁殺人。後又題曰。黃陵廟前春已空。子規滴血啼松風。不知精爽落何處。疑是行雲秋色中。李自以第二（二字原闕。據許本補。）篇。春空便到秋色。踟躕欲改之。乃有二女郎見曰。兒是娥皇、女英也。二年後。當與郎君爲雲雨之遊。李乃志其所陳。俄而影滅。遂禮其神像而去。重涉湖嶺。至于潯陽。太守段成式素與李爲詩酒之友。具述此事。段因戲之曰。不知足下是虞舜之辟陽侯也。群玉題詩後二年。乃逝于洪州。段乃爲詩哭之曰。酒裏詩中三十年。縱橫唐突世喧喧。明時不作禰衡死。傲盡公卿歸九泉。又曰。增話黃陵事。今爲白日催。老無兒女累。誰哭到泉臺。出雲溪友議

溫庭筠

溫庭筠有詞賦盛名。初將從鄉里擧。客游江淮間。揚子留後姚勗厚遺之。庭筠少年。其所得錢帛。多爲狹邪所費。勗大怒。笞且逐之。以故庭筠卒不中第。其姊（姊原作姝。據明鈔本改。）趙顓之妻也。每以庭筠下第。輒切齒于勗。一日。廳有客。溫氏偶問客姓氏。左右以勗對。溫氏遂出廳事。前執勗袖大

哭。昜殊驚異。且持袖牢固。不可脫。不知所爲。移時。溫氏方曰。我弟年少宴遊。人之常情。奈何笞之。迄今無有成遂。得不由汝致之。復大哭。久之方得解。昜歸憤訝。竟因此得疾而卒。出玉泉子

苗躭

苗躭進士登第。閒居洛中有年矣。不堪其窮。或意爲將來通塞。可以響卜。躭卽命子姪掃灑廳事。設几焚香。束帶秉笏。端坐以俟一言。所居窮僻。久之無所聞。日晏。有貨枯魚者至焉。躭復專其志而諦聽之。其家童連呼之。遂挈魚以入。其宦無一錢。良久方出。貨者遲其出。固怒之矣。又見或微割其魚。貨者視之。因駡曰。乞索兒。卒餓死耳。何滯我之如是邪。初躭嘗自外遊歸。途遇疾甚。不堪登升。忽見有以輂棺而回者。以其價賤。卽僦而寢息其間。至洛東門。閽者不知其中有人。詰其所由來。躭謂其訝己。徐答曰。衣冠道路得病。貧不能致他物。相與無怪也。閽者曰。吾守此三十年矣。未嘗見有解語神柩。後躭終江州刺史。出玉泉子

裴勛

裴勛容貌么麼。而性尤率易。與父坦玉泉子坦作坦。下同。會飮。坦令去聲。飛盞。每屬其人。輒自言狀。坦付勛曰。矬人饒舌。破車饒楔。裴勛千分。勛飮訖而復其盞曰。蝙蝠不自見。笑他梁上燕。十一郎

十分。垣第十一也。垣怒笞之。慈恩寺連接曲江。及京輦諸境。每歲新得第者。畢列姓名于此。勛常與親識游。見其父及諸家牓。率多物故。謂人曰。此皆鬼錄也。出玉泉子

鄧敞

鄧敞。封敎之門生。初比隨計。以孤寒不中第。牛蔚兄弟。僧孺之子。有氣力。且富于財。謂敞曰。吾有女弟未出門。子能婚乎。當爲君展力。寧一第耶。時敞已壻李氏矣。其父常爲福建從事。官至評事。有女二人皆善書。敞之所行卷。多二女筆跡。敞顧己寒賤。必不（不字原闕。據明鈔本補。）能致騰踔。私利其言。許之。既（既上原有不字。據明鈔本删。）登第。就牛氏親。不日。敞挈牛氏而歸。將及家。敞紿牛氏曰。吾久不到家。請先往俟卿。可乎。牛氏許之。洎到家。不敢洩其事。明日。牛氏奴驅其輜橐直入。卽出牛氏居常所翫好幙帳雜物。列于庭廡間。李氏驚曰。此何爲者。奴曰。夫人將到。令某陳之。李氏曰。吾卽妻也。又何夫人焉。卽撫膺大哭頓地。牛氏至。知其賣己也。請見李氏曰。吾父爲宰相。兄弟皆在郎省。縱嫌不能富貴。豈無一嫁處耶。其不幸。豈唯夫人乎。今願一與夫人同之。夫人縱憾于鄧郎。寧忍不爲二女計耶。時李氏將列于官。二女共牽輓其袖而止。後敞以秘書少監分司。慳嗇尤甚。黄巢入洛。避亂于河陽。節度使羅元杲請爲副使。後巢寇又來。與元杲竄焉。其金帛悉藏于地中。並爲群盜所得。出玉泉子

太平廣記卷第四百九十九　雜錄七

崔鉉

崔鉉。元略之子。京京字原闕。據陳校本補。兆參軍盧甚之死。鉉之致也。時議寃之。鉉子沆。乾符中。亦爲丞相。黃巢亂。赤其族。物議以爲甚之報焉。初崔瑄雖諫官。婚姻假回。私事也。甚雖府職。職原作藏。據明鈔本改。乃公事也。相與爭驛廳。甚既下獄。與宰相書。則以己比孟子。而方瑄錢鳳。瑄既朋黨宏大。莫不爲盡力。甚者出于單微。加以鉉亦瑄之門生。方爲宰相。遂加誣罔奏焉。瑄自左補闕出爲陽翟翟原作崔。據陳校本改。宰。甚行及長樂坡。賜自盡。中使適回。遇瑄。囊出其喉曰。補闕。此盧甚結喉也。瑄殊不懌。京城不守。崔氏之子亦血其族。嗚呼。謂天道高。何其明哉。出玉泉子

王鐸

故相晉國公王鐸爲丞郎時。李駢判度支。每年江淮運米至京。水陸脚錢。斗計七百。京國米價。每斗

四十。議欲令江淮不運米。但每斗納錢七百。鐸曰。非計也。若于京國糴米。必耗京國之食。若運米實關中。自江淮至京。兼濟無限貧民也。時糴米之制業已行。竟（竟原作意。據明鈔本改。）無敢沮其議者。都下官糴。米果大貴。未經旬。而度支請罷。以（以原作次。據陳校本改。）民無至者故也。于是識（識原作職。據明鈔本改。）者。乃服鐸之察事矣。鐸卒以此大用。（出聞奇錄）

李蠙

李蠙與王鐸進士同年。後俱得路。嘗恐鐸之先相。而己在其後也。洎路巖出鎮。益失其勢。鐸柔弱易制。中官愛焉。洎韋保衡將欲大拜。不能先于恩地。將命鐸矣。蠙陰知之。挈一壺家酒詣鐸曰。公將登庸矣。吾恐不可以攀附也。願先事少接左右。可乎。卽命酒以飲。鐸妻李氏疑其堇焉。使女（女原作玄。據明鈔本改。）奴傳言于鐸曰。一身可矣。願爲妻兒謀。蠙驚曰。以吾斯酒爲鴆乎。卽命一大爵。自引滿。飲之而去。（出玉泉子）

韋保衡

韋保衡欲除裴修爲省郎。時李璋爲右丞。韋先遣盧望來申意。探其可否。李曰。相公但除。不合先問某。盧以時相事權。設爲李所沮。則傷威重。因勸韋勿除。（出盧氏雜說）

衲衣道人

唐有士人退朝詣友生。見衲衣道人在坐。不懌而去。他日。謂友生曰。公好毳褐夫何也。吾不知其言。適且覺其臭。友生答曰。毳褐之外也。豈甚銅乳。銅乳之臭。並肩而立。接跡而趨。公處其間。曾不嫌耻。乃譏予與山野有道之士遊乎。南朝高人。以蛙鳴及蒿萊勝鼓吹。吾視毳褐。愈于今之朱紫遠矣。出國語。明鈔本、陳校本作出因話錄

路羣盧弘正

中書舍人路羣與給事中盧弘正。性相異而相善。路淸瘦古淡。未嘗言市朝。盧魁梧富貴。未嘗言山水。路日謀高臥。有制草。則就宅視之。盧未嘗請告。有客旅。旅原作族。據明鈔本改。則就省謁之。雖所好不同。而相親至。一日都下大雪。路在假。盧將晏入。道過新昌第。路方于南垣茅亭。肆目山雪。鹿巾鶴氅。搆火命觴。以賞嘉致。聞盧至。大喜曰。適我願兮。亟命迎入。盧金紫華煥。意氣軒昂。路道服而坐。情趣孤潔。路曰。盧六。盧六。曾莫顧我。何也。盧曰。月限向滿。家食相仍。日詣相庭。以圖圖原作圓。據明鈔本改。外任。路色慘曰。駕肩權門。何至于是。且有定分。徒勞爾形。家釀稍醇。能一醉否。盧曰。省有急事。俟吾決之。路又呼侍兒曰。盧六欲去。特早來藥糜分二器。我與盧六同食。盧振聲曰。不可。路曰。何也。盧曰。今旦飯冷。且欲遐征。家饌已食炮炙矣。時人聞之。以爲

路之高雅。虞之俊邁。各盡其性。出唐缺史

畢誠

畢誠家本寒微。咸通初。其舅尙爲太湖縣伍伯。誠深耻之。常使人諷令解役。爲除官。反復數四。竟不從命。乃特除選人楊載爲太湖令。誠延之相第。囑之爲舅除其猥籍。津送入京。楊令到任。具達誠意。伍伯曰。某賤人也。豈有外甥爲宰相耶。楊堅勉之。乃曰。某每歲秋夏。恒相享六十千事例錢。苟無敗缺。終身優足。不審相公欲除何官耶。楊乃具以聞誠。誠亦然其說。竟不奪其志也。王蜀僞相庾傳素與其從弟凝績。曾宰蜀州唐興縣。郎吏有楊會者微有才用。庾氏昆弟念之。洎迭秉蜀政。欲爲楊會除馬長以酧之。會曰。某之吏役。遠近皆知。忝冒爲官。寧掩人口。豈可將數千家供侍。而博一虛名馬長乎。後雖假職名。止除檢校官。竟不捨縣役矣。出北夢瑣言

李師望

李師望。乃宗屬也。自負才能。欲以方面爲己任。因旅遊邛蜀。備知南蠻勇怯。遂上書。請割西川數州。于臨邛建定邊軍節度。詔旨允之。乃以師望自鳳翔少尹。擢領此任。于時西川大將嫉其分裂巡屬。陰通南詔。於是蠻軍爲近界界原作之時二字。據明鈔本改。鄉豪所道。侵軼蜀川。戎校竇滂。不能止遏。師望亦因此受黜焉。原闕出處。今見北夢瑣言

高駢此條本文原闕。據明鈔本補。校黃本于下。

渤海王黃本作乾符中。太尉高駢鎮蜀日。因巡邊。至資中郡。舍於刺史衙。對郡山頂黃本頂下有上字。有開元佛寺。是夜黃昏。僧徒禮讚。螺唄間作。渤海黃本渤海作駢聞。命軍候黃本候下有往字。悉擒械之。來晨。笞背斥逐。黃本斥逐作逐去。召將吏而黃本無而字。謂之曰。僧徒禮念。亦無罪過。但以此寺。十年後。當有秃子黃本子作丁。數十黃本十作千。作亂。我故以是厭之。其後土人皆髠黃本髠下有髮字。執兵號大黃本大訛人。髠小黃本小字闕。髠。據此寺爲寨。黃本此下有凌脅州將果棄所言時稱駢好妖術斯亦或然之驗歟二十一字。出北夢瑣言

韋宙

相國韋宙善治生。江陵府東有別業。良田美產。最號膏腴。積稻如坻。皆爲滯穗。咸通初。授嶺南節度使。懿宗以番禺珠翠之地。垂貪泉之戒。宙從容奏曰。江陵莊積穀。尚有七千堆。固無所貪矣。帝曰。此所謂足穀翁也。出北夢瑣言

王氏子

京輦自黃巢退後。修葺殘毀之處。時定州王氏有一兒。俗號王酒胡。居于上都。巨富。納錢三十萬貫。助修朱雀門。僖宗詔令重修安國寺畢。親降車輦。以設大齋。乃扣新鐘十撞。捨錢一萬貫。命諸

大臣。各取意而擊。上曰。有能捨一千貫文者。卽打一槌。齋罷。王酒胡半醉入來。逕上鐘樓。連打一百下。便于西市運錢十萬入寺。出中朝故事

劉蛻

劉蛻。桐廬人。早以文學進士。其父嘗戒之曰。任汝舉進取。窮之與達。不望于汝。吾沒後。愼勿祭祀。乃乘扁舟。以漁釣自娛。竟不知其所適。蛻後登華貫。出典商於。霜露之思。于是乎止。臨終。亦戒其子。如先考之命。蜀禮部尙書纂。卽其息也。常爲同列言之。君子曰。名敎之家重喪祭。劉氏先德。是何人斯。以蛻之通人。抑有其說。時未諭也。出北夢瑣言

皮日休

咸通中。進士皮日休上書兩通。其一。請以孟子爲學科。其略云。臣聞聖人之道。不過乎經。經之降者。不過乎史。史之降者。不過乎子。子不異道者。孟子也。捨是而諸子。必斥乎經史。聖人之賊也。文多不載。請廢莊列之書。以孟子爲主。有能通其義者。科選請同明經。其二。請以韓愈配饗太學。其略曰。臣聞聖人之道。不過乎求用。用用字原闕。據北夢瑣言補。于生前。則一時可知也。用于死後。則萬世可知也。又云。孟子、荀卿。翼輔孔道。以至于文中子。文中子之道曠矣。能嗣其美者。其唯韓愈乎。日休字襲美。襄陽竟陵人。幼攻文。隱于鹿門山。號醉吟先生。初至場中。禮部侍郎鄭

愚以其貌不揚。戲之曰。子之才學甚富。其如一日何。對曰。侍郎不可以一日而廢二日。謂不以人廢言也。擧子咸推伏之。官至國子博士。寓蘇州。與陸龜蒙爲文友。著文藪（藪原作數。據明鈔本改。）十卷。皮子三卷。人多傳之。爲錢鏐判官。（出北夢瑣言）

郭使君

江陵有郭七郎者。其家資產甚殷。乃楚城富民之首。江淮河朔間。悉有賈客仗其貨買易往來者。乾符初年。有一賈者在京都。久無音信。郭氏子自往訪之。既相遇。盡獲所有。僅五六萬緡。生耽悅煙花。迷于飲博。三數年後。用過太半。是時唐季。朝政多邪。生乃輸數百萬于鬻爵者門。以白丁易得橫州刺史。遂決還鄉。時渚宮新罹王仙芝寇盜。里閭人物。與昔日殊。生歸舊居。都無舍宇。訪其骨肉。數日方知。弟妹遇兵亂已亡。獨母與一二奴婢。處于數間茅舍之下。囊橐蕩空。旦夕以紉針爲業。生之行李間。猶有二三千緡。緣兹復得蘇息。乃傭舟與母赴秩。過長沙。入湘江。次永州北江。墂有佛寺名兜率。是夕宿于斯。結纜于大槦樹下。夜半。忽大風雨。波翻岸崩。樹臥枕舟。舟不勝而沉。生與一梢工。拽母（母原作舟。據陳校本改。）登岸。僅以獲免。其餘婢僕生計。悉漂于怒浪。遲明。投于僧室。母氏以驚得疾。數日而殞。生慞惶。馳往零陵。告州牧。州牧爲之殯葬。且復贈遺之。既丁憂。遂寓居永郡。孤且貧。又無親識。日夕厄于凍餒。生少小素涉于江湖。頗熟風水間事。遂與往來舟船執梢。以求衣食。永州市人。呼爲捉梢郭使君。自是狀貌異昔。共篙工之黨無別矣。（出南

楚新聞

李德權

京華有李光者。不知何許人也。以諛佞事田令孜。令孜孌焉。爲左軍使。一旦奏授朔方節度使。勅下翌日。無疾而死。光有子曰德權。年二十餘。令孜遂署劇職。會僖皇幸蜀。乃從令孜扈駕。止成都。時令孜與陳敬瑄盜專國柄。人皆畏威。李德權者處于左右。遐邇仰奉。奸豪輩求名利。多賂德權。以爲關節。數年之間。聚賄千萬。官至金紫光祿大夫。檢校右僕射。後敬瑄敗。爲官所捕。乃脫身遁於復州。衣衫百結。丐食道途。有李安者。常爲復州後槽健兒。與父相熟。忽覩德權。念其藍縷。邀至私舍。安無子。遂認以爲姪。未半載。安且死。德權遂更名彥思。請繼李安効力。蓋慕彼衣食（食原作合。據明鈔本改。）耳。尋獲爲牧守圉人。有識者。皆目之曰。看馬李僕射。（出南楚新聞）

太平廣記卷第五百　雜錄八

孔緯

魯國公孔緯入相後。言於甥姪曰。吾頃任兵部侍郎。與王晉公鐸。充弘文舘學士。判舘事。上任後。巡廳。晉公乃言曰。余昔任兵部侍郎。與相國杜邠公悰。充弘文舘直學士。判舘事。暮春。留余看牡丹于斯廳內。言曰。此廳比令無逸無逸乃邠公子。終金州刺史。居玉泉子居作修。之。止要一間。今壯麗如此。子殊不知。非久須爲灰燼。余聞此言。心常銘之。又語余曰。明公將來亦據將來亦據四字原空闕。據明鈔本補。此座。猶或庶幾。由公而下者。罷其事矣。以吾今日觀之則觀之則三字原空闕。據明鈔本補。邠公之言。得其大概矣。是時昭宗纂承。孔緯入相。朝庭事朝庭事三字原空闕。據明鈔本補。體。掃地無餘。故緯感昔言而傷時也。出聞奇錄

李克助

李克助爲大理卿。昭宗在華州。鄭縣令崔鑾。有民告擧放絁絹價。絁字價字原空闕。據玉泉子補。刺史韓建令計以爲贓。奏下三三原作二。據陳校本改。司定罪。御史臺刑臺刑原作邢臺。據明鈔本改。部奏。罪當絞。大理寺數月不奏。建問李尙書。崔令乃親情耶。何不奏。克助云。裨公之政也。韓云。崔令犯贓。柰何言我之過也。李云。聞公擧放。數將及萬矣。韓曰。我華州節度。華民我民也。李曰。華民乃天子之民。非公之民。若爾。卽鄭縣民。乃崔令民也。建伏其論。乃捨崔令之罪。謫潁陽尉。出聞奇錄

京都儒士

近者京都有數生會宴。因說人有勇怯。必由膽氣。膽氣若盛。自無所懼。可謂丈夫。座中有一儒士自媒曰。若言膽氣。余實有之。衆人笑曰。必須試。然可信之。或曰。某親故有宅。昔大凶。而今已空鎖。君能獨宿于此宅。一宵不懼者。我等酧君一局。此人曰。唯命。明日便往。實非凶宅。但暫空耳。遂爲置酒果燈燭。送于此宅中。衆曰。公更要何物。曰。僕有一劒。可以自衛。請無憂也。衆乃出宅。鎖門却歸。此人實怯懦者。時已向夜。繫所乘驢別屋。奴客並不得隨。遂向閤宿。了不敢睡。唯滅燈抱劒而坐。驚怖不已。至三更。有月上。斜照窗隙。見衣架頭有物如鳥鼓翼。飜飜而動。此人凜然强起。把劒一揮。應手落壁。磕然有聲。後寂後寂原作役寢。據陳校本改。無音响。恐懼旣甚。亦不敢尋究。但把劒坐。及五五字原闕。據陳校本補。更。忽有一物。上階推門。門不開。于狗竇中出頭。氣休休然。此人大怕。把劒前斫。不覺自倒。劒失手抛落。又不敢覓劒。恐此物入來。牀下跧伏。更不敢動。忽然

困睡。不覺天明。諸奴客已開關。至閤子間。但見狗竇中。血淋漓狼籍。衆大驚呼。儒士方悟。開門尙自戰慄。具說昨宵與物戰爭之狀。衆大駭異。遂于此壁下尋。唯見席帽。半破在地。卽夜所斫之鳥也。乃故帽破弊。爲風所吹。如鳥動翼耳。劍在狗竇側。衆又遶堂尋血踪。乃是所乘驢。已斫口喙。脣齒缺破。乃是向曉因解。頭入狗門。遂遭一劍。衆大笑絕倒。扶持而歸。士人驚悸。旬日方愈。出原化記

孟乙

徐之蕭縣。有田民孟乙者善網狐貉。百無一失。偶乘暇。持矟行曠野。會日將夕。見道左數百步。荒冢巋然。草間細逕。若有人跡。遂入之。以矟于黑闇之處攪之。若有人捉拽之。不得動。問爾鬼耶人耶。怪耶魅耶。何故執吾矟而不置。闇中應曰。吾人也。乃命出之。具以誠告云。我姓李。昨爲盜。被繫兗州軍候獄。五木備體。捶楚之處。瘡痏徧身。因伺隙踰獄垣。亡命之此。死生唯命焉。孟哀而將歸。置于複壁中。後經赦乃出。孟氏以善獵知名。飛走之屬。無得脫者。一旦荒塚之中。而得叛獄囚以歸。聞者皆大笑之。出玉堂閒話

振武角抵人

光啓年中。左神策軍四軍軍使王卞出鎭振武。置宴。樂戲既畢。乃命角抵。有一夫甚魁岸。自鄰州

來此較力。軍中十數輩軀貌膂力。悉不能敵。主帥亦壯之。遂選三人。相次而敵之。魁岸者俱勝。帥及座客。稱善久之。時有一秀才坐于席上。忽起告主帥曰。某撲得此人。主帥頗駭其言。所請既堅。遂許之。秀才降階。先入厨。少頃而出。遂掩縮衣服。握左拳而前。魁梧者微笑曰。此一指必倒矣。及漸相逼。急展左手示之。魁岸者懵然而倒。合座大笑。秀才徐步而出。盥手而登席焉。主帥詰之。何術也。對曰。頃年客遊。曾于道店逢此人。纔近食桉。踉蹌而倒。有同伴曰。怕醬。見之輒倒。某聞而志之。適詣設厨。求得少醬。握在手中。此人見之。果自倒。聊助宴設之歡笑耳。有邊岫判官。目覩其事。出玉堂閒話

趙崇

趙崇凝重清介。門無雜賓。慕王濛、劉眞長之風也。標格清峻。不爲文章。號曰無字碑。每遇轉官。舊例各舉一人自代。而崇未嘗舉人。云。朝中無可代己者。世以此少之。出北夢瑣言

韓偓

韓偓。天復初入翰林。其年冬。車駕幸鳳翔。偓有扈從之功。返正初。帝面許用偓爲相。偓奏云。陛下運契中興。當須用重德。鎭風俗。臣座主右僕射趙崇。可以副陛下是選。乞回臣之命授崇。天下幸甚。帝甚嘉歎。翼日。制用崇。曁兵部侍郎王贊爲相。時梁太祖在京。素聞崇輕佻。贊又有嫌釁。

乃馳入請見。于帝前。具言二公長短。帝曰。趙崇乃韓偓薦。時偓在側。梁王叱之。偓奏。臣不敢與大臣爭。帝曰。韓偓出。尋謫官入閩。故偓詩曰。手風慵展八（明鈔本八作一。）行書。眼病休看九局基。（明鈔本基作圖。）窓裏日光飛野馬。案前筠管長蒲盧。謀身拙爲安蛇足。報國危曾捋虎鬚。滿世可能無默識。未知誰擬試齊竽。（出摭言）

薛昌緒

岐王李茂貞霸秦隴也。涇州書記薛昌緒爲人迂僻。稟自天性。飛文染翰。卽不可得之矣。與妻相見亦有時。必有禮容。先命女僕通轉。往來數四。可之。然後秉燭造室。至于高談虛論。茶果而退。或欲詣幃房。其禮亦然。嘗曰。某以繼嗣事重。輒欲卜其嘉會。必候請而可之。及從涇帥統衆于天水。與蜀人相拒于青泥嶺。岐衆迫于輦運。又聞梁人入境。遂潛師宵遁。頗懼蜀人之掩襲。涇帥臨行。攀鞍忽記曰。傳語書記。速請上馬。連促之。薛在草菴下藏身。曰。傳語太師。但請先行。今晨是某不樂日。戎帥怒。使人提上鞍轎。捶其馬而逐之。尙以物蒙其面。云。忌日禮不見客。此蓋人妖也。秦隴人皆知之。（出玉堂閒話）

姜太師

蜀有姜太師者。失其名。許田人也。幼年爲黃巾所掠。亡失父母。從先主征伐。屢立功勳。後繼領數鎭節鉞。官至極品。有掌厩夫姜老者。事芻秣數十年。姜每入厩。見其小過。必笞之。如是積年。計其數。將及數百。後老不任鞭箠。因泣告夫人。乞放歸鄉里。夫人曰。汝何許人。對曰。許田人。復有何骨肉。對曰。當被掠之時。一妻一男。迄今不知去處。又問其兒小字。及妻姓氏行第。並房眷近親。皆言之。及姜歸宅。夫人具言。姜老欲乞假歸鄉。因問得所失男女親屬姓名。姜大驚。疑其父也。使人細問之。其男身有何記驗。曰。我兒脚心上有一黑子。餘不記之。姜大哭。密遣人送出劒門之外。奏先主曰。臣父近自關東來。遂將金帛車馬迎入宅。父子如初。姜報撻父之過。齋僧數萬。終身不撻從者。出王氏見聞

康義誠

後唐長興中。待衛使康義誠。常軍中差人于私私原作弘。據許本改。宅充院子。亦曾小有笞責。忽一日。憐其老而詢其姓氏。則曰姓康。別詰其鄉土親族息胤。方知是父。遂相持而泣。聞者莫不驚異。出玉堂閒話

高季昌

後唐莊宗過河。荆渚高季昌謂其門客梁震曰。某事梁祖。僅獲自免。龍德已來。止求安活。我今入覲。亦要嘗之。彼若經營四方。必不縻我。若移入他鎭。可爲子孫之福。此行決矣。既自闕回。謂震

曰。新主百戰。方得河南。對勳臣誇手抄春秋。又竪指云。我于指頭上得天下。則功在一人。臣佐何有。且遊獵旬日不回。中外情何以堪。吾高枕無憂。乃築西面羅城。拒敵之具。不三年。莊宗不守。英雄之料。頃刻不差。宜乎貽厥子孫。出北夢瑣言

沈尚書妻

有沈尚書失其名。常爲秦帥親吏。其妻狠戾而不謹。又妬忌。沈常如在狴牢之中。後因閑退。挈其妻孥。寄于鳳州。自往東川遊索。意是與怨偶永絕矣。華洪鎮東蜀。與沈有布衣之舊。呼爲兄。既至郊迎。執手敘其契濶。待之如親兄。遂特創一第。僕馬金帛器玩。無有闕者。送姬僕十餘輩。斷不令歸北。沈亦微訴其事。無心還家。及經年。家信至。其妻已離鳳州。自至東蜀。沈聞之大懼。遂白于主人。及遣人却之。其妻致書。重設盟誓。云。自此必改從前之性。願以偕老。不日而至。其初至。頗亦柔和。涉旬之後。前行復作。諸姬婢僕悉鞭箠星散。良人頭面。皆拏擘破損。華洪聞之。召沈謂之曰。欲爲兄殺之。如何。沈不可。如是旬日後又作。沈因入衙。精神沮喪。洪知之。密遣二人提劍。牽出帷房。刃于階下。棄尸于潼江。然後報沈。沈聞之。不勝驚悸。遂至失神。其尸住急流中不去。遂使人以竹竿撥之。便隨流。來日。復在舊湍之上。如是者三。洪使繫石縋之。沈亦不逾旬。失失原作日。據明鈔本改。魂而逝。得非而逝得非四字原空闕。據明鈔本補。怨偶爲仇也。悲哉。沈之宿有讎乎。出王氏見聞

楊蘧

王贊。中朝名士。名士原倒置。據明鈔本改。有弘農楊蘧者。曾至嶺外。見楊朔荔浦山水。心常愛之。談不容口。蘧嘗出入贊門下。稍接從容。不覺形于言曰。侍郎曾見楊朔荔浦山水乎。贊曰。未曾打人唇綻齒落。安得見耶。因大笑。此言嶺外之地。非貶不去。出稽神錄。按見北夢瑣言卷五。

袁繼謙

晉將少作監袁繼謙常說。頃居青社。假一一原作十。據明鈔本改。第而處之。聞多凶怪。昏暝即不敢出戶庭。合門驚懼。莫能安寢。忽一夕。聞吼聲。若有呼于瓮中者。其聲重濁。舉家怖懼。必謂其怪之尤者。遂于窗隙窺之。見一物蒼黑色。來往庭中。是夕月色晦。覩之既久。似若狗身。而首不能舉。遂以撾擊其腦。忽轟然一聲。家犬驚叫而去。蓋其日莊上人輸稅至此。就于其地而糜。釜尚有餘者。故犬以首入空器中。而不能出也。因舉家大笑。遂安寢。出玉堂閒話

帝羓

晉開運末。契丹主耶律德光自汴歸國。殂于趙之欒城。國人破其腹。盡出五臟。納鹽石許。載之以歸。時人謂之帝羓。出玉堂閒話